Fiches brevet 3e

Le Tout-en-un

Maths

Bernard Demeillers

Sciences

Pascal Bihouée • Sandrine Aussourd • Marie-Anne Grinand • Nicolas Nicaise

Français

Sylvie Dauvin • Jacques Dauvin

Histoire-Géographie EMC

Florence Holstein • Guillaume D'Hoop

Épreuve orale

Cécile Gaillard • Laure Péquignot-Grandjean • Gaëlle Perrot • Isabelle Provost

Hatier

Maquette de principe : Frédéric Jély
Mise en pages : STDI
Schémas : STDI, Vincent Landrin
Illustrations : Juliette Baily, Dorothée Jost
Iconographie : Hatier illustration
Édition : Marie Andrès (mathématiques), Eva Baladier (français, sciences et technologie), Béatrix Lot (histoire, géographie, EMC), Damien Lagarde (épreuve orale).

SOMMAIRE GÉNÉRAL

FRANÇAIS

MATHÉMATIQUES

Crédits iconographiques
7 : ph © vgajic – iStock • 18 © Plantu, Le Monde, 1er avril 2005 • 34 © Vladimir Kush • 36 Modern Times © Roy Export SAS • 95 : ©Fotolia - sunspire • 179 : ph© Pierre Olivier Clement Mantion/iStock Editorial/Getty Images Plus • 269 : ph© Soonthorn - stock.adobe.com • 308 g : ph © Brigitte Gaillard-Martinie/Plateau Technique de Microscopie - Centre INRA • 308 d : ph © BODET Christian/INRA • 312 g : ph © Muriel Hazan • 312 d : ph © F. Dillonto/MAP • 315 : © CNRI/SPL/Cosmos • 324 : ph © Hank Morgan/Science Source/Biosphoto • 343 : ph © Steve Debenport/SDI Productions/Getty Images

FRANÇAIS

SOMMAIRE

Quand vous avez révisé une fiche, cochez la case ☐ correspondante !

Répondre aux questions de compréhension

Maîtriser les notions clés

Répondre aux questions d'interprétation

Répondre aux questions de grammaire

Grammaire

Conjugaison

Lexique

SOMMAIRE

Réussir la dictée et la rédaction

La dictée

La rédaction

Le genre d'un texte

1

☐ OK

FRANÇAIS

LES QUESTIONS CLÉS DU BREVET

- À quel genre littéraire appartient le texte ?
- Dans de nombreux sujets de rédaction, la consigne précise le genre de texte à produire (lettre, article, poème...).

1 Quels sont les principaux genres ?

Les textes et œuvres littéraires sont classés en genres, qui sont de grandes catégories. Voici les principaux genres littéraires et leurs « sous-genres » :

- **roman** : d'aventures, d'apprentissage, de science-fiction, policier... ;
- **nouvelle** : réaliste, fantastique... ;
- **théâtre** : comédie, tragédie, drame... ;
- **poésie** : en vers réguliers, en vers libres, en prose... ;
- **autres genres** en prose : le conte, l'autobiographie, la lettre.

2 Qu'est-ce que la poésie ?

La poésie est un genre caractérisé par une **façon originale** de sentir, de voir, de réagir face au monde. Le poète s'exprime en harmonisant sens et forme par :

– l'emploi d'**images** et de figures de style, un travail sur les rythmes, les sonorités, pour rendre compte du monde ▶ FICHE 10 ;

– une **forme particulièrement travaillée** : versification, présence de rimes, mise en page, disposition en strophes.

Info

La **poésie moderne** se dégage des contraintes de la versification ; souvent elle est en vers libres ou en prose.

3 Qu'est-ce qui caractérise le théâtre ?

Un texte de théâtre est fait pour être **joué**. Il comporte :

– des paroles destinées à être dites par les personnages (les **répliques**) ;

– des indications destinées au lecteur, au metteur en scène, aux acteurs (le nom des personnages, les **didascalies** qui renseignent sur le lieu, le temps, les jeux de scène, les intonations...).

Une pièce de théâtre est traditionnellement divisée en **actes**, eux-mêmes divisés en **scènes** (délimitées par l'entrée ou la sortie d'un ou plusieurs personnages).

4 Qu'est-ce qu'un roman ?

Un roman est une œuvre narrative d'imagination, assez longue, qui comporte :
- un **narrateur** ▶ FICHE 9 racontant l'histoire ;
- une histoire (ou intrigue), avec des **péripéties** ;
- des **personnages** (principaux et secondaires) fictifs.

Le roman cherche à donner l'illusion de la réalité.

5 Qu'est-ce qu'une autobiographie ?

Une autobiographie est le **récit par l'auteur de sa propre vie**. Elle peut prendre la forme :
- d'un **récit rétrospectif** à la 1re personne du singulier ;
- d'un **journal** écrit au jour le jour ;
- de **mémoires**, inscrites dans l'histoire d'une époque ;
- d'un **roman autobiographique**.

6 Quels éléments une lettre contient-elle ?

Une lettre est un message écrit envoyé **par un expéditeur à un destinataire**.

Elle comporte des **éléments indispensables** :
- une formule d'appel (« Cher ami »…) ;
- le texte (ou corps) de la lettre ;
- une formule finale (« amicalement »…) ;
- en bas de la lettre, la signature de l'expéditeur.

Mot clé

Un **roman épistolaire** est un roman écrit sous forme de lettres qu'échangent les personnages entre eux.

L'ESSENTIEL

Les principaux genres

La poésie :
« Bien placés, bien choisis,
Quelques mots font une poésie » (Raymond Queneau)

Le roman : œuvre narrative d'imagination

Le théâtre : texte destiné à être joué sur scène

Les types de textes

2

☐ OK

LES QUESTIONS CLÉS DU BREVET

- **Quel est le type du texte ? Quels indices vous ont permis de répondre ?**
- **Quelle est, dans ce texte, l'intention de celui qui écrit (du narrateur, du locuteur) ?**

1 Quels sont les différents types de texte ?

- On distingue **six types de texte** (ou formes de discours) : narratif, descriptif, informatif, explicatif, argumentatif, injonctif.
- On définit le type d'un texte **selon l'intention** de celui qui parle ou écrit, qui se manifeste à travers des caractéristiques formelles.

Type de texte	Intention de celui qui parle ou écrit	Principales caractéristiques
Narratif	Raconter une histoire	Un narrateur, des personnages ; une action située dans le temps ; un point de vue. **Indices** : présent ou passé simple ; CC de temps ; connecteurs de temps.
Descriptif	Décrire un lieu, un objet, un personnage	Des repères spatiaux ; un point de vue. **Indices** : présent ou imparfait ; CC de lieu ; adjectifs.
Informatif	Transmettre des informations, exposer des connaissances	Faits, dates, chiffres ; paragraphes avec des titres ; objectivité dans l'énonciation. **Indices** : termes techniques ; vocabulaire spécialisé.
Explicatif	Donner des explications, faire comprendre	Explications. **Indices** : mots exprimant la succession (*d'abord, puis, enfin*) ; mots introduisant une explication (*en effet, c'est pourquoi…*).

Type de texte	Intention de celui qui parle ou écrit	Principales caractéristiques
Argumentatif	Convaincre, persuader	Une thèse (idée soutenue) ; des arguments et des exemples ; engagement du locuteur. **Indices** : connecteurs logiques (*en effet*, *mais*, *bien que*…) ; mots exprimant une opinion (*penser que*, *croire*…), une appréciation.
Injonctif	Ordonner, conseiller, prier	Ordres, conseils ou prières. **Indices** : impératif, subjonctif ; mots exprimant l'ordre, le conseil, la prière.

2 Un texte relève-t-il d'un seul type ?

On peut combiner plusieurs types de textes dans un récit :

- des passages **narratifs** : des actions, des événements sont racontés ;
- des passages **descriptifs** : on fait une pause dans le récit pour faire imaginer un lieu, un objet, un personnage ;
- des passages **argumentatifs** : il y a une ou plusieurs opinions exprimées (parfois par des personnages).

> **Info**
> Au brevet, les sujets de rédaction amènent souvent à combiner **plusieurs types** de texte.

L'ESSENTIEL

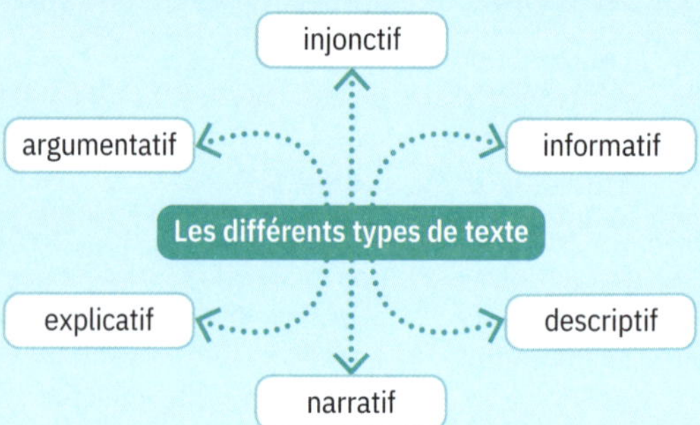

Le registre (ou la tonalité) d'un texte

3

☐ OK

LES QUESTIONS CLÉS DU BREVET

- Quel est le registre (ou la tonalité ou le ton) du passage « ... » ?
- Qualifiez (par des adjectifs) le ton du passage « ... ».
- Les questions d'interprétation qui comportent les mots *qualifier, définir (le ton), impression produite, effet produit.*

I Analyser le registre d'un texte

- Le registre d'un texte se définit par l'**effet qu'il produit sur le lecteur** : rire, sourire, tristesse, peur, pitié... Analyser la tonalité d'un texte, c'est donc définir ce texte en donnant son avis de lecteur.

Un texte qui...	est...
fait rire	comique
fait sourire	humoristique
émeut, fait peur, surprend	dramatique
inspire la pitié	pathétique
inspire la terreur, le désespoir	tragique
fait partager des sentiments intimes	lyrique
combat une personne ou une thèse	polémique
dénonce en se moquant	satirique ▶ FICHE 4
qui a pour but d'instruire	didactique

- Exemple de **texte comique** :

> *On a volé au vieil Harpagon son trésor...*
>
> HARPAGON. – Au voleur ! au voleur ! à l'assassin ! au meurtrier ! Justice, juste Ciel ! je suis perdu, je suis assassiné, on m'a coupé la gorge, on m'a dérobé mon argent. Qui peut-ce être ? Qu'est-il devenu ? Où est-il ? Où se cache-t-il ? Que ferai-je pour le trouver ? Où courir ? Où ne pas courir ? N'est-il point là ? N'est-il point ici ? Qui est-ce ? Arrête. Rends-moi mon argent, coquin. *(Il se prend lui-même par le bras.)*
>
> Molière, *L'Avare*, 1668.

Indices : répétition mécanique de mots ; situation absurde ; effets de rupture et de décalage ; caractère ridicule du personnage ; gestes et mimiques...

- Exemple de **texte tragique** :

> « Quand tu sauras mon crime et le sort qui m'accable,
> Je n'en mourrai pas moins, j'en mourrai plus coupable. [...]
> Ô haine de Vénus ! Ô fatale colère !
> Dans quels égarements l'amour jeta ma mère ! »
>
> Jean Racine, *Phèdre* (Acte I, scène 3), 1677.

Indices : champs lexicaux de la fatalité, du désespoir et de la mort ; exclamations et interjections ; antithèses et figures d'insistance.

- Exemple de **texte lyrique** :

> « Mon bel amour mon cher amour ma déchirure
> Je te porte dans moi comme un oiseau blessé »
>
> Louis Aragon, « Il n'y a pas d'amour heureux », *La Diane française*, 1944.

Indices : marques de la 1re personne (forte implication de celui qui parle) ; marques d'expressivité (phrases exclamatives, interrogatives, apostrophes) ; images poétiques ; musique de la phrase (harmonie rythmique et sonore).

II Qualifier plus précisément la tonalité d'un texte

- Il existe des **nuances** dans ces registres. Vous pouvez qualifier plus précisément la tonalité d'un texte en cherchant, d'après les impressions qu'il a produites sur vous, des **adjectifs qui le caractérisent**. En voici quelques-uns :

• cocasse, burlesque ;
• émouvant, triste ;
• effrayant, violent, choquant, révoltant ;
• poétique, surréaliste (étrange, illogique) ;
• ironique (qui se moque en disant le contraire de ce qu'il pense).

L'ESSENTIEL

Si vous classez un texte selon...	vous trouvez...	Exemple
ses caractéristiques de forme	son **genre**	roman, théâtre, poésie...
l'intention de celui qui parle ou écrit	son **type**	narratif, argumentatif...
l'effet qu'il produit sur le destinataire	son **registre**	comique, pathétique...

Le registre satirique

4

☐ OK

LES QUESTIONS CLÉS DU BREVET

- Que dénonce l'auteur ? Quels défauts met-il en valeur ?
- Comment l'auteur ridiculise-t-il sa cible ?

I Définitions

1 Qu'est-ce le registre satirique ?

Une œuvre satirique est un texte ou une image argumentative qui **ridiculise sa cible pour la critiquer** et en faire ressortir les défauts. Elle implique une prise de distance amusée et vise à s'attirer la complicité du lecteur.

Une œuvre satirique peut critiquer ou dénoncer :
– des individus, des institutions ou des groupes sociaux ;
– des mœurs, des comportements (condition des femmes, censure…) ;
– des valeurs ou des idéologies (racisme, argent, dictature…) ;
– des traits de la nature humaine (gourmandise, jalousie, violence…).

2 Les moyens et procédés de la satire et leurs effets

La satire utilise des procédés propres à la fois au registre **polémique** (pour critiquer) et au registre **comique** (pour se moquer).

Procédés utilisés	Effets produits
• vocabulaire péjoratif • images négatives (comparaisons, métaphores, animalisations)	critiquer la cible, la dégrader
Caricature : • hyperboles, accumulations • répétition, gradations	faire rire, ridiculiser la cible en exagérant ses défauts
Ironie : • antiphrase, éloge paradoxal • implicite (allusions, sous-entendus)	révéler les absurdités, se moquer avec la complicité du lecteur
• exclamations • questions rhétoriques	susciter l'adhésion du lecteur

II Exemples

1 Analyser un texte satirique

> « Gnathon ne vit que pour soi, et tous les hommes ensemble sont à son égard comme s'ils n'étaient point. [...] Il ne se sert à table que de ses mains ; [...] Il ne leur épargne aucune de ces malpropretés dégoûtantes, capables d'ôter l'appétit aux plus affamés [...] Il embarrasse tout le monde, ne se contraint pour personne, ne plaint personne, [...] ne pleure point la mort des autres, n'appréhende que la sienne, qu'il rachèterait volontiers de l'extinction du genre humain. »
>
> Jean de La Bruyère, *Les Caractères*, « De l'homme », 1688.

- **Cible** : un personnage de la haute société (Gnathon).
- **Traits critiqués** : comportement égoïste, sans-gêne et répugnant.
- **Procédés utilisés** : vocabulaire péjoratif et hyperboles pour ridiculiser le personnage (caricature) ; répétition du pronom « il », accumulations, réseau d'oppositions entre Gnathon et les autres pour faire ressortir son égoïsme.

2 Analyser un dessin de presse satirique

« Humpff ! C'est quoi un écochychtème ? », Plantu, *Le Monde*, 1er avril 2005.

[Écosystème : ensemble d'organismes vivants qui interagissent entre eux et avec le milieu dans lequel ils vivent.]

- **Cible** : la société de consommation à l'occidentale.
- **Traits critiqués** : les inégalités de richesse, l'égoïsme et l'indifférence des pays occidentaux qui détruisent l'équilibre naturel par leur consommation excessive.
- **Procédés utilisés** : représentation de la Terre sous forme de hamburger (métaphore, mise en valeur par la couleur) ; traits exagérés du goinfre, pour renforcer l'opposition avec le personnage squelettique (qui représente les pays pauvres) ; question naïve qui dénonce ironiquement l'ignorance et l'indifférence des pays développés.

Les niveaux de langue

5

☐ OK

LES QUESTIONS CLÉS DU BREVET

- À quel niveau de langue appartient tel mot (ou expression) ?
- Quel est le niveau de langue dominant dans le texte ?

Quels indices vous ont permis de répondre ?

1 Qu'est-ce qu'un niveau de langue ?

- Il existe plusieurs façons d'exprimer une même idée, qui varient selon la personne qui parle ou la personne à qui l'on parle. C'est ce que l'on appelle les niveaux de langue.
- On en distingue trois principaux : **familier**, **courant**, **soutenu**.

> « Dis donc, tata Marceline, dit Zazie, tu te fous de moi ou bien t'es vraiment sourdingue ? On entend très bien ce qu'ils se racontent. » [familier]
>
> Raymond Queneau, *Zazie dans le métro*, 1959.

> [courant] → Dis-moi, tante Marceline, dit Zazie, est-ce que tu te moques de moi ou es-tu sourde ? On entend très bien ce qu'ils disent.
>
> [soutenu] → Dites-moi, tante Marceline, s'enquit Zazie, essaieriez-vous de me tromper ou seriez-vous atteinte de surdité ? Nous pouvons parfaitement ouïr leurs propos.

2 Comment repérer un niveau de langue ?

On repère un niveau de langue en analysant le **vocabulaire** (ou lexique), la **grammaire** mais aussi la **prononciation**.

Niveau de langue	Vocabulaire	Forme des verbes	Forme des phrases
Familier	Mots familiers, abrégés.	Temps courants. Forme parfois incorrecte.	Phrases souvent elliptiques ou incorrectes. Négations supprimées.
Courant	Mots courants.	Temps courants. Forme correcte.	Phrases simples.
Soutenu	Mots précis, rares.	Temps variés. Concordance des temps.	Phrases correctes, souvent complexes. Négations respectées.

Il existe aussi une **langue dite populaire** ou vulgaire. L'argot relève de ce registre et peut être employé en littérature pour créer un contexte particulier, réaliste ou drôle.

> « Maître Corbeau sur un chêne mastard
>
> Tenait un from'ton dans le clapoir.
>
> Maître Renard reniflant qu'au balcon
>
> Quelque sombre zonard débouchait les flacons […] »
>
> Pierre Perret, « Le Corbeau et le Renard », 1995.

3 À quoi sert de repérer un niveau de langue ?

- Le niveau de langue donne le **ton du texte**.
- Il peut **renseigner sur le personnage**, le narrateur en indiquant : son niveau social et culturel ; son origine géographique ; son âge ; son caractère et sa personnalité.

> « PIERROT. – Je t'aime, tu le sais bian, et je sommes pour estre mariés ensemble. »
>
> Molière, *Dom Juan*, 1665.

Pierrot est un paysan peu cultivé.

> « MAGDELON. – Ah mon père, ce que vous dites là est du dernier bourgeois. Cela me fait honte de vous ouïr parler de la sorte, et vous devriez un peu vous faire apprendre le bel air des choses. »
>
> Molière, *Les Précieuses ridicules*, 1659.

Magdelon est une jeune précieuse qui se pique de parler comme dans les salons ou à la Cour.

L'ESSENTIEL

3 niveaux de langue

- **familier**
  Ex. : *J'y peux rien.*
- **courant**
  Ex. : *Je n'y peux rien.*
- **soutenu**
  Ex. : *Je ne suis pas responsable de la situation.*

La situation d'énonciation

6

☐ OK

LES QUESTIONS CLÉS DU BREVET

- Les consignes qui comportent les mots *énonciation, situation d'énonciation, énoncé, locuteur, narrateur, destinataire.*
- Qui parle ? À qui s'adresse-t-il ?

1 Qu'est-ce que la situation d'énonciation ?

La situation d'énonciation est une situation de communication dans laquelle des **interlocuteurs** produisent un **message oral** ou **écrit** par le **langage**. Par exemple :

Le président de la République adresse un discours aux députés de l'Assemblée nationale.

2 Caractériser une situation d'énonciation

Pour définir cette situation, on se pose les questions suivantes : **qui parle / écrit à qui ?** dans quel but ? dans quelles circonstances (**où, quand**) ?

Éléments	Questions à se poser
Le **locuteur** ou émetteur (celui qui produit le message)	*Qui* parle ? *Qui* écrit ? **Indices** : pronoms et déterminants de la 1re personne ; marques de subjectivité ; niveau de langue.
Le **destinataire** ou récepteur (celui à qui est destiné le message)	*À qui* ? **Indices** : noms en apostrophe ; pronoms et déterminants de la 2e personne.
L'**énoncé** ou message	*Quoi* ? *À quel sujet* ? **Indices** : champ lexical dominant.
Le **but** du message	*Dans quel but* : émouvoir ? informer ? convaincre ? **Indices** : type et registre du texte ; type des phrases.
Le **contexte** ou les **circonstances**	*Où* et *quand* est produit l'énoncé ? **Indices** : marques de l'espace ou du temps ; temps des verbes.

3 Repérer les marques de la situation d'énonciation

Un texte porte des marques de la situation d'énonciation si on peut repérer dans le texte :
- (1) des indices de présence du **locuteur** ▶ FICHE 8 ;
- (2) des indices de présence du **récepteur** ou destinataire ;
- (3) des indices sur le **lieu** et le **temps** où a été prononcé ou écrit le texte.

> Chère amie (2), je (1) vous (2) écris en ce jour de l'an (3) de ma retraite genevoise (3), moi (1) votre ami de toujours...

On dit alors que le texte est **relié à la situation d'énonciation**.

4 Respecter la situation d'énonciation dans une rédaction

Un sujet de rédaction indique les éléments de la situation d'énonciation à respecter. Avant de le traiter, vous devez être très attentif à ces indications.

Voici **un exemple**.

> Un de vos amis [locuteur] vient de visiter un pays du tiers-monde. À son retour [circonstances], il écrit un article dans le journal du collège [destinataire] pour raconter son voyage [message] et créer un élan de solidarité pour les plus pauvres [but]. Écrivez cet article.

Voici les différents éléments dont il faut tenir compte :

- le **locuteur** : vous devez vous mettre à la place de votre ami et employer la première personne du singulier ;
- le **destinataire** : vous vous adressez à des collégiens à la deuxième personne du pluriel ;
- les **circonstances** : vous devez faire référence au voyage que vient d'effectuer votre ami.

L'ESSENTIEL

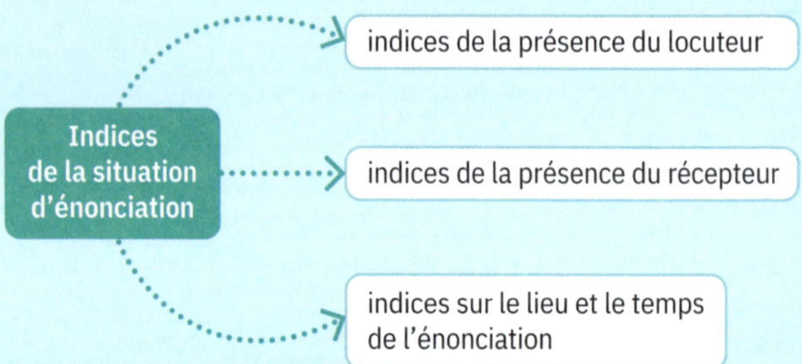

Les paroles rapportées

7

☐ OK

LES QUESTIONS CLÉS DU BREVET

- Qui prononce la phrase « ... » ? Comment nomme-t-on ce type de discours ?
- Transposez les lignes ... au discours indirect en opérant les modifications nécessaires.

1 Qu'est-ce que des paroles rapportées ?

- Quand quelqu'un parle ou écrit, il peut rapporter **les paroles que lui-même ou une autre personne a prononcées**. Cela s'appelle les paroles rapportées.
- Il y a trois façons de rapporter des paroles : le discours direct, le discours indirect, le discours indirect libre.

2 Reconnaître les différents types de discours

- Quand des paroles sont transcrites telles qu'elles ont été prononcées, on parle de dialogue ou de **discours direct**.

  Elle les rassura et leur dit : « Vos parents reviendront sûrement demain ! » [verbe introducteur, guillemets]

Le discours direct donne de la vivacité à un texte et a une **valeur de témoignage authentique**.

- Quand les paroles ne sont pas rapportées comme elles ont été prononcées, mais sous forme de subordonnées ou de groupes prépositionnels à l'infinitif, on parle de **discours indirect**.

  Elle les rassura et leur dit que leurs parents reviendraient sûrement le lendemain. [subordonnée]

  Il leur ordonne de partir. [groupe prépositionnel à l'infinitif]

Le discours indirect permet de **reformuler** les paroles et de raccourcir les passages moins importants du dialogue.

- Quand les paroles sont rapportées comme au discours indirect mais que le verbe principal introducteur et le mot subordonnant ont été supprimés, on parle de **discours indirect libre**.

  Elle les rassura : leurs parents reviendraient sûrement le lendemain !

Le discours indirect libre permet de **ne pas couper la narration**, de garder une vivacité proche du discours direct et de retranscrire les pensées d'un personnage.

3 Comment passer du discours direct au discours indirect ?

Vous devez effectuer des modifications :

- dans la **ponctuation** : supprimer les guillemets, les points d'exclamation, d'interrogation ;
- dans les **pronoms personnels** parfois ;

  Il déclare : « Je gagnerai le championnat demain ! »

  → Il déclare qu'il gagnera le championnat demain.
- dans les **temps verbaux** pour le cas où le verbe introducteur est au passé (voir « Notez bien ») ;
- dans les indications de **temps** et de **lieu** parfois.

  ici → là ; hier → la veille ; demain → le lendemain ;

  la semaine dernière/prochaine → la semaine précédente/suivante

NOTEZ BIEN

Si le verbe introducteur est au passé, vous devez respecter la **concordance des temps** suivante :

Temps dans les paroles prononcées	Temps dans la subordonnée du discours indirect
présent Il cria : « Je ne renonce pas. »	imparfait Il cria qu'il ne renonçait pas.
passé composé Il cria : « J'ai tout perdu. »	plus-que-parfait Il cria qu'il avait tout perdu.
futur Il cria : « Je reviendrai. »	conditionnel présent Il cria qu'il reviendrait.

L'ESSENTIEL

Discours direct → paroles transcrites telles qu'elles ont été prononcées.
Ex. : *Elle dit : « ... »*

Discours indirect → paroles rapportées sous la forme de subordonnées.
Ex. : *Elle dit que ...*

La présence du locuteur

8

☐ OK

LES QUESTIONS CLÉS DU BREVET

- Relevez les marques de la présence du locuteur dans le texte.
- Relevez les termes qui traduisent le jugement / les sentiments du locuteur.

1 Quels sont les indices de la présence du locuteur ?

Ce sont les indices personnels de la 1re personne – pronoms personnels et pronoms ou déterminants possessifs –, qui indiquent la présence du locuteur ou du narrateur dans un texte.

J'ai pris l'habitude de voyager sans me préoccuper de mon avenir.
[pron. pers.] [pron. pers.] [dét. poss.]

2 Quels sont les indices du degré de certitude du locuteur ?

- Selon le cas, le locuteur **affirme, nuance ou met à distance** son propos de façon explicite. Il exprime alors son degré de certitude sur ce qu'il dit.
- Il a recours pour cela à plusieurs moyens :

– des mots ou expressions appelés **modalisateurs** : *assurément, à mon avis, sans doute, peut-être…* ;
– certains **verbes** : *il me semble, devoir* (*il a dû nous oublier*) ;
– les **modes verbaux** : le conditionnel pour une information qu'on ne prend pas à son compte (*il y aurait eu une avalanche*), l'indicatif pour ce que l'on présente comme certain (*il est le meilleur*).

3 Quels sont les indices de jugement du locuteur ?

Pour exprimer un jugement, le locuteur utilise :
– des **verbes de déclaration ou d'opinion** tels que : *je pense que, je juge que…* ;
– des mots **péjoratifs** : dévalorisants, qui donnent une idée ou une vision négative ;

Ce commerçant est un truand.

À noter

Certains **suffixes** donnent à un mot une nuance péjorative. Par exemple :
- *-âtre*

Ex. : *jaune* → *jaunâtre*
- *-asse(r)*

Ex. : *blond* → *blondasse*
traîner → *traînasser*

– des **mots mélioratifs** : élogieux, valorisants, qui donnent une idée ou une vision positive.

Cet élève est un génie. Elle avait une chevelure dorée.

NOTEZ BIEN

À une même réalité peuvent correspondre trois types de dénominations.

Neutre	Méliorative	Péjorative
maison	palace	taudis
cheveux	chevelure	tignasse

4 Quels sont les indices des sentiments du locuteur ?

Pour exprimer ses sentiments dans un texte, le locuteur utilise :

- un **vocabulaire affectif** :

– des **verbes de sentiment** : *je me réjouis que, je crains que, je déteste que…* ;
– les champs lexicaux des sentiments et émotions.

- des **formes de phrase** spécifiques. ▶ FICHE 16

5 Qu'est-ce que l'objectivité, la subjectivité ?

- Quand les émotions ou les sentiments du locuteur sont absents d'un texte, on dit que le texte est **objectif**.

Il y a eu un accident sur la route nationale ce matin.

- Quand le locuteur exprime ses émotions, ses sentiments, ou ceux d'un personnage, on dit que le texte est **subjectif**.

J'ai vu un accident épouvantable qui m'a bouleversé.

L'ESSENTIEL

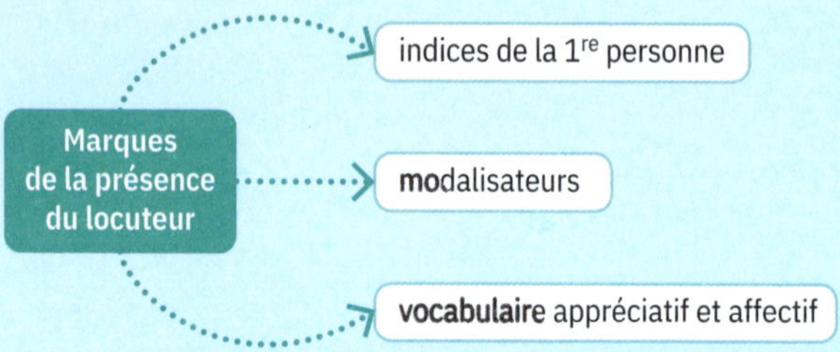

Le statut du narrateur et le point de vue

9

☐ OK

LES QUESTIONS CLÉS DU BREVET

- **Qui raconte la scène ? Justifiez votre réponse en citant des mots du texte.**
- **Quel est le point de vue adopté dans ce texte ?**
- **Quel est le point de vue de l'auteur (du personnage…) sur … ?**

1 Qu'est-ce que le narrateur ?

- Le narrateur est celui qui raconte une histoire et met en scène les personnages de cette histoire. Il ne faut pas le confondre avec l'auteur, la personne réelle qui a inventé et écrit le texte.
- Si le texte est à la 1re personne, le narrateur se situe dans l'histoire. Il fait le récit de sa propre vie (narrateur-personnage) ou d'événements dont il a été témoin.

Sur les bancs du lycée où j'ai usé mes premiers jeans, j'ai côtoyé un garçon nommé Olivier qui excellait à mentir. Avec lui, inutile d'aller au cinéma. Nous y étions en permanence !

- Si le texte est à la 3e personne, le narrateur se situe en dehors de l'histoire et ne participe pas aux événements. Il peut néanmoins apparaître par endroits, à travers des commentaires ou des adresses au lecteur.

2 Que signifie « point de vue » dans un texte narratif ?

- C'est la perspective qu'adopte le narrateur quand il raconte, qu'on détermine en se demandant à travers le regard de qui sont racontées/vues les scènes. Il existe trois points de vue possibles :
  - le point de vue omniscient : le narrateur voit et sait tout. Il est partout à la fois, dans l'espace et dans le temps ;
  - le point de vue interne : le narrateur voit et sait uniquement ce que perçoit subjectivement un personnage ;
  - le point de vue externe : le narrateur voit et sait ce que verrait objectivement une caméra. Il ne raconte que ce qu'il voit de l'extérieur.
- Dans un même récit, le point de vue peut changer.

L'homme portait un petit baluchon de toile beige et une pioche. Il se dirigea vers la grange, puis y pénétra [point de vue externe]. Il reconnut alors une odeur qui lui était familière : elle lui rappelait son enfance et lui donnait envie de pleurer [point de vue interne]. Tous ses ancêtres qui, depuis plusieurs siècles, avaient cultivé le tabac, y avaient été sensibles [point de vue omniscient].

3 Que signifie « point de vue » dans un texte descriptif ?

- C'est l'**angle de vue adopté par celui qui décrit**.
- Définir le point de vue dans un texte descriptif, c'est indiquer **qui** voit, **d'où** il voit et s'il communique ses émotions, ses sentiments ou non (description subjective/objective).

> « D'où j'étais, la vue est admirable. On a Strasbourg sous ses pieds [...] L'Ill et le Rhin, deux jolies rivières, égaient ce sombre amas d'édifices. Tout autour des murailles s'étend à perte de vue une immense campagne pleine d'arbres et semée de villages. [...] »
>
> Victor Hugo, *Le Rhin*, 1838.

Dans cet exemple, le point de vue est celui du narrateur, qui décrit le paysage d'en haut et de façon subjective.

4 Que signifie « point de vue » dans un texte argumentatif ?

- Le point de vue de quelqu'un sur un sujet (ou un thème) précis, c'est sa façon de l'aborder, son **opinion**, sa **thèse**.
- Définir le point de vue dans un texte argumentatif, c'est répondre aux questions suivantes :
  - quelle est la thèse (ou l'opinion) défendue ?
  - sur quels arguments s'appuie cette opinion ?

Quel est le point de vue de l'auteur sur le tabac ?

Son point de vue est que le tabac est nocif [thèse] ; en effet, il nuit à la santé [argument 1] et coûte cher [argument 2].

L'ESSENTIEL

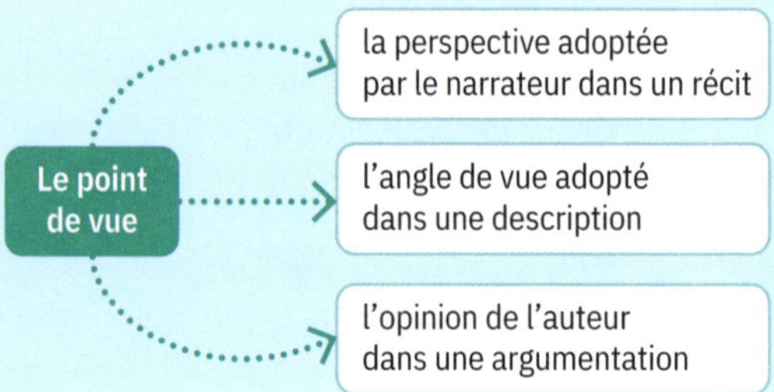

Les figures de style

10

☐ OK

LES QUESTIONS CLÉS DU BREVET

- Quel procédé / Quelle figure de style l'auteur utilise-t-il ? Quel est l'effet produit ?
- Relevez une comparaison / métaphore / personnification / énumération / accumulation…

1 Qu'est-ce qu'une figure de style ?

Une figure de style est un **moyen d'expression particulier**, que l'auteur utilise **pour produire un effet**.

> *Victor Hugo se rend sur la tombe de sa fille et écrit :*
> « Demain dès l'aube, à l'heure où blanchit la campagne […]
> J'irai par la forêt, j'irai par la montagne. »
> Victor Hugo, *Les Contemplations*, 1856.

La répétition de *j'irai* en début de proposition est une **anaphore** : Hugo insiste sur sa détermination.

2 La comparaison et la métaphore

- La **comparaison** rapproche un élément (le comparé) d'un autre élément (le comparant) par un point commun, à l'aide d'un mot-outil de comparaison (*comme*, *tel*…).

  des cheveux blonds comme les blés

Info

Une métaphore qui s'étend sur plusieurs mots ou phrases est une **métaphore filée**.

- La **métaphore** fait de même mais sans mot-outil.

  l'or de sa chevelure

Elle repose sur divers moyens grammaticaux :
– un complément de nom : *une chevelure d'or* ;
– un attribut : *les yeux sont le miroir de l'âme* ;
– une apposition : *soleil, roi de l'univers*.

- La comparaison et la métaphore **créent une image** en rapprochant deux réalités. Elles ont un pouvoir de suggestion poétique.

3 La personnification

La personnification représente une chose ou un animal **sous les traits d'une personne**. C'est un cas particulier de la métaphore.

> « Le piano solitaire se plaignit […] ; le violon l'entendit, lui répondit. »
> Marcel Proust, *À la recherche du temps perdu*, 1913-1927.

4 L'énumération, l'accumulation, la gradation

Ces figures créent un effet d'**insistance**.

- L'**énumération** juxtapose, à l'aide de virgules, plusieurs mots de même fonction pour former une liste.

> « Adieu veau, vache, cochon, couvée. »
>
> Jean de La Fontaine, *Fables*, 1678.

- L'**accumulation** est une énumération très longue.

> « Frère Jean aux uns écrabouillait la cervelle, aux autres rompait bras et jambes, aux autres démettait les vertèbres du cou, aux autres disloquait les reins [...] »
>
> François Rabelais, *Gargantua*, 1534.

Mot clé

La répétition d'une même expression au début de plusieurs membres de phrase s'appelle une **anaphore**.

- La **gradation** est une énumération dont les éléments sont classés par intensité croissante ou décroissante.

5 L'hyperbole et la litote

- L'**hyperbole** est une exagération qui dépasse la réalité et met en valeur une idée, une émotion.

Il a écrit des milliers et des milliers de lettres.

- À l'inverse, une **litote**, c'est dire le moins pour faire comprendre le plus.

> « CHIMÈNE. – Va, je ne te hais point. » [= Je t'aime]
>
> Pierre Corneille, *Le Cid*, 1637.

L'ESSENTIEL

Les figures de style

figures de sens
- comparaison
- métaphore
- hyperbole
- personnification...

figures de construction
- énumération
- accumulation
- anaphore...

Répondre aux questions sur un texte

11

☐ OK

Il faut distinguer les questions ponctuelles (qui se rapportent à un court passage du texte et demandent une réponse brève) des questions plus complexes (qui portent sur une large partie ou l'ensemble du texte et demandent une réponse plus fournie et argumentée).

I Répondre à une question ponctuelle

1 La méthode

- Analysez bien la **consigne** : relevez et définissez pour vous-même les mots importants de la question.
- Dans le passage indiqué, relevez **les mots qu'il faudra citer** pour justifier la réponse.
- Essayez de **qualifier** les mots que vous citez (quels types de mots l'auteur utilise-t-il ? qu'évoquent ces mots ? etc.).
- Répondez brièvement mais sous forme de **phrases complètes**.

Conseil

Quand vous faites un relevé, ne soulignez pas des lignes entières mais exactement le mot ou l'expression utile.

2 Un exemple

> « Ce qui me grisa lorsque je rentrai à Paris, en septembre 1929, ce fut d'abord ma liberté. J'y avais rêvé dès l'enfance, quand je jouais avec ma sœur à "la grande jeune fille". Étudiante, j'ai dit avec quelle passion je l'appelai. Soudain, je l'avais ; à chacun de mes gestes, je m'émerveillais de ma légèreté. Le matin, dès que j'ouvrais les yeux, je m'ébrouais, je jubilais. »
>
> Simone de Beauvoir, *La Force de l'âge*, 1960.

- **Question**

Lignes 1 à 6 : Relevez trois mots qui illustrent le sentiment dominant de ce passage. Quelle en est la cause ? (2 points)

- **Corrigé**

Les mots « grisa », « m'émerveillais », « jubilais » expriment la joie, qui est le sentiment dominant dans ce passage. Ce sont des mots mélioratifs et hyperboliques. La joie de la narratrice s'explique par la liberté d'action qu'elle a nouvellement acquise.

II Répondre à une question plus complexe

1 La méthode

Pour ces questions, il faut approfondir à la fois l'analyse de la consigne et du texte, mais aussi la rédaction.

- **Travail sur le texte** : classez les mots relevés selon des catégories utiles pour la réponse. Vous pouvez vous aider de différentes couleurs.
- **Organisation de la réponse** : tirez de votre relevé des idées (2 ou 3) qui répondent à la question complexe. Construisez votre réponse en paragraphes – un par idée.
- **Rédaction** : pour justifier chaque idée, citez le texte en intégrant à vos propres phrases, entre guillemets, les mots que vous aurez repérés, sans oublier de les qualifier.

Remarque

Par des expressions du type « selon vous... » ou « vous paraît-il », certaines questions vous incitent à donner votre point de vue. Vous devez exprimer votre perception personnelle, sans oublier de vous appuyer sur le texte.

2 Un exemple

> « Je viens d'avoir trente-quatre ans [...]. Au physique, je suis de taille moyenne, plutôt petit. J'ai des cheveux châtains coupés court afin d'éviter qu'ils ondulent, par crainte aussi que ne se développe une calvitie menaçante. [...] j'ai honte d'une fâcheuse tendance aux rougeurs et à la peau luisante. Mes mains sont maigres, assez velues, avec des veines très dessinées ; mes deux majeurs, incurvés vers le bout, doivent dénoter quelque chose d'assez faible ou d'assez fuyant dans mon caractère. »
>
> Michel Leiris, *L'Âge d'homme*, 1939.

- **Question**

S'agit-il d'un portrait physique ou moral ? Étudiez sa construction (6 pts).

- **Corrigé**

• Le portrait est au premier abord essentiellement physique. Il commence par des notations générales (âge, taille, cheveux). Il s'arrête ensuite sur le visage (yeux, teint) puis décrit le reste du corps (mains). On remarque qu'il est assez peu flatteur (« petit », « calvitie », « maigres »).

• Cependant, les considérations physiques débouchent sur une caractérisation morale. L'auteur ressent de la honte à cause de son apparence : de sa tendance aux rougeurs, et de ses doigts qui dénotent d'après lui un caractère faible.

Analyser une image

12

☐ OK

Dans le cadre de l'épreuve de français comme dans celui de l'épreuve orale, il faut savoir analyser, comprendre une image et en dégager les enjeux.

I Méthode

1 Présenter objectivement l'image

- Dressez d'abord la **fiche d'identité de l'image** : titre, auteur, date de création, lieu de conservation, type d'image (dessin, photographie...), matériau et support, format et dimensions.
- Précisez ensuite **ce qui est représenté** (= ce que vous voyez) :
  - genre (portrait, paysage, nature morte, image abstraite...) ;
  - sujet (personnage, lieu, événement représenté...) ;
  - tonalité (comique, satirique, pathétique, poétique...).
- Situez l'œuvre **dans son contexte** historique, politique, social et culturel (= ce que vous savez) : mouvement artistique, influences...

2 Décrire techniquement l'image

- Décrivez méthodiquement l'image en identifiant ses composantes : comment le sujet est-il représenté ?
- Analysez :
  - le **cadrage** (champ et hors champ ; point de vue ; type de plan) ;
  - la **composition** (plans, lignes dominantes, points de force...) ;
  - les **couleurs**, les **lumières**... ;
  - le **texte** éventuel qui l'accompagne ;
  - les **procédés** de superposition, déformation, contraste.

> **Attention**
> Ne confondez pas les types de plan (plan d'ensemble, gros plan, etc.) avec les plans de l'image (premier plan, second plan, arrière-plan).

3 Interpréter l'image

Pour interpréter et comprendre une image, déterminez :
- les **émotions, impressions ou réactions** qu'elle exprime (point de vue de l'artiste) et qu'elle suscite (point de vue du spectateur) ;
- sa **visée** (fonction) : raconter, décrire, informer, argumenter (dénoncer, célébrer...) ;
- son **message**, sa valeur symbolique.

II Exemple

Vladimir Kush, *Départ du bateau ailé*, ca. 2000. Huile sur toile, 79 × 99 cm.

1 Présentation de l'œuvre

• Huile sur toile de 79 × 99 cm peinte vers l'an 2000 par Vladimir Kush, artiste russe marqué par le peintre espagnol surréaliste Dalí.

• **Sujet** : un bateau dont les voiles sont des papillons s'éloigne du rivage où se trouvent des hommes munis de filets à papillons.

2 Description de l'œuvre

• **Cadrage** (point de vue) : vue frontale, depuis le rivage.

• **Composition** :

Trois plans : le rivage, où se trouvent des hommes et un papillon mort (1er plan), le bateau ailé (2nd plan), le ciel (arrière-plan).

Diagonales qui structurent l'espace → mouvement dynamique
Ligne d'horizon qui sépare mer et ciel → espace infini

• **Couleurs et lumières** : contraste entre des couleurs chaudes et lumineuses pour le bateau ; froides et sombres pour le rivage.

3 Interprétation de l'œuvre

• **Visée** (fonction) : décrire le monde de manière poétique et esthétique.

• **Impressions** : le spectateur est attiré par le bateau tout en s'identifiant aux personnages qui restent sur le rivage.

• **Message, valeur symbolique** : à travers un jeu sur les contrastes, l'artiste oppose la beauté de l'imaginaire (bateau ailé) à la dureté de la réalité (rivage inhospitalier). Il invite le spectateur à rêver pour échapper à sa condition de mortel : ce tableau est un *memento mori*, mais plein d'optimisme.

Analyser une séquence filmique

13

☐ OK

Lors de l'épreuve orale du brevet, vous pourrez être amené à présenter un film ou une de ses séquences. Comment faut-il procéder ?

I Méthode

1 Présenter le film et la séquence à étudier

- Faites la **fiche d'identité** du film : titre, réalisateur, date de sortie, nationalité, genre du film (action, animation, drame…), durée, acteurs principaux.
- **Résumez l'intrigue** en répondant aux questions : qui (personnages) ? quoi (événements et thèmes) ? où ? quand ?

> Dans *Les Temps modernes*, film américain muet en noir et blanc sorti en 1936, quelques années après la crise de 1929, Charlie Chaplin aborde une question de société : la place de l'homme dans le monde industriel moderne.

- **Situez et décrivez la séquence** (ou les photogrammes) à analyser : durée, moment de l'histoire, personnages, décor, événements…

Mots clés

Un **plan** est un ensemble d'images enregistrées au cours d'une **prise de vue** (entre le « Moteur ! » et le « Coupez ! »). Une **séquence** est une unité narrative constituée de plusieurs plans.

2 Décrire techniquement la séquence

- Identifiez **la succession des plans et le montage** (champ-contre-champ, fondu enchaîné…). Observez également **les mouvements de caméra** (plan fixe, travelling, zoom…).
- Analysez les différents plans comme vous le feriez pour une image fixe, en observant **le cadrage, la composition, la lumière et les couleurs**.
- Décrivez **la bande-son** (dialogues, bruits, musique ou silence). Les sons peuvent être *in*, hors-champ ou *off*, selon où se trouve la source.
- Étudiez **le jeu des acteurs** : déplacements, expressions du visage…

3 Interpréter la séquence

Comme pour une image fixe ▶ FICHE 12, déterminez :
– les **émotions, impressions ou réactions** que la séquence suscite (point de vue du spectateur) et qu'elle exprime (point de vue de l'artiste) ;
– sa ou ses visées (**fonctions**) : raconter, décrire, informer, argumenter ;
– son **sens** : que révèle la mise en scène sur les intentions du cinéaste ?

II Exemple

Vous pouvez vous rendre sur YouTube pour visionner cette séquence.

Charlie Chaplin, *Les Temps modernes (Modern Times)*, 1936.

1 Description

- **Séquence d'ouverture** du film, juste après le générique.
- Deux **plans d'ensemble** juxtaposés en **fondu enchaîné**, peu éclairés et filmés symétriquement en plongée : l'un montre un troupeau de moutons, l'autre des ouvriers sortant du métro. Les deux groupes se déplacent dans le même sens, au son d'un même thème musical rythmé et précipité.
- Un seul mouton se distingue du troupeau par sa couleur noire (couleur des vêtements traditionnels de Charlot).

2 Interprétation

- **Visée** (fonction) : argumenter, critiquer l'industrie moderne.
- **Impressions** : le spectateur est à la fois amusé et intrigué par la juxtaposition de ces deux plans qui assimile les ouvriers à des moutons.
- **Message** : ces deux premières images introduisent les thèmes principaux du film. En les juxtaposant, Chaplin dénonce l'industrie de son époque qui transforme les ouvriers en animaux soumis. La présence du mouton noir, qui symbolise le marginal (et donc Charlot), invite à s'interroger sur la place de l'individu : quel sera son sort dans ces « Temps modernes » ?

Confronter un texte et une image

14

☐ OK

Le corpus sur lequel s'appuie le sujet de brevet inclut systématiquement une image. Une des questions vous invite à comparer le texte et l'image.

I Méthode

- Analysez chaque document et établissez un **tableau comparatif** (voir au verso).
- Interprétez ensuite ce tableau : quelles ressemblances et quelles différences observez-vous ? **Justifiez vos remarques** par des références précises aux documents.
- Essayez d'**expliquer** ces différences ou ces ressemblances (contexte, visée...).

Conseils

- N'analysez pas les documents l'un après l'autre mais organisez vos idées d'après leur confrontation (ressemblances/différences).
- Soyez attentif à la date de création (du texte et de l'image) qui donne souvent des indications utiles (historiques, sociales...).

II Exemple

1 Documents

- **Document 1** : extrait de *Voyage au bout de la nuit*, L.-F. Céline

> « J'ai vu les grands bâtiments trapus et vitrés, des sortes de cages à mouches sans fin, dans lesquelles on discernait des hommes à remuer, mais remuer à peine, comme s'ils ne se débattaient plus que faiblement contre je ne sais quoi d'impossible. C'était ça Ford ? [...] La visite [médicale avant l'embauche], ça se passait dans une sorte de laboratoire [...].
>
> – Vous n'êtes pas venu ici pour penser, mais pour faire les gestes qu'on vous commandera d'exécuter. Nous n'avons pas besoin d'imaginatifs dans notre usine. C'est de chimpanzés dont nous avons besoin. »

Louis-Ferdinand Céline, *Voyage au bout de la nuit*, 1932.

- **Document 2** : séquence d'ouverture du film *Les Temps modernes*, de Ch. Chaplin. ▶ FICHE 13

2 Analyse au brouillon

	Texte	Image
Sujet/thème	le travail à la chaîne	le travail à la chaîne
Genre	roman autobiographique	film en noir et blanc
Registre/tonalité	pathétique	satirique, ironique
Point de vue	interne (texte à la 1re personne)	plongée (observateur qui domine le sujet)
Composition	description, dialogue, pensées du narrateur	plan d'ensemble
Procédés	métaphore, animalisation	plans juxtaposés
Fonction	argumenter	argumenter
Effets	pitié, révolte	rire ou sourire
Message	l'industrie aliène l'homme, qui perd son individualité	l'industrie aliène l'homme, qui perd son individualité

3 Réponse rédigée

• L'extrait du *Voyage au bout de la nuit*, **roman** à la 1re personne de Céline (1932), décrit la visite médicale du protagoniste pour être embauché dans une usine Ford aux États-Unis. La séquence initiale du **film en noir et blanc** de Charlie Chaplin *Les Temps modernes* (1936) présente le début d'une journée de travail des ouvriers.

• Les deux documents abordent, à peu près à la même époque, à la suite de la crise de 1929, le **même sujet** : la condition des ouvriers qui travaillent à la chaîne. Le texte et l'image sont argumentatifs et visent à **dénoncer la modernisation** qui aliène l'Homme et lui enlève toute individualité.

• Pour rendre compte de cette déshumanisation, Céline et Chaplin recourent tous deux au **procédé de l'animalisation** : Céline, du point de vue interne du protagoniste, parle de « cages à mouches » et de « chimpanzés ; Chaplin juxtapose deux plans en plongée, le premier sur un troupeau de moutons entassés, le deuxième identique mais sur une foule d'ouvriers au sortir du métro vers l'usine.

• Cependant, les deux documents diffèrent dans leur **tonalité** : le texte est pathétique tandis que le film fait sourire.

Les pronoms

15

☐ OK

En latin, *pro* signifie « à la place de ». En général, un *pronom* est mis à la place d'un nom qui précède.

I Qu'est-ce qu'un pronom ?

1 Pronoms et référents

- Un pronom est un mot variable qui sert en général à **remplacer un mot ou un groupe de mots** présents dans le contexte.

Ben ne retrouve pas ses lunettes. Il ne sait pas où il les a rangées.

Le pronom *il* remplace *Ben* ; le pronom *les* remplace *ses lunettes*.

Les écologistes sont inquiets. Les scientifiques le sont aussi.

Le pronom *le* remplace la proposition qui précède.

- Certains pronoms, cependant, **ne remplacent aucun mot** ou groupe de mots. C'est le cas des pronoms personnels des 1re et 2e personnes qui renvoient au locuteur ou à l'interlocuteur de la situation d'énonciation.

2 Les différentes catégories de pronoms

Pronoms personnels	*je, tu, il, me, toi, elles, les, leur, se, soi…*
Pronoms démonstratifs	*ce, celui, celle, ceux, celles, ceci, cela…*
Pronoms possessifs	*le mien, la tienne, les siennes, le nôtre, le vôtre…*
Pronoms relatifs	*qui, que, dont, où, lequel, laquelle, lesquels…*
Pronoms indéfinis	*aucun, quelques-uns, chacun, personne…*
Pronoms interrogatifs	*qui ? que ? quoi ? lequel ? auquel ? auxquels ?…*

NOTEZ BIEN

- *Leur* pronom personnel, que l'on peut remplacer par « lui », est invariable (contrairement au déterminant possessif *leur*).
  Je leur [= lui] souris. Mais : Je vois leurs [≠ lui] amis.
- Les pronoms démonstratifs ont des formes composées avec *-ci* (idée de proximité) ou *-là* (idée d'éloignement).
  ce garçon-ci, celui-ci ; ce garçon-là, celui-là.
- *Le(s) nôtre(s), le(s) vôtre(s)* se distinguent orthographiquement des déterminants possessifs par leur accent circonflexe.
  Je vois notre maison. Mais : Je vois la nôtre.

II Bien utiliser les pronoms

1 Trouver le référent d'un pronom dans un texte

- Quand une phrase comprend plusieurs pronoms, il est nécessaire de bien identifier le mot ou groupe de mots remplacé (ou référent) de chacun pour **comprendre le sens.**

Alors qu'Argante s'apprête à punir Scapin, celui-ci lui apprend qu'il est le père de Zerbinette.

Le pronom *celui-ci* remplace le nom le plus proche : *Scapin*.

Le pronom *il*, lui, remplace *Argante*.

- Dans le cas d'un pronom relatif sujet *qui,* cette recherche permet de bien **accorder le verbe** de la subordonnée relative. ▶ FICHE 18

Nous rapportions des douzaines de sauterelles, qui continuaient à grésiller dans nos poches tressautantes. (D'après M. Pagnol)
C'est toi qui étais le meilleur.

2 Éviter une répétition à l'aide d'un pronom

- Quand on rédige un texte, on commet souvent des répétitions de noms ou de groupes nominaux. Pour éviter ces répétitions qui alourdissent la phrase, on peut recourir à des pronoms.
- Voici l'exemple d'un texte avec des répétitions :

Aujourd'hui j'ai découvert le désert. Nulle trace de vie. La solitude et moi. Pourtant, dans ce désert, j'ai découvert la vie, et pas seulement ma vie ; la vie, absurde et obstinée, qui pousse l'homme à survivre, quand tout crie à l'homme sa petitesse et sa fragilité.

Et voilà le passage tel qu'il a été réécrit après relecture :

→ Aujourd'hui j'ai découvert le désert. Nulle trace de vie. La solitude et moi. Pourtant, j'y ai découvert la vie, et pas seulement la mienne ; aussi celle, absurde et obstinée, qui pousse l'homme à survivre, quand tout lui crie sa petitesse et sa fragilité.

À noter

Les pronoms relatifs ou interrogatifs *lequel, auquel, duquel* s'accordent avec leur référent.
Ex. : *L'œuvre de Maupassant compte plus de trois cents nouvelles* ***auxquelles*** *s'ajoutent six romans.*

La phrase, les types de phrase

16

☐ OK

LES QUESTIONS CLÉS DU BREVET

- Quel est le type de phrase dominant dans ce passage ?
- Quel est le rôle de la phrase interrogative « ... » ?

1 Phrase verbale et phrase nominale

- Une **phrase verbale** a pour noyau un ou plusieurs verbes conjugués.

  Il a gagné tous les matchs du tournoi.

- Une **phrase non verbale** est une phrase sans verbe principal.

  Incroyable, mais vrai !

- Une **phrase nominale** est une phrase non verbale organisée autour d'un nom (ou d'un groupe nominal) qui lui sert de noyau.

  Quel champion sensationnel !

NOTEZ BIEN

Les phrases non verbales créent un **effet stylistique**. Elles peuvent :

- traduire la force d'une émotion, d'une idée ;
  L'angoisse... L'angoisse absolue...
- accélérer le rythme d'un texte narratif, créer le suspense.
  Une ombre... Des bruissements étranges... Une forme assise sur un rocher... Quelle frayeur !

2 Les différents types de phrase

- Le type (ou la modalité) d'une phrase dépend de **l'intention** de celui qui la prononce. Les phrases suivantes parlent de la même action, mais selon des modalités différentes.

  Nous travaillons. Travaillons-nous ? Travaillons. Encore travailler !

- On distingue **quatre grands types** de phrases.

Intention	Type de phrase	Exemple
Exprimer un fait	déclaratif	Je n'en veux pas.
Poser une question	interrogatif	À quoi penses-tu ?
Donner un ordre	impératif (ou injonctif)	Sors d'ici !
Exprimer une émotion	exclamatif	Comme il est beau !

3 Les particularités de la phrase interrogative

- L'interrogation est :

– **totale** si la réponse attendue est de type *oui* ou *non* ;
– **partielle** si la réponse attendue consiste en un mot ou un groupe de mots qui donne une information. Elle est alors introduite par un mot interrogatif : *Qui ? Que ? Où ?...*

- La structure de la phrase interrogative varie **selon le niveau de langue** du locuteur.

  • **Tu veux quoi ?**
  [non-inversion du sujet + mot interrogatif incorrect → langue familière]

  • **Est-ce qu'il a raison ?**
  [la question est introduite par *Est-ce que...* ? → langue courante]

  • **Viendrez-vous ? Quand Chloé viendra-t-elle ?**
  [inversion du sujet simple ou complexe → langue soutenue]

> **Remarque**
> Tous les types de phrases peuvent être mis sous deux formes : affirmative ou négative.

- La phrase interrogative peut avoir plusieurs rôles. Elle peut :

• être une simple **demande d'information** ;

  As-tu froid ?

• indiquer le doute ou la réflexion (**délibération**) ;

  Que faire ?

• être une fausse question comportant déjà en elle-même la réponse (**question rhétorique**).

  Il prend d'énormes risques ! Et tu trouves cela intelligent ?

L'ESSENTIEL

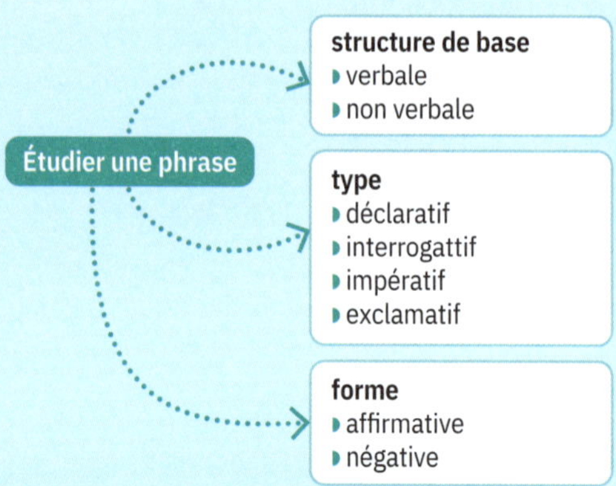

La proposition : juxtaposition, coordination, subordination

17

☐ OK

LES QUESTIONS CLÉS DU BREVET
- La phrase « ... » est-elle simple ou complexe ?
- Dans les phrases « ... », comment sont reliées les propositions ? Quel effet cela produit-il ?

I Les différents types de proposition

1 Qu'est-ce qu'une proposition ?

- Une proposition est un **groupe de mots** organisé **autour d'un verbe** (en général conjugué).

  Nous avons observé une nouvelle planète.

- Pour repérer le nombre de propositions dans une phrase, on compte les verbes conjugués.

  [Je savais] [qu'il était parti] [avant que l'orage n'éclate].
  [3 verbes donc 3 propositions]

- Une phrase **simple** ne comprend qu'une seule proposition ; une phrase **complexe** en comprend au moins deux.

2 Indépendante, principale et subordonnée

- Il y a les propositions qui peuvent se dire toutes seules :
– la proposition **indépendante** (aucune proposition ne dépend d'elle) ;

  [Julien est malade] : [il ne sort pas ce soir].
  prop. indépendante — prop. indépendante

– la proposition **principale** (une ou plusieurs autres propositions dépendent d'elle).

  [Je sais] [que tu es malade].
  prop. principale — prop. subordonnée

- À l'inverse, les propositions **subordonnées** ne peuvent pas se dire toutes seules ; elles dépendent d'une proposition principale.

  [Julien ne sort pas ce soir] [parce qu'il est malade].
  prop. principale — prop. subordonnée

Attention

La proposition principale ne précède pas toujours sa (ses) subordonnée(s).
Ex. : *Parce qu'il a menti, il est puni.*

II Trois types de liens entre les propositions

1 La juxtaposition

- Deux propositions sont juxtaposées quand elles sont **« posées » l'une à côté de l'autre**, sans mot pour les relier ; elles sont simplement séparées par un signe de ponctuation : virgule, point-virgule ou deux points.
- La juxtaposition peut créer un **effet stylistique**. Elle permet de :

– créer un effet de rapidité ;

> « Je suis venu, j'ai vu, j'ai vaincu. » (Jules César)

– gommer la relation logique entre deux faits de manière frappante ; la relation devient alors implicite.

Je suis contre la peine de mort : elle peut frapper des innocents.

2 La coordination

Deux propositions sont coordonnées quand elles sont **reliées par une conjonction de coordination** (*mais*, *ou*, *et*, *donc*, *or*, *ni*, *car*) ou un adverbe de liaison (*puis*, *en effet*...).

[Il m'a secouru] mais [n'a pas voulu me donner son nom].
deux prop. indépendantes coordonnées par *mais*

3 La subordination

La subordination est le rapport qui unit une proposition subordonnée à une proposition principale. En général, ce lien de subordination se fait à l'aide d'un **mot subordonnant** qui relie les deux propositions (conjonction de subordination, pronom relatif, mot interrogatif).

[Il s'est mis en colère] [parce que l'ordinateur ne marchait plus].
prop. principale — prop. subordonnée

L'ESSENTIEL

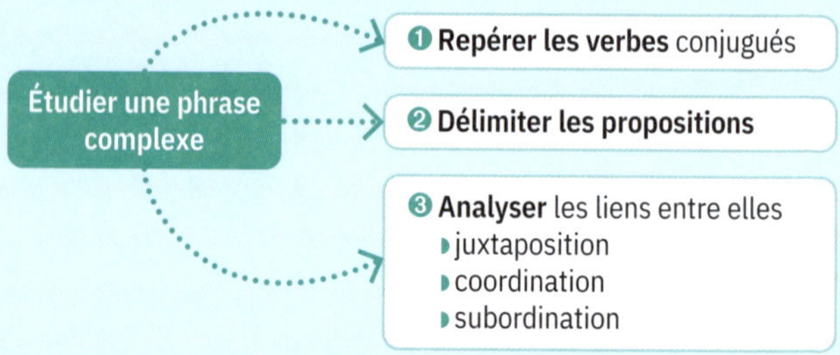

Les propositions subordonnées

18

☐ OK

LES QUESTIONS CLÉS DU BREVET

- **Indiquez la nature et la fonction de la proposition « ... ».**
- **Relevez une proposition subordonnée relative (ou complétive, ou circonstancielle).**

1 Les différentes subordonnées

Il existe deux grandes « familles » de subordonnées :
– celles qui donnent un renseignement sur un nom, qu'on appelle les propositions subordonnées **relatives** ;
– celles qui donnent un renseignement sur un verbe.

Ces propositions sont elles-mêmes divisées en :
– subordonnées **complétives** (elles sont COD du verbe) ;
– subordonnées **circonstancielles** (elles sont compléments circonstanciels du verbe).

Certaines propositions ne comportent **pas de verbe conjugué** et ne sont pas introduites par des mots subordonnants (conjonctions de subordination, pronoms relatifs...) :
– la proposition **infinitive**, qui est une subordonnée complétive dont le verbe est à l'infinitif ;

[J'entends] [les musiciens jouer un air connu.]
prop. principale — prop. infinitive, COD du verbe *entends*

– la proposition **participiale**, qui est une subordonnée circonstancielle dont le verbe est au participe.

[Son concert achevé], [le chanteur salua le public.]
prop. participiale, CC de temps du verbe *salua* — prop. principale

2 Propositions donnant un renseignement sur un nom

Fonction	Complément de l'antécédent
Nature	Relative
Mot introducteur	Pronom relatif (*qui, que, dont, où, lequel...*)
Exemple	J'ai invité l'ami dont je t'ai parlé.

Mot clé

L'**antécédent** est le mot (GN, pronom) que remplace le pronom relatif. Il est en général placé avant le pronom relatif.

3 Propositions donnant un renseignement sur le verbe principal

	Proposition subordonnée donnant un renseignement sur le verbe principal...		
	... sur l'objet de l'action		... sur une circonstance de l'action
Fonction	Complément d'objet du verbe principal		Complément circonstanciel du verbe principal
Nature	Conjonctive	Interrogative indirecte	Conjonctive
Mot introducteur	Conjonction de sub. *que*	Mot interrogatif	Conjonction de subordination
Comment la repérer ?	Elle complète un verbe de parole, de jugement ou de sentiment.	Elle complète un verbe impliquant une question.	Elle exprime selon le cas : le temps, la cause, le but, la conséquence, la condition, la concession, la comparaison…
Exemple	J'espère qu'il viendra.	Il m'a demandé si j'acceptais.	Quand il sera là, nous déjeunerons.

L'ESSENTIEL

Les propositions subordonnées

Natures
- relative
- conjonctive
- infinitive
- participiale

Fonctions
- c. de l'antécédent
- CO (= complétive)
- CC

Cause, conséquence et but

19

☐ OK

LES QUESTIONS CLÉS DU BREVET

- **Dans la phrase « … », distinguez la cause et la conséquence.**
- **Modifiez la phrase « … » de façon à exprimer la cause (ou la conséquence) sous la forme d'une subordonnée.**

1 Comment distinguer la cause de la conséquence ?

- La conséquence est le résultat réel d'un autre fait qui est sa cause. Il n'y a donc **pas de conséquence sans cause**.
- Sur la ligne du temps, la cause précède toujours la conséquence.

Il a beaucoup mangé, si bien qu'il a eu une indigestion.

cause ········ conséquence ········>

il a beaucoup mangé ········ il a eu une indigestion

NOTEZ BIEN

On peut exprimer **le même rapport cause/conséquence de plusieurs façons**. Voici les deux plus courantes, qui peuvent donner lieu à des exercices de transformation :

- proposition principale (qui exprime la cause)
+ proposition subordonnée (qui exprime la conséquence)

Il s'est tant entraîné	qu'il a gagné.
p. princ. : cause	sub. de conséquence

- proposition principale (qui exprime la conséquence)
+ proposition subordonnée (qui exprime la cause)

Il a gagné,	parce qu'il s'est beaucoup entraîné.
p. princ. : conséquence	sub. de cause

2 Comment distinguer le but de la conséquence ?

- La **conséquence** est un **fait réel** qui résulte d'un autre fait réel.

Le **but**, lui, exprime un **fait non encore réalisé**, le résultat qu'on cherche à atteindre dans le futur (et qui ne sera peut-être pas atteint). Il exprime une intention, un désir, un objectif (on dit aussi une « fin »).

● Comme la conséquence, le but se situe sur la ligne du temps après un autre fait.

Il fait des tours pour qu'on l'admire.

but

il fait des tours — pour qu'on l'admire [mais il n'est pas sûr que son désir se réalise]

NOTEZ BIEN

Le but s'exprime par un groupe prépositionnel à **l'infinitif** quand le sujet est le même pour les deux verbes de la phrase.

Le professeur donne un contrôle [sujet de *donne* et de *avoir*] pour avoir la paix. [but]

3 Les modes verbaux dans les subordonnées de conséquence et de but

● Comme la **conséquence** exprime un fait réel, on emploie en général **l'indicatif** dans les subordonnées de conséquence.

Il a sauté si haut qu'il a battu le record mondial.

● Comme le **but** exprime un fait non réalisé qui aura lieu ou non, on emploie le **subjonctif** dans les subordonnées de but.

L'entraîneur prépare son équipe pour qu'elle soit la meilleure.

Attention

Les terminaisons *-e, -es, -ent* du subjonctif présent ne s'entendent pas toujours.
Ex. : *Que faire pour qu'il me voi**e** dans la foule ?*

L'ESSENTIEL

Rapport logique	Question clé	Exemple
cause fait 1 ← fait 2	*à cause de quoi ?*	Il a mal parce qu'il s'est blessé.
conséquence fait 1 → fait 2	*avec quel résultat ?*	Il a triché, si bien qu'il a été puni.
but fait 1 → fait 2	*dans quel but ?*	Il m'a téléphoné pour que je ne m'inquiète pas.

Condition, opposition et concession

20

☐ OK

LES QUESTIONS CLÉS DU BREVET

- Trouvez une proposition subordonnée de condition.
- Cette proposition exprime-t-elle une concession ou une opposition ?

1 Qu'est-ce que la condition, l'hypothèse ?

La condition et l'hypothèse expriment un fait dont dépend la réalisation d'un autre fait.

- Si les deux faits sont réalisables et vérifiables, on parle de **condition** et on utilise l'indicatif.

  Si on met de l'engrais, les fleurs poussent mieux.

Attention

On n'emploie jamais le conditionnel dans la subordonnée de condition introduite par *si*.
Ex. : *Si j'avais ton talent, je serais content.*

- Si les deux faits, au moment où l'on parle, n'existent ni dans le passé ni dans le présent, on parle d'**hypothèse** et on utilise le conditionnel dans la principale.

  Si les hommes étaient immortels, la terre serait surpeuplée.

2 Qu'est-ce que l'opposition, la concession ?

- Exprimer une **opposition**, c'est montrer que deux faits mis en relation sont contraires ou contradictoires.

  Ils se sont baignés, alors que c'était interdit.

- Exprimer une **concession**, c'est accepter partiellement une affirmation qu'on ne partage pas, pour la rectifier.

  Bien qu'il soit gentil, je ne l'apprécie pas.

  [= il est gentil, je suis d'accord, mais je ne l'apprécie pas]

L'ESSENTIEL

Opposition → expression clé : **au contraire**
Ex. : *Tu es colérique alors que ton frère ne l'est pas.*

Concession → expression clé : **d'accord, mais**
Ex. : *Bien qu'il soit souvent désagréable, je l'aime bien.*

Exprimer un rapport logique

21

☐ OK

LES QUESTIONS CLÉS DU BREVET

- Quel rapport logique exprime le connecteur « ... » ?
- Par quel moyen grammatical est exprimé le rapport logique entre les propositions « ... » et « ... » ?

Les **connecteurs logiques** permettent d'établir un rapport logique entre des faits ou des idées et de faire progresser un raisonnement. On peut également utiliser des verbes ou des prépositions.

	Connecteurs logiques			Autres moyens pour exprimer ce rapport
	Adverbes	Conj. de coord.	Conj. de subord.	
Cause	en effet	car	parce que, puisque, comme	Prépositions : grâce à, en raison de...
Conséquence	c'est pourquoi, par conséquent, alors, ainsi, aussi	donc	de sorte que, si bien que, si... que, tellement que...	Verbes : entraîne, implique, a pour résultat
Concession	pourtant, cependant, toutefois, néanmoins	mais, or	bien que, quoique, même si, quel[le][s] que soi[en]t...	Prépositions : malgré, en dépit de Verbes : j'ai beau, il se peut que, j'admets que...
Opposition	en revanche, au contraire, inversement, en réalité	mais	tandis que, alors que, au lieu que	Verbes : il n'empêche que...
Addition	de plus, par ailleurs, en outre	et		Verbes : j'ajoute que...

Phrase active et phrase passive

22

☐ OK

LES QUESTIONS CLÉS DU BREVET

- Transposez la phrase « … » au passif (ou à l'actif). Quel effet la transformation produit-elle ?
- Pourquoi l'auteur a-t-il employé la forme active / passive dans ce passage ?

1 Comment rendre compte d'un même fait par l'actif et par le passif ?

- Il est possible de rendre compte d'une même action **par une phrase active ou par une phrase passive.**

  Les policiers ont arrêté les bandits. [actif]

  Les bandits ont été arrêtés par les policiers. [passif]

  Les deux phrases renvoient à la même réalité : la relation de sens entre les policiers et les bandits n'a pas changé.

Remarque

Le verbe est :
- actif si le sujet fait l'action ;
- passif si le sujet subit l'action.

- Le passif se forme ainsi :

auxiliaire *être* + participe passé du verbe conjugué.

  Un commentaire très utile suit le texte.

  → Le texte est suivi d'un commentaire très utile.

  Des milliers de mobinautes ont acheté cette application.

  → Cette application a été achetée par des milliers de mobinautes.

Conseil

Dans une forme passive, n'oubliez pas d'accorder le participe passé avec le sujet du verbe.
Exemple : *La tartine est mangée.*

NOTEZ BIEN

- Pour savoir quel est le temps d'un verbe au passif, il faut repérer le **temps auquel se trouve l'auxiliaire *être*** : c'est lui qui indique le temps du verbe passif.

  Marc *avait été* transporté d'urgence.
  [auxiliaire au plus-que-parfait → verbe au plus-que-parfait passif]

2 Comment passer un verbe de l'actif au passif ?

Phrase active ➤	sujet agent Les policiers	+	verbe actif arrêtent	+	COD les bandits.
Phrase passive ➤	Les bandits sujet patient	+	sont arrêtés verbe passif	+	par les policiers. compl. d'agent

NOTEZ BIEN

- Le passage de l'actif au passif ne peut se faire **que si la phrase active comporte un COD**.

  Tous les élèves lisent ce magazine.
  → Ce magazine est lu par tous les élèves.

  Ma mère lit. [pas de COD → substitution impossible]

- Quand une phrase au passif n'a **pas de complément d'agent**, pour pouvoir la passer à l'actif, on emploie le **pronom indéfini *on***.

  Le château a été réparé. → On a réparé le château.

3 Quelle nuance de sens y a-t-il entre actif et passif ?

- Le passif permet de placer le **patient** (qui subit l'action) en tête de phrase et de le mettre ainsi en évidence.

  Le malade a été rapatrié d'urgence.

- Le passif permet d'effacer l'agent et de souligner ainsi les faits ; dans un texte explicatif, il permet de **mettre au premier plan les phénomènes**.

  Les plaines ont été inondées.

- À l'inverse, l'actif met en valeur **l'action et l'agent**.

  Les policiers enquêtent.

Attention

Malgré les nuances de sens qui peuvent être introduites par le passage d'une phrase de l'actif au passif, son sens n'est pas fondamentalement changé.

Les modes verbaux

23

☐ OK

LES QUESTIONS CLÉS DU BREVET

- Donnez le mode du verbe conjugué. Quelle valeur a-t-il ?
- Pourquoi le narrateur a-t-il utilisé le subjonctif ?

1 Modes personnels, modes impersonnels : leurs valeurs

Un mode est un groupe de temps verbaux. Les différents modes expriment différentes manières d'envisager l'action.

- Il existe **quatre modes personnels.**

Indicatif	8 temps, 6 personnes	**Mode de la réalité** : il affirme la réalité du fait qu'il exprime et l'inscrit dans le temps. Il est parti hier, il atterrira demain.
Subjonctif	4 temps, 6 personnes	**Mode du virtuel** : il exprime un fait possible, souhaité. Je souhaite qu'il vienne.
Conditionnel	2 temps, 6 personnes	Il sert à exprimer : – **une action soumise à une condition ;** Si j'avais de l'argent, je ferais un grand voyage. – **un futur dans le passé** (il s'agit alors d'un conditionnel à valeur temporelle). Il affirmait qu'il partirait s'installer en Chine.
Impératif	2 temps, 3 personnes	Il sert à exprimer **un ordre, une défense** (ordre négatif), un conseil, une prière.

NOTEZ BIEN

Le subjonctif remplace l'impératif aux 3e personnes du singulier et du pluriel qui n'existent pas à l'impératif.

Qu'il vienne ! Qu'ils rebroussent chemin !

- Il existe **trois modes impersonnels** (un verbe à un mode impersonnel ne varie pas en personne).

Infinitif	2 temps (présent et passé)	**Forme nominale du verbe**, il exprime, au présent, l'action elle-même (*mordre*), et, au passé, l'action sous sa forme accomplie (*avoir mordu*).
Participe	2 temps (présent et passé)	**Forme adjectivale du verbe**, il est invariable au présent (*chantant*), variable en genre et nombre au passé passif (*mordu[es]*).
Gérondif	2 temps (présent et passé)	Formation : *en* + participe présent **Forme adverbiale du verbe**, il est toujours invariable et complément circonstanciel. Elle s'exprime en gesticulant. (Ct de manière)

2 Indicatif ou subjonctif ?

Le mode du verbe de la proposition subordonnée conjonctive complément d'objet varie **selon le sens du verbe principal**.

Sens du verbe principal	Mode du verbe de la subordonnée	Exemple
Affirmation, déclaration	Indicatif	J'affirme, je dis qu'il est malade.
Opinion, jugement	Indicatif	Je crois, je juge qu'il est fou.
Volonté, souhait	Subjonctif	Je veux, j'exige qu'il vienne. Je souhaite qu'il guérisse.
Sentiment	Subjonctif	Je crains qu'il ne soit malade. Je me réjouis qu'il soit guéri.

L'ESSENTIEL

- **L'indicatif** → pour exprimer un fait réel
- **Le subjonctif** → pour exprimer un fait possible, souhaité
- **L'impératif** → pour exprimer un ordre, une défense, un conseil
- **Le conditionnel** → pour exprimer une action soumise à une condition

Les temps simples de l'indicatif. Le présent du conditionnel

24

☐ OK

LES QUESTIONS CLÉS DU BREVET

- Quel est le temps verbal dominant ?
- Identifiez les temps du passé utilisés dans le passage.

1 Les terminaisons du présent de l'indicatif

Aux **personnes du pluriel**, les verbes, quel que soit leur groupe, prennent les terminaisons : *-ons*, *-ez*, *-(e)nt*.

nous aimons, vous aimez, ils aiment

nous partons, vous partez, ils partent

Aux **personnes du singulier**, il existe deux systèmes de terminaisons principaux : *-e*, *-es*, *-e* ou *-s*, *-s*, *-t*.

Attention

Les verbes *être*, *faire* et *dire* prennent la terminaison *-tes* à la 2e personne du pluriel : *vous êtes*, *vous faites*, *vous dites*.

Voici les verbes concernés dans chaque cas.

-e, -es, -e	les verbes du 1er groupe	j'aime, tu aimes, il aime
	les verbes *cueillir*, *offrir*, *ouvrir*, *souffrir* et leurs dérivés	j'offre, tu offres, il offre
-s, -s, -t	pratiquement tous les autres verbes	je finis, tu finis, il finit je pars, tu pars, il part

Parmi les verbes du 3e groupe **qui se terminent par *-dre***, distinguez :
– les verbes en *-indre* ou *-soudre* qui prennent bien les terminaisons *-s*, *-s*, *-t* ajoutées à un radical sans *d* ;

je résous, tu résous, il résout

– les verbes qui gardent le *d* du radical et se terminent par *-ds*, *-ds*, *-d*.

je prends, tu prends, il prend

Certains verbes du 3e groupe ont des **terminaisons particulières au singulier**. Mémorisez-les bien.

-x, -x, -t	*pouvoir*, *valoir*, *vouloir*	je peux, tu peux, il peut
-cs, -cs, -c	*vaincre* et ses dérivés	je vaincs, tu vaincs, il vainc

2 Les autres temps simples de l'indicatif

Futur	Pour tous les verbes	Infinitif + terminaisons : *ai*, *as*, *a*, *ons*, *ez*, *ont*	je chanterai je finirai je prendrai je cueillerai
Impft	Pour tous les verbes	Radical du présent + terminaisons : *ais*, *ais*, *ait*, *ions*, *iez*, *aient*	je chantais je jetais
Passé simple	1er groupe	Terminaisons : *ai*, *as*, *a*, *âmes*, *âtes*, *èrent*	je chantai, tu chantas…
	2e groupe	Terminaisons : *is*, *is*, *it*, *îmes*, *îtes*, *irent*	je finis, tu finis…
	3e groupe	Terminaisons en *is*, *is*, *it*… ou *us*, *ut*, *ut*, *ûmes*… ou *ins*, *ins*, *int*, *îmes*…	il partit je courus nous vînmes

3 Le présent du conditionnel

- Le présent du conditionnel est formé sur le **radical du futur** de l'indicatif auquel on ajoute les terminaisons *-ais*, *-ais*, *-ait*, *-ions*, *-iez*, *-aient*.
  - chanter → futur : *je chanterai*
  → présent du conditionnel : *je chanterais, il chanterait…*
  - courir → futur : *je courrai*
  → présent du conditionnel : *je courrais…*
  - savoir → futur : *je saurai*
  → présent du conditionnel : *je saurais…*
- Comme pour le futur de l'indicatif, les verbes du 3e groupe se terminant en *-e* (*prendre, résoudre*) **perdent le *-e*** : *je prendrais, je résoudrais.*

L'ESSENTIEL

radical du présent *chant-* → **pour former :**
- le présent
- l'imparfait
- le passé simple

radical de l'infinitif *chanter-* → **pour former :**
- le futur simple
- le conditionnel présent

Les temps simples du subjonctif. Le présent de l'impératif

25

☐ OK

LES QUESTIONS CLÉS DU BREVET

- Identifiez les verbes au subjonctif.
- Que traduit l'emploi de l'impératif ?

1 Les temps simples du subjonctif

▪ Le **présent du subjonctif** est formé sur le radical du présent de l'indicatif auquel on ajoute les terminaisons *-e*, *-es*, *-e*, *-ions*, *-iez*, *-ent*.

Pour les verbes des 2e et 3e groupes (sauf les verbes irréguliers, comme *faire*), le radical se déduit de la 3e personne du pluriel du présent de l'indicatif.

ils finissent [présent de l'ind.] → que je finisse… [présent du subj.]

ils prennent [présent de l'ind.] → que je prenne… [présent du subj.]

▪ L'**imparfait du subjonctif** est formé sur le radical du passé simple de l'indicatif auquel on ajoute *-sse*, *-sses*, *-^t*, *-ssions*, *-ssiez*, *-ssent*.

il aima [p. simple de l'ind.] → que j'aimasse, qu'il aimât… [imp. du subj.]

je pris [p. simple de l'ind.] → que je prisse… [imp. du subj.]

2 Le présent de l'impératif

Comme pour le présent de l'indicatif, les terminaisons du présent de l'impératif **dépendent du groupe du verbe**.

-e, -ons, -ez	verbes du 1er groupe (+ verbes du 3e groupe comme *ouvrir*, *offrir*)	chante, ouvre, chantons…
-s, -ons, -ez	autres verbes	cours, prends, courons…

NOTEZ BIEN

- Pour des questions d'euphonie, **on ajoute parfois un *s*** à un verbe du 1er groupe au présent de l'impératif, par exemple quand il est suivi de *y* ou de *en*.
  Manges-en. Jettes-y une pierre.
- Lorsqu'un impératif est suivi d'un ou plusieurs pronoms personnels, on met toujours un **trait d'union**.
  Donne-le-moi.

Les temps composés

26

☐ OK

LES QUESTIONS CLÉS DU BREVET
- À quels temps et à quelle personne est le verbe « ... » ?
- Identifiez les temps du passé utilisés dans le passage.

1 Comment forme-t-on les temps composés ?

Les temps composés se forment avec : l'auxiliaire ***être* ou *avoir* + participe passé** du verbe à conjuguer.

Modes	Temps	Temps de l'auxiliaire	Exemple
Indicatif	Passé composé	Présent	j'ai chanté, je suis né
	Plus-que-parfait	Imparfait	j'avais chanté, j'étais né
	Passé antérieur	Passé simple	j'eus chanté, je fus né
	Futur antérieur	Futur	j'aurai chanté, je serai né
Conditionnel	Conditionnel passé	Conditionnel présent	j'aurais chanté, je serais né
Subjonctif	Passé	Subjonctif présent	que j'aie chanté, que je sois né
	Plus-que-parfait	Subjonctif imparfait	que j'eusse chanté, que je fusse né

2 Quel auxiliaire utiliser ?

- *Avoir* est utilisé pour la plupart des verbes.
- *Être* est utilisé :
– pour les verbes de mouvement comme *aller, partir, venir, tomber, descendre, monter* ;
– pour *devenir, naître* et *mourir* (passage d'un état à un autre) ;
– pour les verbes pronominaux (*ils se sont lavés*).

Remarques

- Quand *monter* et *descendre* ont un COD, on utilise *avoir*.
Ex. : *Elle **est** descendue.*
Mais : *On **a** descendu la pente.*
- *Être* se conjugue avec l'auxiliaire *avoir*.
Ex. : *J'ai été...*

Les valeurs du présent et du futur

27

☐ OK

LES QUESTIONS CLÉS DU BREVET

- Quelle est la valeur du présent dans la phrase « ... » ?
- Comment expliquez-vous l'emploi du présent dans ce récit au passé ?

1 Les valeurs du présent

Le **présent d'énonciation** :

- se réfère au moment où le locuteur (ou le narrateur) parle ;

J'avais douze ans quand un camarade me traita de « fils à papa » devant toute la classe. Je revois encore [maintenant où je parle/ j'écris] cette scène humiliante...

- permet d'introduire une réflexion du narrateur au moment même où il est en train d'écrire. C'est pour cela qu'il est **fréquent dans l'autobiographie** (récit de sa propre vie).

J'étais jeune quand je pris le commandement de ce régiment. Maintenant, je suis vieux et je n'ai plus ma force d'autrefois.

Le **présent de narration** sert, dans un récit au passé, à **mettre en relief** certains événements importants ; il donne de la vivacité au récit, crée une impression d'actualité, un effet de direct, « comme si on y était ».

On annonça l'arrivée du maître de maison ; il salua tout le monde, adressa un sourire à Madame Smith. Tout à coup, un inconnu l'empoigne et le ceinture violemment. Il tente de résister.

Quand il s'agit du récit d'événements historiques, on parle de **présent historique.**

Napoléon décide alors de faire un coup d'État.

Le **présent de vérité générale** sert à exprimer une idée qui est toujours vraie, quels que soient l'époque et le lieu (son sujet est alors souvent : *on*, *l'Homme*, *les hommes*).

Il n'eut aucune pitié pour ces malheureux... Les hommes sont en effet souvent cruels et impitoyables.

Le présent qui exprime un **passé récent** ou un **futur proche** se trouve surtout dans le langage parlé.

- Tu peux voir ton père : il rentre juste du bureau. [passé récent]
- Le train arrive dans une heure. [futur proche]

2 Les valeurs du futur

- Le futur exprime une action ou un **fait postérieur** (qui se situe après) **au présent** de celui qui parle, une action située dans l'avenir.

  Je ne me fais pas d'illusion ; il ne viendra pas.

- Il exprime quelquefois un événement dans un récit au passé (futur historique).

  Napoléon prend le pouvoir par un coup d'État ; plus tard, il se sacrera lui-même empereur.

- Il peut exprimer un ordre ou une interdiction (futur injonctif)

  Vous fermerez la porte !

- À l'oral, le futur peut servir à atténuer par politesse un propos, une demande.

  Je vous demanderai de ne pas m'interrompre.
  Cela vous fera dix euros.

3 Les valeurs du futur antérieur

- Le futur antérieur exprime une action **postérieure** (qui se passe après) **au présent** de celui qui parle et **antérieure** (qui se situe avant) **à une autre action future**.

  Je sais que, quand tu auras réussi ton examen, tu te réjouiras.

Je sais	tu auras réussi	tu te réjouiras
[présent d'énonciation]	[futur antérieur]	[futur simple]

- Il peut aussi exprimer une **supposition**.

  J'entends un bruit bizarre : le chien aura encore fait une bêtise.

  [je suppose que le chien a fait une bêtise]

L'ESSENTIEL

Les principales valeurs du présent
- présent d'énonciation
- présent de narration
- présent de vérité générale

Les valeurs des temps du passé

28

☐ OK

LES QUESTIONS CLÉS DU BREVET

- Quelle est la valeur de l'imparfait dans la phrase « … » ?
- Relevez les verbes à l'imparfait puis ceux au passé simple : quelles valeurs prennent ces différents temps ?

I Passé simple, passé composé ou imparfait ?

1 Premier plan et arrière-plan du récit

Dans un récit, on distingue :

- les **actions, faits ou péripéties qui font avancer l'histoire**, ce qui est au premier plan de l'histoire. Pour ces faits, on utilise le **passé simple**, le **passé composé**, parfois le présent ▶ FICHE 27 ;
- les **informations** sur le cadre de l'histoire (lieu, époque…), les personnages (situation, sentiments, caractère…), ce qui est en arrière-plan du récit et qui fait qu'on y croit. Pour cela, on utilise l'**imparfait**.

2 Les valeurs de l'imparfait

L'imparfait peut :

- **décrire** le cadre, les personnages (portrait) dans un récit au passé.

  Il arriva sans crier gare. Il avait l'air farouche et sauvage ; sa chevelure flottait au vent.

- exprimer la **durée** (par opposition au passé simple qui exprime une action soudaine et de courte durée).

  Il vivait heureux jusqu'à ce qu'une catastrophe se produisit.

- exprimer la **répétition**, l'habitude.

  Chaque soir, il fermait la porte avec précaution.

II L'emploi des temps composés

1 La valeur du plus-que-parfait

Le plus-que-parfait exprime une **action antérieure à un fait passé exprimé à l'imparfait**, avec l'idée d'une répétition de cette séquence.

Quand il avait travaillé, il se détendait.

2 La valeur du passé antérieur

Le passé antérieur exprime une **action antérieure à un fait passé exprimé au passé simple**.

Quand il eut reconstruit le château, il s'y installa.

3 La différence entre le passé simple et le passé composé

- Le passé simple et le passé composé ne sont **pas exactement équivalents**.

Les événements racontés au…	
passé simple	**passé composé**
• semblent être **éloignés** du moment où on les raconte, rejetés dans le passé. Je volai alors une pomme : ce fut là mon premier péché.	• semblent être **plus récents**. Le passé composé exprime souvent le résultat présent d'une action passée. J'ai appris alors à connaître les hommes (et je le sais encore).
• traduisent le **recul du narrateur** qui semble s'en détacher.	• traduisent l'**implication du narrateur** qui semble les ressentir plus vivement.

- Le passé simple est surtout utilisé **à l'écrit**, il donne au récit une tournure littéraire. À l'inverse, le passé composé, très utilisé **à l'oral**, donne au récit une tournure familière.

L'ESSENTIEL

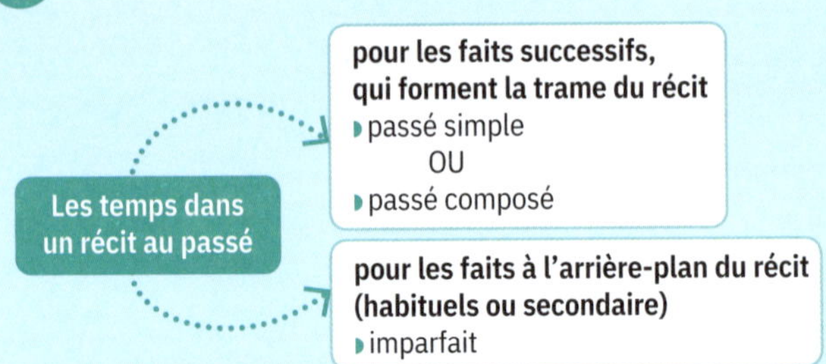

La formation des mots et les familles de mots

29

☐ OK

LES QUESTIONS CLÉS DU BREVET

- Indiquez la formation du mot « ... », nommez ses composants.
- Donnez des mots de la même famille que le mot « ... ».

1 Qu'est-ce que l'étymologie d'un mot ?

- **Préciser l'étymologie** d'un mot, c'est dire **de quel mot il vient**.

  Biologie vient du mot grec *bios* (« vie »).

  Bowling vient du mot anglais *bowl* (« boule »).

- Cela permet :
  - d'expliquer un mot et de mieux en comprendre le sens ;
  - de comprendre l'évolution de son sens.

2 Qu'est-ce que la formation d'un mot ?

Donner la formation d'un mot, c'est **décomposer le mot**, c'est-à-dire séparer ses divers éléments (radical, préfixe, suffixe) et donner le sens de chacun.

- Le **radical** est la **partie essentielle** du mot, qui indique **à quelle idée il se réfère**.

  Im-buv-able → le radical est *-buv-* qui indique que le mot a un rapport avec l'idée de boire ; *-able* exprime la possibilité ; *im-* est un préfixe privatif qui donne un sens négatif → « Qu'on ne peut pas boire ».

- Le **préfixe** se place **devant** un mot ou un radical pour former un nouveau mot.

  vie → survie

  marché → hypermarché

Info

Quelques mots formés avec un préfixe prennent un **trait d'union**.
Ex. : *vice-président*, *post-natal*...

- Le **suffixe** se place **après** un mot ou un radical pour former un nouveau mot, le plus souvent de nature différente.

  délicat [adj.] → délicatesse [nom] ;

  chambre [nom] → chambrette [nom] ;

  fruit [nom] → fruitier [adj.]

Remarque

Certains mots sont formés avec plusieurs préfixes et/ou plusieurs suffixes.
Ex. : *redéfaire* → re-dé-faire, *imperturbablement* → im-perturb-able-ment.

3 Qu'est-ce qu'une famille de mots ?

Une famille de mots rassemble des mots **formés sur un même radical**.

- La plupart sont des **mots dérivés**, c'est-à-dire composés du radical auquel s'ajoutent un préfixe et/ou un suffixe.

  Famille du mot *venir* : *revenir, prévenir, prévention, préventif, advenir, contrevenir, contravention*, etc.

Remarque

Certains mots associent un élément d'origine grecque et un élément d'origine latine.
Ex. : *automobile* vient du grec *autos* (« soi-même ») et du latin *mobilis* (« qui se meut »).

- Une famille de mots peut aussi comporter des **mots composés**, c'est-à-dire qui associent deux mots existants : *chou-fleur* ; *coupe-faim*.
- Une famille de mots comporte des mots de classes grammaticales variées.

  Famille du mot *désert* : *déserter* [verbe], *désertique* [adj.], *désertification* [nom], etc.

4 À quoi sert de connaître la famille d'un mot ?

Connaître la famille d'un mot permet :
- d'expliquer un mot, de mieux **en comprendre le sens** ;

  L'adjectif *fabuleux*, de la famille de *fable*, signifie « qui présente le caractère imaginaire de la fable ».

- de mieux savoir l'**orthographier**.

  Déshabiller est de la famille d'*habit* ; d'où le *h* muet au milieu du mot.

  Démentir est de la famille de *mentir* ; d'où la graphie *en* pour former le son [ã].

L'ESSENTIEL

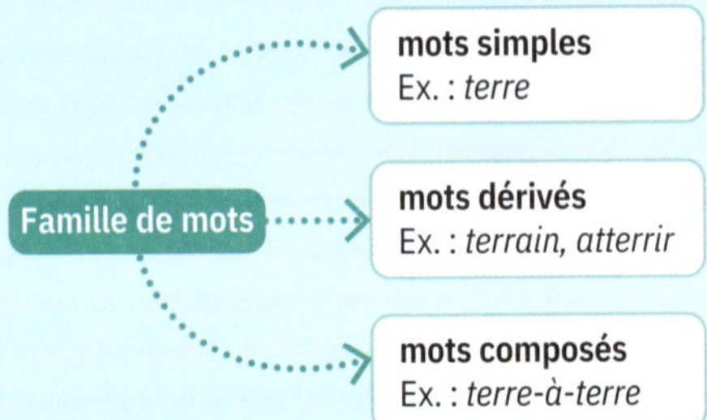

Le champ sémantique d'un mot. Sens propre et sens figuré

30

OK

FRANÇAIS

LES QUESTIONS CLÉS DU BREVET

- Quels sont les différents sens que peut prendre le mot « ... » ?
- Quel est le champ sémantique du mot « ... » ?
- Le mot (l'expression) « ... » est-il (elle) employé(e) au sens propre ou au sens figuré dans le texte ?

1 Qu'est-ce qu'un mot polysémique ?

Souvent, un mot a **plusieurs sens** selon le contexte : il s'agit d'un mot polysémique.

Le nom *blanc* peut désigner :

- une couleur
- une personne [le terme prend alors une majuscule]
- le linge de maison
- un silence dans la conversation
- une sorte de vin

Info

- Le préfixe grec *poly-* signifie « plusieurs ».
- Le radical grec *semeion* veut dire « signal », « signification ».

2 Qu'est-ce qu'un champ sémantique ?

Le champ sémantique d'un mot est **l'ensemble des sens** qu'il prend selon les divers contextes où il se trouve.

Le champ sémantique du mot *tête* comprend de nombreux sens.

- Il a une tête ronde. [partie supérieure du corps humain, comprenant la face et le crâne]
- L'accusé risque sa tête. [sa vie]
- Faire la tête [bouder]
- Avoir la tête dure [la compréhension lente ou un caractère têtu]
- Perdre la tête [perdre son calme ou devenir fou]
- Être à la tête de l'armée [en avoir le commandement]
- Se prendre la tête [s'énerver, se disputer, se soucier]

3 Qu'est-ce que le sens propre ?

Le sens propre d'un mot est le **premier sens** donné dans le dictionnaire. On l'appelle aussi sens **dénoté**.

Lourd a pour sens propre « qui a un poids important ».

4 Qu'est-ce que le sens figuré ?

- Les sens figurés d'un mot sont les sens qu'il peut prendre **en plus de son sens propre**. On les appelle aussi sens **connotés**.
- Le sens figuré vient en général :
– du **passage du concret** (ce qu'on peut voir, entendre, toucher...) **à l'abstrait** (ce qu'on ne peut pas voir, entendre, toucher, mais qu'on saisit intellectuellement) ;

  Mon panier est lourd. [il a un poids important → sens propre]

  Sa plaisanterie est lourde. [pas très intelligente → sens figuré]

  dessiner un trait fin [peu épais → sens propre]

  avoir un esprit fin [très intelligent → sens figuré]

– d'une **ressemblance** entre deux réalités ;

  les bras d'un homme → les bras d'un fauteuil

– d'une **métaphore** ou d'une métonymie. ▶ FICHE 10

  une vipère [un serpent → sens propre]

  C'est une vraie vipère. = Il est méchant comme une vipère. [il fait mal comme une vipère → sens figuré]

NOTEZ BIEN

Veillez à bien repérer le sens figuré d'un mot ou d'une expression, de manière à éviter les contresens.

Il a pris ses jambes à son cou. = Il s'est enfui très vite.
J'ai mis mon grand-père en boîte. = Je l'ai taquiné.

Imaginez ce que signifieraient ces expressions si on les prenait au sens propre (on dit aussi « au pied de la lettre ») !

L'ESSENTIEL

Le sens propre d'un mot	**sens premier (ou dénoté)** → sens courant, souvent concret
Le sens figuré d'un mot	**sens dérivé (ou connoté)** → sens abstrait ou imagé

Synonymes et antonymes

31

☐ OK

LES QUESTIONS CLÉS DU BREVET

- **Donnez un (ou plusieurs) synonyme(s) du mot ou de l'expression « ... ».**
- **Donnez un antonyme du mot « ... ».**
- **Remplacez le mot « ... » par un synonyme / un antonyme.**

1 Qu'est-ce qu'un synonyme ?

Un synonyme est un mot qui a le **même sens** qu'un autre mot ou un **sens très proche**.

Le verbe *souhaiter* a pour synonyme le verbe *vouloir.*

Deux synonymes peuvent **se substituer** l'un à l'autre dans une même phrase. Ainsi, quand on vous demande le sens d'un mot, vous pouvez avoir recours à un synonyme.

Doux a pour synonymes, selon le contexte, *suave, agréable, soyeux, tendre.*

- Il a une voix douce. → Il a une voix agréable.
- Le poil du chien est doux. → Le poil du chien est soyeux.
- Il lui dit des mots doux. → Il lui dit des mots tendres.

Deux synonymes appartiennent donc à la **même classe grammaticale**.

Il craint l'orage. → Il redoute l'orage.

[*craindre* et *redouter* sont **deux verbes**]

La forêt était obscure. → La forêt était sombre.

[*obscure* et *sombre* sont **deux adjectifs**]

2 Qu'est-ce qu'un antonyme ?

Un antonyme est un mot qui a un **sens opposé** à un autre.

Bonheur est l'antonyme de *malheur* ; *grand* est l'antonyme de *petit.*

Deux antonymes ont souvent des racines différentes :

bon ≠ mauvais ; proche ≠ lointain

Mais ils peuvent aussi avoir la même racine :

buvable ≠ imbuvable ; ranger ≠ déranger

NOTEZ BIEN

Un même mot a des synonymes et des antonymes différents selon le contexte, c'est-à-dire selon le sens de la phrase dans lequel il se trouve.

Prenons l'exemple de l'adjectif *étroit*.

Phrase (contexte)	Synonyme	Antonyme
Ils entretenaient des relations *étroites*.	intimes	lointaines
Il passa par un couloir *étroit*.	exigu, resserré	spacieux, large
Il a l'esprit *étroit*.	borné, intolérant	ouvert, généreux

Avant de donner le synonyme ou l'antonyme d'un mot, analysez le contexte !

3 Qu'est-ce qu'une périphrase ?

- Une périphrase est un **groupe de mots synonyme d'un seul mot**, qui donne une caractéristique de l'élément désigné.

  la capitale de la France = Paris

- La périphrase sert à :

  – éviter une répétition dans un travail d'écriture ;

  Il raconta la vie pénible des immigrants. Ces personnes venues s'établir dans un pays étranger rencontraient souvent des difficultés.

  – donner une définition ou expliquer un mot dans un travail d'analyse.

  un mousse = un jeune apprenti marin

L'ESSENTIEL

Deux synonymes
- ont le même sens ou un sens proche
- appartiennent à la même classe grammaticale

Deux antonymes
- ont un sens opposé
- appartiennent à la même classe grammaticale

Expliquer un mot, une expression

32

☐ OK

LES QUESTIONS CLÉS DU BREVET
- Donnez le sens du mot/de l'expression « … ».
- Comment comprenez-vous ce mot, cette expression ?
- Utilisez ce même mot dans une autre phrase avec un sens différent.

1 Comment expliquer un mot, une expression ?

Pour expliquer un mot, une expression, on peut procéder de différentes manières. Soyez très attentif à la consigne.

- Expliquer **sa formation** en décomposant ses éléments (radical, préfixe, suffixe ▶ FICHE 29).

  Intolérable est un adjectif composé du radical *tolér-* (qui signifie « supporter »), du préfixe privatif *in-* (qui exprime l'idée de contraire) et du suffixe *-able* (qui signifie qu'on peut ou qu'on doit).

  Intolérable signifie donc « qu'on ne peut pas supporter ».

- Donner **un mot ou une expression synonyme**. ▶ FICHE 31

  Navire = bateau

  S'en donner à cœur joie = profiter pleinement

NOTEZ BIEN

- Avant de donner le synonyme d'un mot, analysez le contexte !
- Pour vérifier que vous avez bien trouvé un synonyme, enlevez de la phrase le mot à expliquer puis remplacez-le par ce synonyme : la phrase doit rester grammaticalement correcte et conserver son sens.

- Dire si le mot est à prendre, dans le texte, au **sens propre** ou alors au **sens figuré**. ▶ FICHE 30

  J'ai dévoré ce livre en une journée.

  Le verbe *dévorer* est pris ici au sens figuré.

- Indiquer à quel **niveau de langue** appartient le mot ou l'expression : familier, courant, soutenu. ▶ FICHE 5

- Indiquer **l'intention de l'auteur** lorsqu'il emploie ce mot et **l'impression** que produit le mot sur le lecteur.

- Éventuellement, donner **les autres sens** du mot ou signaler ses **changements de sens** au cours du temps.

  Il trempa sa plume dans l'encrier.

  Encrier désigne un petit récipient pour mettre l'encre, qui s'utilisait avant que n'existent les stylos à plume avec réservoir ou cartouche.

  Encrier désigne aussi le réservoir d'encre des rouleaux de presse d'imprimerie.

NOTEZ BIEN

- Si l'expression à expliquer est longue, il faudra peut-être expliquer un à un les mots importants qui la composent.
- Il faut **répondre par des phrases complètes**, grammaticalement correctes, et non par des mots isolés.

  Au lieu d'écrire *« forcir » = « grossir »*, rédigez : *Le verbe « forcir » a ici pour synonyme « grossir ».*

2 S'aider du contexte

- Si vous ne connaissez pas le mot ou l'expression, vous pouvez **vous aider du contexte** (des mots qui l'entourent) et de l'ensemble du texte, qui comporte des mots plus simples que celui qui doit être expliqué.
- Vous pouvez vous aider de **l'origine du mot**, de son étymologie ou de la **famille du mot**. ▶ FICHE 29

> « L'eau jaune et saumâtre, charriant la rouille des vieux aqueducs, me fit regretter les gargoulettes d'Alger. »
>
> Théophile Gautier, *Constantinople*, 1853.

Le nom *aqueduc*, composé du latin *aqua* (eau) et *ducere* (conduire), désigne un canal, souterrain ou aérien, créé pour alimenter en eau une ville ou irriguer des cultures.

L'ESSENTIEL

Expliquer un mot
- donner sa formation
- donner son sens dans le texte (et ses autres sens)
- donner un synonyme
- préciser ce qu'il évoque (connotations)

Le champ lexical

33

☐ OK

LES QUESTIONS CLÉS DU BREVET

- Quel est le champ lexical dominant dans ce texte ?
- À quel champ lexical appartiennent les mots « ... » ?
- Relevez des mots ou expressions appartenant au champ lexical de « ... ».

1 Qu'est-ce qu'un champ lexical ?

- C'est l'ensemble des mots qui se rapportent à un **même thème**, à un même domaine, à une même notion.

  Champ lexical de la montagne : *vallée*, *pic*, *sommet*, *col*, *montée*, *neige*, *forêt*, *torrent*, etc.

Attention

Ne pas confondre champ lexical et champ sémantique. ▶ FICHE 30

- Un champ lexical peut comporter des mots de classes grammaticales variées. Ces mots ne sont pas des synonymes. ▶ FICHE 31

  Champ lexical de l'eau : *mouiller* [verbe], *pluie* [nom], *humide* [adj.], *hydraulique* [adj.], etc.

- Dans un texte, un champ lexical forme un **réseau de mots** qui participe à l'unité du texte.

> « [...] la réserve prussienne paraît vers Saint-Lambert à six heures du soir ; une nouvelle et furieuse attaque est donnée au village de la Haie Sainte ; Blücher survient avec des troupes fraîches, et isole du reste de nos troupes déjà rompues les carrés de la garde impériale. Autour de cette phalange immobile, le débordement des fuyards entraîne tout parmi des flots de poussière, de fumée ardente et de mitraille [...] »
>
> François-René de Chateaubriand, *Mémoires d'outre-tombe*, 1849-1850.

Les mots en couleur relèvent du champ lexical de la guerre.

2 Étudier un champ lexical dans un texte

- Cela sert à **repérer le thème principal** ou les thèmes importants du texte. Ainsi, le texte de Chateaubriand cité ci-dessus a pour thème principal la guerre.
- Cela permet de **caractériser** un personnage, un lieu, un objet...

Remarque

Dans « champ lexical », le mot « champ » s'écrit sans s.

● Un même texte peut comporter plusieurs champs lexicaux qui se combinent.

> « C'est un trou de verdure où chante une rivière
> Accrochant follement aux herbes des haillons
> D'argent ; où le soleil, de la montagne fière,
> Luit : c'est un petit val qui mousse de rayons.
> Un soldat jeune, bouche ouverte, tête nue,
> Et la nuque baignant dans le frais cresson bleu,
> Dort ; il est étendu dans l'herbe, sous la nue,
> Pâle dans son lit vert où la lumière pleut. [...] »
>
> Arthur Rimbaud, « Le dormeur du val », 1888.

Dans les deux premières strophes de ce poème, quatre champs lexicaux se combinent : ils donnent l'impression que le jeune soldat est en parfaite harmonie avec une nature généreuse et riante. La fin du poème révèle cependant que le soldat est mort, ce qui donne un tout autre éclairage à ces deux strophes.

Champ lexical de la nature
Champ lexical de la lumière
Champ lexical du corps
Champ lexical de la vitalité

3 Un conseil pour les travaux d'écriture

Avant de commencer à rédiger, constituez-vous une **« réserve » de mots** qui tournent autour du thème principal du sujet à traiter : ils vous éviteront des répétitions et enrichiront votre travail d'écriture.

> *Sujet* : « Vous avez eu un jour une très grande peur. Racontez. »

Vous pouvez constituer une réserve de mots qui appartiennent au champ lexical de la peur : *panique, effroi, terrorisé, effrayer, effrayant, terrifiant, anxieusement, s'angoisser, trembler, frissonner, palpitations, sueur froide, tressaillir, être pétrifié...*

L'ESSENTIEL

Champ lexical : mots se rapportant à un même thème, une même notion

→ ...qui indiquent les thèmes essentiels d'un texte

→ ...qui caractérisent un personnage, un objet, un lieu

Les accords majeurs

34

☐ OK

Il y a trois types d'accords majeurs :
1. entre le sujet et le verbe (partie conjuguée) ;
2. entre le déterminant et le nom ;
3. entre le nom (ou pronom) et l'adjectif qui le qualifie.
Il existe une quatrième sorte d'accord, plus complexe : celui du participe passé.

1 Règles de base à retenir pour l'accord sujet-verbe

- La **partie conjuguée** du verbe **change** quand vous faites varier le sujet.

> **Méthode**
> Pour éviter les étourderies, matérialisez les accords par des flèches.

ils crient, nous crions ;

ils avaient crié, nous avons crié.

- Un sujet singulier + un sujet singulier = un verbe au pluriel.

Pierre et Patrick courent. → pluriel

2 Règles de base à retenir pour l'accord déterminant-nom

- Considérez **toutes les sortes de déterminants** : articles, déterminants possessifs, démonstratifs, indéfinis, numéraux…

des vêtements ; une cabane Certains êtres sont malveillants.

Un jour compte vingt-quatre heures.

- S'il n'y a pas de déterminant, mais les tournures ***pas de*** ou ***sans***, demandez-vous : s'il y en avait, y en aurait-il plusieurs ou un(e) seul(e) ? Accordez en conséquence.

Il est venu sans bonnet. [s'il en avait, il n'en aurait qu'un]

C'est un vieillard sans cheveux. [s'il en avait, il en aurait plusieurs]

3 Règles de base à retenir pour l'accord nom-adjectif

- Un adjectif, quelle que soit sa fonction (attribut du sujet, attribut du COD ; épithète ; apposé), **s'accorde toujours avec le nom** qu'il qualifie.

des vêtements jaunes ; une jolie robe. Sa sœur me semble hautaine.

- Un adjectif peut aussi s'accorder **avec un pronom** qui remplace un nom.

  Tu as de nouvelles chaussures. Je les trouve belles.

- Un **participe passé employé comme adjectif** s'accorde avec le nom qu'il qualifie.

  Ma petite sœur, élevée à Madrid, parle parfaitement espagnol.

NOTEZ BIEN

Certains mots variables – noms, déterminants, adjectifs ou pronoms – présentent la **même forme** au masculin et au féminin ou au singulier et au pluriel. Ils s'accordent, mais pas de manière apparente !

un garçon souple ; une fille souple
Ces châteaux sont admirables. Ces églises sont admirables.

4 Quels mots restent toujours invariables ?

- Certains mots, du fait de leur nature, restent toujours invariables : les **prépositions** ; les **adverbes** ; les **conjonctions**.

  Par exemple, *debout* et *lentement* sont des adverbes et sont donc invariables.

  Ils marchent lentement. Ils sont debout, elles sont debout.

- Les **adjectifs employés comme adverbes** restent invariables.

  Ces articles coûtent trop cher. Elles crient fort.

- Les **noms propres** sont invariables.

  Les Dupont.

- Les verbes à certains modes ne varient ni en personne ni en nombre : c'est le cas à l'**infinitif**, au **participe présent**, au **gérondif**.

L'ESSENTIEL

Les mots variables	Les mots toujours invariables
▸ les noms ▸ les verbes conjugués ▸ les adjectifs ▸ les déterminants ▸ les pronoms	▸ les adverbes ▸ les prépositions ▸ les conjonctions ▸ les noms propres ▸ l'infinitif, le participe présent, le gérondif

L'accord du verbe avec le sujet

35

☐ OK

La règle générale d'accord présente quelques particularités, liées à des questions de personne ou de nombre.

1 La règle générale

- Le verbe s'accorde en personne et en nombre avec son sujet.

  Mes parents vivaient dans une ferme.

- En général, le sujet est placé **avant le verbe**. Mais il peut être **placé après** (inversé).

  En contrebas s'étendaient des champs à perte de vue.

  Ce sont les *champs* qui s'étendaient.

> **Méthode**
>
> Pour trouver le sujet, il faut poser la question « qui est-ce qui ? » ou « qu'est-ce qui ? » suivie du verbe à la 3e personne du singulier.

- Quand le sujet est un groupe nominal avec des expansions, prenez garde d'accorder le verbe avec le **nom noyau** du groupe.

  Les élèves qui ont coché la bonne réponse espèrent avoir une bonne note.

  Le verbe s'accorde à la 3e pers. du pl. avec *élèves*, nom noyau du groupe sujet.

2 Quelles sont les particularités de l'accord sujet-verbe liées à la personne ?

Règle	Exemples
sujet *qui* → verbe à la personne de l'antécédent	C'est toi qui as mal. Ce sont eux qui arrivent.
je + autre sujet → verbe à la 1re personne du pluriel	Mon frère et moi [= nous] sommes vieux.
tu + autre sujet → verbe à la 2e personne du pluriel	Ton fils et toi [= vous] avez perdu.
nous + autre sujet → verbe à la 1re personne du pluriel	Vos parents et nous [= nous] protestons.
vous + autre sujet → verbe à la 2e personne du pluriel	Les enfants et vous [= vous] êtes les bienvenus.

3 Quelles sont les particularités de l'accord sujet-verbe liées au nombre ?

Règle	Exemples
on → verbe au singulier	On frappe à la porte.
aucun, chacun → verbe au singulier	Aucun des élèves ne parle.
nom collectif + nom au pluriel → singulier (accord grammatical) / pluriel (accord selon le sens)	Une foule de gens arrive. / Une foule de gens arrivent.
même règle pour ***la plupart***	La plupart des gens arrive. / La plupart des gens arrivent.
adverbe collectif (*beaucoup de/peu de*) + nom pluriel → verbe au pluriel	Beaucoup de gens arrivent.
sujet singulier + *comme/ainsi que* + sujet singulier → verbe au singulier ou au pluriel selon le sens de la phrase	Mon chat, comme mon chien, (= de la même façon que) monte aux rideaux. Mon frère comme (= et) mon cousin jouent.

L'ESSENTIEL

Le verbe s'accorde avec le sujet
- quelle que soit la place du sujet (même s'il vient après le verbe)
- quelle que soit la nature du sujet (pronom, nom, GN...)

Accorder ou non un participe passé ?

36

☐ OK

Pour accorder correctement un participe passé, il faut repérer s'il est employé comme adjectif ou s'il appartient à une forme verbale conjuguée ; dans le second cas, il faut repérer aussi l'auxiliaire employé.

1 Comment repérer un participe passé ?

- Il est important de savoir reconnaître un participe passé d'un verbe pour éviter de le confondre avec d'autres formes de ce verbe.

Il a mangé. [part. passé]	Il va manger. [infinitif]
Il est parti. [part. passé]	Il partit. [passé simple]

NOTEZ BIEN

Pour distinguer le participe passé en *-é* et l'infinitif d'un verbe du 1er groupe en *-er*, remplacez celui-ci par un verbe dont l'infinitif et le participe passé (p.p.) **se prononcent différemment**.

Il a mangé. [= il a répondu]
Il va manger. [= il va répondre]

2 Comment écrire un participe passé au masculin singulier ?

- La terminaison d'un participe passé varie selon le groupe du verbe.

Groupe du verbe	Terminaison du p.p.
1er groupe (*-er*)	*-é*
2e groupe (*-ir*)	*-i*
3e groupe (*-ir*, *-oir* ou *-re*)	*-i*, *-is*, *-it* *-u*, *-us*, *-t*

- Pour savoir si le participe passé se termine par une consonne, **cherchez le féminin**.

Le château a été détruit. → (une maison) détruite → détruit.
L'enfant a été puni. → (une fille) punie → puni.
J'ai pris sa main. → (une main) prise → pris.

3 Comment accorder un participe passé ?

Étape 1

Regardez si le p.p. est employé avec un auxiliaire :

– s'il n'y a pas d'auxiliaire, le p.p. se comporte comme un adjectif et s'accorde avec le nom qu'il qualifie ▶ FICHE 34 ;

Je photographie les châteaux construits sur la plage.

– s'il y a un auxiliaire, passez à l'étape suivante.

Étape 2

Regardez quel est l'auxiliaire utilisé :

– si c'est l'auxiliaire *être*, le p.p. s'accorde avec le sujet du verbe ;

Les châteaux sont construits sur la colline.

– si c'est l'auxiliaire *avoir*, il ne s'accorde pas avec le sujet ; passez à l'étape suivante.

Info

Le verbe *être* s'emploie avec l'auxiliaire *avoir* : son participe passé est toujours invariable. Ex. : *elles ont été*.

Étape 3

Cherchez si le verbe a un COD.

– s'il n'y a pas de COD, le p.p. ne s'accorde pas ;

Ils ont marché sur la plage.

– s'il y a un COD, passez à l'étape suivante.

Étape 4

Regardez où est placé le COD :

– si le COD est placé après le verbe, le p.p. ne s'accorde pas ;

Ils ont mangé la glace [COD].

– si le COD est placé avant le verbe, le p.p. s'accorde avec le COD.

Les crêpes, ils les [COD] ont mangées aussi.

NOTEZ BIEN

Pour les verbes pronominaux :

– si le verbe est **essentiellement pronominal**, le p.p. s'accorde avec le sujet ;

Elle s'est enfuie.

– sinon, le p.p. suit les règles d'accord du p.p. avec *avoir*.

Ils se sont rencontrés à une soirée. [*se* = l'un et l'autre : COD]

Ils se sont bien plu. [*se* = l'un à l'autre : COI ➞ pas d'accord]

Variable ou invariable ?

37

☐ OK

Certains mots sont tantôt variables, tantôt invariables. Mieux vaut connaître les règles pour limiter les erreurs d'orthographe.

1 Comment s'écrivent les nombres ?

- Les **numéraux ordinaux** (qui indiquent le rang) sont **variables** et s'accordent avec le déterminant ou avec le nom qu'ils accompagnent : *les premiers, le dixième tour…*
- Les **numéraux cardinaux**, eux, sont **invariables** : *un, deux, trois, quatre, cinq…, les huit (hommes)…*

NOTEZ BIEN

Il y a un cas particulier pour *vingt* et *cent* :
– ils prennent la marque du pluriel s'ils sont multipliés et qu'ils ne sont pas suivis d'un autre numéral ;

quatre-vingts, cinq cents

– ils restent invariables s'ils ne sont pas multipliés, ou si, étant multipliés, ils sont suivis d'un autre numéral.

cent euros, vingt euros, quatre cent trois euros

2 Quand les mots *tout* et *même* sont-ils variables ?

- *Tout* peut être :

– un **déterminant** s'il accompagne un nom ou un pronom. Il est alors **variable** ;

tout le village ; tous les élèves ; tous ceux qui lisent

– un **pronom** ou un **nom**. Il est alors toujours au singulier ;

Tout va bien. Je prends le tout.

– un **adverbe** s'il accompagne un adjectif et équivaut à « tout à fait ». Il est alors **invariable**, **sauf** devant un adjectif féminin qui commence par une consonne ou un *h* aspiré.

- des livres tout neufs
- Elle est tout abasourdie.
- Elle est toute contente. [adj. féminin commençant par une consonne]

▪ *Même* peut être :

– un **déterminant** s'il est avec un nom / pronom. Il est alors **variable** ;

les mêmes refrains ; eux-mêmes

– un **adverbe** dans les autres cas. Il est alors **invariable**.

Même les philosophes peuvent se tromper.

3 Les adjectifs de couleur s'accordent-ils ?

Si l'on utilise :

• un seul adjectif : il s'accorde avec le nom qu'il qualifie ;

des vases bleus ; des pommes rouges

• **un adjectif dérivé d'un nom** : il ne s'accorde pas ;

des chaussures marron ; des rideaux orange

• **plusieurs adjectifs** : ils ne s'accordent pas.

des peignoirs bleu clair ; des robes vert foncé

4 Qu'en est-il des adverbes de manière en *-ment* ?

Notez en premier lieu qu'ils sont **toujours invariables**. Mais prenez garde à la manière dont ils sont formés.

▪ En règle générale, ils dérivent d'un adjectif et s'écrivent : **féminin de l'adjectif + *-ment***.

sérieux → sérieuse → sérieusement

▪ S'ils dérivent d'un **adjectif en *-ant* ou *-ent*** ou d'un participe présent, ils gardent la voyelle de l'adjectif et doublent le *m*.

bruyant → bruyamment ; conscient → consciemment

L'ESSENTIEL

- **Les nombres ordinaux** → s'accordent avec le nom
- **Les nombres cardinaux** → sont invariables
- ***Tout* et *même*** → s'accordent s'ils sont des déterminants
- ***Tout* et *même*** → restent en général invariables s'il s'agit d'adverbes

Présent de l'indicatif ou du subjonctif ?

38

☐ OK

Il faut savoir distinguer le présent de l'indicatif du présent du subjonctif : au singulier, les formes peuvent en effet se prononcer de la même façon mais s'écrire différemment.

1 Où est le piège ?

- Au présent de l'indicatif et du subjonctif, les verbes du 1er groupe (ainsi que les verbes *cueillir*, *ouvrir*, *offrir*) prennent **les mêmes terminaisons** *-e*, *-es*, *-e*.

  j'aime, tu aimes, il aime

  que j'aime, que tu aimes, qu'il aime

Mais cela ne pose pas de problème orthographique.

- Ce sont les verbes du 3e groupe qui présentent une difficulté orthographique : le présent de l'indicatif et le présent du subjonctif de ces verbes ont des **terminaisons différentes** mais **se prononcent parfois de la même manière** :
  - à l'indicatif : *-s*, *-s*, *-t*, parfois *-d* ;

    je vois, tu vois, il voit
  - au subjonctif : *-e*, *-es*, *-e*

    que je voie, que tu voies, qu'il voie

Attention
Ces formes homophones sont sources d'erreurs.

2 Comment déjouer le piège ?

- Pour distinguer deux formes homophones, **remplacez le verbe** par un autre verbe dont la prononciation est différente au présent de l'indicatif et au présent du subjonctif (*répondre*, par exemple).

  Tu vois bien que tu es malade.
  → Tu réponds bien... [→ *vois* est à l'indicatif]

  Il faut que tu voies un médecin.
  → Il faut que tu répondes... [→ *voies* est au subjonctif]

- N'oubliez pas que :
  - l'indicatif est le mode des faits présentés comme **réels**,
  - le subjonctif, celui des faits **virtuels**, possibles, souhaités. ▶ FICHE 23

  Il faut que tu voies un médecin.
  L'action de voir le médecin est ordonnée mais non encore réalisée.

Futur de l'indicatif ou présent du conditionnel ?

39

☐ OK

À la 1re personne du singulier, il faut bien distinguer la terminaison du futur de l'indicatif (*je verrai*) et celle du présent du conditionnel (*je verrais*).

1 Où est le piège ?

À la **1re personne du singulier**, la terminaison de l'indicatif futur (*-rai*) et celle du conditionnel présent (*-rais*) **se prononcent de la même manière**.

- Je gagnerai ma vie en m'occupant d'animaux. [→ indicatif futur]
- Si je pouvais, je gagnerais ma vie en m'occupant d'animaux. [→ conditionnel présent]

Vous devez savoir les distinguer pour pouvoir les écrire correctement.

2 Comment déjouer le piège ?

Pour distinguer les deux terminaisons homophones, **remplacez la 1re personne par la 2e personne** du singulier. Vous devez entendre :
– *-ras*, si le verbe est à l'indicatif futur ;
– *-rais*, si le verbe est au conditionnel présent.

- Je gagnerai ma vie en m'occupant d'animaux.
  → Tu gagneras ta vie...
  [*gagnerai* est à l'indicatif futur]
- Si je pouvais, je gagnerais ma vie en m'occupant d'animaux.
  → Si tu pouvais, tu gagnerais ta vie...
  [*gagnerais* est au conditionnel présent]

N'oubliez pas que :
– l'indicatif futur exprime un **fait à venir** de manière certaine ;
– le conditionnel présent exprime un fait soumis à une **hypothèse** ou un **futur du passé** ▶ FICHE 24.

- Si je gagnais ma vie en m'occupant d'animaux, je serais heureux. [fait soumis à une hypothèse]
- Je lui expliquais que je m'occuperais d'animaux plus tard. [futur dans le passé]

Attention

Jamais de futur de l'indicatif ou de conditionnel présent dans une prop. subordonnée introduite par *si* qui exprime une hypothèse. Ces temps se trouvent alors dans la prop. principale.
Ex. : *Si tu viens, je* ***serai*** *heureux / Si tu venais, je* ***serais*** *heureux.*

Les sons [e] ou [ɛ] à la fin d'un verbe

40

☐ OK

Les sons [e] et [ɛ] à la fin d'un verbe sont très fréquents et correspondent à différentes graphies : *-é, -er, -ez* ; *-ai, -ais, -ait, -aient*.

1 Les sons [e] et [ɛ] à la fin d'un verbe

Voici les différents cas possibles.

- chanter : infinitif présent (pour un verbe du 1er groupe)
- chanté(es) : participe passé (pour un verbe du 1er groupe)
- vous chantez : 2e personne du pluriel du présent de l'indicatif
- je chantai : 1re personne du sing. du passé simple (pour un verbe du 1er groupe)
- je chantais : 1re personne du sing. de l'imparfait
- tu chantais : 2e personne du sing. de l'imparfait
- il chantait : 3e personne du sing. de l'imparfait
- elles chantaient : 3e personne du pl. de l'imparfait

2 Comment raisonner quand il s'agit du son [e] ?

J'entends [e] à la fin d'un verbe

→ **1. infinitif d'un verbe du 1er groupe**
Ex. : *Il sait garder son calme.*

→ **2. participe passé d'un verbe du 1er groupe**
Ex. : *J'ai marché (= répondu).*

→ **3. verbe conjugué à la 2e personne du pluriel**
Ex. : *Pensez-vous que vous aurez le temps ?*

- Pour distinguer les cas 1 et 2, remplacez le verbe par un autre verbe dont l'infinitif et le participe passé sont distincts (par exemple, le verbe du 3e groupe *répondre*).
- Dans le cas 3, le verbe est accompagné (sauf à l'impératif) du pronom *vous*.

Orthographe

Si la forme verbale peut être remplacée par *répondu(es)* il s'agit d'un participe passé et il faut alors appliquer les règles d'accord du participe passé.

▶ FICHE 16

Pensez-vous que vous aurez le temps ? Partez vite !

3 Comment raisonner quand il s'agit du son [ɛ] ?

J'entends [ɛ] à la fin d'un verbe

→ **passé simple du 1er groupe**
1re personne du singulier
Ex. : *J'arrivai à l'heure.*

→ **imparfait**
1re / 2e/ 3e pers. du singulier ou
3e pers. du pluriel (selon le sujet du verbe)
Ex. : *J'y allais.*

- Quand on entend le son [ɛ] à la fin d'un verbe, on peut avoir affaire selon le cas :
– à un verbe du 1er groupe conjugué à la 1re personne du singulier du **passé simple** (*j'aimai = répondis*) ;
– à un verbe conjugué à l'**imparfait** à une personne du singulier ou à la 3e personne du pluriel (*j'aimais, tu finissais, il partait, ils savaient*).

> **Info**
> Notez que le *-ai* du passé simple devrait se prononcer [e] mais qu'il est le plus souvent prononcé [ɛ].

- Le risque de confusion existe surtout quand le verbe est du 1er groupe et à la 1re personne. Dans ce cas, **remplacez le verbe par un autre verbe** dont le passé simple et l'imparfait sont distincts à la 1re personne (par exemple, le verbe du 3e groupe *répondre*).

  • Dès qu'il fut disponible, je m'approchai de lui.
  → Dès qu'il fut disponible, je répondis…
  • J'espérais à chaque fois pouvoir le convaincre.
  → Je répondais à chaque fois…

- N'oubliez pas que :
– le passé simple est le temps par excellence du **récit**, qui permet de rapporter les faits de premier plan ;
– l'imparfait est le temps de la **description**, qui permet d'évoquer des faits de second plan ou des faits habituels. ▶ FICHE 28

NOTEZ BIEN

Ce sont les verbes du 1er groupe qui présentent le plus de difficultés orthographiques liées à l'homophonie. En règle générale, pour écrire correctement leur terminaison, remplacez-les par un verbe comme « répondre » ou « mordre ».

Analyser le sujet de rédaction

41

☐ OK

Le sujet de brevet comprend deux sujets au choix, l'un d'imagination, l'autre de réflexion. Avant de vous lancer dans l'écriture, il faut analyser la consigne du sujet sélectionné, puis chercher et organiser vos idées.

1 Comment analyser le sujet ?

- Vous devez **signaler par des couleurs différentes les mots-clés** du sujet selon les renseignements qu'ils vous fournissent. Par exemple selon ce code couleur :

(rose)	: les mots qui vous indiquent le thème, ce dont vous devez parler
(jaune)	: les mots qui vous indiquent la forme que doit prendre votre texte, c'est-à-dire les types de textes à combiner : narratif, argumentatif, descriptif, dialogue…
(bleu)	: les mots qui vous indiquent la situation d'énonciation : qui parle à qui ? où ? quand ? objectivement ou non ?
(orange)	: les mots qui vous précisent toutes les autres contraintes

- Voici un exemple de **sujet d'imagination** et son analyse.

> Un héros de livre ou de film vous fascine mais votre meilleur ami ne le connaît pas. Vous lui en faites le portrait. Vous lui racontez ensuite brièvement ses aventures. Vous lui expliquez enfin les raisons de votre intérêt.

- **Thème/Sujet**

héros de livre ou de film

- **Forme du texte**

portrait → description

racontez → récit

expliquez, raisons → discours argumentatif

- **Situation d'énonciation**

Qui parle ? vous
À qui ? votre meilleur ami

- **Autres contraintes**

ensuite, enfin → indications sur la structure, la progression du devoir

- Voici un exemple de **sujet de réflexion** et son analyse.

> « Voyager, voyager, qu'est-ce que cela fait ? » se demande Jemia, le personnage de J.M.G. Le Clézio, dans *Gens des nuages*. Écrivez une lettre à un ami dans laquelle vous répondez de façon argumentée à cette interrogation. Vous illustrerez votre réflexion d'exemples précis tirés de votre expérience personnelle de voyageur que vous pourrez raconter et de vos lectures. Votre lettre devra être persuasive.

- **Thème/Sujet**

Voyager

- **Forme du texte**

réflexion, répondez, interrogation,

exemples, argumentée → texte argumentatif

raconter, expérience personnelle → passages narratifs

- **Situation d'énonciation**

vous et à un ami indiquent la situation d'énonciation.

2 Que faire avant de rédiger ?

- **Collectez en vrac**, sous forme télégraphique (non rédigée), toutes les idées qui vous viennent à l'esprit.
- **Ordonnez vos idées**, faites le plan de votre devoir.
- Constituez une **réserve de mots** qui ont rapport avec les mots importants du sujet. Cela vous évitera les répétitions.

Voici un exemple de réserve de mots en lien avec les termes *fasciner/intérêt* du sujet d'imagination de la page précédente :

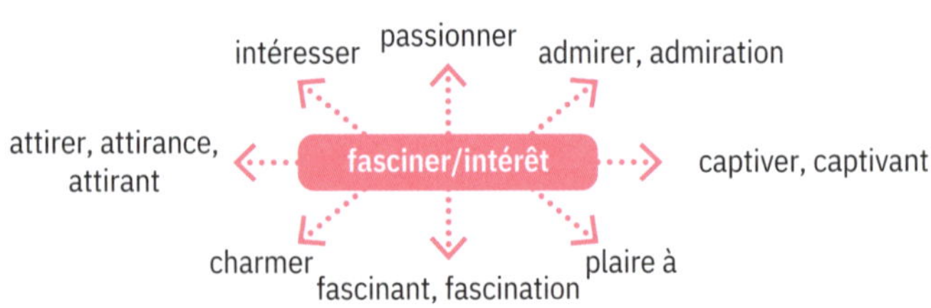

Méthode

Retenez les « règles d'or » de la rédaction :

1. Une phrase = une seule idée.
2. Faire des phrases complètes avec au moins un verbe conjugué.
3. Pas de phrase de plus de deux lignes.

Traiter un sujet d'imagination

42

☐ OK

Pour bien réussir le sujet d'imagination, il faut préalablement respecter les contraintes qu'impose la consigne, puis faire des choix.

I L'analyse du sujet

1 Quel genre ? Quel type de texte ?

- Analysez attentivement le libellé du sujet pour identifier **le genre** (récit, lettre, texte poétique, dialogue de théâtre…) ainsi que **le type principal** (narratif, descriptif…) du texte à produire.
- Attention, cependant, dans beaucoup de sujets, il vous est demandé de **mêler** récit et dialogue, narration et description.

> Racontez l'arrivée dans les tranchées du régiment d'Africains dont fait partie M. Bossolo. Vous évoquerez les différentes réactions de ces hommes face à un pays inconnu et à la violence de la guerre. Votre rédaction mêlera récit, description et dialogues.

2 Quel statut pour le narrateur ?

- Dans le cas d'un récit, demandez-vous **qui « raconte »**. Selon le cas, vous devez faire un récit :

- à la 1re personne ;

> Imaginez que vous vous retrouviez au sein d'une catastrophe naturelle ; racontez comment elle se déroule.

- ou à la 3e personne.

> À la gare, le soldat allemand refuse de prendre la valise de Jean-François : que se passe-t-il ? Jean-François va-t-il être arrêté ? Va-t-il trouver une nouvelle ruse ? Imaginez et rédigez la suite du récit.

II Le travail au brouillon

1 Préparer un récit

- Vous devez imaginer :

- les différentes **étapes de l'histoire** (pensez à ménager du suspense pour rendre le récit plus vivant) ;

Conseil

Choisissez un **temps verbal dominant** : passé simple ou passé composé pour un récit au passé ou, éventuellement, présent de narration.

– le comportement des personnages. Même si ce n'est pas exigé, vous pouvez les faire parler pour rendre le récit plus vivant.

- Attention au cas particulier de la suite de récit (voir le 2e exemple proposé dans I, 2). Vous devez alors commencer par analyser le texte de départ : statut du narrateur ; thème, cadre et époque ; identité et caractère des personnages ; temps verbal dominant.

2 Préparer des passages descriptifs

La description est une pause dans le récit (comme un arrêt sur image dans un film).

- Choisissez le point de vue : qui voit et d'où voit-il ?
- Organisez la description en suivant un ordre : de l'intérieur vers l'extérieur (ou l'inverse) ; du premier plan à l'arrière-plan (ou l'inverse).
- N'oubliez pas les différents éléments possibles d'une description : formes, couleurs, lumière, mouvements, sons, odeurs, etc., pour créer une impression sur le lecteur (admiration, dégoût, angoisse…).

Attention

Soyez attentif au **choix du temps** dans les passages descriptifs. Dans un récit au passé, optez pour l'imparfait ; dans un récit au présent, continuez avec le présent.

III Comment rédiger ?

- Sauf effet de style (dans une exclamation ou dans un dialogue), veillez à composer des phrases complètes qui comportent (au moins) une proposition construite avec un verbe conjugué.
- Allez à la ligne pour faire des paragraphes, à chaque nouvel événement ou à chaque passage de la narration à la description (ou l'inverse).
- Utilisez la ponctuation qui convient, notamment dans les passages de dialogue.

À noter

Il est souvent demandé d'évoquer les **sentiments éprouvés**. Faites-le au fur et à mesure en introduisant des marques de la présence du locuteur et du vocabulaire affectif.

Traiter un sujet de réflexion

43

☐ OK

Un sujet de réflexion vous invite à formuler et à soutenir votre avis sur une question. Pour le traiter de façon efficace et convaincante, il faut apprendre à argumenter.

1 Qu'est-ce qu'une argumentation ? une thèse ?

- Une argumentation, c'est une forme de discours ▶ FICHE 2 dans laquelle le locuteur essaie de **faire partager** au lecteur (ou à l'auditeur) **une idée** qu'il croit juste.
- Cette idée autour de laquelle est construit le discours est la **thèse**.

Je veux montrer que le voyage est un moyen de se cultiver.

Méthode

Pour vérifier que c'est bien **une thèse** que vous énoncez, faites-la précéder de l'expression : *Je veux montrer que…*

2 Qu'est-ce qu'un argument ? un exemple ?

- Un argument, c'est une **preuve** qui sert à **démontrer** la thèse défendue.

Méthode

Pour vérifier que c'est bien **un argument** que vous formulez, faites-le précéder de l'expression : *La preuve en est que…*

- Un exemple, c'est un **fait concret** qui vient appuyer et **illustrer un argument**. Vous pouvez tirer des exemples de votre expérience personnelle, de lectures, de films, de la presse…

Méthode

Pour vérifier que c'est bien **un exemple** que vous présentez, faites-le précéder de l'expression : *Ainsi, par exemple…*

- *Thèse :* Je veux montrer que la lecture est utile.
- *Argument :* La preuve en est qu'elle permet de se cultiver.
- *Exemple :* Ainsi, par exemple, les romans de Zola nous informent sur la vie des ouvriers au XIXe siècle.

3 Comment construire un développement argumentatif ?

- Un développement argumentatif comporte des **étapes précises.** Vous devez formuler : la thèse au début du développement ; les arguments ; les exemples ; parfois, une conclusion partielle.
- Vous devez **construire une chaîne d'arguments**, donc choisir un ordre logique pour exposer ces arguments : par exemple, du plus simple au plus complexe ; du plus évident au plus inattendu…
- Il vous est parfois demandé de **peser le pour et le contre**, donc de considérer deux thèses.

> Pensez-vous qu'il soit parfois nécessaire de mentir ?
>
> **Thèse 1**
> Le mensonge est condamnable et a des effets négatifs. [Argument 1] En effet, s'il vient à être découvert, il risque de détruire toute confiance envers celui qui en use. [Exemple] Ainsi par exemple, Scapin, le valet menteur de Molière, éveille la suspicion de ses maîtres. [Argument 2] Par ailleurs, le mensonge peut nuire à autrui…
>
> **Thèse 2**
> Cependant, mentir peut s'avérer utile, voire nécessaire. [Argument 1] Ainsi, il peut être nécessaire de mentir quand dire la vérité met quelqu'un en danger. [Exemple] Par exemple, pendant la Seconde Guerre mondiale, des résistants ont menti à des nazis qui leur demandaient de dévoiler où se cachaient des Juifs. [Argument 2]…

4 Comment rédiger un développement argumentatif ?

- Dans le cas d'un développement qui s'étend sur plusieurs paragraphes, vous devez aller à la ligne à chaque changement d'argument.

1 paragraphe = 1 argument + ses exemples

- Pensez à utiliser, pour marquer la suite logique de l'argumentation :
– des **connecteurs temporels** qui marquent les différentes étapes : *d'abord, en premier lieu, ensuite, enfin…* ;
– des **connecteurs logiques** qui marquent les liens entre les idées : *en effet, par conséquent, pourtant…* ▶ FICHE 21

L'ESSENTIEL

Les éléments d'un développement argumentatif
- une thèse (opinion soutenue)
- une chaîne d'arguments (preuves)
- des exemples commentés (fait concret)

Composer un dialogue

44

☐ OK

Un dialogue peut s'utiliser dans un récit ou une argumentation pour donner de la vivacité au texte.

1 Comment construire un dialogue ?

Quand vous composez un dialogue, vous devez :

- préciser clairement l'**identité des interlocuteurs** ;
- veiller à ce que le lecteur comprenne qui parle ;
- suivre une **progression** pour que le dialogue fonctionne : par exemple, à une question succède une réponse… ;
- choisir un **niveau de langue** ;
- varier les **verbes introducteurs** des paroles.

2 Comment ponctuer un dialogue ?

- Le dialogue au discours direct ▶ FICHES 27 ET 28 est signalé par un **deux-points** et un passage à la ligne.
- La première réplique est précédée de **guillemets** ouvrants. Tout changement d'interlocuteur est indiqué par un **passage à la ligne** et un **tiret**. La dernière réplique est suivie de guillemets fermants.
- La reprise du récit est marquée par un passage à la ligne.
- Les verbes de parole peuvent être intégrés en **incise**, au milieu ou à la fin d'une réplique. Attention à ne pas oublier la ou les virgules.

« Cet homme, dit-il, est innocent. »

« Cet homme est innocent », dit-il.

Attention

La ponctuation peut changer totalement le sens. Comparez :

- « Les garçons, disent les filles, sont bêtes. »
- Les garçons disent : « Les filles sont bêtes. »

3 Comment donner son registre (sa tonalité) à un dialogue ?

- Choisissez avec soin les **verbes introducteurs.** Ils indiquent :

– si la réplique est une affirmation, une question ou une réponse : *affirmer*, *réclamer*, *rétorquer*… ;
– le ton et le volume de la voix : *confier*, *hurler*, *bougonner*… ;
– le sentiment du locuteur : *gémir*, *riposter*, *confesser*…

- Veillez au **type des phrases** (exclamatives pour l'émotion, etc.).

Soigner son expression

45

☐ OK

La qualité de votre rédaction repose sur vos idées mais aussi sur votre expression.

1 Comment avoir une expression correcte et claire ?

- Veillez à ce que vos **phrases soient complètes**, avec au moins un verbe conjugué. Chaque proposition subordonnée est accompagnée d'une proposition principale. Les négations sont complètes (n'oubliez pas la négation *ne* avec *pas*, *rien*, *aucun*…).
- Ne vous trompez pas de **mode verbal**, surtout avec : *après que* + indicatif ; *avant que* + subjonctif ; *si* (de condition) + indicatif.
- Ne faites **pas de phrases trop longues** (deux lignes maximum).
- Vérifiez que le lecteur comprenne à la première lecture à qui ou à quoi renvoient les **pronoms personnels** (*il*, *elle*…). Si c'est ambigu, répétez le nom auquel ils renvoient. Ne mêlez pas la 1re pers. du pluriel (*nous*) et le pronom *on*.
- Construisez des **paragraphes**.

2 Comment avoir une expression élégante ?

- Évitez les **mots plats, passe-partout** (*faire*, *dire*, *il y a*, *chose*, *être*, *avoir*…). Remplacez-les par des synonymes plus spécifiques.
  - faire un courrier → rédiger un courrier
  - faire un tableau → peindre un tableau
- Évitez les **répétitions**. Vous pouvez remplacer le mot répété par un pronom, un synonyme, une périphrase.
- Constituez-vous une **réserve de mots** – en variant leur classe – autour des notions qui reviennent dans votre travail.

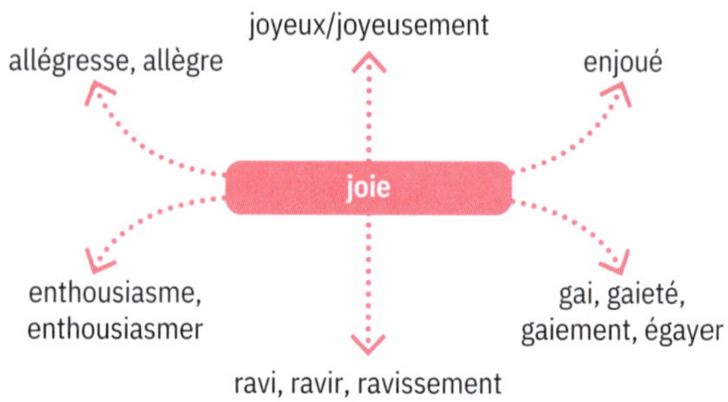

Relire sa rédaction

46

☐ OK

Vous avez terminé de rédiger ? Relisez votre travail en surveillant les points suivants.

1 Comment vérifier la structure et la cohérence de votre devoir ?

Vérifiez que :

- vous avez rédigé une introduction et une conclusion ;
- les nouvelles péripéties (dans un récit) ou les changements d'idées (dans un développement argumenté) sont bien mis en évidence par des passages à la ligne ;
- vous avez mis des liens (temporels dans le récit, logiques dans l'argumentation) entre les paragraphes.

2 Comment relire un récit ?

Vérifiez que :

- l'emploi des temps ▶ FICHES 24 À 28 est cohérent :
  – si vous choisissez de raconter au présent, tous les verbes doivent être au présent ;
  – si vous avez choisi de raconter au passé, les verbes rapportant les actions successives doivent être tous au passé simple (ou tous au passé composé, selon votre choix du temps de base) ;
- la situation d'énonciation ▶ FICHE 6 ne change pas de manière illogique.

Rappel

Dans un récit au passé, l'imparfait sert à décrire ; le plus-que-parfait à rapporter des faits antérieurs à ceux exprimés au passé simple (ou composé).

3 Comment relire un dialogue ?

Vérifiez que :

- l'identité des interlocuteurs est précisée ;
- les changements d'interlocuteurs sont clairs (grâce à une bonne ponctuation) ;
- les répliques se suivent logiquement.

Conseil

Pour bien camper les personnages, accordez leur façon de parler (niveau de langue, vocabulaire, type de phrase) avec leur personnalité.

4 Comment relire un texte argumentatif ?

Vérifiez que :
- les arguments se suivent logiquement ▶ FICHE 43 ;
- ils sont illustrés par des exemples.

5 Comment relire une lettre ?

Vérifiez que :
- lieu et date sont précisés ;
- la lettre commence par une adresse au destinataire ;
- la mise en page est respectée ;
- il y a une formule de conclusion et une signature.

6 Comment vérifier la lisibilité de votre travail ?

Vérifiez :
- la présentation, la mise en page (êtes-vous allé(e) à la ligne, avez-vous décalé les débuts de paragraphe ?) ;
- la ponctuation (notamment dans les dialogues) ▶ FICHE 44 ;
- la correction grammaticale des phrases (toutes vos phrases sont-elles complètes et bien construites ?) ;
- l'orthographe, notamment les accords majeurs ▶ FICHE 34 ;
- la précision du vocabulaire (avez-vous supprimé les répétitions et les mots plats ?).

NOTEZ BIEN

Faites plusieurs relectures de votre travail, avec des objectifs différents et spécifiques :

– une relecture pour la clarté et la correction des phrases ;

– une relecture pour l'orthographe ;

– une relecture pour éviter les répétitions et les mots plats.

L'ESSENTIEL

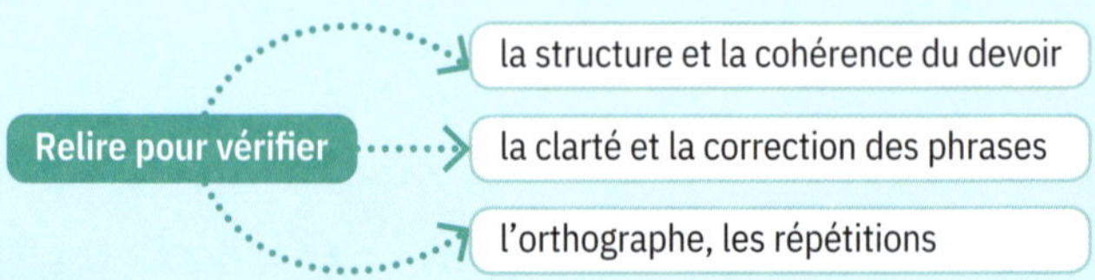

MATHÉMATIQUES

SOMMAIRE

Quand vous avez révisé une fiche, cochez la case ☐ correspondante !

Nombres et calculs

Calcul numérique

Divisibilité et nombres premiers

Calcul littéral. Mise en équation

Gestion de données. Fonctions

Statistiques

Probabilités

Proportionnalité et pourcentage

Fonctions linéaires et affines

Grandeurs et mesures

Périmètres, aires et volumes

Calculs avec des grandeurs mesurables

Espace et géométrie

Triangle rectangle, trigonométrie et théorème de Pythagore

SOMMAIRE

Configuration de Thalès

Transformations et triangles

Représentation de l'espace

Algorithmique et programmation

Écriture et exécution d'un programme simple

Maîtriser les quatre opérations élémentaires sur les nombres relatifs

1

☐ OK

I Qu'est-ce qu'un nombre relatif ?

- Un nombre relatif est composé de deux éléments : son **signe** et sa **distance à 0**.

EXEMPLES $+2{,}5$ est un nombre relatif positif dont la distance à 0 est 2,5.
$-3{,}5$ est un nombre relatif négatif dont la distance à 0 est 3,5.

- Un nombre relatif peut être représenté sur une **droite graduée**.

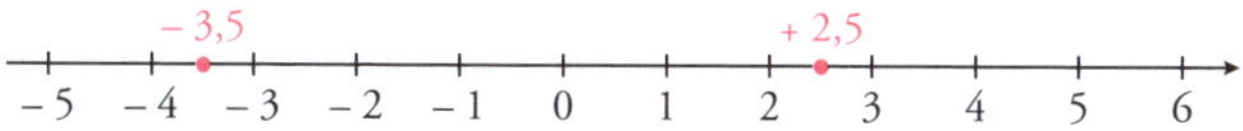

II Addition de nombres relatifs

- La somme de deux nombres relatifs de **même signe** est un nombre relatif dont :
  - le signe est le signe commun aux deux nombres ;
  - la distance à 0 est la somme de leurs distances à 0.

EXEMPLES $(+2{,}4)+(+3{,}7)=+6{,}1$; $(-4{,}4)+(-2{,}1)=-6{,}5$

- La somme de deux nombres relatifs de **signes contraires** est un nombre relatif dont :
  - le signe est celui du nombre possédant la plus grande distance à 0 ;
  - la distance à 0 est la différence de leurs distances à 0.

EXEMPLES $(-2{,}4)+(+3{,}7)=+1{,}3$; $(-4{,}4)+(+2{,}1)=-2{,}3$

III Soustraction de nombres relatifs

Pour soustraire un nombre relatif d'un autre nombre relatif, on lui ajoute son **opposé**.

EXEMPLES $(+5{,}25)-(+3{,}7)=(+5{,}25)+(-3{,}7)=+1{,}55$
et $(-5{,}25)-(+3{,}7)=(-5{,}25)+(-3{,}7)=-8{,}95$

IV Multiplication, division de nombres relatifs

- Le produit (ou la division) de deux nombres relatifs est un nombre relatif dont le signe est donné par la « **règle des signes** » et dont la distance à 0 est le produit (ou la division) de leurs distances à zéro.

- La « règle des signes » est la suivante :
- Le produit (ou la division) de deux nombres de même signe est positif.
- Le produit (ou la division) de deux nombres de signes différents est négatif.

EXEMPLES $(+5{,}25) \times (+2) = +10{,}5$; $(+4{,}9) \times (-2) = -9{,}8$
$(+1{,}8) \div (-0{,}9) = -2$; $(-4{,}4) \div (-1{,}1) = +4$

Méthodes

1 Calculer avec des nombres relatifs

Compléter les égalités suivantes :

a. $(-5) \times (\ldots) = -7{,}5$

b. $(-3{,}7) - (\ldots) = +5{,}5$

c. $(-6{,}45) + (\ldots) = -7{,}5$

d. $(-6{,}6) \div (\ldots) = -2{,}2$

SOLUTION

a. $(-5) \times (+1{,}5) = -7{,}5$

b. $(-3{,}7) - (-9{,}2) = +5{,}5$

c. $(-6{,}45) + (-1{,}05) = -7{,}5$

d. $(-6{,}6) \div (+3) = -2{,}2$

2 Effectuer des calculs enchaînés

On donne $x = -5$, $y = +3{,}2$, $z = -2{,}4$ et $t = +4{,}8$.
Donner les écritures décimales des nombres suivants :

a. $A = \dfrac{x+y}{z-t}$

b. $B = \dfrac{3x-2z}{-4y+3t}$

Conseils

Calculez séparément le numérateur, puis le dénominateur de A. Déduisez-en alors A. Procédez de la même façon pour calculer B.

SOLUTION

a. Notons respectivement N_A et D_A le numérateur et le dénominateur de A, soit $A = \dfrac{N_A}{D_A}$.

$N_A = (-5) + (+3{,}2) = -1{,}8$ et $D_A = (-2{,}4) - (+4{,}8) = -7{,}2$.

Alors $A = \dfrac{-1{,}8}{-7{,}2}$, soit $A = +0{,}25$.

b. De même, nous avons $N_B = 3(-5) - 2(-2{,}4) = -10{,}2$
et $D_B = -4(+3{,}2) + 3(+4{,}8) = +1{,}6$.

Alors $B = \dfrac{-10{,}2}{+1{,}6}$ d'où $B = -6{,}375$.

Utiliser diverses représentations d'un même nombre

2

☐ OK

I Nombres entiers, décimaux et rationnels

- Un **nombre entier** est un nombre qui s'écrit sans décimales.
- Un **nombre décimal** est un nombre qui s'écrit avec un nombre fini de chiffres après la virgule.
- Un **nombre rationnel** (ou **fraction**) est un nombre qui peut s'écrire sous la forme $\frac{a}{b}$, où a et b sont des nombres entiers et $b \neq 0$.

EXEMPLES $\frac{7}{8}$; $\frac{-6}{13}$ et $\frac{5}{17}$ sont des nombres rationnels.

- Les nombres rationnels dont le dénominateur est 10, 100, 1 000, etc. sont appelés des **fractions décimales**.

EXEMPLES $\frac{34}{10}$; $\frac{5}{1\,000}$ et $\frac{-51}{100}$ sont des fractions décimales.

- Une **fraction irréductible** est une fraction qui ne peut pas être simplifiée.

À noter

Tous les nombres ne sont pas rationnels ! Les **nombres irrationnels** sont les nombres que l'on ne peut pas écrire sous la forme d'une fraction, par exemple $\sqrt{2}$ et π.

EXEMPLES $\frac{5}{11}$ est une fraction irréductible.

En revanche, $\frac{15}{33}$ n'est pas une fraction irréductible car $\frac{15}{33} = \frac{3 \times 5}{3 \times 11} = \frac{5}{11}$.

II Puissances et racine carrée

- Soient a un nombre non nul et n un entier naturel positif.

Le produit de n facteurs égaux à a se note a^n (on dit « **a puissance n** ») ; a^{-n} est l'**inverse** de a^n.

$$a^n = \underbrace{a \times a \times \ldots \times a}_{n \text{ fois}} \qquad a^{-n} = \frac{1}{a^n}$$

EXEMPLES $5^3 = 5 \times 5 \times 5 = 125$; $10^{-2} = \frac{1}{10^2} = \frac{1}{100} = 0{,}01$.

- Soit a un nombre positif. La **racine carrée** du nombre a est le nombre positif dont le carré est égal à a. On le note $\sqrt{a}$.

EXEMPLES $\sqrt{25} = 5$; $\sqrt{56{,}25} = 7{,}5$.

III Notation scientifique

Tout nombre positif x peut s'écrire sous la forme : $x = a \times 10^n$ où $1 \leqslant a < 10$ et n est un entier relatif.

EXEMPLES $2{,}7512 \times 10^2$ est l'écriture scientifique de 275,12.

$5{,}4 \times 10^{-3}$ est l'écriture scientifique de 0,0054.

Méthodes

1 Écrire des nombres en notation scientifique

Écrire $C = 0{,}00000543$; $D = 432{,}65$ et $E = 21{,}65 \times 10^3$ en notation scientifique.

SOLUTION

$C = \dfrac{5{,}43}{1\,000\,000} = \dfrac{5{,}43}{10^6}$, soit $C = 5{,}43 \times 10^{-6}$ (rappel : $\dfrac{1}{10^n} = 10^{-n}$).

De même, $D = 4{,}3265 \times 10^2$ et $E = 2{,}165 \times 10^4$.

2 Passer d'une écriture décimale à une écriture fractionnaire, et inversement

a. Soit $A = \dfrac{7}{4}$. Donner une écriture décimale de A.

b. Soit $B = 2{,}3$. Donner une écriture fractionnaire de B.

c. Soit $C = \dfrac{11}{3}$. Donner une écriture décimale de C.

SOLUTION

a. $A = 1{,}75$.

b. $B = \dfrac{23}{10}$.

c. $C = \dfrac{11}{3} \approx 3{,}66666...$ Le nombre de chiffres après la virgule n'est pas fini, donc C n'a pas d'écriture décimale.

3 Utiliser des puissances de 10

Attention
N'oubliez pas de donner l'unité lorsqu'il y en a une !

La distance de la Terre à la Lune est environ égale à $d_1 = 384\,000$ km et celle de la Terre au Soleil à environ $d_2 = 149\,600\,000$ km.

Donner l'écriture scientifique de ces deux distances.

SOLUTION

$d_1 = 3{,}84 \times 10^5$ km et $d_2 = 1{,}496 \times 10^8$ km.

Calculer avec des fractions

3

☐ OK

I Règles de calcul sur les fractions

- Pour **additionner** (ou **soustraire**) deux fractions, on les réduit au même dénominateur, puis on additionne (ou on soustrait) les numérateurs et on conserve le dénominateur commun.
- Pour **multiplier** deux fractions, on multiplie les numérateurs entre eux et les dénominateurs entre eux.
- Pour **diviser** deux fractions, on multiplie la fraction numérateur par l'inverse de la fraction dénominateur.

II Règles de priorité

Dans une expression qui comporte plusieurs opérations, on effectue les calculs dans l'ordre suivant :

1. Commencer par effectuer les calculs entre parenthèses (s'il y en a !).
2. Effectuer toujours les multiplications et les divisions avant les additions et les soustractions.
3. S'il n'y a que des additions et des soustractions, les effectuer dans l'ordre où elles sont indiquées.

S'il n'y a que des multiplications et des divisions, les effectuer dans l'ordre où elles sont indiquées.

EXEMPLE $B = \left(-\frac{3}{4} + \frac{1}{4}\right) \times \frac{1}{2} - \frac{5}{8}$

$B = -\frac{2}{4} \times \frac{1}{2} - \frac{5}{8}$

$B = -\frac{2}{8} - \frac{5}{8} = -\frac{7}{8}$

III Inverse, opposé

- Deux nombres sont **opposés** si leur somme est nulle.

EXEMPLES -5 est l'opposé de 5 ;
$-\frac{1}{3}$ est l'opposé de $\frac{1}{3}$.

- Deux nombres sont **inverses** si leur produit est 1.

EXEMPLES $\frac{1}{5}$ est l'inverse de 5 ; $-\frac{1}{3}$ est l'inverse de -3.

Méthodes

1 Calculer avec des fractions

Soient les fractions $A = \frac{7}{9}$; $B = -\frac{2}{7}$; $C = \frac{5}{3}$; $D = -\frac{9}{14}$.

Calculer $E = A + B$; $F = D - C$; $G = A \times B$ et $H = \frac{C}{D}$.

SOLUTION

$E = \frac{7}{9} - \frac{2}{7}$, soit $E = \frac{7 \times 7}{9 \times 7} - \frac{2 \times 9}{7 \times 9}$ d'où $E = \frac{49}{63} - \frac{18}{63}$

ou encore $E = \frac{31}{63}$.

$F = -\frac{9}{14} - \frac{5}{3}$, soit $F = -\frac{27}{42} - \frac{70}{42}$ ou encore $F = -\frac{97}{42}$.

$G = \frac{7}{9} \times \left(-\frac{2}{7}\right)$, soit $G = \frac{7 \times (-2)}{9 \times 7}$ ou encore $G = -\frac{2}{9}$.

$H = \frac{\frac{5}{3}}{-\frac{9}{14}}$, soit $H = \frac{5}{3} \times \left(-\frac{14}{9}\right)$ d'où $H = -\frac{70}{27}$.

2 Utiliser les règles de priorité

Soient les expressions $A = \left(2 - \frac{3}{2}\right)\left(\frac{2}{3} - 3\right)$ et $B = \frac{3}{10} + \frac{3}{7} \div \frac{5}{14}$.

Calculer A et B en donnant les résultats sous la forme de fractions irréductibles.

SOLUTION

On commence par effectuer les calculs entre parenthèses. Pour cela, réduisons les fractions au même dénominateur :

$A = \left(\frac{4}{2} - \frac{3}{2}\right)\left(\frac{2}{3} - \frac{9}{3}\right) = \left(\frac{4-3}{2}\right) \times \left(\frac{2-9}{3}\right)$, soit $A = \left(\frac{1}{2}\right) \times \left(-\frac{7}{3}\right)$.

Multiplions les numérateurs entre eux et les dénominateurs entre eux :

$A = \frac{1 \times (-7)}{2 \times 3}$ ou encore $A = -\frac{7}{6}$.

Diviser par $\frac{5}{14}$, c'est multiplier par $\frac{14}{5}$. D'où $B = \frac{3}{10} + \frac{3}{7} \times \frac{14}{5}$.

On effectue la multiplication en premier :

$B = \frac{3}{10} + \frac{3 \times 14}{7 \times 5} = \frac{3}{10} + \frac{6}{5} = \frac{3}{10} + \frac{12}{10}$, soit $B = \frac{3}{2}$.

Rechercher des multiples et des diviseurs

4

☐ OK

I Multiples et diviseurs

- L'entier naturel non nul a est un **multiple** de l'entier naturel b s'il existe un entier m tel que $a = m \times b$.

EXEMPLE

91 est un multiple de 13 car $91 = 7 \times 13$;
91 est aussi un multiple de 7.

- L'entier naturel non nul d est un **diviseur** de l'entier naturel a si la division de a par d se fait exactement, c'est-à-dire sans reste.

EXEMPLES

- 5 est un diviseur de 15, car la division de 15 par 5 ne donne pas de reste.
- 11 n'est pas un diviseur de 28, car la division de 28 par 11 donne un reste qui vaut 6.

À savoir

Le nombre 1 est un diviseur de tous les nombres !

II Critères de divisibilité

Un nombre entier est divisible...

- **par 2** si son chiffre des unités est 0 ou un nombre pair.
  EXEMPLE 146
- **par 3** si la somme de ses chiffres est un multiple de 3.
  EXEMPLE 258
- **par 4** si le nombre formé par ses deux derniers chiffres est un multiple de 4.
  EXEMPLE 5 468
- **par 10** s'il se termine par 0.
  EXEMPLE 750
- **par 5** s'il se termine par 0 ou 5.
  EXEMPLE 285

Conseil

Ces critères sont à connaître par cœur : ils permettent de gagner beaucoup de temps !

Méthodes

1 Rechercher des multiples communs de deux entiers naturels

Soient les entiers 15 et 18.
Trouver leur(s) multiple(s) commun(s) inférieurs à 140.

Conseil
Vous devez établir la liste des multiples de chacun des deux nombres, puis repérer ceux qui sont communs.

SOLUTION

- Les multiples de 15 inférieurs à 140 sont : 15 ; 30 ; 45 ; 60 ; 75 ; 90 ; 105 ; 120 et 135.
- Les multiples de 18 inférieurs à 140 sont : 18 ; 36 ; 54 ; 72 ; 90 ; 108 et 126.
- Conclusion : il existe un seul multiple commun à 15 et 18 qui soit inférieur à 140. Il s'agit de 90.

2 Rechercher les diviseurs d'un entier naturel

Quels sont les 12 diviseurs du nombre 60 ?

SOLUTION

Nous pouvons remarquer que $60 = 2 \times 2 \times 3 \times 5$.
Les diviseurs de 60 sont :
1 ; 2 ; 3 ; 4 ; 5 ; 6 ; 10 ; 12 ; 15 ; 20 ; 30 et 60.

3 Résoudre un problème grâce à la divisibilité

Deux coureurs cyclistes A et B parcourent, à vitesse constante et dans le même sens, une piste circulaire. Ils partent en même temps du même point. A effectue un tour de piste en 20 s alors que B a besoin de 25 s.

Au bout de combien de temps A et B repasseront-ils pour la première fois en même temps au point de départ ?

Conseil
Cela revient à chercher le plus petit multiple commun des deux nombres 20 et 25.

SOLUTION

Si A fait un tour en 20 s, alors il passe par le point de départ toutes les 20 s. Les multiples de 20 sont : 20 ; 40 ; 60 ; 80 ; 100 ; 120, etc.
B passe par le point de départ toutes les 25 s. Les multiples de 25 sont : 25 ; 50 ; 75 ; 100 ; 125, etc.
Le plus petit multiple commun de 20 et de 25 est 100. Après 100 s, A et B repassent pour la première fois ensemble au point de départ.

Comprendre les nombres premiers

5

☐ OK

I Division euclidienne

Lorsque l'on divise un entier naturel a par un entier naturel b, on trouve un entier naturel q et il reste un entier naturel r.

Si :

$$\begin{array}{r|l} a & b \\ \cline{2-2} \dots & q \\ r & \end{array}$$

On a alors :

$$\underset{\text{dividende}}{a} = \underset{\text{diviseur}}{b} \times \underset{\text{quotient}}{q} + \underset{\text{reste}}{r}$$

EXEMPLE Si on divise 69 par 19, on trouve le quotient 3 et il reste 12. On a $69 = 19 \times 3 + 12$.

II Nombres premiers

À savoir

Un entier est divisible par un autre entier si le reste est nul dans la division euclidienne de ces deux nombres.

- Un **nombre premier** est un entier naturel divisible **seulement** par lui-même et par 1.

EXEMPLES

• 31 est un nombre premier car il est divisible seulement par 31 et 1.

• 35 n'est pas un nombre premier car il est divisible, entre autres, par 5.

- Il existe 25 nombres premiers inférieurs à 100 :

2 3 5 7 11 13 17 19 23 29 31 37 41 43
47 53 59 61 67 71 73 79 83 89 97

- Décomposer un nombre n en un **produit de facteurs premiers**, c'est écrire ce nombre en un produit de nombres premiers.

EXEMPLE

La décomposition en produit de facteurs premiers de $n = 42$ est : $n = 2 \times 3 \times 7$.

Méthodes

1 Décomposer un nombre en un produit de facteurs premiers

Décomposer le nombre 84 en un produit de facteurs premiers.

Conseils

Essayez de diviser le nombre donné par les nombres premiers successifs en commençant par le plus petit (c'est-à-dire 2). Arrêtez-vous quand le quotient vaut 1 !

SOLUTION

Quotients obtenus successivement		Diviseurs du nombre, dans l'ordre croissant
84	2	
42	2	
21	3	
7	7	
1		

Nous obtenons donc :
$84 = 2 \times 2 \times 3 \times 7$
ou encore $84 = 2^2 \times 3 \times 7$.

2 Simplifier une fraction

Rendre la fraction $F = \dfrac{168}{140}$ irréductible.

Conseils

Commencez par décomposer le numérateur et le dénominateur de la fraction en produits de facteurs premiers. Puis simplifiez.

SOLUTION

$168 = 2 \times 2 \times 2 \times 3 \times 7 = 2^3 \times 3 \times 7$ et
$140 = 2 \times 2 \times 5 \times 7 = 2^2 \times 5 \times 7$.

Alors : $F = \dfrac{\cancel{2} \times \cancel{2} \times 2 \times 3 \times \cancel{7}}{\cancel{2} \times \cancel{2} \times 5 \times \cancel{7}}$

$F = \dfrac{2 \times 3}{5}$ ou encore

$F = \dfrac{6}{5}$.

Développer et factoriser une expression

6

☐ OK

Le développement et la factorisation sont deux manières de transformer l'écriture d'expressions mathématiques.

I La propriété de distributivité

La multiplication est distributive par rapport à l'addition, c'est-à-dire que, quels que soient les nombres a, b, c et d, on a :

- $a \times (b + c) = a \times b + a \times c$
- $(a + b) \times (c + d) = a \times c + a \times d + b \times c + b \times d$

Mot clé

La **double distributivité** consiste à appliquer deux fois la simple distributivité dans une même expression.

II Développer une expression

Développer, c'est transformer un produit en somme.

Pour cela, on utilise la plupart du temps la propriété de distributivité énoncée ci-dessus.

III Factoriser une expression

Factoriser, c'est transformer une somme en produit.

Pour cela, on utilise :

- soit la propriété de distributivité ;

  - $a \times b + a \times c = a \times (b + c)$
  - $(ax + b) \times c + (ax + b) \times d = (ax + b)(c + d)$

Mot clé

Le nombre a est un **facteur commun** aux deux termes de la somme. De même pour $(ax + b)$ dans la seconde expression.

- soit l'identité remarquable suivante.

$$a^2 - b^2 = (a + b)(a - b)$$

Méthodes

1 Développer et réduire

Développer puis réduire les expressions suivantes.

- $A = 5x(2x - 4)$
- $B = (2x - 5)(-4x + 3)$

SOLUTION

- $A = 5x(2x - 4)$ On développe.

  $A = 5x \times 2x - 5x \times 4$ On réduit.

  $A = 10x^2 - 20x$

- $B = (2x - 5)(-4x + 3)$ On développe.

  $B = 2x \times (-4x) + 2x \times 3 - 5 \times (-4x) - 5 \times 3$ On réduit.

  $B = -8x^2 + 26x - 15$

2 Factoriser

Factoriser les expressions suivantes.

- $A = 3x^2 - 9x$
- $B = (2x + 7)^2 - 3(2x + 7)(-x + 1)$
- $C = 36x^2 - 25$

Conseils

- Pour factoriser *A* et *B*, utilisez la propriété de la distributivité.
- Pour factoriser *C*, utilisez l'identité remarquable du cours.

SOLUTION

- $A = 3x \times x - 3x \times 3$ On met $3x$ en facteur.

  $A = 3x(x - 3)$

- $B = (2x + 7)(2x + 7) - 3(2x + 7)(-x + 1)$ On met $(2x + 7)$ en facteur.

  $B = (2x + 7)[2x + 7 - 3(-x + 1)]$

  $B = (2x + 7)(2x + 7 + 3x - 3)$

  $B = (2x + 7)(5x + 4)$

- Pour C, remarquons que $36x^2 = (6x)^2$ et que $25 = (5)^2$.

  $C = (6x)^2 - (5)^2$

  $C = (6x + 5)(6x - 5)$

Résoudre une équation

7

☐ OK

Quels sont les différents types d'équation et quelles sont les méthodes pour les résoudre ?

I Résoudre une équation

Résoudre une équation, c'est trouver la ou les valeurs de l'inconnue (souvent désignée par x) vérifiant l'équation. On obtient ainsi **la ou les solutions** de l'équation.

II Équation produit

- Une équation produit est une équation de la forme : $(ax + b)(cx + d) = 0$, où a, b, c et d sont donnés et x est l'inconnue.
- Pour la résoudre, on utilise le théorème suivant : si un produit de facteurs est nul, alors l'un au moins des facteurs est nul. Ou encore : si $A \times B = 0$, alors $A = 0$ ou $B = 0$.

III Équation du second degré du type $x^2 = a$

Une équation est du second degré s'il y figure **au moins un terme en x^2**. Résoudre l'équation $x^2 = a$, avec $a > 0$, revient à trouver le ou les nombres dont le carré est a : $x^2 = a$ admet 2 solutions, $x = \sqrt{a}$ et $x = -\sqrt{a}$.

Méthodes

1 Résoudre une équation du type $ax + b = 0$

Résoudre les équations suivantes :

a. $3x + 1 = 0$

b. $2(3x - 1) = 3(-5x + 2)$

Conseils

Si aucune factorisation n'est possible, alors il faut :
1. développer les produits dans les deux membres ;
2. regrouper les termes relatifs à l'inconnue dans un membre et les termes connus dans l'autre membre ;
3. simplifier afin d'obtenir une équation de la forme $ax = b$.

Si $a \neq 0$, alors l'équation admet $x = \dfrac{b}{a}$ pour solution.

SOLUTION

a. $3x + 1 = 0$ ou encore $3x = -1$, soit $x = -\frac{1}{3}$.

b. Pour cette équation, on suit les 3 étapes citées ci-dessus.
1. En développant, on obtient : $6x - 2 = -15x + 6$.
2. En regroupant, on obtient : $6x + 15x = 6 + 2$.
3. En simplifiant, on obtient : $21x = 8$.

Alors $x = \frac{8}{21}$ est la solution de l'équation.

2 Résoudre une équation produit

Résoudre les équations suivantes :

a. $(-3x + 4)(2x + 9) = 0$

b. $(5x - 3)^2 - 4x(5x - 3) = 0$

SOLUTION

a. Puisque nous avons un produit de facteurs nul, alors l'un au moins des facteurs est nul, donc : $-3x + 4 = 0$, soit $-3x = -4$, d'où $x = \frac{4}{3}$ ou bien $2x + 9 = 0$, soit $2x = -9$, d'où $x = -\frac{9}{2}$.

Conclusion : les solutions de l'équation sont $\frac{4}{3}$ et $-\frac{9}{2}$.

b. Nous pouvons mettre $(5x - 3)$ en facteur.
$(5x - 3)[(5x - 3) - 4x] = 0$
$(5x - 3)(x - 3) = 0$
Puisque nous avons un produit de facteurs nul, alors l'un au moins des facteurs est nul.
Donc $5x - 3 = 0$
soit $5x = 3$, d'où $x = \frac{3}{5}$
ou bien $x - 3 = 0$ soit $x = 3$.

Conclusion : les solutions de l'équation sont $\frac{3}{5}$ et 3.

Attention

N'oubliez pas de **vérifier** les résultats obtenus en remplaçant *x* par la ou les solutions dans l'équation donnée.

Mettre un problème en équation

8

☐ OK

Pour mettre un problème en équation et en trouver la solution, il faut suivre les étapes suivantes.

- **Étape 1. Choisir l'inconnue** (la plupart du temps, on choisit pour inconnue le nombre recherché dans le problème).
- **Étape 2. Traduire** l'énoncé du problème **par une équation**.
- **Étape 3. Résoudre l'équation** obtenue.
- **Étape 4. Conclure** par rapport à l'énoncé.

Méthodes

1 Mettre un problème simple en équation

Georges possède un jardin rectangulaire dont le périmètre mesure 40 m. Sa longueur mesure 4 m de plus que sa largeur.

Quelles sont les dimensions du jardin ?

SOLUTION

Étape 1. Choix de l'inconnue

On choisit comme inconnue x une valeur à déterminer ; ici, comme la longueur est définie par rapport à la largeur, on choisit la largeur comme inconnue :

Soit x la largeur en mètres du jardin.

Étape 2. Traduction de l'énoncé en équation

Soit x la largeur du jardin. Alors sa longueur mesure $(x + 4)$.

Le périmètre d'un rectangle mesure $2 \times$ (largeur + Longueur).

Ici, le périmètre est de 40 m, on a donc $2 \times [x + (x + 4)] = 40$.

Étape 3. Résolution de l'équation

On a $2 \times (2x + 4) = 40$

soit $4x + 8 = 40$ ou encore $4x = 32$

c'est-à-dire $x = 8$.

Étape 4. Conclusion

La largeur du jardin mesure 8 m et sa longueur mesure 12 m.

> **Conseils**
>
> **Étape 1.**
> Pensez à préciser l'unité du x choisi.
>
> **Étape 2.**
> Utiliser la formule donnant le périmètre d'un rectangle.

> **Attention**
>
> Il ne faut pas oublier de **conclure** par rapport à l'énoncé : la solution de l'équation n'est pas la réponse au problème !

2 Identifier une solution impossible

Aujourd'hui Zoé a 12 ans et Antoine en a 42.
Dans combien d'années l'âge d'Antoine sera-t-il le quadruple de celui de Zoé ?

SOLUTION

Étape 1. Choix de l'inconnue
Soit x le nombre d'années dans lequel Antoine aura le quadruple de l'âge de Zoé.

Étape 2. Traduction de l'énoncé en équation
Dans x années, Antoine aura $42 + x$ ans et Zoé sera âgée de $12 + x$ ans. On cherche donc à résoudre l'équation :
$42 + x = 4(12 + x)$

Étape 3. Résolution de l'équation
Nous avons $42 + x = 4 \times 12 + 4x$,
soit $42 + x = 48 + 4x$
ou encore $3x = -6$.
Cette équation admet pour solution $x = -2$.

Étape 4. Conclusion
L'équation admet mathématiquement une solution, mais le problème posé est impossible car x représente un nombre d'années dans le futur. Il ne peut donc pas être négatif ici !
L'âge d'Antoine ne sera jamais le quadruple de celui de Zoé. Cet événement s'est déjà déroulé… il y a 2 ans !

Attention

Il faut toujours vérifier le résultat : Est-ce que la valeur trouvée a du sens par rapport à l'énoncé ? Apporte-t-elle bien une réponse à la question posée ?

3 Mettre un énoncé de géométrie en équation

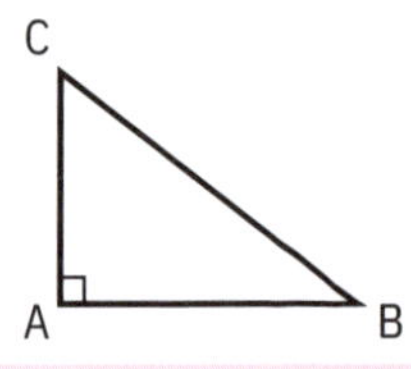

On donne un triangle rectangle ABC où AB = 4 cm et AC = 3 cm. **Calculer BC.**

SOLUTION

D'après le théorème de Pythagore : $BC^2 = AB^2 + AC^2$
Soit $BC^2 = 4^2 + 3^2 = 25$
d'où $BC = \sqrt{25} = 5$.

Valider ou réfuter une conjecture

9

☐ OK

- Une **conjecture** est une supposition, une hypothèse que l'on pressent être vraie.
- **Valider** une conjecture signifie démontrer qu'elle est exacte.
- **Réfuter** une conjecture signifie démontrer qu'elle est fausse.

Attention

Une conjecture vérifiée par un exemple n'est pas nécessairement vraie en général. En revanche, un contre-exemple suffit pour réfuter une conjecture.

Méthodes

1 Émettre puis démontrer une conjecture

Voici un programme de calcul.

- Prendre un nombre.
- Lui ajouter 0,5.
- Élever au carré le dernier résultat.
- Soustraire 0,25.
- Enlever le carré du nombre de départ.

a. Appliquer ce programme de calcul aux nombres 3, – 2, $\frac{5}{2}$.

b. Que remarquez-vous ? Que pouvez-vous alors conjecturer ?

c. Démontrer cette conjecture.

SOLUTION

a. Avec 3 comme nombre de départ, on obtient les différents résultats suivants : $3 \rightarrow 3{,}5 \rightarrow 12{,}25 \rightarrow 12 \rightarrow 3$.

Avec – 2 au départ, on obtient : $-2 \rightarrow -1{,}5 \rightarrow 2{,}25 \rightarrow 2 \rightarrow -2$.

Avec $\frac{5}{2}$ au départ, on obtient : $\frac{5}{2} \rightarrow 3 \rightarrow 9 \rightarrow 8{,}75 \rightarrow 2{,}5 \left(\text{ou } \frac{5}{2}\right)$.

b. Pour les trois nombres choisis, nous remarquons que le résultat obtenu est égal au nombre de départ.

Nous pouvons alors conjecturer que ce programme donne pour résultat final le nombre de départ, quel que soit ce nombre.

c. On choisit x comme nombre de départ.

- On lui ajoute 0,5 : on obtient $x + 0{,}5$.

• On élève au carré : on trouve $(x+0{,}5)^2$, c'est-à-dire $x^2+x+0{,}25$ car $(x+0{,}5)^2=(x+0{,}5)\times(x+0{,}5)=x^2+0{,}5x+0{,}5x+0{,}25$ $=x^2+x+0{,}25$.
• On soustrait 0,25 : on obtient x^2+x.
• On enlève le carré du nombre de départ, c'est-à-dire x^2 : donc on obtient x.
• La conjecture est ainsi démontrée.

2 Émettre puis réfuter une conjecture

Arthur prend la liste des 100 premiers nombres premiers et calcule les différences entre deux nombres premiers consécutifs.

Il trouve : 1 – 2 – 2 – 4 – 2 – 4 et s'arrête à la différence entre 17 et 19, qui vaut 2.

Il dit alors : « J'ai compris ! J'émets la conjecture suivante : la différence entre deux nombres premiers consécutifs est toujours inférieure ou égale à 4. »

En utilisant un contre-exemple, peut-on réfuter cette conjecture ?

SOLUTION

Si l'on considère la liste des 100 premiers nombres premiers, on remarque que 23 et 29 sont deux nombres premiers consécutifs dont la différence est égale à 6. La conjecture est ainsi réfutée.

3 Émettre puis démontrer une conjecture en géométrie

Soit un triangle ABC tel que AB = 2 cm, AC = 1,5 cm et BC = 2,5 cm.

a. Au brouillon, faire une figure à l'échelle. Émettre une conjecture sur la nature du triangle ABC.

b. Démontrer ou réfuter cette conjecture.

SOLUTION

a. Nous pouvons émettre la conjecture : le triangle ABC est rectangle en A.
b. $AB^2=2^2=4$;
$AC^2=1{,}5^2=2{,}25$;
$BC^2=2{,}5^2=6{,}25$; et $4+2{,}25=6{,}25$
soit $AB^2+AC^2=BC^2$.

D'après la réciproque du théorème de Pythagore, le triangle ABC est rectangle en A. ▶ FICHE 28 La conjecture émise est ainsi démontrée.

Représenter une série statistique

10

☐ OK

On peut représenter une série statistique à l'aide de différentes représentations graphiques.

I Le diagramme en barres

- Le caractère étudié est en abscisse, tandis que les effectifs correspondants sont en ordonnée.
- La hauteur de chaque barre est proportionnelle à l'effectif : **plus l'effectif est grand, plus la barre est haute**, et plus le caractère est fréquent.

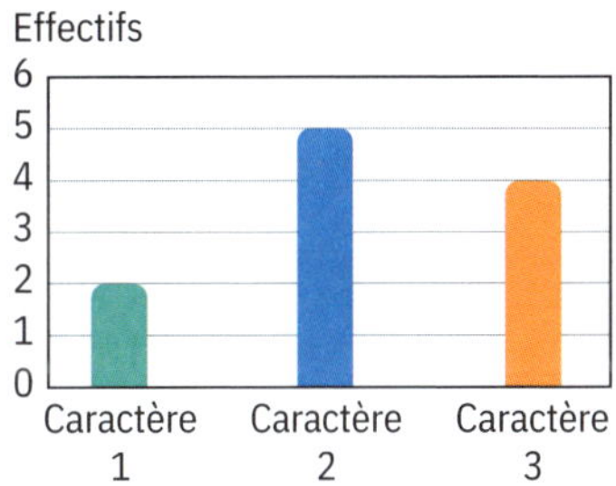

II Le diagramme circulaire

Un diagramme circulaire est composé de **plusieurs secteurs**. Chaque secteur possède un angle au centre qui est proportionnel à l'effectif.

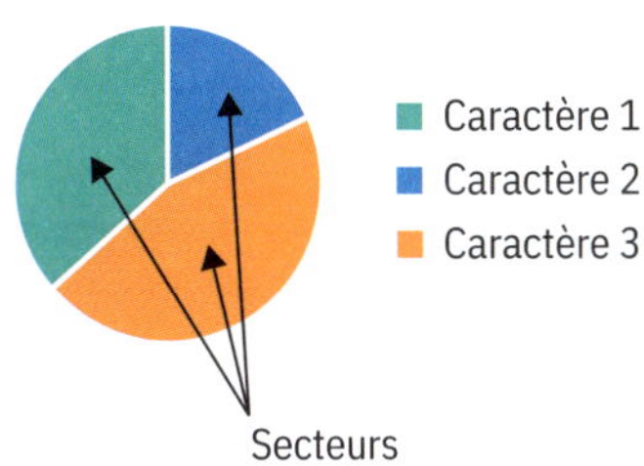

III L'histogramme

On utilise un histogramme quand les éléments de la série sont **regroupés en classes**. On porte les classes en abscisse et les effectifs en ordonnée.

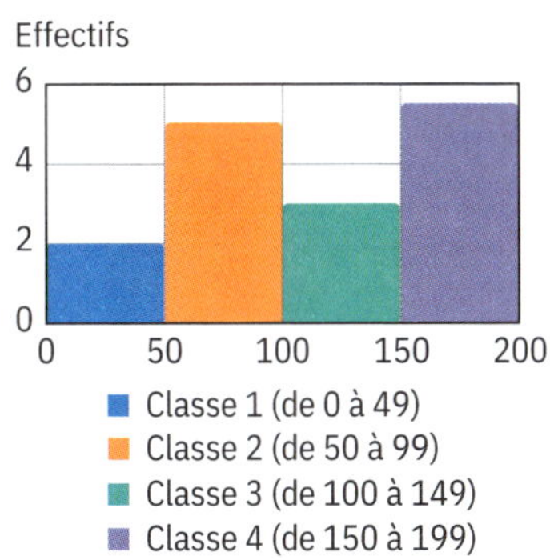

Méthode

Représenter une série statistique

On note la couleur des 25 premières voitures qui s'arrêtent sur une aire de stationnement (B pour bleue, G pour grise, J pour jaune, N pour noire, R pour rouge et V pour verte) :

R – B – G – G – V – R – V – N – J – N – V – B – V – R – V – B - V - R – B – N – R – B - N – N – R.

1. Construire le tableau des effectifs.

2. Tracer un diagramme en barres.

3. Tracer un diagramme circulaire.

SOLUTION

1. Tableau des effectifs

Couleur	Bleue	Grise	Jaune	Noire	Rouge	Verte
Effectif	5	2	1	5	6	6

2. Diagramme en barres

On place en abscisse le caractère étudié (couleur) et en ordonnée l'effectif.

Remarque

Représenter une série peut aider à déterminer les valeurs les plus et les moins fréquentes.

3. Diagramme circulaire

L'effectif total (25) correspond au cercle entier (360 °).

Par conséquent, l'angle correspondant à l'effectif de 5 est donné par $\frac{5}{25} \times 360$ soit 72° et ainsi de suite…

Effectif	Total : 25	5	2	1	5	6	6
Angle	360°	72°	28,8 °	14,4°	72°	86,4°	86,4°

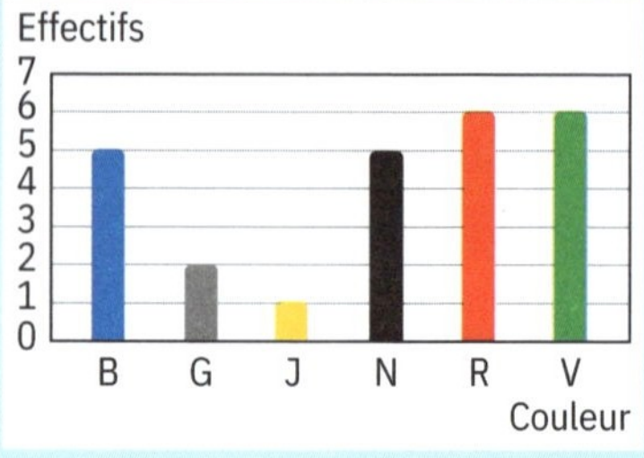

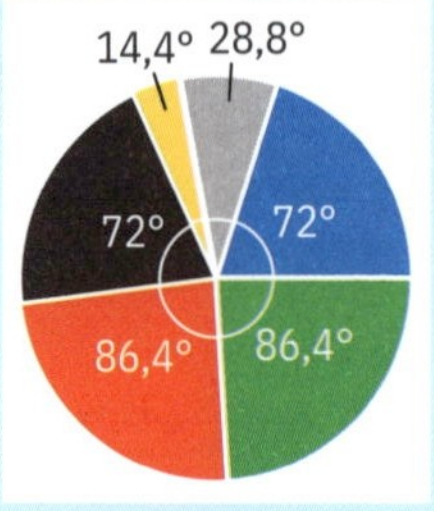

Caractériser une série statistique

11

☐ OK

Quels paramètres permettent d'interpréter une série de données ?

I La fréquence

La fréquence d'une valeur dans une série statistique est égale au quotient de l'effectif de cette valeur (nombre de fois où la valeur apparaît dans cette série) par l'effectif total (nombre de valeurs dans la série).

$$\text{fréquence} = \frac{\text{effectif de la valeur}}{\text{effectif total}}$$

II La moyenne

La moyenne d'une série statistique est égale au quotient de la somme de toutes les valeurs de la série par l'effectif total.

$$\text{moyenne} = \frac{\text{somme des valeurs}}{\text{effectif total}}$$

III La médiane

La médiane d'une série statistique est la valeur qui partage cette série, rangée par ordre croissant (ou décroissant), en **deux parties de même effectif**.

- Si l'effectif total est un nombre impair, la médiane est une valeur de la série.
- Si l'effectif total est un nombre pair, la médiane est un nombre compris entre deux valeurs de la série ; dans ce cas, on prend souvent la moyenne de ces deux valeurs.

> **Remarque**
> La médiane est généralement plus appropriée pour interpréter des petites séries de données, car la moyenne peut être influencée par des valeurs extrêmes peu représentatives.

IV L'étendue

L'étendue d'une série statistique est la **différence entre la plus grande et la plus petite valeur** de la série statistique. Elle mesure l'hétérogénéité des valeurs obtenues.

Méthodes

1 Calculer une fréquence

Dans une classe de 3e, le professeur de mathématiques a corrigé l'épreuve du brevet blanc effectuée par ses 25 élèves. Les notes sont :

2 4 4 6 6 7 7 7 9 9 10 10 10 10

11 11 13 13 13 13 15 15 15 17 20.

1. Faire le tableau des effectifs.

2. Quelle est la fréquence de la note 13 ?

SOLUTION

1. Le tableau des effectifs pour chaque note est le suivant :

Note	2	4	6	7	9	10	11	13	15	17	20
Effectif	1	2	2	3	2	4	2	4	3	1	1

2. La fréquence de la note 13 est égale à son effectif divisé par l'effectif total, soit $\frac{4}{25}$, c'est-à-dire 0,16 ou encore 16 %.

2 Déterminer d'autres paramètres

On continue de caractériser la série de la méthode ci-dessus.

1. Quelle est la moyenne de cette série ?

2. Rechercher la médiane de cette série de notes.

3. Quelle est l'étendue ?

SOLUTION

1. La moyenne m de la série est égale à :

$$m = \frac{\begin{array}{c}2+2\times 4+2\times 6+3\times 7+2\times 9+4\times 10\\ +2\times 11+4\times 13+3\times 15+17+20\end{array}}{25} = \frac{257}{25} = 10{,}28.$$

2. Lorsqu'on classe la série par ordre croissant, la médiane est la 13e valeur, car elle partage la série en deux séries de même effectif (12 notes en dessous, 12 notes au-dessus). La 13e note de la série est 10 : la médiane est donc 10.

Un élève qui a obtenu la note 11 est situé dans la première moitié de la classe et un élève qui a obtenu la note 9 est situé dans la seconde moitié de la classe.

3. L'étendue e de la série vaut $e = 20 - 2 = 18$. L'étendue est grande : les notes obtenues forment un ensemble très hétérogène.

Calculer des probabilités dans une situation simple

12

☐ OK

I Vocabulaire

- Une **expérience aléatoire** est une expérience dont le résultat est déterminé par le hasard. On ne peut pas, *a priori*, prévoir ce résultat à l'avance.
- Tout résultat obtenu par une expérience aléatoire est une **issue**.
- Un **événement** est un ensemble d'issues.

EXEMPLE Lancer un dé et noter le résultat qui apparaît sur la face supérieure du dé est une expérience aléatoire. Lorsqu'on lance un dé, obtenir le chiffre 2 est une issue, et obtenir un chiffre pair est un événement.

II Calculer une probabilité

Soit E un événement.

- La probabilité de réalisation de E est un nombre $p(E)$ compris entre 0 et 1.
- Si l'événement E est **impossible**, alors $p(E) = 0$.

EXEMPLE Soit E_1 l'événement « Obtenir un nombre négatif en lançant un dé ». $p(E_1) = 0$ car cet événement est impossible.

- Si l'événement E est **certain**, alors $p(E) = 1$.
- Quand les résultats d'une expérience ont tous la même probabilité :

$$p(E) = \frac{n}{N} = \frac{\text{nombre de résultats favorables}}{\text{nombre de résultats possibles}}$$

> **À noter**
> Deux événements sont incompatibles s'ils ne peuvent pas se réaliser en même temps.

Méthodes

1 Calculer la probabilité d'un tirage dans une urne

Une urne contient 10 boules identiques au toucher, mais de couleurs différentes : 5 blanches, 3 rouges et 2 noires.

On tire une boule. Calculer la probabilité de sortir une boule :

a. noire b. blanche ou rouge

> **Conseils**
> Comptez le nombre de tirages qui réalisent l'événement demandé, puis calculez la probabilité correspondante.

SOLUTION

a. Appelons E_1 l'événement : « la boule sortie est noire ».
Lors du tirage, il existe 10 résultats possibles, mais seulement deux résultats favorables à l'obtention de l'événement (puisqu'il n'y a que deux boules noires dans l'urne). Donc :
$p(E_1) = \frac{2}{10}$, soit $p(E_1) = 0,2$.

b. Appelons E_2 l'événement : « la boule sortie est blanche ou rouge ».
Lors du tirage, 8 résultats sont favorables à l'obtention de l'événement E_2 (puisqu'il y a 5 boules blanches et 3 boules rouges dans l'urne). Donc $p(E_2) = \frac{8}{10}$, soit $p(E_2) = 0,8$.

2 Calculer la probabilité d'obtenir un événement donné

Un jeu de construction comporte 36 éléments dont les formes et les couleurs sont indiquées dans le tableau ci-contre.
On choisit au hasard un élément. Quelle est la probabilité pour que celui-ci soit :

	Jaune	Vert	Rouge
Carré	2	1	4
Rectangle	3	2	1
Triangle	4	3	6
Cercle	1	5	4

a. un quadrilatère ?

b. un triangle non rouge ?

Conseil

À l'aide du tableau donné ci-dessus, évaluez le nombre de résultats favorables à la réalisation de l'événement étudié et le nombre de résultats possibles.

SOLUTION

a. Notons E_1 l'événement : « l'élément choisi est un quadrilatère », c'est-à-dire un carré ou un rectangle. Lors du tirage, il existe 36 résultats possibles, mais seulement 13 résultats favorables à l'obtention de l'événement E_1 : $p(E_1) = \frac{13}{36}$.

b. Notons E_2 : « l'élément choisi est un triangle non rouge », alors $p(E_2) = \frac{7}{36}$.

Calculer des probabilités dans une situation plus complexe

13

☐ OK

I Événement contraire

Soit E un événement. On note $\overline{E}$ l'**événement contraire** de E.
Alors on a : $p(E) + p(\overline{E}) = 1$.

II Somme des probabilités

- L'ensemble des issues d'une expérience aléatoire est appelé **univers**.
- Considérons tous les résultats possibles d'une expérience aléatoire, la somme de leurs probabilités de réalisation est égale à 1.

EXEMPLE

On lance un dé bien équilibré.
Soit A_1 l'événement « obtenir 1 », A_2 l'événement « obtenir 2 », etc.
Puisque le dé est équilibré, la probabilité de chaque événement est donc égale à $\frac{1}{6}$, et on a :

$$p(A_1) + p(A_2) + p(A_3) + p(A_4) + p(A_5) + p(A_6) = 6 \times \frac{1}{6} = 1.$$

Méthodes

1 Calculer la probabilité d'obtenir un couple particulier

Un grand clapier abrite 5 lapins : 3 femelles et 2 mâles. On sort simultanément au hasard 2 lapins du clapier. On obtient alors une paire de lapins.

1. Combien de paires différentes de lapins peut-on sortir ?
2. Calculer la probabilité de sortir :
a. 2 mâles
b. 2 femelles
c. 2 lapins de sexe différent

Conseil
Dénombrez bien toutes les paires différentes que l'on peut sortir.

SOLUTION

1. Notons M_1 et M_2 les deux lapins mâles. Notons F_1, F_2 et F_3 les trois lapins femelles.

Les 10 paires différentes que l'on peut sortir du clapier sont : (F_1, F_2), (F_1, F_3), (F_2, F_3), (M_1, M_2), (F_1, M_1), (F_1, M_2), (F_2, M_1), (F_2, M_2), (F_3, M_1) et (F_3, M_2).

À noter

Les 10 paires définissent l'univers de l'expérience.

2. a. Appelons A l'événement : « sortir 2 lapins mâles ». Il n'y a qu'un seul résultat favorable à l'obtention de l'événement A : la paire (M_1, M_2).

Donc $p(A) = \frac{1}{10}$, soit $p(A) = 0{,}1$.

b. Appelons B l'événement : « sortir 2 lapins femelles ».
Il y a trois résultats favorables à l'obtention de l'événement B : (F_1, F_2), (F_1, F_3) et (F_2, F_3).

Donc $p(B) = \frac{3}{10}$, soit $p(B) = 0{,}3$.

c. Appelons C l'événement : « sortir 2 lapins de sexe différent ».

On a $p(A) + p(B) + p(C) = 1$.

Alors $p(C) = 1 - p(A) - p(B)$,

soit $p(C) = 1 - 0{,}1 - 0{,}3$

donc $p(C) = 0{,}6$.

Remarque

Vous pouvez aussi calculer directement la probabilité $p(C)$. Pour vérifier, assurez-vous que $p(A) + p(B) + p(C) = 1$.

2 Calculer une probabilité avec une pièce truquée

On dispose d'une pièce de monnaie truquée dont la probabilité d'obtenir « pile » est le triple de la probabilité d'obtenir « face ».
Calculer lors d'un lancer la probabilité :

a. d'obtenir « face » b. d'obtenir « pile »

SOLUTION

Notons $p(\mathrm{P})$ et $p(\mathrm{F})$ les probabilités respectives d'obtenir « pile » ou « face » lorsqu'on lance la pièce truquée. D'après l'énoncé, nous savons que $p(\mathrm{P}) = 3p(\mathrm{F})$ et que $p(\mathrm{P}) + p(\mathrm{F}) = 1$.

a. En combinant les deux équations, nous avons :

$3p(\mathrm{F}) + p(\mathrm{F}) = 1$, soit $4p(\mathrm{F}) = 1$ ou encore $p(\mathrm{F}) = \frac{1}{4}$.

b. 1re méthode : Puisque $p(\mathrm{P}) = 3p(\mathrm{F})$, alors $p(\mathrm{P}) = \frac{3}{4}$.

2e méthode : On peut aussi considérer que l'événement « obtenir pile » est l'événement contraire de l'événement « obtenir face ». Par conséquent :

$p(\mathrm{P}) = 1 - p(\mathrm{F}) = 1 - \frac{1}{4}$, d'où $p(\mathrm{P}) = \frac{3}{4}$.

Bâtir des arbres et des tableaux à double entrée

14

☐ OK

I Construire un arbre de probabilité

- Un **arbre** des possibles est un schéma permettant de représenter les différentes issues d'une expérience aléatoire. Chaque issue est représentée par une branche ou un chemin.
- Si l'on indique sur chaque branche de cet arbre la probabilité associée à cette issue, on obtient un arbre **pondéré**.
- La probabilité du résultat auquel conduit un chemin est égale au produit des probabilités rencontrées le long de ce chemin.

II Construire un tableau à double entrée

Un **tableau à double entrée** permet de représenter tous les couples de résultats possibles de deux expériences aléatoires simultanées. Les lignes se rapportent à une expérience aléatoire, les colonnes à l'autre.

III Fréquence et probabilité

Lorsqu'une expérience aléatoire est répétée un très grand nombre de fois, la **fréquence** de réalisation d'un événement se rapproche de sa probabilité.

Méthodes

1 Calculer des probabilités à l'aide d'un arbre

On lance une pièce de monnaie trois fois de suite. Si un lancer donne « pile », on note P le résultat obtenu et F s'il donne « face ».

1. Combien existe-t-il d'issues possibles ?

2. Quelle est la probabilité d'obtenir les événements :

a. *A* : trois fois « pile » ?   b. *B* : exactement une fois « face » ?

SOLUTION

1. Chaque lancer donne 2 branches puisqu'il y a 2 issues possibles. L'arbre ci-contre montre qu'il existe 8 issues pour 3 lancers.

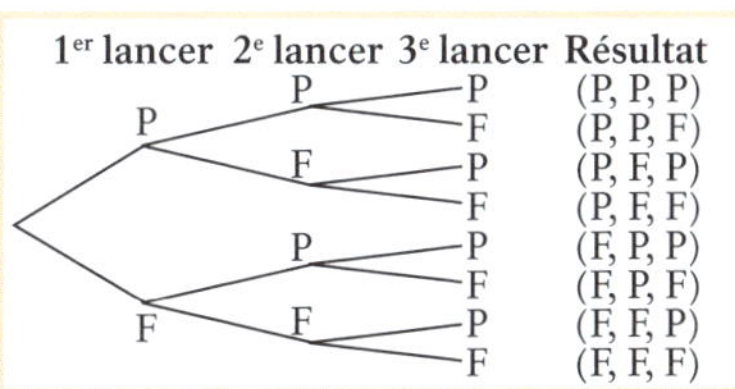

2\. a. D'après l'arbre, il existe une seule possibilité d'obtenir trois fois « pile » : cela correspond à l'issue (P, P, P). Donc $p(A) = \frac{1}{8}$.

b. D'après l'arbre, il existe trois possibilités d'obtenir exactement une fois « face » : (P, P, F), (P, F, P) et (F, P, P). Donc $p(B) = \frac{3}{8}$.

2 Utiliser un tableau à double entrée

Pour pouvoir lancer les dés, le joueur doit s'acquitter d'un droit de participation de 6 euros. Il lance simultanément deux dés cubiques équilibrés (un jaune et un bleu) et empoche, en euros, un gain égal à la somme des points affichés par les dés. On appelle gain final du joueur la différence entre le montant gagné après le lancer des dés et le droit d'entrée. Si la différence est positive, le joueur a gagné ; si elle est négative, il a perdu.

1\. Indiquer les différents montants que l'on peut gagner.

2\. Calculer la probabilité pour qu'un joueur :

a. réalise un gain final de 4 euros b. perde à ce jeu

SOLUTION

1\. Il existe 36 résultats possibles :

Dé jaune / Dé bleu	1	2	3	4	5	6
1	2	3	4	5	6	7
2	3	4	5	6	7	8
3	4	5	6	7	8	9
4	5	6	7	8	9	10
5	6	7	8	9	10	11
6	7	8	9	10	11	12

2\. a. Appelons G l'événement : « le joueur réalise un gain final de 4 euros » (c'est-à-dire après soustraction des droits de participation de 6 euros). Cet événement se réalise quand le joueur obtient 10 points. Il existe 3 résultats favorables, donc $p(G) = \frac{3}{36} = \frac{1}{12}$.

b. Appelons P l'événement : « le joueur perd à ce jeu ». Cet événement se réalise quand le joueur obtient moins de 6 points.

Il existe 10 résultats correspondant à ce cas, donc $p(\mathrm{P}) = \frac{10}{36} = \frac{5}{18}$.

Appliquer et calculer des pourcentages

15

☐ OK

I Augmenter ou diminuer une quantité de *n* %

Soit Q une quantité.

- Une **augmentation de *n* %** de la quantité Q correspond à une augmentation de $\frac{n}{100} \times Q$. La quantité augmentée Q' vaut alors :

$$Q' = Q + \frac{n}{100} \times Q \quad \text{ou encore} \quad Q' = Q\left(1 + \frac{n}{100}\right)$$

- Une **diminution de *n* %** de la quantité Q correspond à une diminution de $\frac{n}{100} \times Q$. La quantité diminuée Q'' vaut alors :

$$Q'' = Q - \frac{n}{100} \times Q \quad \text{ou encore} \quad Q'' = Q\left(1 - \frac{n}{100}\right)$$

II Calculer un pourcentage

- Après une augmentation, la quantité Q devient égale à Q_1. Le pourcentage n de cette augmentation est égal à :

$$n = \frac{Q_1 - Q}{Q} \times 100$$

- Pour obtenir un pourcentage de diminution de la quantité diminuée Q_2, on fait le calcul suivant : $\frac{Q - Q_2}{Q} \times 100$

Méthodes

1 Appliquer un pourcentage d'augmentation

Pour aller en automobile d'une ville V_1 à une ville V_2, il existe deux possibilités : la route nationale et l'autoroute. La longueur du trajet par la route nationale est de 450 km. Le trajet par autoroute est plus long de 12,5 %. **Calculer la longueur du trajet par autoroute.**

Conseil

Appliquez la formule $Q' = Q + \frac{n}{100} \times Q = Q\left(1 + \frac{n}{100}\right)$.

SOLUTION

• Notons d_1 la distance à parcourir pour aller de V_1 à V_2 par la route nationale et d_2 la distance à parcourir pour aller de V_1 à V_2 par l'autoroute. Nous avons $d_1 = 450$ km.

• Alors $d_2 = d_1 + \frac{12,5}{100} \times d_1$ ou encore $d_2 = 450\left(1 + \frac{12,5}{100}\right)$, soit $d_2 = 506,25$ km.

2 Appliquer un pourcentage de diminution

On applique une baisse de 25 % au prix d'un vêtement coûtant 155 euros. **Combien coûte ce vêtement désormais ?**

SOLUTION

• Notons p_1 le prix du vêtement avant la baisse et p_2 le nouveau prix. Nous avons $p_1 = 155$ euros.

• Alors $p_2 = p_1 - \frac{25}{100} \times p_1$ ou encore $p_2 = p_1\left(1 - \frac{25}{100}\right)$, soit $p_2 = 116,25$ euros.

3 Appliquer des pourcentages successifs

Un objet coûte 100 euros au 1/1/2017.

Il augmente de 5 % au 1/1/2018.

Ce dernier prix est diminué de 5 % au 1/1/2019.

1. Le prix de l'objet est-il revenu à sa valeur du 1/1/2017 ?

2. Si non, calculer le pourcentage de différence entre le premier et le dernier prix.

SOLUTION

1. Notons p_1, p_2 et p_3 les prix respectifs de cet objet au 1/1/2017, au 1/1/2018 et au 1/1/2019. Nous avons donc :

$$p_2 = 100 \times \left(1 + \frac{5}{100}\right) = 105 \text{ euros}$$

et $p_3 = 105 \times \left(1 - \frac{5}{100}\right) = 99,75$ euros.

Conclusion : au 1/1/2019, l'objet coûte moins cher qu'au 1/1/2017.

2. Notons n le pourcentage de diminution recherché.

Nous avons : $n = \frac{p_1 - p_3}{p_1} \times 100$, soit $n = \frac{100 - 99,75}{100} \times 100$ ou encore $n = 0,25\ \%$.

Reconnaître des situations de proportionnalité

16

☐ OK

I Nombres proportionnels

Soient quatre nombres non nuls a, b, c et d.

- Les nombres a et b sont respectivement proportionnels aux nombres c et d si : $\frac{a}{c} = \frac{b}{d} = k$.
- k représente le **coefficient de proportionnalité**.

II Représentations

- Une situation de proportionnalité peut se représenter par un tableau.

Un **tableau de proportionnalité** comporte deux suites de nombres.

Ces nombres sont tels que l'on passe de la première ligne à la seconde en multipliant tous les nombres de la première ligne par un même nombre.

EXEMPLE

2	3	5	8
3	4,5	7,5	12

On passe de la première à la seconde ligne en multipliant par 1,5 chaque nombre de la première ligne.

- Une situation de proportionnalité peut aussi se représenter dans un **graphique** par des points alignés sur une droite passant par l'origine du repère.

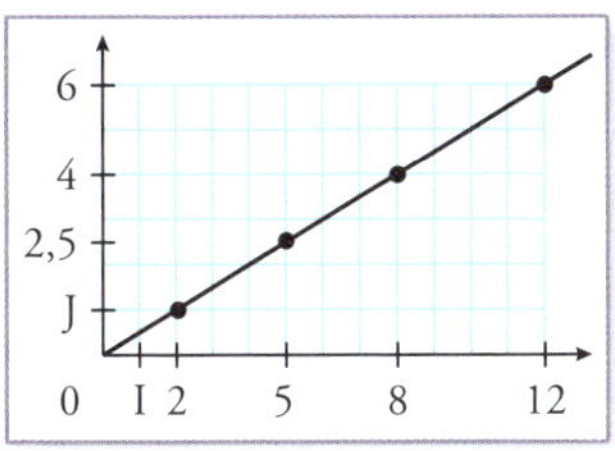

III Notion de ratio

Deux nombres x et y sont, par exemple, dans le ratio 4 : 5 si $\frac{x}{4} = \frac{y}{5}$.

Méthodes

1 Calculer des quantités proportionnelles

Pour fabriquer la pâte d'une tarte aux noix pour 6 personnes, il faut : 100 g de sucre, 120 g de beurre, 200 g de farine et 2 œufs. **Calculer les quantités de chaque ingrédient nécessaires pour 15 personnes.**

SOLUTION

Il faut diviser par 6 les proportions indiquées par la recette puis les multiplier par 15. Il faut donc les multiplier par 2,5.

Ingrédients	sucre	beurre	farine	œufs
Pour 6	100 g	120 g	200 g	2
Pour 15	250 g	300 g	500 g	5

2 Trouver une distance réelle à partir d'une échelle

Sur une carte, à l'échelle 1 / 50 000, la distance entre deux carrefours est égale à 12,5 cm. **Quelle est la distance réelle entre eux ?**

SOLUTION

• Une échelle de 1 / 50 000 signifie que 1 cm sur la carte représente 50 000 cm en réalité. Les distances réelles sont proportionnelles aux distances mesurées sur la carte, on a donc le tableau suivant :

Distance sur la carte	1 cm	12,5 cm
Distance réelle	50 000 cm	d en cm

• Nous obtenons en utilisant le « produit en croix » :
$1 \times d = 12{,}5 \times 50\,000$ soit $d = 625\,000$ cm ou encore $d = 6{,}25$ km.

3 Partager des billes

45 billes sont partagées entre Adam et Léa dans le ratio 4 : 5. **Combien chaque enfant recevra-t-il de billes ?**

SOLUTION

Adam recevra x billes et Léa en recevra y. Nous avons $\frac{x}{4} = \frac{y}{5}$. Si on partage les 45 billes en 9 (soit 4 + 5) parties égales, alors chaque partie sera composée de 5 billes ; 4 de ces parties seront pour Adam et 5 pour Léa. Adam reçoit donc 20 billes et Léa 25.

Déterminer des antécédents, des images

17

☐ OK

I Définition et notation

Une fonction est un procédé qui, à un nombre x, appelé **antécédent**, fait correspondre un seul autre nombre, appelé **image**.

NOTATION On note $f(x)$ l'image de x par la fonction f, ou encore $f : x \mapsto f(x)$.

II Détermination d'une fonction

Une fonction f peut être déterminée par :

• son **expression algébrique**, c'est-à-dire la relation existant entre l'antécédent x et son image $f(x)$;

• sa **représentation graphique**, c'est-à-dire l'ensemble des points du plan de coordonnées $(x ; f(x))$ ▶ FICHE 20 ;

• un **tableau de valeurs**, c'est-à-dire un tableau où figurent quelques valeurs de x et leurs images respectives par la fonction f.

Méthodes

1 Calculer images et antécédents par une fonction donnée

Soit la fonction $f : x \mapsto 3x - 2$.

a. Écrire l'expression algébrique de f.

b. Quelles sont les images par f des nombres suivants : $0 ; -3 ; \frac{1}{4}$ et $\sqrt{2}$?

c. Quels sont les antécédents par f des nombres : $0 ; -3 ; \frac{1}{4}$ et $\sqrt{2}$?

Conseils

Utilisez l'expression donnant $f(x)$ en fonction de x pour déterminer les images, et l'expression donnant x en fonction de $f(x)$ pour déterminer les antécédents.

SOLUTION

a. L'expression algébrique de f est : $f(x) = 3x - 2$.

b. On utilise l'expression algébrique de f pour calculer les images.

L'image de 0 par f est $f(0) = 3 \times 0 - 2 = -2$.

De même, $f(-3) = -11$; $f\left(\frac{1}{4}\right) = -\frac{5}{4}$ et $f(\sqrt{2}) = 3\sqrt{2} - 2$.

c. Puisque $f(x) = 3x - 2$, alors $x = \frac{f(x)+2}{3}$.

Si $f(x) = 0$, alors $x = \frac{0+2}{3} = \frac{2}{3}$.

De même, les antécédents par f des nombres -3 ; $\frac{1}{4}$ et $\sqrt{2}$ sont respectivement : $-\frac{1}{3}$; $\frac{3}{4}$ et $\frac{\sqrt{2}+2}{3}$.

2 Réaliser un tableau de valeurs pour une fonction donnée

Soit la fonction $g : x \mapsto -2x(x-4)$.

Compléter le tableau de valeurs ci-dessous :

x	0	-2	$\frac{5}{4}$	10^{-1}	$-\sqrt{2}$	
$g(x)$						8

Conseil

Utilisez l'expression algébrique de g, soit $g(x) = -2x(x-4)$.

SOLUTION

x	0	-2	$\frac{5}{4}$	10^{-1}	$-\sqrt{2}$	2
$g(x)$	0	-24	$\frac{55}{8}$	$0{,}78$	$-4-8\sqrt{2}$	8

REMARQUE Pour trouver l'antécédent de 8, il faut résoudre $-2x(x-4) = 8$, soit $x^2 - 4x + 4 = 0$. Après factorisation, nous avons $(x-2)^2 = 0$, soit $x = 2$.

Utiliser une fonction linéaire

18

☐ OK

I Définition d'une fonction linéaire

Soit a un nombre réel donné.

- La fonction f qui, au nombre x, fait correspondre le nombre ax est appelée **fonction linéaire**.

On note $f : x \mapsto ax$ ou encore $f(x) = ax$.

- Une fonction linéaire reflète une situation de proportionnalité : a est le **coefficient de proportionnalité**.

II Représentation graphique d'une fonction linéaire

- La représentation graphique d'une fonction linéaire $f : x \mapsto ax$ est une **droite qui passe par l'origine** du repère. On place x en abscisse et $f(x)$ en ordonnée.

Il suffit donc de connaître un point appartenant à la droite (autre que l'origine) pour la tracer.

- a est appelé le **coefficient directeur** de la droite.

Méthodes

1 Rechercher des images et des antécédents

Monsieur Toutaubeurre vend de nombreux gâteaux (tous au même prix). Pour gagner du temps, il a collé sur son comptoir le tableau suivant, mais certaines données ont été malencontreusement effacées :

Nombre de gâteaux	1		3	5	6	9	12	
Prix à payer (en euros)		6,40			19,20			57,60

a. Compléter le tableau.

b. On note x le nombre de gâteaux achetés par un client et $f(x)$ le prix que ce dernier doit payer. Compléter l'expression algébrique :
$f(x) = \ldots \times x$.

Conseil

Utilisez le fait que 6 gâteaux coûtent 19,20 euros pour obtenir le prix d'un gâteau.

SOLUTION

a.

Nombre de gâteaux	1	2	3	5	6	9	12	18
Prix à payer (en euros)	3,20	6,40	9,60	16	19,20	28,80	38,40	57,60

b. D'après le tableau précédent, nous savons qu'un gâteau coûte 3,20 euros, donc $f(x) = 3{,}2x$.

2 Utiliser la représentation graphique d'une fonction linéaire

Soit un repère orthonormal où l'unité choisie est le centimètre.

a. Représenter graphiquement la fonction linéaire $h : x \mapsto -3x$.

b. Répondre en utilisant la représentation graphique de h :

- quelle est l'image par h du nombre -2 ?
- quel nombre a pour image le nombre $-4{,}5$?

c. Répondre à la question b en effectuant les calculs appropriés.

Conseil

c. Utilisez les expressions $h(x) = -3x$ et aussi $x = -\dfrac{h(x)}{3}$.

SOLUTION

a. La fonction h est représentée par la droite $\mathscr{D}$ qui passe par l'origine O du repère et par le point $A(-1\,;3)$.

b. • Le point B, situé sur la droite $\mathscr{D}$ et d'abscisse -2, a pour ordonnée $+6$. Donc l'image de -2 par h est $+6$.

• Le point C, situé sur la droite $\mathscr{D}$ et d'ordonnée $-4{,}5$, a pour abscisse $+1{,}5$. Donc le nombre 1,5 a pour image le nombre $-4{,}5$ par h.

c. Par le calcul, nous retrouvons que :

• l'image du nombre -2 par h est $h(-2) = -3(-2) = 6$;

• le nombre qui a pour image $-4{,}5$ par la fonction h est le nombre $x = -\dfrac{-4{,}5}{3}$, soit $x = 1{,}5$.

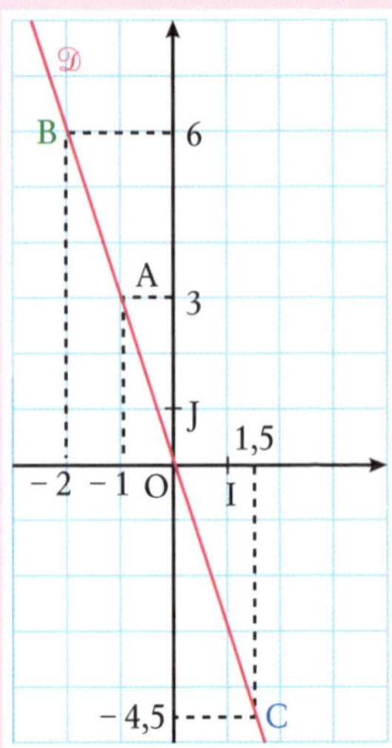

Utiliser une fonction affine

19

☐ OK

I Définition d'une fonction affine

Soient a et b deux nombres réels donnés.

- La fonction f qui, au nombre x, fait correspondre le nombre $ax + b$ est appelée **fonction affine**.
- On note $f : x \mapsto ax + b$ ou encore $f(x) = ax + b$.

II Représentation graphique d'une fonction affine

- La représentation graphique d'une fonction affine $f : x \mapsto ax + b$ est une **droite**. Il suffit donc de connaître deux points appartenant à la droite pour la tracer.
- a est le **coefficient directeur** de la droite.
b est l'**ordonnée à l'origine** (c'est-à-dire l'ordonnée correspondant à l'abscisse $x = 0$).

Méthodes

1 Rechercher des images et des antécédents

Tous les clients de la station service Au Bon Relais effectuent le plein du réservoir de leur voiture avec un carburant à 1,50 euro le litre et font une vérification rapide des niveaux pour une somme forfaitaire de 3 euros.

Soit x le nombre de litres de carburant achetés.

a. Exprimer le prix $f(x)$ payé par un client.

b. Compléter le tableau suivant :

Nombre de litres achetés	10		24	28		36	48	
Prix à payer (en euros)		90			102			114

Conseil

Pour rechercher les antécédents, on exprime x en fonction de $f(x)$ en utilisant l'expression algébrique de f.

SOLUTION

a. Nous avons $f(x) = 1{,}5x + 3$.

b. Utilisons les expressions $f(x) = 1{,}5x + 3$ et $x = \dfrac{f(x) - 3}{1{,}5}$.

Nombre de litres achetés = x	10	58	24	28	66	36	48	74
Prix à payer (en euros) = $f(x)$	18	90	39	45	102	57	75	114

2 Utiliser la représentation graphique d'une fonction affine

a. Représenter graphiquement, dans un repère orthonormal, la fonction affine $h : x \mapsto 2x - 1$.

b. À l'aide du graphe obtenu, répondre aux questions suivantes :
- quelle est l'image par cette fonction du nombre -1 ?
- quel nombre a pour image, par cette même fonction, le nombre 5 ?

c. Retrouver ces résultats par le calcul.

Conseils

a. Calculez les coordonnées de deux points appartenant à la droite et placez-les dans le repère pour tracer la représentation graphique de la fonction *h*.

c. Utilisez l'expression algébrique $h(x) = 2x - 1$.

SOLUTION

a. La représentation graphique d'une fonction affine est une droite. Celle de *h* passe par les points $A(0\,;-1)$ et $B(2\,;3)$.

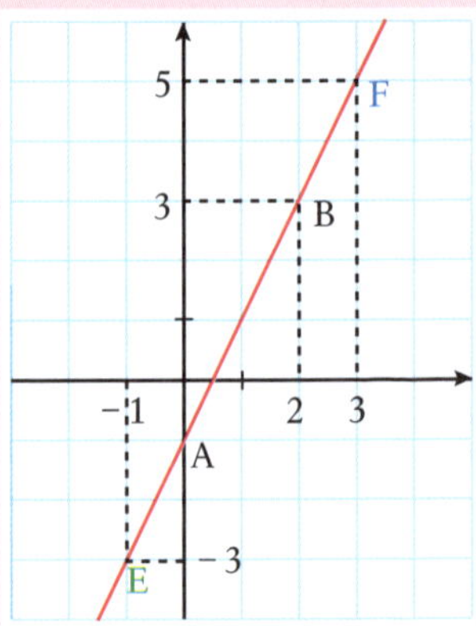

b. • Le point E, situé sur la droite et d'abscisse -1, a pour ordonnée -3. L'image du nombre -1 par *h* est donc le nombre -3.

• Le point F, situé sur la droite et d'ordonnée 5, a pour abscisse 3. Le nombre qui a pour image 5 par la fonction *h* est 3.

c. • $h(-1) = 2 \times (-1) - 1 = -3$.

L'image de -1 par *h* est -3.

• $2x - 1 = 5$, soit $x = 3$. Le nombre 3 a pour image 5 par *h*.

Effectuer des lectures graphiques

20

☐ OK

Soit une fonction f et $\mathscr{C}$ sa représentation graphique dans un repère $(O;I;J)$.

- Lire l'**image** d'un nombre donné, c'est lire l'**ordonnée** du point de $\mathscr{C}$ qui a pour abscisse le nombre donné.
- Lire l'**antécédent** d'un nombre donné, c'est lire l'**abscisse** du point de $\mathscr{C}$ qui a pour ordonnée le nombre donné.

Attention

Les lectures graphiques sont plus ou moins précises. Seule la connaissance de l'expression algébrique de la fonction f permet d'obtenir des valeurs exactes.

Méthodes

1 Lire des images et des antécédents

Le graphique ci-contre représente une fonction f sur l'intervalle $[-1;5]$.

Répondre par lecture graphique aux questions suivantes :

a. Quelle est l'image de + 1 ?

b. De quels nombres + 6 est-il l'image ?

c. Quel est l'antécédent de – 3 ?

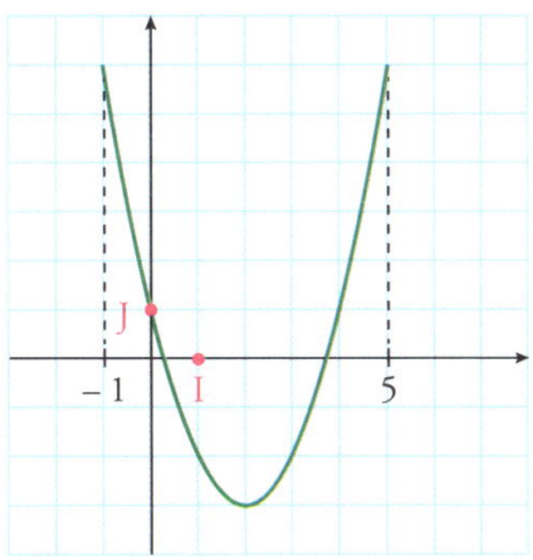

Conseils

- Pour trouver l'image d'un nombre x par la fonction f :
– on repère x sur l'axe des abscisses ;
– on trace des pointillés parallèlement à l'axe des ordonnées jusqu'à la courbe C de f ;
– on trace des pointillés parallèlement à l'axe des abscisses jusqu'à l'axe des ordonnées : la valeur sur cet axe est l'image du nombre de départ.
- Pour lire l'antécédent d'un nombre, on procède de la même façon en partant de l'axe des ordonnées.

SOLUTION

a. Le point de la courbe $\mathscr{C}$ d'abscisse 1 a une ordonnée égale à -2.
Conclusion : l'image de $+1$ par la fonction f est -2.

b. Il existe deux points sur la courbe $\mathscr{C}$ dont l'ordonnée vaut $+6$.
Ces points ont pour abscisses -1 et $+5$.
Conclusion : $+6$ est l'image de -1 et $+5$ par la fonction f.

c. Le point de $\mathscr{C}$ d'ordonnée -3 a pour abscisse $+2$.
Conclusion : $+2$ est l'antécédent de -3 par la fonction f.

2 Résoudre un problème graphiquement

Un cinéma propose deux tarifs aux spectateurs :

- le tarif T_1 à 8 euros la place ;
- le tarif T_2 qui correspond à un abonnement annuel de 30 euros et 5 euros la place.

a. Julie se rend au cinéma x fois par an. Calculer le coût annuel (en fonction de x) de ce loisir selon qu'elle choisit le tarif T_1 ou le tarif T_2.
Ces coûts seront respectivement notés $f(x)$ et $g(x)$.

b. Tracer les représentations graphiques des fonctions f et g.

c. À l'aide du graphique obtenu, indiquer, selon les valeurs de x, la formule la plus avantageuse pour Julie.

SOLUTION

a. $f(x) = 8x$ et
$g(x) = 30 + 5x$.

b. f est une fonction linéaire. Sa représentation graphique est la droite $\mathscr{D}_1$ passant par l'origine O et par le point A $(15 ; 120)$.
g est une fonction affine. Sa représentation graphique est la droite $\mathscr{D}_2$ passant par les points B $(0 ; 30)$ et C $(15 ; 105)$.

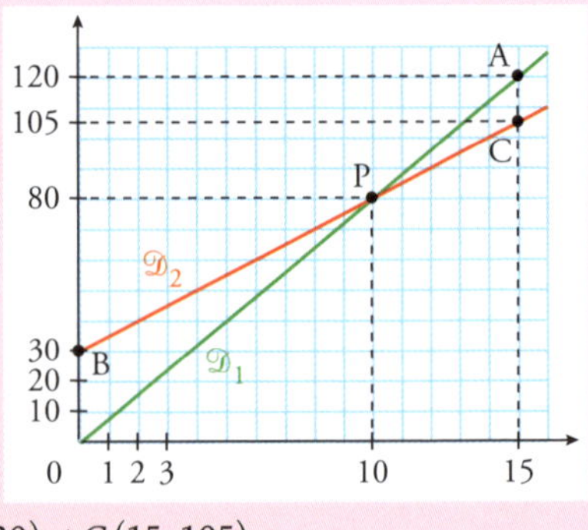

c. Graphiquement, on remarque que $\mathscr{D}_1$ et $\mathscr{D}_2$ se coupent en P $(10 ; 80)$. Si $0 \leqslant x < 10$, alors $\mathscr{D}_1$ est au-dessous de $\mathscr{D}_2$, ce qui signifie que le tarif T_1 est le moins cher si Julie va moins de 10 fois au cinéma.
Si $10 < x \leqslant 15$, alors $\mathscr{D}_2$ est au-dessous de $\mathscr{D}_1$, ce qui signifie que le tarif T_2 est le moins cher.
Si $x = 10$, alors les deux tarifs reviennent au même prix pour Julie.

Calculer des périmètres

21

☐ OK

FRANÇAIS MATHS HISTOIRE GÉOGRAPHIE – EMC SCIENCES ET TECHNOLOGIE ÉPREUVE ORALE

Selon le type de figure, on recourt à une formule différente pour calculer son périmètre (la mesure de son contour).

Figure usuelle	Dimensions	Périmètre
Carré	côté a	$4a$
Rectangle	longueur L et largeur l	$2(L+l)$
Cercle	rayon r diamètre d	$2 \times \pi \times r$ ou encore $\pi \times d$
Polygone quelconque		Somme des mesures de tous les côtés

Méthodes

1 Calculer le périmètre d'une pelouse

Monsieur Dujardin aime beaucoup les formes géométriques. Devant sa maison il a créé une pelouse dont voici un plan sommaire.

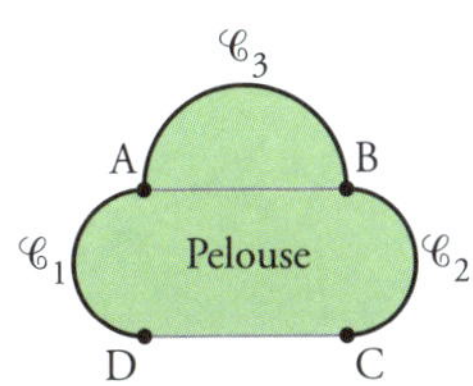

Le quadrilatère ABCD est un rectangle de longueur AB = 24 m et de largeur AD = 15 m.

$\mathscr{C}_1$, $\mathscr{C}_2$ et $\mathscr{C}_3$ sont trois demi-cercles de diamètres respectifs [AD], [BC] et [AB].

Monsieur Dujardin souhaite enclore sa pelouse. Quelle longueur de clôture doit-il acheter ? (Donner la valeur exacte puis un arrondi au mètre près.)

Conseils

Calculez les périmètres de chacun des trois demi-cercles… et n'oubliez pas [CD] !

SOLUTION

• Notons p_1, p_2, p_3 les périmètres respectifs des demi-cercles $\mathscr{C}_1$, $\mathscr{C}_2$ et $\mathscr{C}_3$. Le périmètre p de la pelouse est tel que :

$p = p_1 + p_2 + p_3 + \text{CD}$.

Le périmètre d'un cercle de rayon r mesure $2 \times \pi \times r$, donc le périmètre d'un demi-cercle de rayon r mesure $\pi \times r$.

• Nous avons $p = \pi \times \frac{AD}{2} + \pi \times \frac{BC}{2} + \pi \times \frac{AB}{2} + CD$ ou encore

$p = \pi \times \frac{15}{2} + \pi \times \frac{15}{2} + \pi \times \frac{24}{2} + 24$,

soit $p = 27 \times \pi + 24$ mètres

ou, arrondi au mètre près, $p = 109$ m.

• Conclusion : Monsieur Dujardin devra acheter 109 m de clôture.

2 Calculer le périmètre d'un octogone régulier

Soit $\mathcal{F}$ un octogone régulier inscrit dans un cercle de rayon 10 cm.
Calculer la mesure exacte du périmètre de cet octogone. En donner ensuite une valeur approchée au mm près.

Conseils

Calculez la mesure de l'angle $\widehat{AOB}$ puis celle de l'angle $\widehat{AOI}$ et enfin, à l'aide de la trigonométrie, la mesure de la distance AI. Déduisez-en la mesure d'un côté de l'octogone, puis la mesure du périmètre de la figure *F*.

SOLUTION

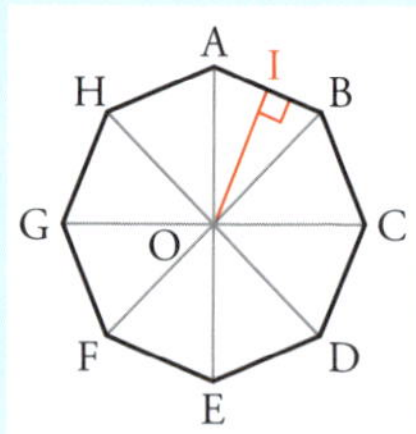

• Puisque l'octogone $\mathcal{F}$ est régulier, ses 8 côtés ont la même mesure.

On a : $\widehat{AOB} = \frac{360°}{8} = 45°$ et OA = 10 cm.

• Le triangle AOB est isocèle en O, donc (OI) est bissectrice de l'angle $\widehat{AOB}$ et médiatrice du segment [AB].

En conséquence, $\widehat{AOI} = \frac{\widehat{AOB}}{2} = 22{,}5°$ et $AI = \frac{AB}{2}$.

Dans le triangle AOI, nous avons $\sin \widehat{AOI} = \frac{AI}{OA}$,

soit $\sin 22{,}5° = \frac{AI}{10}$ et $AB = 20 \times \sin 22{,}5°$.

Notons p le périmètre de l'octogone régulier ABCDEFGH.

• Alors $p = 8 \times AB$ et $p = 160 \times \sin 22{,}5°$ est la valeur exacte de son périmètre.

$p = 61{,}2$ cm en est une valeur arrondie au millimètre.

Calculer des aires

Selon le type de figure, on recourt à une formule différente pour calculer son aire (la mesure de sa surface).

Carré

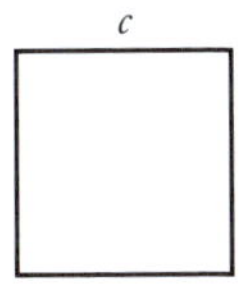

côté c
$\mathcal{A} = c^2$

Rectangle

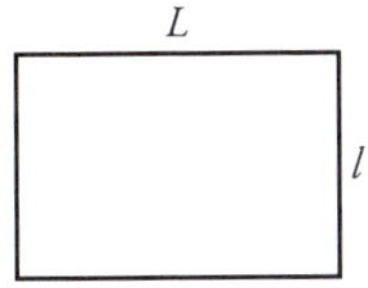

longueur L
et largeur l
$\mathcal{A} = L \times l$

Triangle

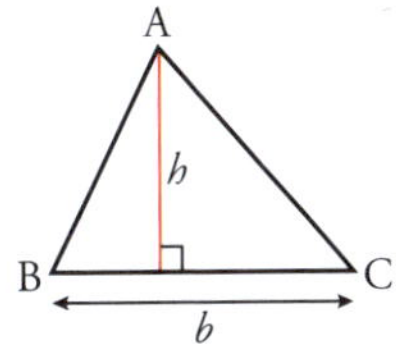

base b et hauteur h
$\mathcal{A} = \dfrac{b \times h}{2}$

Parallélogramme

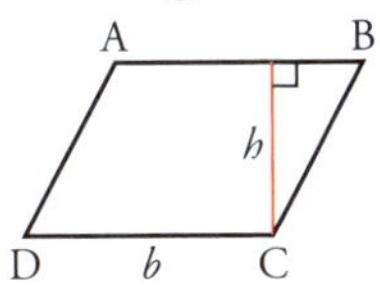

base b et hauteur h
$\mathcal{A} = b \times h$

Losange

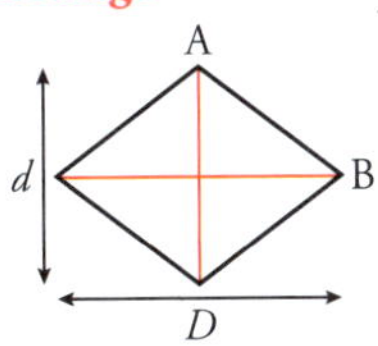

diagonales D et d
$\mathcal{A} = \dfrac{D \times d}{2}$

Trapèze

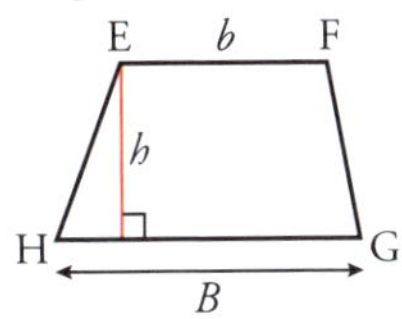

bases de longueurs B et b, hauteur h
$\mathcal{A} = \dfrac{(B + b) \times h}{2}$

Disque

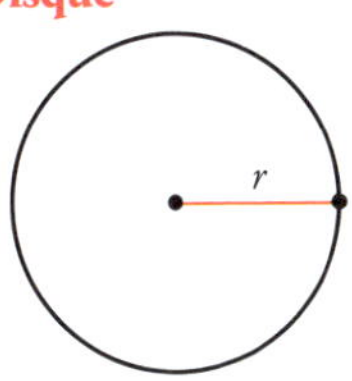

rayon r
$\mathcal{A} = \pi \times r^2$

Boule

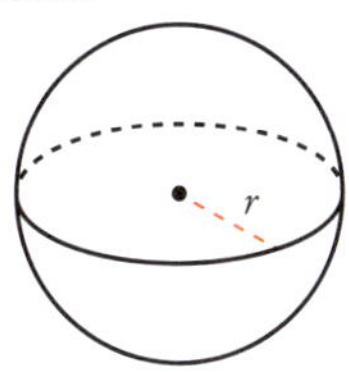

rayon r
$\mathcal{A} = 4\pi \times r^2$

Cylindre de révolution

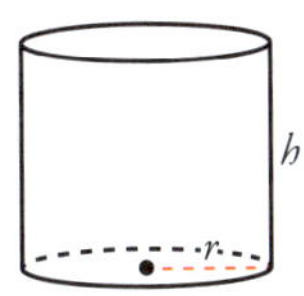

hauteur h,
base de rayon r
Aire latérale :
$\mathcal{A}_1 = 2\pi \times r \times h$
Aire totale :
$\mathcal{A}_2 = 2\pi rh + 2\pi r^2$

Méthodes

1 Calculer les aires de figures planes

Soient un triangle de base $b = 10$ cm et de hauteur $h = 4{,}5$ cm ; un disque de rayon $r = 2{,}7$ cm et un trapèze de bases $B = 6$ cm et $b = 5$ cm et de hauteur $h' = 4{,}1$ cm.

Classer en ordre décroissant les aires de ces trois figures.

SOLUTION

- Soit $\mathcal{A}_1$ l'aire du triangle : $\mathcal{A}_1 = \dfrac{b \times h}{2} = \dfrac{10 \times 4{,}5}{2}$ ou encore $\mathcal{A}_1 = 22{,}5 \text{ cm}^2$.
- Soit $\mathcal{A}_2$ l'aire du disque : $\mathcal{A}_2 = \pi \times r^2 = \pi \times 2{,}7^2$ ou encore $\mathcal{A}_2 = 22{,}90 \text{ cm}^2$ à 10^{-2} près.
- Soit $\mathcal{A}_3$ l'aire du trapèze : $\mathcal{A}_3 = \dfrac{(B+b) \times h'}{2} = \dfrac{(6+5) \times 4{,}1}{2}$ ou encore $\mathcal{A}_3 = 22{,}55 \text{ cm}^2$.
- Conclusion : le classement en ordre décroissant des trois aires est $\mathcal{A}_2 > \mathcal{A}_3 > \mathcal{A}_1$.

2 Calculer les aires d'une boule et d'un cylindre

Soit une boule de rayon $r = 5$ cm et un cylindre de révolution de hauteur $h = 5$ cm et dont la base a pour rayon $r' = 11{,}5$ cm.

L'aire latérale du cylindre $\mathcal{A}_2$ dépasse-t-elle de 15 % l'aire $\mathcal{A}_1$ de la boule ?

Conseils

- Calculez les valeurs exactes des deux aires.
- Évaluez la différence des deux aires en fonction de l'aire de la boule.

SOLUTION

- $\mathcal{A}_1 = 4 \times \pi \times r^2 = 4 \times \pi \times 5^2$ ou $\mathcal{A}_1 = 100\pi \text{ cm}^2$.
- $\mathcal{A}_2 = 2\pi \times r' \times h = 2\pi \times 11{,}5 \times 5$ ou $\mathcal{A}_2 = 115\pi \text{ cm}^2$.
- Nous avons $\mathcal{A}_2 - \mathcal{A}_1 = 115\pi - 100\pi$, soit $\mathcal{A}_2 - \mathcal{A}_1 = 15\pi$ ou encore $\mathcal{A}_2 - \mathcal{A}_1 = \dfrac{15}{100} \times 100\pi$.
  Donc $\mathcal{A}_2 - \mathcal{A}_1 = \dfrac{15}{100}\mathcal{A}_1$.
- Conclusion : l'aire latérale du cylindre de révolution dépasse bien de 15 % celle de la boule.

Attention

Il est demandé de calculer l'aire latérale et non l'aire totale du cylindre !

Calculer des volumes

Selon le type de figure, on recourt à une formule différente pour calculer son volume.

Cube	**Parallélépipède rectangle**	**Prisme droit**
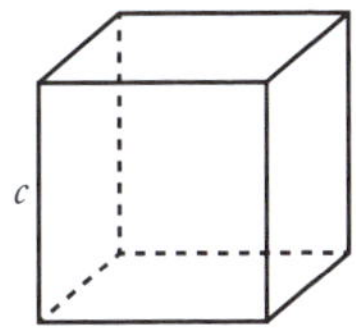 arête c $\mathcal{V} = c^3$	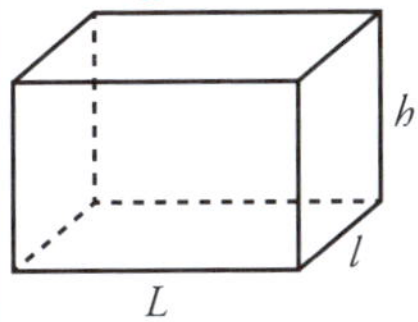 longueur L, largeur l, hauteur h $\mathcal{V} = L \times l \times h$	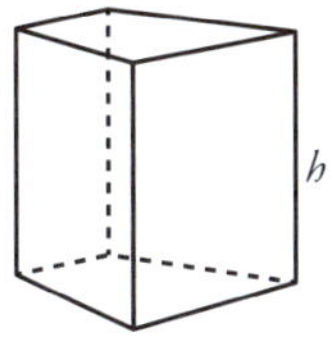 base d'aire $\mathcal{B}$, hauteur h $\mathcal{V} = \mathcal{B} \times h$
Cylindre de révolution	**Pyramide ou cône de révolution**	**Boule (ou sphère)**
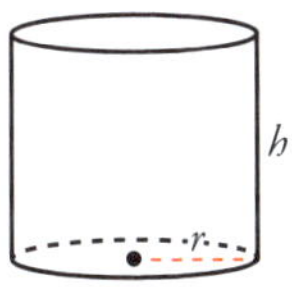 base de rayon r, hauteur h $\mathcal{V} = \pi \times r^2 \times h$	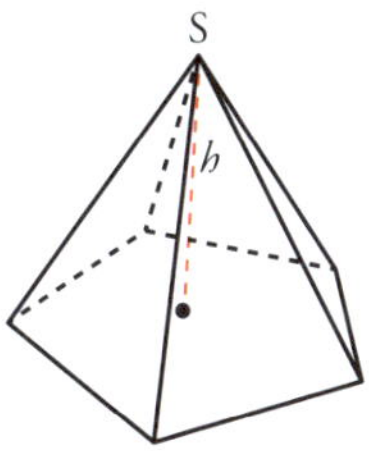 base d'aire $\mathcal{B}$, hauteur h $\mathcal{V} = \frac{1}{3} \times \mathcal{B} \times h$	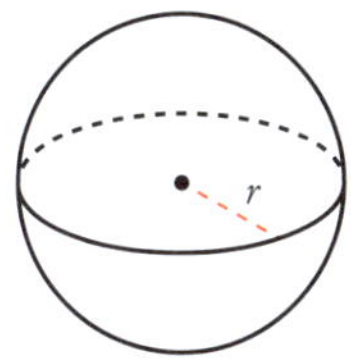 rayon r $\mathcal{V} = \frac{4}{3} \times \pi \times r^3$

Méthodes

1 Trouver une relation entre deux rayons

On considère une boule de rayon R et un cône de révolution dont la base a pour rayon x et dont la hauteur mesure R.

a. Exprimer les volumes de la boule et du cône.

b. Sachant que la boule et le cône ont le même volume, calculer, en fonction de R, le rayon x de la base du cône.

SOLUTION

a. Le volume de la boule est : $\mathcal{V}_1 = \frac{4}{3} \times \pi \times R^3$.

Le volume du cône est : $\mathcal{V}_2 = \frac{1}{3} \times (\pi \times x^2) \times R$.

b. Les deux solides ayant même volume, nous avons donc : $\mathcal{V}_1 = \mathcal{V}_2$,

soit $\frac{1}{3} \times (\pi \times x^2) \times R = \frac{4}{3} \times \pi \times R^3$.

Donc $\frac{1}{3} \times \pi \times R \times (x^2) = \frac{1}{3} \times \pi \times R \times (4R^2)$.

En simplifiant, nous obtenons : $x^2 = 4R^2$.

Comme x et R sont des longueurs, ce sont des nombres positifs et nous avons : $x = 2R$.

2 Calculer le volume d'un seau

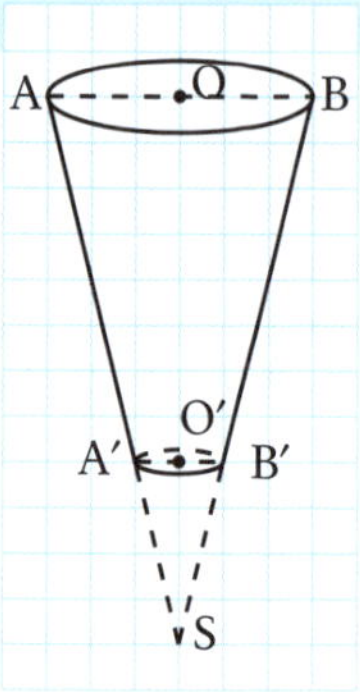

Un seau a la forme d'un tronc de cône.

Les deux bases circulaires sont parallèles et ont pour diamètres [AB] et [A′B′] et pour centres respectifs O et O′. On donne AB = 12 cm, SO = 24 cm et SO′ = 8 cm.

a. Calculer la longueur du segment [O′A′].

b. Calculer le volume $\mathcal{V}$ du seau à 1 cm^3 près.

Conseils

a. Appliquez le théorème de Thalès pour trouver la distance OA.
b. Calculez le volume des deux cônes de sommet S, puis déduisez-en le volume du tronc de cône.

SOLUTION

a. Les rayons [OA] et [O′A′] sont parallèles, on peut donc appliquer le théorème de Thalès. On obtient : $\frac{O'A'}{OA} = \frac{SO'}{SO}$.

Comme $OA = \frac{AB}{2} = \frac{12}{2} = 6$, nous avons $\frac{O'A'}{6} = \frac{8}{24}$,

soit $O'A' = \frac{8 \times 6}{24}$ ou encore $O'A' = 2$ cm.

b. $\mathcal{V} = \frac{1}{3} \times \pi \times OA^2 \times SO - \frac{1}{3} \times \pi \times O'A'^2 \times SO'$

$\mathcal{V} = \frac{1}{3} \times \pi \times 6^2 \times 24 - \frac{1}{3} \times \pi \times 2^2 \times 8$

$\mathcal{V} = \frac{832}{3}\pi$, soit $\mathcal{V} = 871$ cm^3 à 1 cm^3 près.

Utiliser des grandeurs produits et des grandeurs quotients

24

☐ OK

I Grandeur composée produit

Une **grandeur composée produit** est une grandeur obtenue en multipliant d'autres grandeurs.

EXEMPLES

- Un volume est le produit de trois longueurs.
- Une puissance électrique est le produit d'une tension (une différence de potentiel) et d'une intensité.

II Grandeur composée quotient

Une **grandeur composée quotient** est une grandeur obtenue en divisant deux autres grandeurs.

EXEMPLES

- Un débit est le quotient d'un volume par un temps (une durée).
- Une masse volumique est le quotient d'une masse par un volume.

Méthodes

1 Calculer le volume d'un pavé droit

Un aquarium ayant la forme d'un parallélépipède rectangle a les dimensions suivantes : longueur : 75 cm ; largeur : 3,5 dm et hauteur : 0,5 m. **Quel volume maximal d'eau peut-il contenir ? Le résultat sera donné en litres.**

Conseils

Exprimez les trois longueurs dans la même unité, le cm par exemple.
Le résultat sera alors en cm^3.
Il faudra ensuite transformer les cm^3 en litres.

SOLUTION

- Nous avons : $L = 75$ cm ; $l = 3{,}5$ dm $= 35$ cm et $h = 0{,}5$ m $= 50$ cm.
Alors le volume V cherché est donné par la formule $V = L \times l \times h$, soit $V = 75 \times 35 \times 50$ ou encore $V = 131\,250\ cm^3$.
- Conclusion : $V = 131{,}25\ dm^3$.
Puisque $1\ dm^3 = 1$ L, on a : $V = 131{,}25$ litres.

2 Calculer un débit

Léna a décidé de vider sa piscine avec une pompe électrique. La piscine contient 62 m^3 d'eau. Elle est entièrement vide au bout de 1 jour et 48 minutes.

Conseil

Exprimez le volume d'eau en litres et la durée en heures.

Quel est, en litres par heure, le débit de la pompe utilisée ?

SOLUTION

• Le débit correspond à un volume de liquide par unité de temps.

Il est donné par la relation $D = \frac{V}{t}$ où D représente le débit de la pompe, V le volume d'eau à pomper et t la durée de l'opération.

• Nous avons : $V = 62\text{ m}^3 = 62\,000$ litres puisque $1\text{ m}^3 = 1\,000$ litres et $t = \left(24 + \frac{48}{60}\right)$ heures, soit $t = 24{,}8$ h.

• Alors $D = \frac{62\,000}{24{,}8}$, soit $D = 2\,500$ litres par heure (2 500 L/h).

3 Calculer une masse volumique

Marius possède de nombreuses boules de pétanque. Le diamètre de chacune est de 72 mm et la masse de 0,720 kg.

Calculer en g/cm^3 la masse volumique d'une boule de pétanque.

Conseils

L'unité de la grandeur demandée donne la formule pour la calculer. Ici, on divise une masse en gramme par un volume en cm^3 : on peut donc vérifier que la formule $\rho = \frac{m}{v}$ est cohérente.

SOLUTION

• La masse volumique correspond à une masse par unité de volume.

Appliquons la relation $\rho = \frac{m}{v}$ où ρ représente la masse volumique, m la masse de la boule de pétanque et v son volume.

• Nous avons : $m = 0{,}720$ kg, soit $m = 720$ g.

• De plus, le rayon r de la boule mesure 36 mm ou encore 3,6 cm.

• Alors $v = \frac{4}{3} \times \pi \times r^3 = \frac{4}{3} \times \pi \times 3{,}6^3$, soit $v = 195{,}432\text{ cm}^3$.

• Alors $\rho = \frac{m}{v} = \frac{720}{195{,}432}$ ou encore $\rho = 3{,}7\text{ g/cm}^3$ (valeur arrondie au dixième).

Calculer une vitesse, une durée ou une distance

25

☐ OK

I La relation fondamentale $d = v \times t$

- Si d désigne la distance parcourue ;
t le temps mis pour parcourir cette distance ;
et v la vitesse moyenne réalisée,
alors on peut appliquer la relation $d = v \times t$.
- Si l'on connaît deux grandeurs parmi d, t et v, la relation permet de trouver la troisième grandeur.

II Unités

- Si la vitesse est exprimée en mètres par seconde et le temps en secondes, alors on trouve la distance en mètres.
- Mais si la vitesse est exprimée en km/h et le temps en secondes, il convient d'écrire d'abord celle-ci en m/s pour obtenir la distance en mètres.

Attention

Faites très attention à la concordance des unités utilisées !
Et entraînez-vous à faire des conversions.

Méthodes

1 Calculer une distance parcourue

Un avion effectue un vol sans escale entre Paris et Antananarivo (ville située à Madagascar). Le vol s'effectue en 10 heures et 48 minutes à la vitesse moyenne de 815 km/h.

Quelle distance l'avion a-t-il parcouru ?

Conseil

Appliquez la relation $d = v \times t$, avec la vitesse moyenne v en km/h et le temps t en heures.

SOLUTION

- Nous savons que $v = 815$ km/h et $t = 10$ h 48 min.
- Exprimons le temps en heures :

$t = 10\text{ h} + 48\text{ min}$, soit $t = 10\text{ h} + \dfrac{48}{60}\text{ h}$ ou encore $t = 10{,}8\text{ h}$.

- Alors $d = 815 \times 10{,}8$, soit $d = 8\,802$ km.

2 Calculer la durée d'un trajet

Lors d'un récent « Tour de France » à vélo, le vainqueur a parcouru les 3 657 km à la vitesse moyenne de 40,782 km/h.
Calculer le temps mis pour accomplir le parcours. Le résultat sera donné en heures, minutes et secondes, et il sera arrondi à une seconde près.

Conseil

La relation $d = v \times t$ s'écrit aussi $t = \frac{d}{v}$.

SOLUTION

- Nous savons que $d = 3\,657$ km et que $v = 40{,}782$ km/h.

Alors $t = \frac{d}{v} = \frac{3\,657}{40{,}782}$

soit $t = 89{,}672$ h.

- Exprimons le temps en heures, minutes et secondes.

$t = 89 \text{ h} + 0{,}672 \text{ h}$

$0{,}672 \text{ h} = 0{,}672 \times 60 \text{ min}$,

soit $0{,}672 \text{ h} = 40{,}32 \text{ min} = 40 \text{ min} + 0{,}32 \text{ min}$

$0{,}32 \text{ min} = 0{,}32 \times 60 \text{ s} = 19 \text{ s}$, valeur arrondie à la seconde près.

- Conclusion : $t = 89 \text{ h } 40 \text{ min } 19 \text{ s}$, valeur arrondie à la seconde près.

3 Calculer une vitesse moyenne

Un brillant athlète a couru un 400 mètres haies en 46 secondes et 78 centièmes. Calculer sa vitesse moyenne. Cette vitesse sera d'abord indiquée en m/s et arrondie au cm/s près, puis en km/h et arrondie au centième.

Conseil

La relation $d = v \times t$ s'écrit aussi $v = \frac{d}{t}$.

SOLUTION

- Nous savons que $d = 400$ m et que $t = 46{,}78$ s.

Alors $v = \frac{d}{t} = \frac{400}{46{,}78}$ et, arrondie à 1 cm/s près, $v = 8{,}55$ m/s.

- Exprimons maintenant la vitesse moyenne v en km/h.

Il y a 3 600 secondes dans 1 heure et 1 km = 1 000 m, d'où :

$v = \frac{8{,}55}{1000}$ km/s ou encore $v = \frac{8{,}55}{1000} \times 3\,600$ km/h.

- Conclusion : $v = 30{,}78$ km/h, valeur arrondie au centième.

Utiliser les relations trigonométriques dans un triangle rectangle

26

☐ OK

I Relations trigonométriques dans le triangle rectangle

Soit un triangle ABC, rectangle en A.

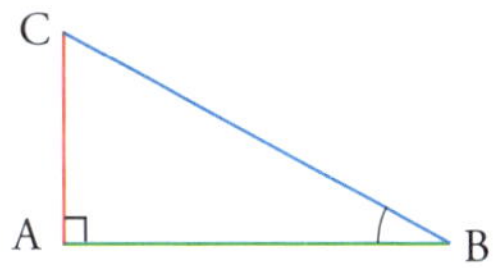

- $\sin \widehat{ABC} = \dfrac{AC}{BC} = \dfrac{\text{côté opposé}}{\text{hypoténuse}}$
- $\cos \widehat{ABC} = \dfrac{AB}{BC} = \dfrac{\text{côté adjacent}}{\text{hypoténuse}}$
- $\tan \widehat{ABC} = \dfrac{AC}{AB} = \dfrac{\text{côté opposé}}{\text{côté adjacent}}$

II Relations fondamentales

Pour tout angle aigu de mesure x, on a :

$$\cos^2 x + \sin^2 x = 1 \quad \text{et} \quad \tan x = \frac{\sin x}{\cos x}.$$

Méthodes

1 Calculer les mesures des côtés et des angles d'un triangle rectangle

Soit un triangle ABC rectangle en A.

On pose : $BC = a$, $AC = b$ et $AB = c$.

Les mesures des côtés du triangle sont exprimées en centimètres et seront calculées à 0,1 cm près. Les mesures des angles sont exprimées en degrés et seront calculées à un degré près.

Compléter le tableau, en indiquant succinctement les calculs effectués.

a	b	c	$\widehat{B}$	$\widehat{C}$
9				32
	4,5		54	
		8	76	
	3	4		
		9	60	

Conseils

- Commencez par tracer une figure.
- $\widehat{B} + \widehat{C} = 90°$ puisque le triangle ABC est rectangle en A.
- Utilisez votre calculatrice.

SOLUTION

Utilisons les formules suivantes :

- $\cos\widehat{B} = \dfrac{c}{a}$
- $\sin\widehat{B} = \dfrac{b}{a}$
- $\tan\widehat{B} = \dfrac{b}{c}$
- $\cos\widehat{C} = \dfrac{b}{a}$
- $\sin\widehat{C} = \dfrac{c}{a}$
- $\tan\widehat{C} = \dfrac{c}{b}$

a	b	c	$\widehat{B}$	$\widehat{C}$
9	7,6	4,8	58	32
5,6	4,5	3,3	54	36
33,1	32,1	8	76	14
5	3	4	37	53
18	15,6	9	60	30

2 Calculer le cosinus d'un angle aigu, connaissant son sinus

L'un des angles aigus d'un triangle rectangle mesure x degrés.
On sait que $\sin x = 0{,}6$.
Calculer la valeur exacte de $\cos x$.

Conseil

Utilisez la formule $\cos^2 x + \sin^2 x = 1$.

SOLUTION

- Nous savons que, pour tout angle aigu de mesure x, on a : $\cos^2 x + \sin^2 x = 1$.
- Alors $\cos^2 x = 1 - \sin^2 x$.

$\cos^2 x = 1 - (0{,}6)^2$ soit

$\cos^2 x = 1 - 0{,}36$ ou encore

$\cos^2 x = 0{,}64$.

- Nous avons deux solutions : $\cos x = +\sqrt{0{,}64}$ et $\cos x = -\sqrt{0{,}64}$.

Puisque $\cos x$ doit être positif, la réponse finale est :

$\cos x = +\sqrt{0{,}64} = 0{,}8$.

Attention

$\cos x$ est positif car c'est le quotient de deux distances.
Donc $\cos x = -\sqrt{0{,}64}$ ne peut pas être une solution.

Appliquer le théorème de Pythagore

27

☐ OK

- Si un triangle ABC est rectangle en A, alors :

$$BC^2 = AB^2 + AC^2$$

- Autre formulation : dans un triangle rectangle, le carré de l'hypoténuse est égal à la somme des carrés des côtés de l'angle droit.

EXEMPLE

Soit un triangle ABC rectangle en A et tel que AB = 15 cm et BC = 18,75 cm. On veut calculer la mesure exacte de la distance AC.

• [AB] et [AC] sont les côtés de l'angle droit, [BC] est l'hypoténuse.

• Nous pouvons appliquer le théorème de Pythagore et écrire : $BC^2 = AB^2 + AC^2$.

Alors $AC^2 = BC^2 - AB^2$ ou encore $AC^2 = 18{,}75^2 - 15^2$.

Donc $AC^2 = 126{,}5625$, soit AC = 11,25 cm.

Méthodes

1 Appliquer le théorème de Pythagore dans l'espace

L'unité de longueur est le centimètre.

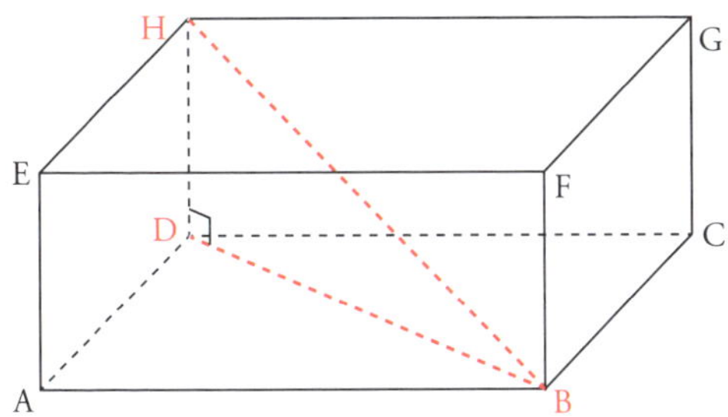

Soit un parallélépipède rectangle ABCDEFGH. La base ABCD a pour longueur AB = 12 et pour largeur AD = 8.

La hauteur mesure AE = 9.

a. Calculer la mesure exacte de la distance BD.

b. Calculer la mesure exacte du segment [BH] en admettant que le triangle HDB soit rectangle en D.

c. Un crayon de 16,5 cm de longueur pourrait-il rentrer dans une boîte de mêmes dimensions que ce parallélépipède ? Justifier.

Conseil

Repérez bien les côtés de l'angle droit et l'hypoténuse des triangles rectangles ABD et BDH.

SOLUTION

a. Appliquons le théorème de Pythagore au triangle ABD rectangle en A : $BD^2 = AB^2 + AD^2 = 12^2 + 8^2$
ou encore $BD^2 = 208$, donc $BD = 4\sqrt{13} \approx 14{,}4$.

b. Appliquons le théorème de Pythagore au triangle BDH rectangle en D : $BH^2 = BD^2 + DH^2 = 208 + 9^2$
ou encore $BH^2 = 289$, donc $BH = 17$.

c. Puisque $14{,}4 < 16{,}5 < 17$, pour rentrer dans la boîte, le crayon doit être disposé selon une diagonale ([BH] par exemple).

2 Résoudre un problème à l'aide du théorème de Pythagore

Deux chemins rectilignes $\mathscr{D}_1$ et $\mathscr{D}_2$ se coupent perpendiculairement en O. Deux très bons marcheurs P_1 et P_2 partent simultanément du point O et prennent chacun un des deux chemins à vitesse constante : $v_1 = 2$ m/s pour P_1 et $v_2 = 2{,}5$ m/s pour P_2.

Calculer la distance séparant les deux marcheurs 600 secondes après leur départ. En donner une valeur approchée au mètre près.

Conseils

Calculez les distances parcourues par chacun des marcheurs en 600 secondes, puis appliquez le théorème de Pythagore au triangle obtenu.

SOLUTION

- Au bout de 600 secondes, P_1 sera en A avec $OA = 2 \times 600 = 1\,200$ m et P_2 sera en B avec $OB = 2{,}5 \times 600 = 1\,500$ m.

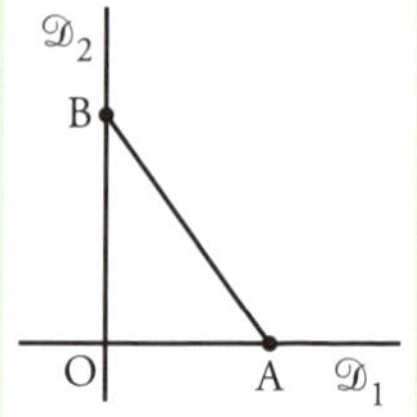

- Le triangle OAB est rectangle en O.
Le théorème de Pythagore permet d'écrire : $AB^2 = OA^2 + OB^2$.
$AB^2 = 1\,200^2 + 1\,500^2 = 3\,690\,000$,
soit $AB = \sqrt{3\,690\,000}$.
- Nous obtenons $AB = 1\,921$ m, valeur approchée au mètre près.

Appliquer la réciproque du théorème de Pythagore

28

☐ OK

- Si un triangle ABC est tel que $BC^2 = AB^2 + AC^2$, alors ce triangle est rectangle en A.
- Autre formulation : Si, dans un triangle, le carré du plus grand côté est égal à la somme des carrés des deux autres côtés, alors le triangle est rectangle et admet pour hypoténuse le plus grand des côtés.

EXEMPLE

Soit un triangle ABC tel que $AB = 5{,}7$; $AC = 8{,}4$ et $BC = 10$. Montrons que le triangle ABC n'est pas rectangle.

1. [BC] est le plus grand des côtés du triangle ABC.
2. Calculons : $AB^2 = 5{,}7^2 = 32{,}49$; $AC^2 = 8{,}4^2 = 70{,}56$; $BC^2 = 10^2 = 100$.
3. Puisque $32{,}49 + 70{,}56 = 103{,}05$, alors $32{,}49 + 70{,}56 \neq 100$.

Par conséquent : $AB^2 + AC^2 \neq BC^2$.

Conclusion : Si le triangle ABC avait été rectangle en A, alors nous aurions pu appliquer le théorème de Pythagore et écrire que $AB^2 + AC^2 = BC^2$. Mais $AB^2 + AC^2 \neq BC^2$, donc le triangle ABC n'est pas rectangle en A.

Méthodes

1 Appliquer la réciproque du théorème de Pythagore dans le plan

Soit un triangle ABC tel que $AB = 36$, $AC = 48$ et $BC = 60$ (les longueurs sont exprimées en millimètres).

a. Quelle est la nature du triangle ABC ?

b. Soit H le point du segment [BC] tel que $CH = 38{,}4$. On sait de plus que $AH = 28{,}8$. Quelle est la nature du triangle AHC ? Que représente la droite (AH) pour le triangle ABC ?

Conseils

Calculez les carrés des mesures de chacun des côtés du triangle considéré. Additionnez les deux plus petits carrés et comparez cette somme au troisième carré.

SOLUTION

a. On a : $AB^2 = 36^2 = 1\,296$; $AC^2 = 48^2 = 2\,304$; $BC^2 = 60^2 = 3\,600$.

Nous remarquons que $1\,296 + 2\,304 = 3\,600$, c'est-à-dire $AB^2 + AC^2 = BC^2$. D'après la réciproque du théorème de Pythagore, le triangle ABC est rectangle en A.

b. On a : $AH^2 = 28{,}8^2 = 829{,}44$; $CH^2 = 38{,}4^2 = 1\,474{,}56$; $AC^2 = 48^2 = 2\,304$.

Nous remarquons que $829{,}44 + 1\,474{,}56 = 2\,304$, c'est-à-dire $AH^2 + CH^2 = AC^2$. D'après la réciproque du théorème de Pythagore, le triangle AHC est rectangle en H. La droite (AH) représente donc la hauteur issue de A dans le triangle ABC.

2 Déterminer si une étagère est horizontale ou non

Les différentes longueurs sont données en cm.

L'étagère [AB] est fixée à un mur vertical et maintenue par un support [CD]. On donne : $AC = 40$, $AD = 60$ et $DC = 70$.

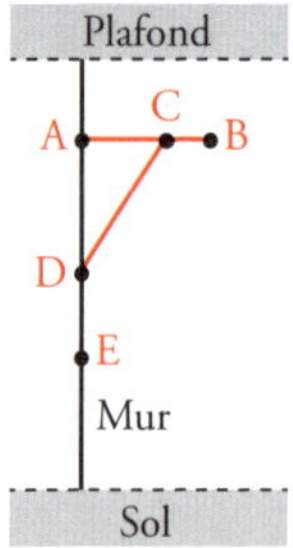

a. L'étagère est-elle horizontale ? Pourquoi ?

b. Le point C est fixe tandis que le point D peut coulisser sur [AE]. À quelle distance de A (arrondie à 0,1 près) doit-on placer le point D pour que l'étagère soit horizontale ?

Conseil

a. L'étagère est horizontale si (AC) est perpendiculaire à (AD), donc si le triangle DAC est rectangle en A.

SOLUTION

a. $AD^2 + AC^2 = 60^2 + 40^2 = 5\,200$ et $CD^2 = 70^2 = 4\,900$.

Donc $AD^2 + AC^2 \neq CD^2$. Donc le triangle DAC n'est pas rectangle en A, et l'étagère n'est pas horizontale.

b. Notons D′ la nouvelle position du point D qui permet d'avoir un triangle D′AC rectangle en A. Appliquons le théorème de Pythagore dans le triangle D′AC rectangle en A : $AD'^2 + AC^2 = CD'^2$, soit $AD'^2 = CD'^2 - AC^2 = 70^2 - 40^2 = 3\,300$.

$AD' = \sqrt{3\,300} \simeq 57{,}4$ (valeur arrondie à 0,1 près).

Il faut placer le point D′ (ou D) à 57,4 cm du point A pour que l'étagère soit horizontale.

Appliquer le théorème de Thalès

29

☐ OK

Soient :

- deux droites $\mathscr{D}$ et $\mathscr{D}'$ sécantes en A ;
- B et M deux points de $\mathscr{D}$ distincts de A ;
- C et N deux points de $\mathscr{D}'$ distincts de A.

Si les droites (BC) et (MN) sont parallèles, alors :

$$\frac{AM}{AB} = \frac{AN}{AC} = \frac{MN}{BC}.$$

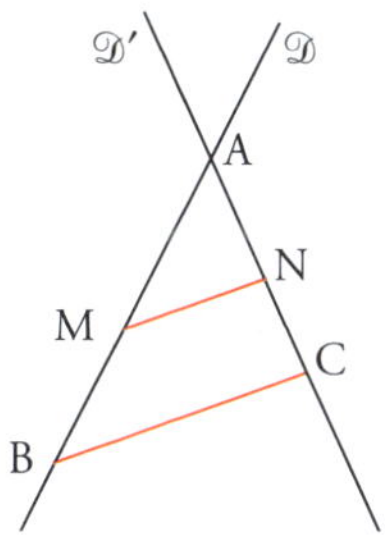

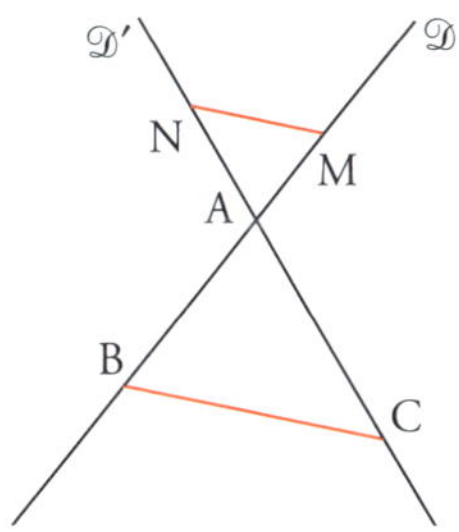

Méthodes

1 Calculer des distances dans le plan

L'unité de longueur est le centimètre.

Les droites (AB) et (EF) sont parallèles.

De plus, OA = 2 ; OF = 1,5 ; OB = 3 et EF = 1,8.

Calculer les distances OE et AB.

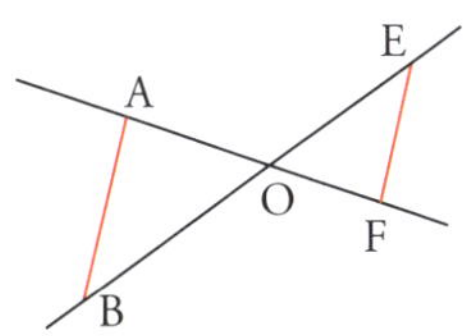

Conseils

- Faites attention à l'ordre des points considérés !
- N'oubliez pas de justifier l'application du théorème de Thalès.

SOLUTION

- Les points A, O, F sont alignés dans le même ordre que les points B, O, E. De plus, les droites (AB) et (EF) sont parallèles.

• Nous pouvons donc appliquer le théorème de Thalès et écrire : $\frac{OA}{OF}=\frac{OB}{OE}=\frac{AB}{EF}$.

• En remplaçant les longueurs par leurs mesures dans l'égalité $\frac{OA}{OF}=\frac{OB}{OE}$, nous obtenons $\frac{2}{1,5}=\frac{3}{OE}$, d'où $OE=\frac{3\times 1,5}{2}$, soit $OE = 2,25$ cm.

• De même, $\frac{OA}{OF}=\frac{AB}{EF}$ donne $\frac{2}{1,5}=\frac{AB}{1,8}$, soit $AB = 2,4$ cm.

2 Construire un point sur un segment selon un rapport donné

Sur une droite $\mathscr{D}$, on place deux points A et B tels que AB = 9 cm, puis on trace une droite Δ passant par A mais pas par B. On place sur cette droite un point C tel que AC = 12 cm et, sur le segment [AC], on place le point E tel que AE = 5 cm.

Conseil

Retrouvez une configuration de Thalès en traçant la droite parallèle à (CB) passant par E. Celle-ci coupe $\mathscr{D}$ en P.

Construire le point M de [AB] tel que $\frac{MA}{MB}=\frac{5}{7}$.

SOLUTION

• Les points A, E, C sont alignés dans le même ordre que les points A, P, B et les droites (EP) et (CB) sont parallèles.

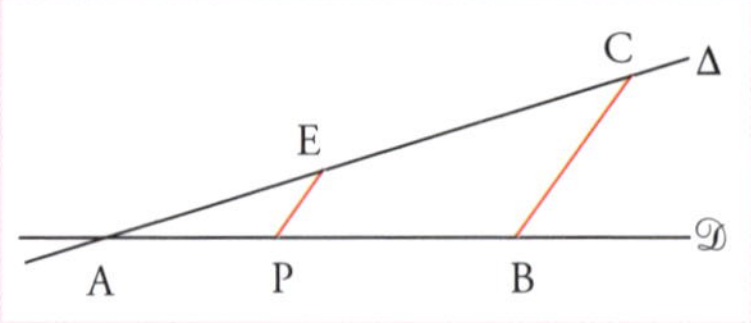

Le théorème de Thalès permet d'écrire : $\frac{AP}{AB}=\frac{AE}{AC}=\frac{5}{12}$.

• Mais AB = AP + PB, donc nous pouvons écrire : $\frac{AP}{AP+PB}=\frac{5}{12}$, soit 5AP + 5PB = 12AP.

Alors 7AP = 5PB et enfin $\frac{PA}{PB}=\frac{5}{7}$.

• Le point P est donc le point M cherché.

Appliquer la réciproque du théorème de Thalès

30

☐ OK

Soient :
- deux droites $\mathscr{D}$ et $\mathscr{D}'$ sécantes en A ;
- B et M deux points de $\mathscr{D}$ distincts de A ;
- C et N deux points de $\mathscr{D}'$ distincts de A.

Si les points A, B et M d'une part, et les points A, C et N d'autre part sont alignés dans le même ordre et si $\frac{AM}{AB} = \frac{AN}{AC}$, alors les droites (BC) et (MN) sont parallèles.

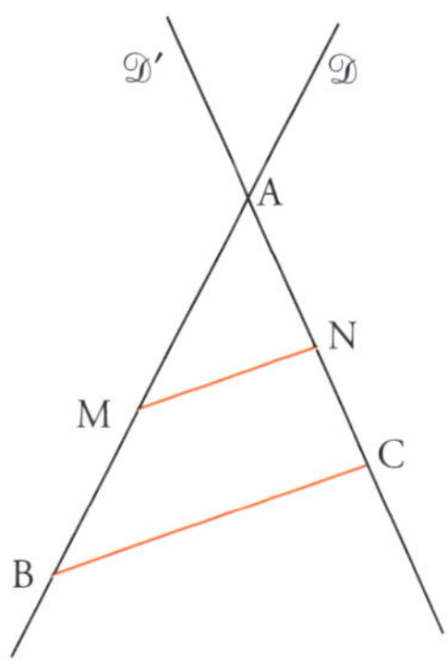

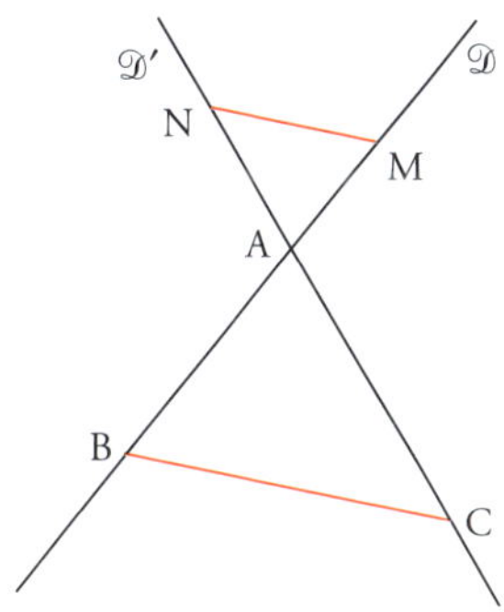

Méthodes

1 Démontrer que deux droites sont parallèles

Les longueurs sont mesurées en centimètres.

Construire un triangle ABC tel que AB = 3, BC = 7 et AC = 9.

Placer le point E de la demi-droite [AB) tel que AE = 5, puis le point F de la demi-droite [AC) tel que AF = 15.

Les droites (BC) et (EF) sont-elles parallèles ? Justifier votre réponse.

Conseils

N'oubliez pas de justifier l'application de la réciproque du théorème de Thalès. Attention à bien respecter l'ordre des points.

SOLUTION

- Nous avons $\frac{AB}{AE} = \frac{3}{5} = 0{,}6$ et $\frac{AC}{AF} = \frac{9}{15} = 0{,}6$. Nous en déduisons que $\frac{AB}{AE} = \frac{AC}{AF}$.

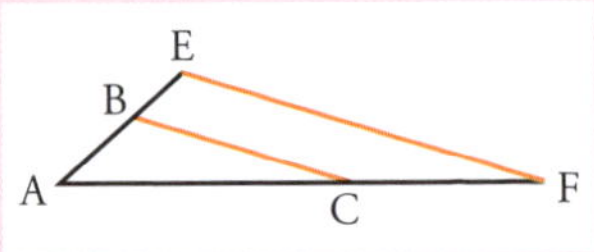

- Les points A, C, F sont alignés dans le même ordre que les points A, B, E. De plus $\frac{AB}{AE} = \frac{AC}{AF}$. Donc, d'après la réciproque du théorème de Thalès, les droites (BC) et (EF) sont parallèles.

2 Démontrer que deux droites ne sont pas parallèles

L'unité de longueur est le centimètre.

On considère deux droites $\mathscr{D}_1$ et $\mathscr{D}_2$ sécantes en O. Les points A et H sont situés sur $\mathscr{D}_1$ tandis que les points B et G sont situés sur $\mathscr{D}_2$.

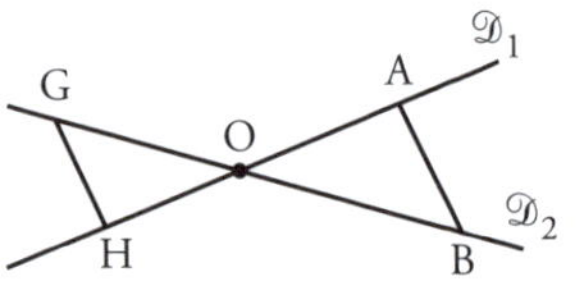

On donne : OA = 6 ; OB = 8 ; OG = 6,6 et OH = 5.

Les droites (AB) et (GH) sont-elles parallèles ?

Conseils

Vérifiez si l'on peut utiliser la réciproque du théorème de Thalès, ou pas : les droites sont-elles bien sécantes ? Dans quel ordre les points sont-ils alignés ? Quel est le rapport des longueurs ?

SOLUTION

- Calculons : $\frac{OA}{OH} = \frac{6}{5}$ et $\frac{OB}{OG} = \frac{8}{6{,}6}$.

Nous remarquons que $\frac{6}{5} \neq \frac{8}{6{,}6}$, donc nous en déduisons que $\frac{OA}{OH} \neq \frac{OB}{OG}$.

Les points G, O, B sont alignés dans le même ordre que les points H, O, A.

- Si les droites (AB) et (GH) étaient parallèles, le théorème de Thalès permettrait d'écrire : $\frac{OA}{OH} = \frac{OB}{OG}$. Mais puisque $\frac{OA}{OH} \neq \frac{OB}{OG}$, les droites (AB) et (GH) ne sont pas parallèles.

Connaître les trois cas d'égalité des triangles

31

☐ OK

I Premier cas d'égalité des triangles

Si deux triangles ont un côté de même longueur adjacent à **deux angles** respectivement égaux, alors ces triangles sont égaux.

> **À savoir**
> On dit que deux triangles sont égaux lorsqu'ils sont superposables.

EXEMPLE Si BC = EF, $\widehat{ABC} = \widehat{DEF}$ et $\widehat{ACB} = \widehat{DFE}$, alors les triangles ABC et DEF sont égaux. Nous pouvons en déduire que AB = DE, AC = DF et $\widehat{BAC} = \widehat{EDF}$.

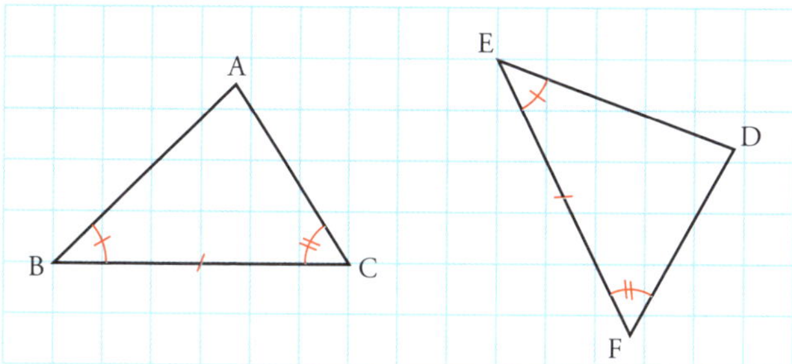

II Deuxième cas d'égalité des triangles

Si deux triangles ont un angle de même mesure compris entre **deux côtés** respectivement de même longueur, alors ces triangles sont égaux.

EXEMPLE Si $\widehat{BAC} = \widehat{EDF}$, AB = DE et AC = DF, alors les triangles ABC et DEF sont égaux. Nous pouvons en déduire que $\widehat{ABC} = \widehat{DEF}$, $\widehat{ACB} = \widehat{DFE}$ et BC = EF.

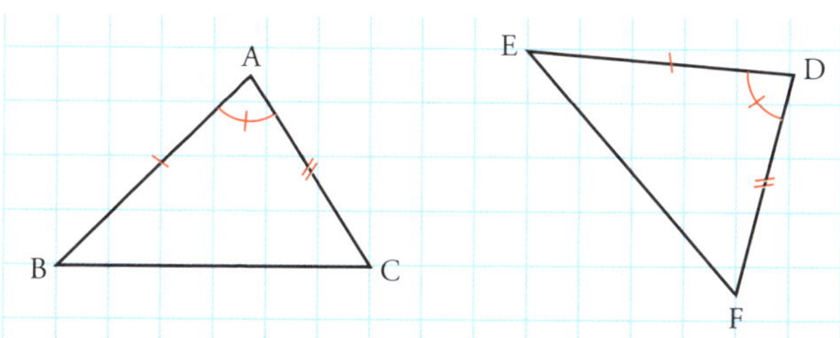

III Troisième cas d'égalité des triangles

Si deux triangles ont leurs **trois côtés** respectivement de même longueur, alors ces triangles sont égaux.

EXEMPLE Si AB = DE, AC = DF et BC = EF, alors les triangles ABC et DEF sont égaux. Nous pouvons en déduire que $\widehat{ABC} = \widehat{DEF}$, $\widehat{ACB} = \widehat{DFE}$ et $\widehat{BAC} = \widehat{EDF}$.

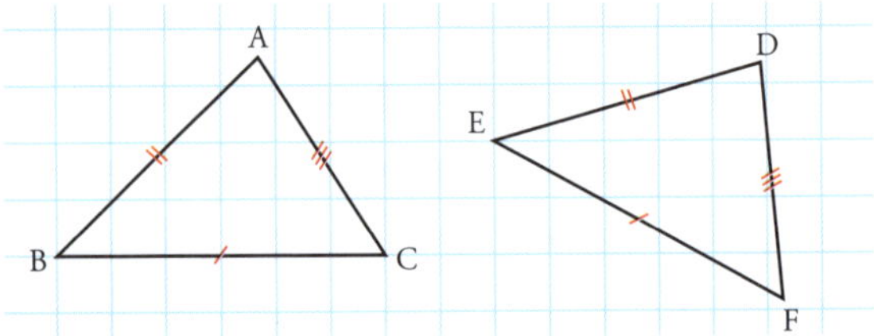

Méthode

Comparer deux longueurs

Soit un triangle ABC isocèle en A.

On note I et J les milieux respectifs des côtés [AB] et [AC] de ce triangle.

On note K le point d'intersection des droites (CI) et (BJ).

Construire une figure, puis comparer les distances CI et BJ.

Conseils

Trouvez des triangles qui pourraient être égaux, puis appliquez le deuxième cas d'égalité des triangles.

SOLUTION

- Considérons les triangles BIC et CJB. Nous savons que [BC] est un côté commun aux deux triangles.
- Nous savons aussi que $\widehat{IBC} = \widehat{JCB}$ et que AB = AC puisque le triangle ABC est isocèle en A. Alors $BI = \dfrac{AB}{2}$ et $CJ = \dfrac{AC}{2}$ donc BI = CJ.
- D'après le deuxième cas d'égalité, les triangles BIC et CJB sont égaux. En conséquence CI = BJ.

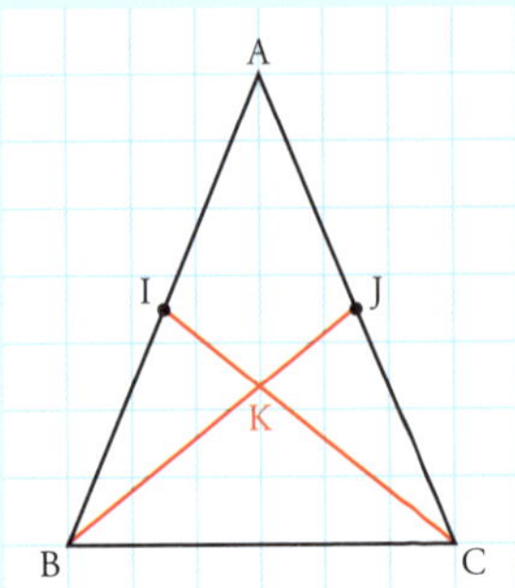

Conclusion : les distances CI et BJ sont égales.

Appliquer des transformations géométriques

32

☐ OK

I Quelques transformations

Symétrie axiale

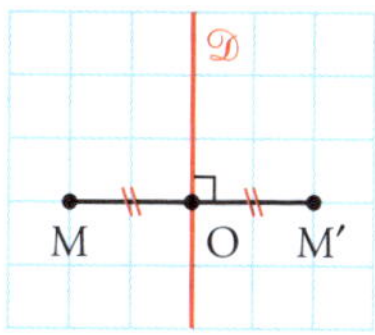

- Le point M′ est le symétrique du point M par rapport à la droite 𝒟 si 𝒟 est la **médiatrice** du segment [MM′].
- Deux figures sont symétriques par rapport à une droite si elles se superposent après **pliage** de la feuille le long de la droite.

Symétrie centrale

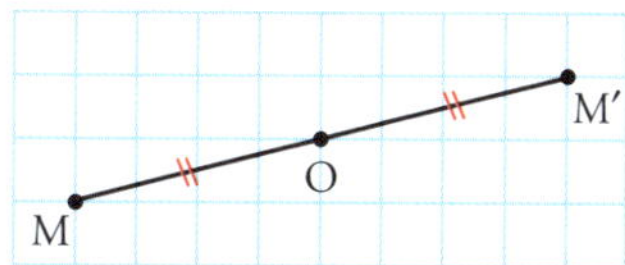

- Le point M′ est le symétrique du point M par rapport au point O si ce point O est le **milieu** du segment [MM′].
- Deux figures sont symétriques par rapport à un point O si elles sont superposables après un **demi-tour** autour de O (ou après rotation de 180° de centre O).

Rotation

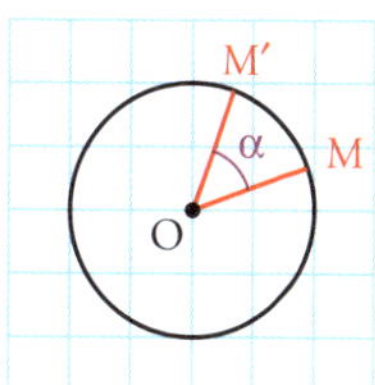

- Le point M′ est l'image du point M par la **rotation d'angle** α si OM = OM′ et $\widehat{MOM'} = \alpha$.
- Cette rotation peut s'effectuer dans le sens des aiguilles d'une montre ou non.

Translation

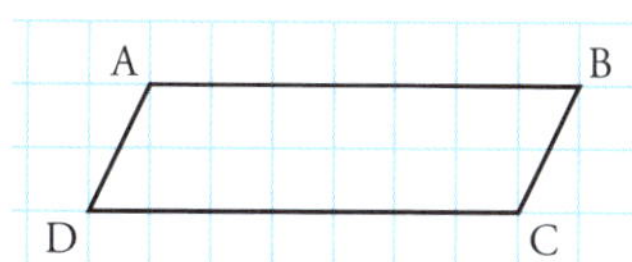

- Dans le parallélogramme ABCD, le point C est l'image du point D par la translation qui transforme le point A en le point B. On parle parfois de « **glissement** ».
- L'image d'une droite par une translation est une droite qui lui est parallèle.
- L'image d'une figure par une translation est une figure qui lui est superposable.

II Propriétés de conservation

Ces transformations géométriques **conservent** les longueurs, les angles, les aires, les alignements, le parallélisme et la perpendicularité.

Méthode

Construire une figure à l'aide des transformations

1. Tracer un carré ABCD de centre O et de 2 cm de côté, puis :

a. placer le point E image du point O dans la symétrie de centre B ;

b. placer le point F image du point C dans la translation qui transforme le point A en le point O ;

c. placer le point G image du point E dans la rotation de centre O qui transforme B en A ;

d. placer le point H tel que les droites (AD) et (GH) soient parallèles, GH = 2AD et enfin que l'angle $\widehat{HGA}$ soit aigu.

2. Démontrer que les droites (EF) et (AD) sont parallèles.

> **Conseil**
>
> **2.** Pour démontrer que deux droites sont parallèles, on peut essayer d'appliquer la réciproque du théorème de Thalès.
>
> ▶ FICHE 30

SOLUTION

1. a. Puisque E est l'image de O dans la symétrie de centre B, alors B est le milieu du segment [OE].

b. Puisque F est l'image C dans la translation qui transforme A en O, alors les points O, C, F sont alignés et AO = CF.

c. Puisque G est l'image de E dans la rotation de centre O qui transforme B en A, alors OG = OE et $\widehat{EOG} = \widehat{BOA}$.

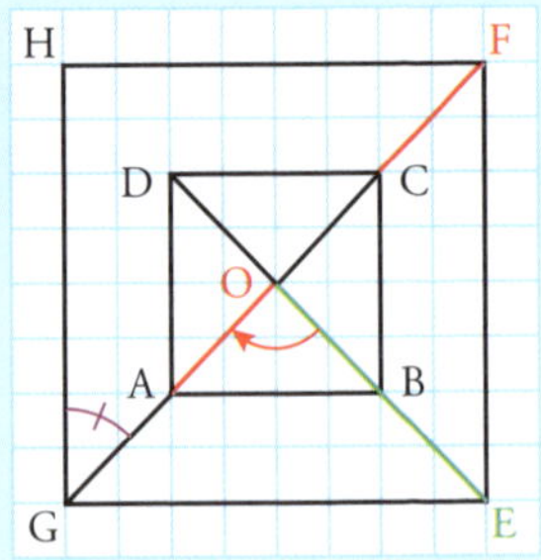

d. Il existe *a priori* deux points H possibles mais un seul donne un angle $\widehat{HGA}$ aigu.

2. Voici une démonstration possible. Les points O, C, F sont alignés dans le même ordre que les points O, B, E et, de plus, $\dfrac{OC}{OF} = \dfrac{OB}{OE} = \dfrac{1}{2}$. D'après la réciproque du théorème de Thalès, les droites (EF) et (BC) sont parallèles. Or (BC) et (AD) sont parallèles puisque ABCD est un carré. Donc (EF) et (AD) sont parallèles.

Agrandir et réduire des figures par homothétie

33

☐ OK

I Image d'un point par une homothétie

Le point B est l'image du point A par l'**homothétie de centre O et de rapport k** (où k est un nombre strictement positif) si :

- les points O, A et B sont alignés ;
- le point O n'est pas situé sur le segment [AB] ;
- $OB = k \times OA$.

EXEMPLE Sur la figure ci-dessous, B est l'image de A par l'homothétie de centre O et de rapport $k = 3$.

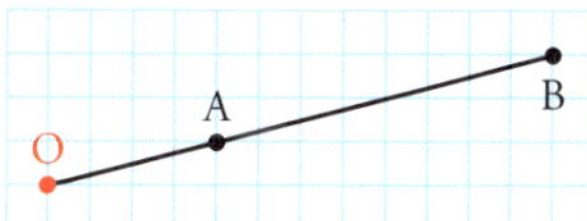

II Transformation d'une figure par une homothétie

Transformer une figure par une homothétie, c'est l'agrandir ou la réduire.

EXEMPLE Sur le schéma ci-dessous, les points O, A, A′, les points O, B, B′ et les points O, C, C′ sont alignés.

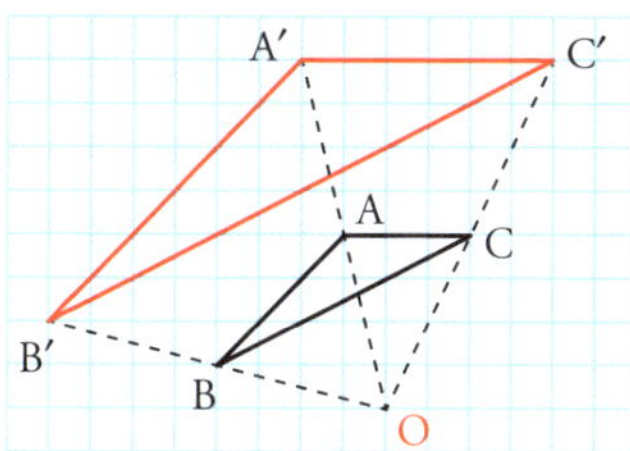

- Le triangle A′B′C′ est l'image du triangle ABC par l'homothétie de centre O et de rapport 2 : on a un **agrandissement**.
- Le triangle ABC est l'image du triangle A′B′C′ par l'homothétie de centre O et de rapport $\frac{1}{2}$: on a une **réduction**.

On a donc : $\frac{OA'}{OA} = \frac{OB'}{OB} = \frac{OC'}{OC} = 2$ et $\frac{OA}{OA'} = \frac{OB}{OB'} = \frac{OC}{OC'} = \frac{1}{2}$.

III Homothétie, proportionnalité et théorème de Thalès

La transformation d'un triangle par une homothétie traduit aussi une configuration de Thalès. En considérant la seconde figure de la page précédente, on peut remarquer que :

- les côtés des triangles ABC et A′B′C′ sont proportionnels ;
- leurs angles homologues sont égaux.

On dit que les triangles ABC et A′B′C′ sont **semblables**.

IV Propriétés de conservation de l'homothétie

L'homothétie **conserve** les angles, l'alignement, le parallélisme et la perpendicularité.

EXEMPLE Par une homothétie, l'image d'une droite est une droite qui lui est parallèle.

Méthode

Construire l'image d'un segment par une homothétie

Sur le schéma ci-contre, le segment [AB] mesure 2 cm.

a. Reproduire le schéma en vraie grandeur sur une feuille quadrillée, puis construire l'image [A′B′] du segment [AB] par l'homothétie de centre O et de rapport 1,5.

b. Combien mesure la distance A′B′ ?

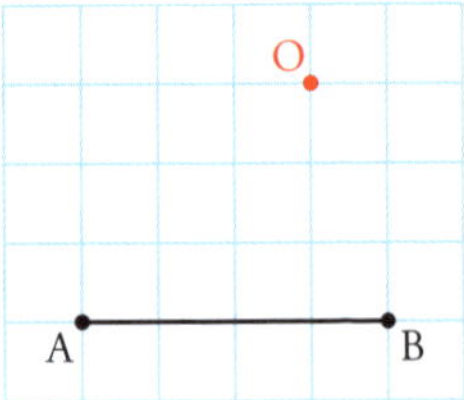

SOLUTION

a. Sur le schéma, on mesure OA = 2,2 cm et OB = 1,6 cm.
Les points O, A et A′ sont alignés et OA′ = 1,5 × OA, soit OA′ = 3,3 cm.
Les points O, B et B′ sont alignés et OB′ = 1,5 × OB, soit OB′ = 2,4 cm.

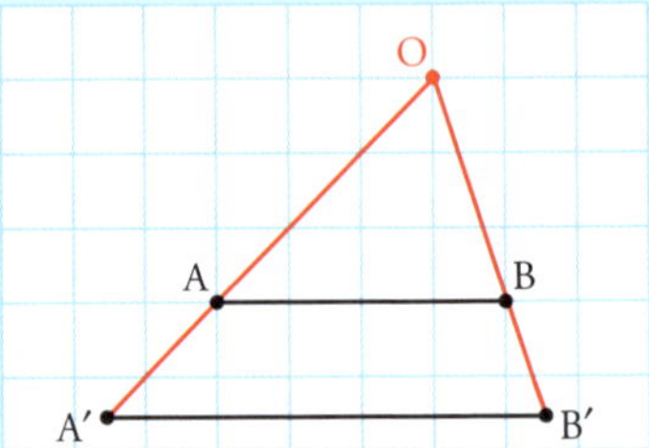

b. Le segment [A′B′] est un agrandissement du segment [AB].
On a : A′B′ = 1,5 × AB = 1,5 × 2, soit A′B′ = 3 cm.

Se repérer dans un plan, dans l'espace

34

☐ OK

I Se repérer dans un plan muni d'un repère orthogonal

- Un **repère orthogonal** est constitué d'une origine et de deux axes perpendiculaires. Quand les unités sur chacun des axes sont les mêmes, on dit que le repère est orthonormé.
- Un point est repéré par **deux coordonnées** : son **abscisse** et son **ordonnée**.

EXEMPLE

- Les coordonnées de A sont $x_A = +\frac{2}{3}$ et $y_A = +1$.
On note $A\left(+\frac{2}{3};+1\right)$.
- Les coordonnées de B sont $x_B = -1$ et $y_B = -\frac{3}{2}$.
On note $B\left(-1;-\frac{3}{2}\right)$.

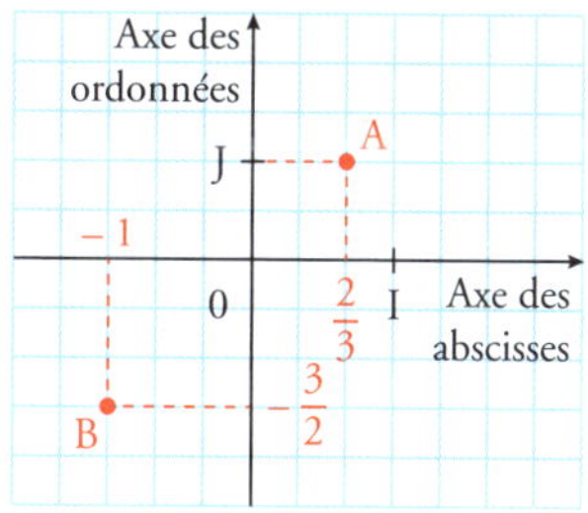

II Se repérer dans un parallélépipède rectangle

- Se repérer **dans l'espace** revient à se repérer dans un parallélépipède rectangle. Dans ce solide, trois arêtes concourantes forment un repère.
- Un point A est repéré par **trois coordonnées** : son abscisse x_A, son ordonnée y_A et son altitude z_A.

EXEMPLE

L'abscisse du point A est $x_A = +2$, son ordonnée est $y_A = +3$ et son altitude est $z_A = +5$. On note $A(2;3;5)$.

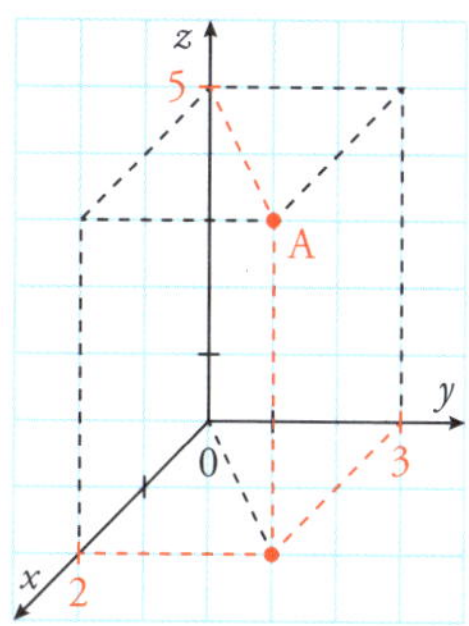

Attention

Les abscisses, les ordonnées et les altitudes sont des nombres relatifs.

Méthodes

1 Repérer une boule de billard sur une table

La surface de jeu d'un billard est représentée par un rectangle OABC. Sa longueur OA et sa largeur OC mesurent respectivement 2,10 m et 1,05 m. Considérons un repère orthonormé d'origine O et tel qu'une unité représente 30 cm.

a. Placer les points O, A, B et C sachant que leurs coordonnées sont positives ou nulles, que O et A sont sur l'axe des abscisses et O et C sur l'axe des ordonnées. Lire les coordonnées des 4 points.

b. Placer la boule P sachant qu'elle est située à 15 cm de [OC] et à 60 cm de [OA]. Donner les coordonnées de P.

SOLUTION

a. O(0 ; 0) ; A(7 ; 0) ; B(7 ; 3,5) ; C(0 ; 3,5).

b. P(0,5 ; 2).

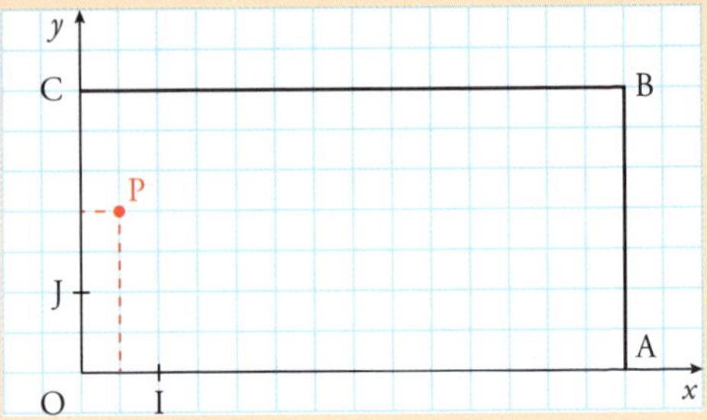

2 Repérer une balle de golf

Une balle de golf G est lancée à partir de l'origine O d'un repère dans un parallélépipède rectangle (une unité représente 2,5 m sur chaque axe). La balle passe au-dessus d'un drapeau dont le pied D a pour coordonnées (3 ; 4,5 ; 0). Alors la balle G est à 15 m au-dessus du sol. On note z_G son altitude.

a. Tracer le repère et placer le point D.

b. Placer la balle G et donner la valeur de z_G. Écrire les coordonnées de G.

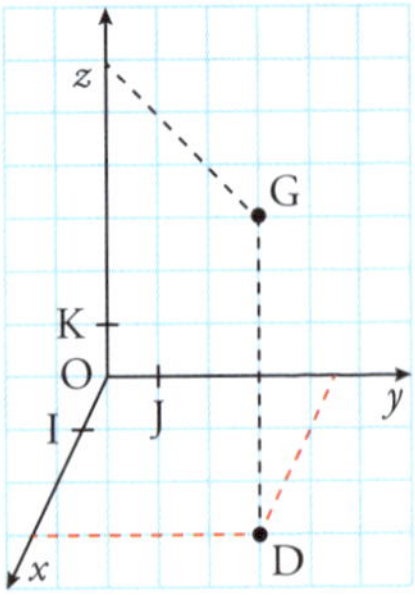

SOLUTION

a. D est situé dans le plan qui contient l'axe des abscisses et l'axe des ordonnées (c'est-à-dire le plan du sol).

b. On a $z_G = \dfrac{15}{2,5} = 6$. On peut donc écrire G(3 ; 4,5 ; 6).

Déterminer la nature de sections de solides

35

☐ OK

I Section d'un cube

- La section d'un cube **par un plan parallèle à une face** est un carré dont le côté possède la même mesure que l'arête du cube (**figure 1**).
- La section d'un cube **par un plan parallèle à une arête** est un rectangle.

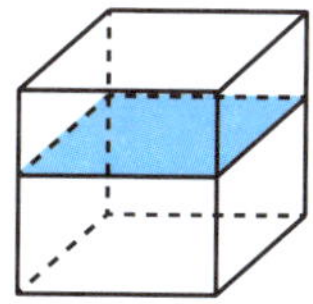

Figure 1

II Section d'un parallélépipède rectangle

- La section d'un parallélépipède rectangle (ou pavé droit) **par un plan parallèle à une face** est un rectangle dont les dimensions sont égales à celles de cette face.
- La section d'un parallélépipède rectangle (ou pavé droit) **par un plan parallèle à une arête** est un rectangle (**figure 2**).

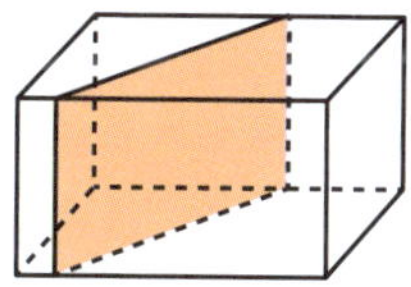

Figure 2

III Section d'un cylindre de révolution

- La section d'un cylindre de révolution **par un plan parallèle à son axe** est un rectangle (**figure 3**).
- La section d'un cylindre de révolution **par un plan perpendiculaire à son axe** est un cercle de même rayon que celui de la base du cylindre de révolution.

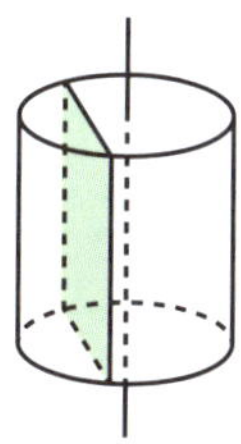

Figure 3

IV Sections d'une pyramide et d'un cône de révolution

- La section d'une pyramide **par un plan parallèle à la base** est un polygone de même nature que la base de la pyramide. C'est une réduction du polygone de base (**figure 4**).
- La section d'un cône de révolution **par un plan parallèle à la base** est un cercle qui est une réduction de la base.

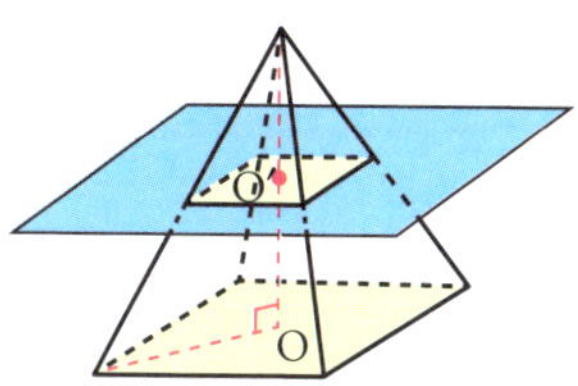

Figure 4

Méthode

Étudier la section d'une pyramide par un plan parallèle à la base

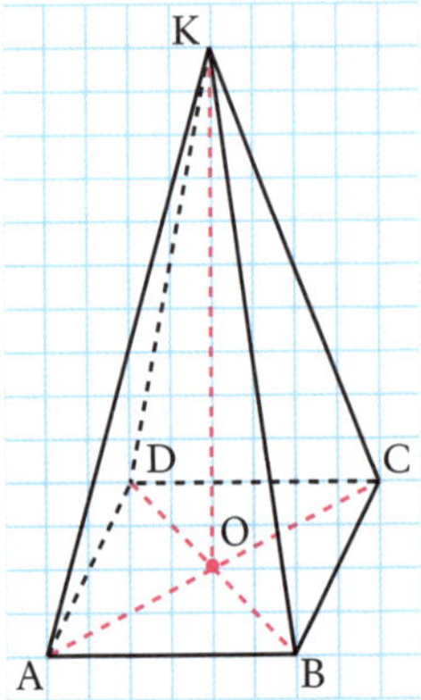

ABCD est un carré de centre O et de côté 5 cm. La droite (OK) est orthogonale au plan formé par le carré ABCD. KABCD est une pyramide notée $\mathcal{P}$ telle que OK = 2AB.

On coupe la pyramide $\mathcal{P}$ par un plan parallèle à sa base carrée ABCD. Ce plan coupe les segments [KA], [KB], [KC], [KD] et [KO] respectivement en A′, B′, C′, D′ et O′. On donne KO′ = 3 cm.

a. Calculer la mesure exacte du volume $\mathcal{V}$ de $\mathcal{P}$.

b. Quelle est la nature du quadrilatère A′B′C′D′ ? En donner la dimension caractéristique, après avoir déterminé le coefficient de réduction.

c. Calculer la mesure exacte du volume $\mathcal{V}'$ de la pyramide de sommet K et de base A′B′C′D′.

SOLUTION

a. Nous avons $\mathcal{V} = \frac{1}{3} \times \text{aire de la base} \times \text{hauteur}$.

La hauteur OK mesure 2AB, soit $2 \times 5 = 10$.

D'où $\mathcal{V} = \frac{1}{3} \times 5^2 \times 10$, soit $\mathcal{V} = \frac{250}{3}\,\text{cm}^3$.

b. A′B′C′D′ est un quadrilatère de même nature que ABCD, c'est donc un carré.

Le coefficient de réduction est $k = \frac{KO'}{KO} = \frac{3}{10}$.

Alors $\frac{A'B'}{AB} = k = \frac{3}{10}$, donc $A'B' = \frac{3}{10} \times 5$, soit $A'B' = 1{,}5$ cm.

c. $\mathcal{V}' = k^3 \times \mathcal{V}$ donc $\mathcal{V}' = \left(\frac{3}{10}\right)^3 \times \frac{250}{3}$, soit $\mathcal{V}' = 2{,}25\ \text{cm}^3$.

Agrandir et réduire des solides

36

☐ OK

Lorsque toutes les dimensions d'une figure $\mathcal{F}$ sont multipliées par un même nombre k, on obtient une figure $\mathcal{F}'$ qui vérifie les propriétés suivantes :

- Si $k > 1$, $\mathcal{F}'$ est un **agrandissement** de $\mathcal{F}$.
- Si $0 < k < 1$, $\mathcal{F}'$ est une **réduction** de $\mathcal{F}$.
- L'**aire** de $\mathcal{F}'$ se calcule en multipliant l'aire de $\mathcal{F}$ par k^2.
- Le **volume** de $\mathcal{F}'$ se calcule en multipliant le volume de $\mathcal{F}$ par k^3.

Remarque

Pour le calcul d'une aire. ▶ FICHE 22

Pour le calcul d'un volume. ▶ FICHE 23

Méthodes

1 Calculer un coefficient d'agrandissement

Une photographie d'identité rectangulaire possède une largeur de 3,5 cm et une hauteur de 4,5 cm. Elle est agrandie et ses nouvelles dimensions sont : largeur 14 cm et hauteur 18 cm.

Quel est le coefficient d'agrandissement ?

SOLUTION

Nous pouvons remarquer que $\frac{14}{3{,}5} = \frac{18}{4{,}5} = 4$.

Le coefficient d'agrandissement est égal à 4.
C'est aussi le coefficient de proportionnalité.

2 Calculer l'aire d'un agrandissement

La maquette d'un terrain de rugby de forme rectangulaire possède les dimensions suivantes : longueur 40 cm et largeur 27,6 cm.

a. Quelle est l'aire de cette maquette ?

b. Sachant que la maquette est à l'échelle $\frac{1}{250}$, déduire de l'aire de la maquette l'aire réelle du terrain de rugby.

Conseil

Identifiez le coefficient d'agrandissement du terrain par rapport à la maquette.

SOLUTION

a. Soit a l'aire de la maquette. Alors $a = 40 \times 27{,}6\,\text{cm}^2$, soit $a = 1\,104\,\text{cm}^2$.

b. Le terrain de rugby est un agrandissement de la maquette dans le rapport 250. Son aire vaut $A = 250^2 \times 1\,104$, soit $A = 69\,000\,000\,\text{cm}^2$ ou encore $A = 6\,900\,\text{m}^2$.

3 Calculer le volume d'une réduction

Neptune possède un aquarium ayant la forme d'un parallélépipède rectangle et qui peut contenir au maximum 198 L d'eau. Il décide d'en acheter un plus petit ayant la même forme mais dont les trois dimensions sont une réduction de 20 % des dimensions du premier aquarium.

a. Calculer la contenance exacte en cm^3 du second aquarium.

b. En fait, le second aquarium possède une longueur de 72 cm et une largeur de 32 cm. Quelle est la hauteur du premier aquarium ?

Conseil

Afin de ne pas perdre d'information, notez les dimensions du premier aquarium dans un premier tableau et les dimensions du second aquarium dans un second tableau.

SOLUTION

a. Les dimensions du second aquarium sont une réduction de 20 % des dimensions du premier aquarium ; cela signifie que les dimensions du second aquarium sont égales à 80 % des dimensions du premier aquarium. Il s'agit donc d'une réduction de coefficient 0,8.
Notons V_1 et V_2 les volumes respectifs du premier et du second aquarium.
$V_2 = (0{,}8)^3 \times V_1$ soit $V_2 = (0{,}8)^3 \times 198 = 101{,}376\,\text{L}$
ou $V_2 = 101\,376\,\text{cm}^3$.

b. La longueur L du premier aquarium est égale à $\dfrac{72}{0{,}8}$, soit 90 cm.

La largeur l du premier aquarium est égale à $\dfrac{32}{0{,}8}$, soit 40 cm.

La hauteur h du premier aquarium est telle que
$90 \times 40 \times h = 198\,000\,\text{cm}^3$.
Nous obtenons $h = 55$ cm.

Découvrir la sphère

37

☐ OK

I Section d'une sphère par un plan

Soit une sphère de centre O et de rayon R et soit un plan $\mathcal{P}$.

Notons h la distance entre le point O et le plan $\mathcal{P}$. Alors $h = \text{OH}$.

- Si $h > R$, alors le plan ne coupe pas la sphère.

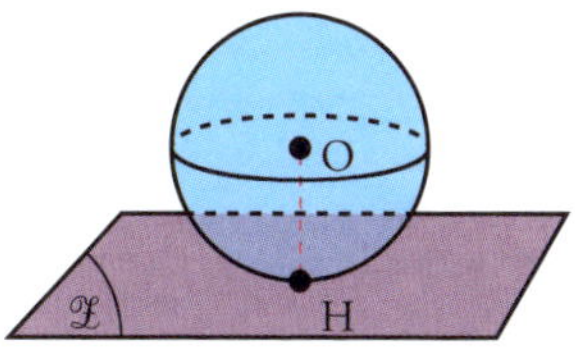

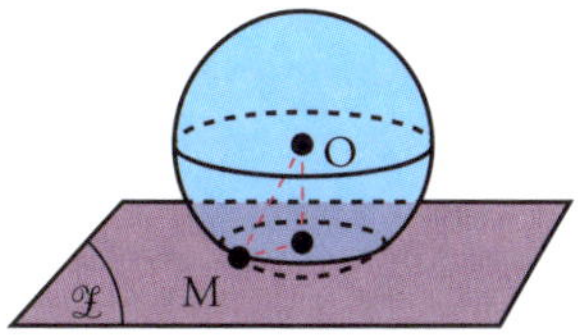

- Si $h = R$, alors le plan est tangent à la sphère.
- Si $h < R$, alors le plan coupe la sphère. La section est un cercle.

II Coordonnées géographiques

On représente la Terre par une sphère.

- La section de la sphère par un plan passant par le centre de la sphère est un **grand cercle**. L'**équateur** est le grand cercle de la Terre perpendiculaire à la droite joignant le pôle nord et le pôle sud.
- Un **méridien** est un demi grand cercle perpendiculaire à l'équateur et joignant le pôle nord et le pôle sud.
- Un **parallèle** est un cercle parallèle à l'équateur.

Tout point P situé sur Terre est repéré par :

– sa **longitude** (Est ou Ouest) qui est la mesure d'angle entre le méridien où se trouve le point P et le méridien de Greenwich ;

– sa **latitude** (Nord ou Sud) qui est la mesure d'angle entre le parallèle où se trouve le point P et l'équateur.

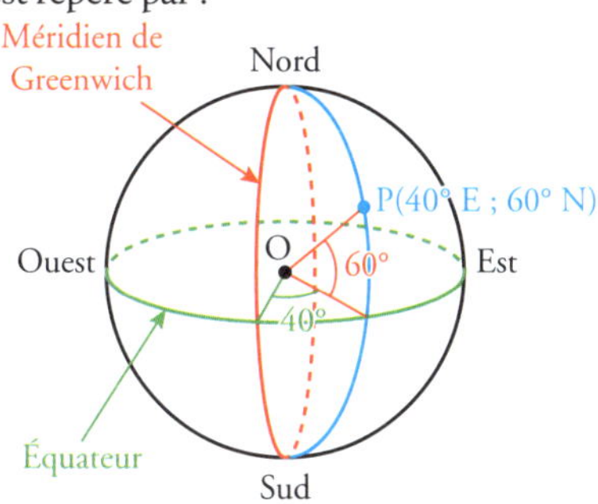

FRANÇAIS MATHS HISTOIRE GÉOGRAPHIE - EMC SCIENCES ET TECHNOLOGIE ÉPREUVE ORALE

Méthodes

1 Étudier la section d'une sphère par un plan

Soit une sphère $\mathcal{S}$ de centre O et de rayon $R = 15$ cm. On coupe cette sphère par un plan $\mathcal{P}$ tel que la distance du point O à ce plan (représentée par le segment [OH] sur la figure) soit égale à 12 cm.

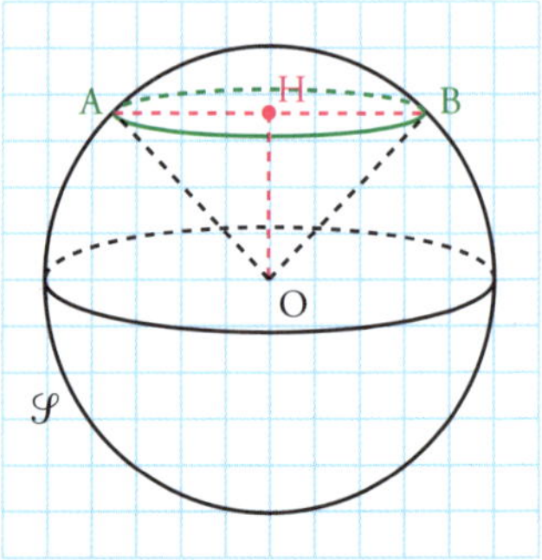

Quelle est la nature de la section $\mathscr{C}$ de la sphère $\mathcal{S}$ et du plan $\mathcal{P}$?

En donner les éléments caractéristiques (centre et mesure du rayon).

Conseil

Appliquez le théorème de Pythagore.

SOLUTION

- La section d'une sphère par un plan est un cercle.
- Ce cercle $\mathscr{C}$ a pour centre H. Son rayon r = HA peut être calculé en appliquant le théorème de Pythagore dans le triangle AHO rectangle en H :

$AH^2 + OH^2 = OA^2$,

soit $r^2 = R^2 - OH^2$ ou $r^2 = 15^2 - 12^2 = 81$.

- Donc $r = 9$ cm.

2 Calculer la longueur d'un grand cercle

La Terre est assimilée à une boule de rayon $R = 6\ 370$ km.

Calculer la longueur de l'équateur.

SOLUTION

- Nous savons que l'équateur est un grand cercle qui a même centre et même rayon que la Terre.
- Notons L la longueur de ce cercle. Alors :

$L = 2 \times \pi \times R$, soit $L = 2 \times \pi \times 6\,370$ km

ou encore, arrondie au km, $L = 40\,024$ km.

Comprendre la structure d'un algorithme

38

☐ OK

Scratch Deshtop est téléchargeable gratuitement à l'adresse suivante : scratch.mit.edu/download/

Les trois étapes de base d'un algorithme simple

Un **algorithme** est une suite ordonnée d'instructions à exécuter pour résoudre un problème donné. Il a la structure suivante :

1. La **saisie des données** ou la préparation du traitement. Ce sont les éléments dont on part.
2. Le **traitement des données** : c'est l'étape où les calculs sont effectués. Il peut s'agir d'un calcul unique ou d'une suite de calculs.
3. La **sortie des résultats**. Cela correspond à l'affichage ou à l'impression des résultats obtenus par le traitement.

Mots clés

Le terme « informatique » est la contraction de « information » et « automatique ».
Un **programme informatique** est une suite d'algorithmes destinés à être exécutés par un ordinateur.

Méthode

Calculer des images données par une fonction

Soit une fonction f définie par $f(x) = -2x + 4$.

Le programme Scratch ci-dessous permet de calculer les images données par la fonction f de quatre antécédents choisis par l'utilisateur.

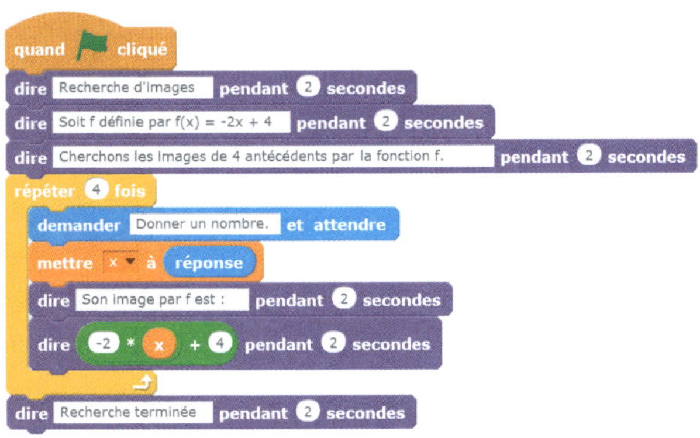

a. Quelles actions sont effectuées dans chacune des 10 lignes ?

b. Si l'on choisit pour antécédents les nombres : 0 ; – 2 ; + 3,5 et – 0,1, quelles seront les images données à la ligne 9 ?

c. Si, à la place de la fonction f, on choisit maintenant la fonction g définie par $g(x) = 2x^2 - 5$, quelles lignes doit-on modifier ? Quelles modifications doit-on apporter ?

SOLUTION

a. Voici les détails des différentes instructions contenues dans l'algorithme.

Entrée des données

Ligne 1. Commande l'exécution de l'algorithme.
Ligne 2. Affiche le thème de l'exercice.
Ligne 3. Indique l'expression algébrique de la fonction f utilisée.
Ligne 4. Affiche la question posée.
Ligne 5. Puisque l'on cherche 4 images, il faut réitérer le programme de calcul 4 fois. C'est le début de la boucle.
Ligne 6. Demande un antécédent à l'utilisateur.
Ligne 7. Affecte à la variable x la valeur correspondant au nombre choisi à la ligne 6.

> **À noter**
> Affecter une variable signifier attribuer une valeur à cette variable.

Traitement des données et sortie des résultats

Ligne 8. Prépare la rédaction du résultat.
Ligne 9. Effectue le calcul de l'image (calcule $f(x)$ avec x qui est le nombre choisi) et affiche le résultat.
Ligne 10. Indique que la recherche est terminée.

b. Par la fonction f, les images respectives des nombres 0 ; – 2 ; + 3,5 et – 0,1 sont + 4 ; + 8 ; – 3 et + 4,2.

c. Il faut modifier les lignes 3, 4, 8 et 9.

La ligne 3 devient : « Soit g définie par $g(x) = 2x^2 - 5$ ».

La ligne 4 devient : « Cherchons les images de 4 antécédents par la fonction g ».

La ligne 8 devient : « Son image par g est : ».

À la ligne 9, « $-2 \times x + 4$ » est à remplacer par « $2 \times x \times x - 5$ ».

> **Attention**
> Scratch n'applique pas les règles de priorité des opérations de lui-même. Il faut écrire correctement l'expression à calculer en considérant qu'un bloc d'opérateur correspond à un calcul entre parenthèses.

Utiliser une instruction conditionnelle dans un algorithme

39

☐ OK

Il s'agit d'une instruction qui indique le programme à suivre dans le cas où une **condition initiale** bien spécifique est vérifiée.

> Si [condition initiale vérifiée] alors [instruction à suivre].

À noter

Dans la phase de traitement des données, il est possible de répéter une action plusieurs fois grâce à une boucle. Avec Scratch, on utilise pour cela l'instruction « répéter ... fois ».

Méthode

Simuler une expérience aléatoire

Jérôme simule une expérience de lancers de deux dés équilibrés à 6 faces grâce au programme Scratch ci-dessous.

Il s'intéresse à la somme des deux nombres obtenus à chaque lancer et prévoit d'effectuer 50 simulations de lancers. Il veut comparer la fréquence et la probabilité d'obtenir une somme égale à 8.

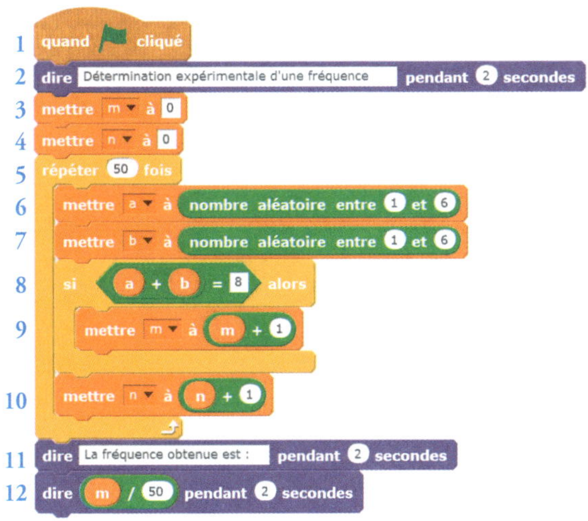

a. Que représentent les variables *m*, *n*, *a* et b ?

b. Que fait-on dans les lignes 3 et 4 ? Pourquoi ?

c. Que fait-on dans les lignes 8 et 9 ? Pourquoi ?

d. Construire un tableau à double entrée et calculer la probabilité p d'obtenir une somme égale à 8 lors d'un lancer des deux dés.

e. En fait Jérôme a répété l'expérience 50 fois, puis 500 fois, puis 1 000 fois et enfin 5 000 fois. Quelle(s) modification(s) a-t-il effectuée(s) pour que cela soit possible sur le programme initial ?

f. Ce dernier a indiqué que l'événement E « Obtenir un total de 8 points » s'était produit respectivement 9 ; 75 ; 142 et 719 fois. Calculer les fréquences correspondantes et les comparer avec p.

Quelle conclusion peut-on en tirer ?

SOLUTION

a. La variable m représente le nombre de fois où la somme 8 est apparue. La variable n représente le nombre de lancers des deux dés effectués. La variable a représente le résultat donné par un des dés, et b le résultat donné par l'autre dé.

b. Les lignes 3 et 4 indiquent une mise à zéro des compteurs au début de l'expérience.

c. **Si** la somme des résultats obtenus est égale à 8, **alors** le nombre de fois où on a obtenu 8 augmente de 1 et m devient $m + 1$.

d. Issues possibles pour un tirage :

Dé 1 \ Dé 2	1	2	3	4	5	6
1	2	3	4	5	6	7
2	3	4	5	6	7	8
3	4	5	6	7	8	9
4	5	6	7	8	9	10
5	6	7	8	9	10	11
6	7	8	9	10	11	12

Il existe 36 résultats possibles et 5 résultats favorables à l'obtention de l'événement E « avoir un total égal à 8 ». On a $p(E) = \frac{5}{36}$ ou encore $p(E) \approx 0{,}139$.

e. Jérôme a modifié les lignes 5 et 12 : il a remplacé 50 par 500, puis par 1 000 et enfin par 5 000.

f. Les fréquences recherchées sont respectivement 0,18 ; 0,15 ; 0,14 et 0,14.

Conclusion : lorsqu'une expérience aléatoire est répétée un très grand nombre de fois, la fréquence de réalisation d'un événement se rapproche de sa probabilité.

Construire une figure à l'aide d'un algorithme

40

☐ OK

Pour effectuer une construction géométrique, il est possible :

- de se repérer avec des **coordonnées** ($-240 \leqslant x \leqslant +240$ et $-180 \leqslant y \leqslant +180$) ;
- d'utiliser l'instruction « répéter … fois » en cas de tâches répétitives ;
- de modifier la couleur du stylo…

Méthode

Effectuer des transformations géométriques

On a écrit le programme Scratch ci-dessous.

a. Tracer la figure correspondant aux instructions du programme. Prendre pour échelle : 3 cm pour 400 pixels. Quelle est la nature des quadrilatères ainsi obtenus ? Nommer leurs sommets.

b. Donner deux transformations géométriques telles que le quadrilatère rouge soit l'image du quadrilatère vert. Préciser les éléments caractéristiques de ces deux transformations.

c. Quelles(s) modification(s) faut-il apporter au programme pour que les quadrilatères vert et rouge soient des carrés ? On se limitera à deux modifications au maximum.

SOLUTION

a. La figure géométrique obtenue lorsqu'on lance le programme est composée de deux rectangles. Sa construction commence au point A(−90 ; +60).

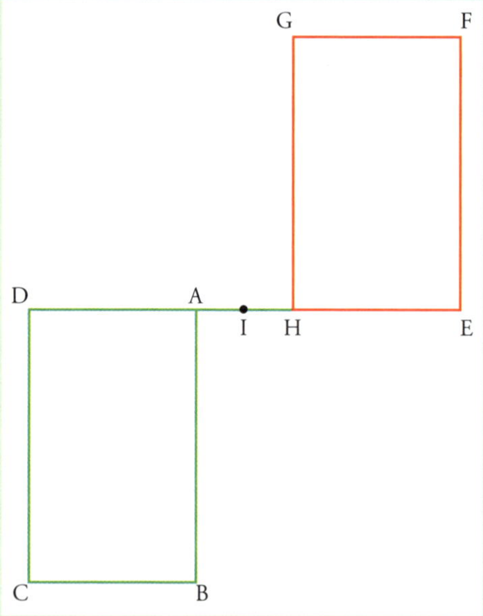

b. Le quadrilatère rouge est l'image du quadrilatère vert par la symétrie de centre I, milieu du segment [AH].
Le quadrilatère rouge est l'image du quadrilatère vert par la translation qui transforme le point D en le point G.
c. Pour que les quadrilatères vert et rouge soient des carrés, il suffit de remplacer 70 par 110 aux lignes 10 et 17.
On peut aussi remplacer 110 par 70 aux lignes 8 et 15.

HISTOIRE GÉOGRAPHIE – EMC

SOMMAIRE

Quand vous avez révisé une fiche, cochez la case ☐ correspondante !

Histoire

L'Europe, théâtre majeur des guerres totales (1914-1945)

Le monde depuis 1945

Françaises et Français dans une République repensée

Géographie

Dynamiques territoriales de la France contemporaine

Pourquoi et comment aménager les territoires ?

SOMMAIRE

La France et l'Union européenne

Enseignement moral et civique

Respecter autrui

Les valeurs de la République. La pratique démocratique

L'expérience combattante pendant la Première Guerre mondiale

1

☐ OK

En quoi l'expérience des soldats, durant la Première Guerre mondiale, est-elle d'une violence inédite ?

I Une expérience combattante inédite

1 Un conflit d'une ampleur considérable

- En août 1914, la Grande Guerre éclate : elle oppose les **Empires centraux** (Allemagne, Autriche-Hongrie) à l'**Entente** (France, Royaume-Uni, Russie puis Italie).
- De août à octobre 1914, les Allemands attaquent la France et s'approchent de Paris, c'est la **guerre de mouvement**. À partir de novembre, à l'est de la France, les soldats s'enterrent dans des **tranchées** : c'est le début d'une **guerre de position**.
- Le conflit devient **mondial** : les métropoles font appel à leurs colonies, l'Empire ottoman rejoint l'Allemagne pour former la Triple Alliance, tandis que l'Italie rallie l'Entente. Les États-Unis entrent en guerre en avril 1917 et la Russie, secouée par deux révolutions, sort du conflit : c'est le **tournant** de la guerre. ▶ FICHE 3
- L'Allemagne relance l'offensive avant l'arrivée des Américains, mais, vaincue, elle signe l'armistice à Rethondes dans l'Oise le 11 novembre 1918.

Mot clé

Un **armistice** est un arrêt des combats. Il ne met pas officiellement fin au conflit, contrairement à un traité de paix.

2 Une expérience de la mort de masse

- Les batailles sont très longues et meurtrières : à **Verdun** (de février à décembre 1916), un soldat meurt chaque minute. La bataille de la **Somme** est la plus violente du conflit. Les hommes suffoquent sous les gaz ou meurent enterrés, démembrés par les explosions d'obus.
- De **nouvelles armes** (gaz, lance-flammes, grenades, chars) transforment la façon de se battre. Les assauts sont meurtriers et laissent des séquelles physiques et psychologiques (obusite).
- Les **conditions de vie** des soldats sont déplorables : ils vivent dans la boue, en présence des cadavres de leurs camarades, de la vermine, des poux et des rats. Les soldats n'ont plus aucune intimité ni hygiène. Ils souffrent de la faim, de la soif, du froid.

II | Des combattants mobilisés pour « tenir »

1 Le patriotisme défensif

> **Mot clé**
> Une **mutinerie** est une désobéissance à l'autorité militaire qui peut se manifester par le refus de combattre.

- Même si des mutineries éclatent en 1917 et que certains soldats désertent, lassés de l'inutilité des offensives de la **guerre d'usure**, la majorité d'entre eux continue de combattre par « devoir ».
- Protéger leur famille et la nation motive les « poilus ». La **camaraderie des tranchées**, relayée par des journaux écrits sur le front, les lettres des familles et des marraines de guerre maintiennent le moral des troupes.
- La **diabolisation de l'ennemi** alimente la haine et explique que la plupart des combattants aient supporté une expérience aussi longue.

2 Le poids de la contrainte

- De 1914 à 1918, la **mobilisation** concerne plus de 70 millions d'hommes, par l'obligation de la **conscription** (service militaire en France, en Allemagne) ou l'appel aux volontaires (aux États-Unis). L'État rappelle aussi des **réservistes** et des soldats sont recrutés dans les empires coloniaux.
- Dans chaque pays, la justice militaire est implacable et les auteurs de mutinerie ou de désertion sont fusillés, surtout au début du conflit.

L'ESSENTIEL

La Première Guerre mondiale : une expérience combattante inédite

Violences physiques
- assauts multiples (nouvelles armes)
- conditions de vie difficiles (tranchées)
- blessures (« gueules cassées »)

Violences psychologiques
- peur, traumatismes (« obusite »)
- éloignement des familles
- propagande, hiérarchie militaire

Les civils dans une guerre totale

2

☐ OK

Quelle est la place des civils dans la Grande Guerre ?

I La mobilisation de l'arrière dans l'effort de guerre

1 Une mobilisation économique et financière

- La guerre totale suppose une **mobilisation de tous** : les civils, notamment les femmes, remplacent les hommes partis au front, dans tous les secteurs d'activité. Les matières premières et les produits agricoles sont réquisitionnés pour l'armée.
- L'État doit financer l'effort de guerre : il lance donc des **emprunts d'État**, s'endette auprès d'autres pays comme les États-Unis, il crée de nouveaux impôts directs ou indirects (loterie nationale).
- L'effort concerne principalement les **industries de guerre** qui produisent massivement de nouvelles armes, comme les avions et les chars.

2 Des civils soumis à une « culture de guerre »

- Afin d'éviter le défaitisme, la presse et le courrier sont censurés. La **propagande** exalte les victoires, tait ou minimise les échecs, diffuse de fausses informations : c'est le « bourrage de crâne ».
- Tous les supports sont utilisés pour véhiculer une « **culture de guerre** » : journaux, jouets, images, objets de la vie quotidienne.

II Les civils, victimes des violences de guerre

1 L'effacement des limites entre civils et militaires

- Les civils subissent les **violences de guerre**, directement (bombardements, occupation) ou indirectement (accueil des soldats en permission…). 40 % des victimes du conflit sont des civils.
- À l'arrière, les conditions de vie sont difficiles : le **rationnement** des civils est établi pour limiter les effets de la **pénurie**.

2 Le génocide des Arméniens

- Entre 1915 et 1916, 1,5 million d'Arméniens sont éliminés par l'armée ottomane. Ils sont victimes de massacres dans les villes, mais aussi de « **marches de la mort** », au cours desquelles beaucoup meurent d'épuisement ou sont abattus par les soldats.

Le génocide des Arméniens répond à des objectifs religieux et ethniques car les autorités ottomanes les considèrent comme des traîtres responsables de leurs difficultés militaires.

Mot clé

Un **génocide** est l'élimination programmée, intentionnelle et systématique d'un groupe ethnique ou religieux. ▶ FICHE 7

III Des sociétés bouleversées

Le bilan de la Première Guerre mondiale est lourd : 9 millions de morts en Europe et 20 millions de blessés dont les « **gueules cassées** », les soldats mutilés par les combats. Environ 900 Français et 1 200 Allemands ont péri chaque jour.

Les conséquences de la guerre diffèrent d'un pays à l'autre :

- en France, de nombreux anciens combattants veulent que cette guerre soit la « der des ders » et militent pour le **pacifisme** ;
- en Allemagne, le traité de Versailles signé le 28 juin 1919 est vécu comme une humiliation. Jugée responsable de la guerre, l'Allemagne doit payer de lourdes **réparations**. Le pays est désarmé, la Rhénanie démilitarisée. La France recouvre l'Alsace et la Moselle. Les « terres irrédentes » promises à l'Italie par les Alliés ne lui sont pas cédées, c'est une « victoire mutilée ».

Les nations européennes organisent la commémoration du conflit : les **monuments aux morts** et les cérémonies du 11 novembre cherchent à construire une mémoire collective.

L'ESSENTIEL

Les civils dans une guerre totale (1914-1918)

La mobilisation à l'arrière	▸ emprunts d'État ▸ industries de guerre, agriculture ▸ propagande
Les violences de guerre	▸ rationnement ▸ pénuries ▸ génocide des Arméniens
Des sociétés bouleversées	▸ gueules cassées ▸ pacifisme/esprit de revanche ▸ monuments aux morts

De la révolution bolchevique au régime stalinien

3

☐ OK

Comment, à la tête de l'URSS, Staline établit-il un régime totalitaire ?

I La Russie en révolution

1 La révolution de février 1917

- En 1917, la Russie est **épuisée par la guerre** : elle a perdu 2 millions d'hommes. En février, la population de Petrograd manifeste pour « du pain et la paix ». Les insurgés s'emparent de la capitale.
- Le 2 mars, le tsar **Nicolas II abdique**. Un double pouvoir se met en place : le **Soviet**, élu par les ouvriers et les soldats, et le **gouvernement provisoire**, qui poursuit la guerre.

2 La révolution bolchevique d'octobre 1917

- Le parti bolchevique, dont les principaux dirigeants sont Lénine et Trotski, prépare une **insurrection**. La révolution, qui se déroule le 25 octobre 1917 à Petrograd, porte Lénine au pouvoir.
- En mars 1918, Lénine signe à Brest-Litovsk la paix avec l'Allemagne.

3 La défense de la Russie bolchevique

- Une **guerre civile** (1918-1921) oppose l'Armée rouge aux contre-révolutionnaires. L'Armée rouge l'emporte mais le pays est ruiné et la famine sévit.
- Lénine instaure une dictature qui s'appuie sur un parti unique, le **parti communiste** (nom du parti bolchevique depuis 1918).
- En 1922, la Russie devient un État fédéral et prend le nom d'Union des républiques socialistes soviétiques (**URSS**).
- En 1924, **Joseph Staline** s'impose au pouvoir face à **Léon Trotski**.

II Un État socialiste

1 Nationalisation et collectivisation

Les industries sont nationalisées. Les paysans doivent travailler dans de vastes exploitations collectives (les **kolkhozes**), tandis que les paysans aisés (les **koulaks**) sont expropriés et déportés, voire éliminés.

2 Planification et industrialisation

Le gouvernement fixe des objectifs de production à atteindre sur des périodes de cinq ans : les **plans quinquennaux**. Le « patriotisme du travail » est exigé de chacun, soit par la contrainte (punitions), soit par l'émulation (primes, **stakhanovisme**). L'industrie lourde est privilégiée.

III Un État totalitaire

1 Une population embrigadée soumise à un parti unique

- L'État contrôle tous les domaines : politique, économique, culturel. À la tête du parti communiste, Staline impose une **dictature** et exige de la population une soumission totale. La propagande exalte la supériorité du régime et développe le **culte de la personnalité** de Staline.
- Les Soviétiques sont **endoctrinés** par l'enseignement et par des loisirs encadrés. Les opposants sont réduits au silence par la **censure**.

2 La terreur de masse

- La population est surveillée par la **police politique** (NKVD).
- Dans les camps du Goulag, 5 à 8 millions de déportés vivent dans des conditions inhumaines et travaillent dans les régions hostiles du Nord et de la Sibérie.
- Avec les **procès de Moscou** (1936-1939), Staline déclenche la Grande Terreur. Des purges éliminent ses adversaires.

Mot clé

Le **Goulag** est l'administration des camps de travail forcé où sont déportés, sous Staline, les Soviétiques qui n'adhèrent pas au régime.

L'ESSENTIEL

Le régime totalitaire stalinien

Une dictature
- parti unique (parti bolchevique puis PCUS)
- culte du chef, propagande, censure
- embrigadement

Un régime de terreur
- police politique (NKVD)
- Goulag
- procès de Moscou

Une économie dirigée
- collectivisations, nationalisations
- planification

Le régime totalitaire nazi

4

☐ OK

Comment l'Allemagne devient-elle un État totalitaire, raciste et antisémite ?

I La nazification de l'Allemagne

1 Une démocratie allemande fragile

- Le 9 novembre 1918, l'empereur Guillaume II abdique et la **République de Weimar** est mise en place. Dès la signature du traité de Versailles, le nouveau régime doit faire face à des contestations, communistes et nationalistes.
- Le **parti nazi** (NSDAP) fondé en 1920 et dirigé par **Adolf Hitler**, entretient une violence politique par le biais des SA (sections d'assaut) et des SS (brigades de protection), dénonçant le « Diktat » (paix dictée).

2 Hitler au pouvoir

- La Grande Dépression permet au NSDAP de rallier les opposants au régime et de devenir le premier parti du pays.
- Après la victoire du NSDAP aux élections législatives, Hitler est nommé **chancelier** en janvier 1933 par le président Hindenburg.

> **Date clé**
> La **Grande Dépression** est la grave crise économique qui touche le monde à partir de 1929 et durant les années 1930.

3 L'installation de la dictature

- Après l'incendie du parlement (*Reichstag*) en février 1933, les libertés individuelles sont supprimées. Partis politiques et syndicats sont interdits. Hitler obtient les **pleins pouvoirs**. Il est le ***Führer*** (guide) qui incarne la nation et dirige le peuple.
- Le parti nazi devient **parti unique**. Il est lui-même épuré avec l'assassinat des chefs SA, le 30 juin 1934 (Nuit des longs couteaux). À la mort d'Hindenburg (1934), Hitler devient ***Reichsführer***, cumulant les pouvoirs de chef d'État et de chef de gouvernement.

II Le projet nazi

1 Un régime totalitaire

- Les médias conditionnent les esprits. L'enseignement est contrôlé et la jeunesse embrigadée dans les **Jeunesses hitlériennes**.

- La **Gestapo** (la police politique) torture, assassine, déporte les opposants dans des **camps de concentration**, créés dès 1933 (Dachau). En 1939, un million de personnes, opposants et Juifs, y sont internées.

2 Une politique raciste et eugéniste

- Selon les nazis, la **race aryenne**, supérieure, est incarnée par le peuple allemand qui doit disposer d'un « **espace vital** ».
- Le peuple allemand doit préserver sa « pureté ». L'**antisémitisme** (la haine des Juifs) est un pivot du nazisme. En 1935, les **lois de Nuremberg** interdisent aux Juifs de s'unir avec des « Aryens ». Les Juifs sont privés de leur citoyenneté et écartés de certaines professions.
- Des personnes handicapées sont stérilisées dans le but d'améliorer la race aryenne : c'est l'**eugénisme**.

3 Un projet expansionniste

- Pour réaliser la **Grande Allemagne** qui doit rassembler tous les peuples de langue allemande, la Rhénanie est remilitarisée (1936), en violation du traité de Versailles.
- Hitler **annexe** ensuite l'Autriche et la région des Sudètes (1938). Les démocraties occidentales, attachées à la paix, s'entendent avec les nazis lors des accords de Munich.
- Dans la perspective d'une guerre, l'Allemagne signe avec l'URSS un **pacte de non-agression**, le 23 août 1939. Hitler **envahit** la Pologne (1er septembre 1939). ▶ FICHE 6

L'ESSENTIEL

Le régime totalitaire nazi

Une dictature
- parti unique (NSDAP)
- culte du chef, propagande, censure
- embrigadement

Un régime de terreur
- persécutions (opposants, Juifs)
- police politique (Gestapo)
- emprisonnements (camps de concentration)

Une économie dirigée
- recherche de l'autarcie
- grands travaux (logements, stades)

La France entre les deux guerres (1918-1939)

5

☐ OK

Comment la IIIe République répond-elle aux crises des années 1930 ?

I Une république fragilisée

1 Le retour à la paix

- Après l'armistice du 11 novembre 1918, le Parlement ratifie le traité de Versailles le 2 octobre 1919. La France, dévastée par la guerre, se reconstruit.
- En 1919 et 1920, les gouvernements modérés doivent faire face à une forte agitation sociale qui se développe en France.
- En décembre 1920, au congrès de Tours, le parti socialiste ou SFIO (Section française de l'Internationale ouvrière) se scinde en deux partis : le parti communiste, qui adhère à la IIIe Internationale et qui adopte un programme révolutionnaire, et la SFIO, qui reste réformiste.

Mot clé

La **IIIe Internationale**, également appelée Komintern, est une organisation regroupant tous les partis communistes entre 1919 et 1943. Elle est dirigée par le Parti communiste d'Union soviétique (PCUS).

2 La France en crise (1929-1936)

- En 1931, la France est touchée par la crise économique mondiale. Les exportations chutent, les faillites augmentent, mettant au chômage 300 000 personnes. Les revenus diminuent, l'inquiétude et la misère se développent.
- Alors que des scandales financiers touchent des parlementaires, des ligues d'extrême droite manifestent le 6 février 1934.
- L'union de la gauche est nécessaire pour faire barrage au fascisme. Le Front populaire résume son programme par le slogan « Pain, Paix, Liberté ». Il emporte 63 % des sièges à la Chambre des députés en mai 1936.

Mot clé

Le **Front populaire** regroupe le parti radical, la SFIO et le parti communiste. Ce dernier ne participe cependant pas au gouvernement.

II Le Front populaire (1936-1938)

1 Les réformes sociales du Front populaire

- Le gouvernement du socialiste **Léon Blum** doit faire face à une **grève générale**. Les ouvriers occupent les usines, manifestant ainsi leur espoir de conquérir de nouveaux droits.
- Blum organise des négociations entre patronat et syndicats. Les **accords Matignon** (7 juin 1936) prévoient l'extension des conventions collectives ainsi que des augmentations de salaires.
- Ces mesures sont complétées par les lois sur la semaine de **40 heures** de travail et les **congés payés** (deux semaines). Les salariés saluent ces avancées sociales avec enthousiasme.

2 Les difficultés du Front populaire

- L'inflation monétaire et les augmentations de salaires se répercutent sur les prix : l'économie stagne, le **chômage** augmente.
- L'extrême droite se déchaîne dans la presse antisémite contre certains membres du gouvernement. De son côté, le parti communiste reproche au gouvernement du Front populaire de ne pas intervenir dans la guerre d'Espagne aux côtés des républicains (1936).
- L'unité du Front populaire se fissure : Blum perd le soutien des radicaux et des communistes. Il **démissionne** en juin 1937.
- Un gouvernement de centre-gauche est alors au pouvoir. En 1938, à la conférence de Munich, il cède aux prétentions de Hitler sur les Sudètes. Devant la montée du péril nazi, le réarmement de la France est cependant accéléré. ▶ FICHE 4

Date clé

La **guerre d'Espagne** (**1936-1939**) est une guerre civile opposant les partisans de la République et les nationalistes du **général Franco**.

L'ESSENTIEL

Une France en crise (1929-1936)	Une France qui résiste aux crises (1936-1938)
▸ crise économique (faillites, chômage) ▸ crise politique (ligues d'extrême droite)	▸ maintien d'un régime démocratique ▸ acquis sociaux du Front populaire

La Seconde Guerre mondiale : une guerre planétaire (1939-1945)

6

☐ OK

Quelles sont les étapes de la Seconde Guerre mondiale ?

I Les victoires de l'Axe (1939-1942)

1 La guerre éclair

- Le 1er septembre 1939, les troupes allemandes envahissent la Pologne, rapidement vaincue et dont le territoire est partagé avec l'URSS.
- D'avril à juin 1940, le Danemark, la Norvège, la Belgique, les Pays-Bas et la France sont envahis et occupés par l'Allemagne qui applique la tactique de la guerre éclair (*Blitzkrieg*). Vaincue, la France signe un **armistice** le 22 juin 1940.

Mot clé

La **guerre éclair** est une tactique de bombardements aériens intensifs, suivis de l'occupation du terrain par les blindés. Elle fut initiée lors de l'invasion de la Pologne par les nazis en sept. 1939.

- L'Allemagne bombarde massivement le **Royaume-Uni** qui, seul dans la guerre, ne capitule pas.

2 Un conflit planétaire

- Rompant le **pacte de non-agression** qui lui a évité de se battre sur deux fronts, Adolf Hitler attaque l'**URSS** le 22 juin 1941 (opération *Barbarossa*). Une avancée foudroyante fixe le front à Stalingrad en 1942.
- Dans le Pacifique, à partir de 1937, le **Japon** mène une politique expansionniste agressive. Il attaque la Chine à partir de la Mandchourie et, profitant de la guerre en Europe, il s'empare des colonies européennes en Asie. Puis le 7 décembre 1941, le Japon détruit la flotte américaine basée à **Pearl Harbor**. Les États-Unis entrent en guerre le lendemain.
- Les pays de l'**Axe** (Allemagne, Italie, Japon), qui veulent conquérir de nouveaux territoires se trouvent face aux **Alliés**. Ces derniers défendent chacun leur propre idéologie (Royaume-Uni et États-Unis : la démocratie ; URSS : le communisme) contre leur adversaire commun.

3 Une guerre totale

- Les combats se déroulent sur tous les océans et continents. Au total, **100 millions de soldats** se sont affrontés.

- De nouvelles **armes d'anéantissement** sont utilisées : bombes volantes (V1), fusées (V2) et bombe atomique. Les avancées technologiques marquent le conflit (radar).
- Les belligérants adoptent une **économie de guerre** et mobilisent les travailleurs. Dans les pays occupés, l'économie et la main-d'œuvre sont réquisitionnées. L'**idéologie** des vainqueurs est diffusée.

II La victoire des Alliés (1942-1945)

1 Les coups d'arrêt

- Dans le Pacifique, la victoire américaine de **Midway** (juin 1942) marque le début du reflux japonais. Par ailleurs, les Alliés débarquent en **Afrique du Nord** (novembre 1942), puis en Sicile.
- En URSS, l'armée allemande s'empare de **Stalingrad**. Encerclés par l'Armée rouge, les Allemands capitulent le 2 février 1943, déplorant la perte de 300 000 hommes. Cette défaite marque un tournant.

2 La défaite de l'Axe

- L'Armée rouge libère l'URSS puis les États d'Europe de l'Est, tandis que les **débarquements alliés en Normandie** (6 juin 1944), puis en Provence, permettent la libération de la France avec l'appui de la Résistance. Paris est libérée le 25 août 1944.
- Écrasée sous les bombes (Dresde, Berlin), envahie à l'est et à l'ouest, **l'Allemagne capitule le 8 mai 1945** après le suicide d'Hitler.
- Dans le Pacifique, malgré l'avance américaine, le Japon ne cède pas. Les États-Unis larguent deux bombes atomiques sur **Hiroshima** et **Nagasaki** les 6 et 9 août 1945. Le Japon signe sa capitulation le 2 septembre 1945.

L'ESSENTIEL

Les étapes de la Seconde Guerre mondiale

Les victoires de l'Axe
- sept. 1939-avril 1940 : *Blitzkrieg*
- juin 1941 : l'Allemagne attaque l'URSS
- déc. 1941 : le Japon attaque Pearl Harbour

La victoire des Alliés
- 2 fév. 1943 : capitulation allemande à Stalingrad
- 6 juin 1944 : débarquement allié en Normandie
- 8 mai 1945-2 sept. 1945 : capitulation des forces de l'Axe

La Seconde Guerre mondiale : une guerre d'anéantissement

7

☐ OK

Pourquoi la Seconde Guerre mondiale est-elle le conflit le plus destructeur de l'histoire ?

I Les civils dans la guerre

1 Les civils, victimes des bombardements

- Les villes sont **bombardées** pour forcer l'adversaire à capituler (*Blitz* à Londres, bombardements en Normandie, à Berlin, à Dresde).
- Au Japon, les 6 et 9 août 1945, les Américains lancent les deux premières **bombes atomiques** sur Hiroshima et Nagasaki.

2 La terreur de l'occupation

- Les **États vaincus** par l'Allemagne ou le Japon sont occupés militairement et dirigés par des gouvernements qui collaborent.
- Ils paient de **lourds frais** d'occupation. Leurs productions sont réquisitionnées et des millions de travailleurs sont déplacés de force en Allemagne. Partout, les libertés sont supprimées et les médias censurés.

3 L'univers concentrationnaire

- La **Gestapo** arrête des Juifs, prend des otages, traque les résistants. Ils sont torturés, déportés, exécutés.
- Dans les **camps de concentration**, surtout situés en Allemagne, la mortalité, liée au travail forcé, est très élevée (10 millions de victimes). Elle est accrue par les exécutions et les épidémies (typhus).

II Les génocides

1 Le génocide des Juifs : la Shoah

- Les ***Einsatzgruppen*** (groupes d'intervention de SS) suivent les armées en URSS avec pour mission d'exterminer les Juifs. Un million d'entre eux périssent en 1941, victimes de fusillades dans des fosses et de gazages dans des camions.
- Les nazis enferment d'abord les Juifs dans des **ghettos** (Lodz, Varsovie). Entassés dans ces quartiers fermés, affamés, ils sont promis à la mort.

- En janvier 1942, lors de la conférence de Wannsee les dirigeants nazis décident de créer **des centres de mise à mort** en Pologne où les Juifs sont gazés dès leur arrivée (Treblinka).

- Les Juifs sont raflés partout en Europe et acheminés par trains à bestiaux vers des camps de concentration ou des centres de mises à mort, comme Auschwitz-Birkenau. La majorité sont asphyxiés dans les **chambres à gaz** et leurs corps sont brûlés dans les **fours crématoires.**

Chiffre clé

5,1 millions de Juifs sont exterminés pendant le conflit, dont près de 3 millions dans les centres de mise à mort.

2 Le génocide des Tziganes

Considérés comme des « êtres asociaux » parce qu'ils sont nomades, les Tziganes sont raflés dans toute l'Europe par les nazis. Environ **220 000** d'entre eux (soit 25 % de la population tzigane d'Europe) sont exterminés selon les mêmes procédés que pour les Juifs.

III Le conflit le plus destructeur de l'histoire

- En Europe et en Asie, des villes entières sont détruites, ainsi que les infrastructures économiques. Des millions de personnes subissent les destructions, se retrouvant sans-abri.

- Parmi les **50 millions de morts**, 75 % sont Européens. Les civils, victimes de la sous-nutrition, des bombardements, des déportations, des massacres de masse (comme à Nankin en Chine en 1937) constituent 50 % des décès.

- En 1945, la **libération des camps** par les Alliés révèle l'insoutenable réalité de l'univers concentrationnaire. Les Alliés jugent à Nuremberg les chefs nazis responsables de **crimes contre l'humanité** et à Tokyo l'empire japonais.

L'ESSENTIEL

Une guerre d'anéantissement

Violences contre les civils
- bombardements, exécution d'otages
- déportations (résistants, Juifs)

Génocide des Juifs et des Tziganes
- ghettoïsation
- massacres de masse, camps de concentration, centres de mise à mort

Les résistances dans l'Europe occupée

8

☐ OK

Comment les résistants européens s'organisent-ils pour faire face à l'occupation nazie pendant la Seconde Guerre mondiale ?

I L'essor de la résistance européenne

1 La naissance de la résistance (1940)

- Dès 1940, dans les pays occupés par l'Allemagne nazie, des civils tentent d'agir pour faire face à l'occupant : manifestations d'hostilité, célébration des fêtes nationales, actes de **sabotage**. Mais ces actions sont isolées et peu coordonnées.
- Les gouvernements néerlandais, tchécoslovaque, polonais ainsi que des responsables politiques ou militaires isolés (général de Gaulle) se réfugient dans le seul pays européen encore en guerre contre l'Allemagne en 1940 : le **Royaume-Uni**.
- Depuis Londres, ils cherchent à organiser la **résistance extérieure**, tel de Gaulle avec la **France libre** : contacts par la radio anglaise (la BBC) avec les résistants intérieurs, filières d'évasion, parachutage d'armes et de matériel dans les pays occupés. Ils font contrepoids à la propagande nazie en diffusant des tracts par avion.

2 La résistance s'organise (1941-1943)

- En juin 1941, l'URSS est envahie à son tour par l'Allemagne. Les communistes européens, habitués à la lutte politique et parfois à la clandestinité, viennent grossir les rangs des **partisans**. Liés auparavant par le pacte germano-soviétique, ils sont désormais nombreux à rejoindre les maquis.

> **Mot clé**
> Le **maquis** est un lieu isolé où des groupes de résistants organisent leur lutte. Par extension, le mot désigne le groupe lui-même.

- À partir de 1942, les réfractaires au **Service du travail obligatoire** (STO) viennent gonfler les effectifs de « l'armée des ombres ».
- Les résistants s'organisent en **mouvements**, souvent à partir d'un journal clandestin, d'un groupe armé ou d'un réseau de renseignements. ▶ FICHE 9
- Dans les ghettos (Varsovie en 1943) et même dans les camps de concentration, des **révoltes** désespérées éclatent par ailleurs.

II Le rôle des résistants dans la libération

1 Des résistants traqués

- Traqués par la police politique allemande (**Gestapo**), les SS et les milices formées des collaborateurs, les résistants vivent dans la clandestinité, risquant la torture et la déportation.
- Pour encourager les dénonciations, la Gestapo exécute des otages en représailles d'actes de résistance.

> **Mot clé**
> La **Milice** est une organisation paramilitaire créée en 1943 par Vichy pour traquer les résistants, qualifiés de terroristes, mais aussi les Juifs et les réfractaires du STO.

2 Les actions des résistants

- Les résistants gênent les communications en dynamitant des ponts et des voies ferrées lors des **débarquements** alliés en Italie et en Normandie (6 juin 1944). Incorporés dans l'armée, ils participent également à l'**invasion de l'Allemagne**.
- Dans certains pays (Yougoslavie) ou régions (Limousin), les mouvements de résistance intérieure reprennent seuls le contrôle du territoire en repoussant l'ennemi. En Tchécoslovaquie, en Pologne, ils libèrent des déportés épuisés après les « **marches de la mort** ».
- Pendant la guerre, les résistants élaborent des programmes politiques (**programme du Conseil national de la Résistance** en France ▶ FICHE 17). Dans de nombreux pays, ils siègent dans les gouvernements d'après-guerre.

L'ESSENTIEL

Les résistants européens

Qui sont-ils ?
- des civils qui luttent contre l'occupant nazi
- des hommes politiques, des militaires en exil

Leurs actions
- sabotages, combats...
- renseignement
- propagande contre l'occupant

La France occupée et divisée (1940-1944)

9

☐ OK

Quels sont les aspects du régime de Vichy et comment la Résistance le combat-elle ?

I Une France défaite et occupée

1 La débâcle

- Après la « **drôle de guerre** », la France est rapidement vaincue. Elle est envahie jusqu'à la Loire. Huit millions de Français fuient : c'est l'**exode**.
- Nommé président du Conseil, le maréchal Philippe Pétain signe, le 22 juin 1940, un **armistice** qui organise l'occupation du territoire.

2 La France occupée

- La France est désarmée et doit payer de lourds frais d'occupation. Elle est administrée par l'Allemagne nazie en **zone occupée**, au Nord et à l'Ouest, et par le gouvernement français installé à Vichy, en **zone libre**, au Sud (zone elle aussi envahie en novembre 1942).
- Le 10 juillet 1940, le Parlement vote les pleins pouvoirs au maréchal Pétain qui instaure un **régime autoritaire** : **l'État français**.

II L'État français et la collaboration

1 Un régime de dictature

- Pétain établit une **dictature personnelle** : les partis politiques et les syndicats sont dissous. Le droit de grève est interdit, socialistes et communistes sont traqués.
- Le régime de Vichy pratique une **politique antisémite**. Dès 1940-1941, deux lois portant sur le statut des Juifs excluent ces derniers de certaines professions et confisquent leurs entreprises. En 1942, les Juifs doivent se faire recenser et porter l'étoile jaune.

2 La révolution nationale

- Pétain veut créer un « **ordre nouveau** » par un retour aux valeurs traditionnelles. La devise « Travail, Famille, Patrie » remplace la devise républicaine et prouve le caractère réactionnaire du régime.
- En octobre 1940, Pétain rencontre Hitler à Montoire et « entre dans la voie de la **collaboration** ».

● Vichy envoie des travailleurs en Allemagne pour le Service du travail obligatoire (**STO**) et participe aux **rafles des Juifs** (rafle du Vélodrome d'Hiver le 16 juillet 1942). Une police spéciale, la **Milice**, appuie la Gestapo dans sa traque des Juifs et des résistants.

Chiffre clé

Entre mars 1942 et août 1944, **76 000 Juifs de France** sont déportés en Allemagne par les nazis.

III La Résistance face aux nazis et à l'État français

1 Résistances extérieure et intérieure

● Depuis Londres où il s'est réfugié, le général **de Gaulle** fonde la **France libre**, dotée d'un gouvernement et d'une armée, les Forces françaises libres (**FFL**).

● En **zone dite libre**, des Français se regroupent en grands mouvements clandestins (Combat, Libération, Franc-Tireur). En **zone occupée**, des associations clandestines très cloisonnées, les maquis, se forment (Libération-Nord).

Date clé

Le **18 juin 1940**, alors que Pétain a annoncé l'armistice, de Gaulle s'adresse aux Français par la radio anglaise (la BBC) et lance un **appel à la résistance**.

2 L'unification de la Résistance

● **Jean Moulin** est chargé par de Gaulle d'unifier les différents mouvements de la Résistance intérieure. Il crée en mai 1943 le **Conseil national de la Résistance** (CNR). En mars 1944, les différents réseaux se regroupent dans les Forces françaises de l'intérieur (**FFI**).

● Dès le **débarquement allié en Normandie** (6 juin 1944), les FFL combattent avec les Alliés. Les FFI ralentissent l'arrivée des renforts allemands et libèrent certains territoires.

● Le 25 août 1944, l'armée allemande signe sa reddition à Paris.

L'ESSENTIEL

La collaboration

- politique (État français, autoritaire et réactionnaire)
- idéologique (antisémitisme, discipline)
- économique (frais d'occupation, STO)

La Résistance

- extérieure (France Libre, FFL, radio Londres)
- intérieure (réseaux, maquis)

L'effondrement des empires coloniaux

10

☐ OK

Pourquoi et comment, à partir de 1945, les peuples colonisés accèdent-ils à l'indépendance ?

I Les causes de l'émancipation des colonies

1 Une Europe affaiblie après la Seconde Guerre mondiale

- Pendant le conflit, les métropoles ont promis des réformes en échange de la fidélité de certaines colonies. En 1945, celles-ci attendent une juste récompense pour leur loyauté.
- En Asie, le Japon a alimenté une intense **propagande anticoloniale**.

Mot clé

Le terme **métropole** désigne ici un territoire à la tête d'un empire colonial.

2 La montée de l'anticolonialisme

- En réaction à la présence étrangère et à l'exploitation économique, des **mouvements nationalistes** sont nés (Tunisie, Inde).
- Les **principes démocratiques**, diffusés par les métropoles mais en contradiction avec le système colonial, se retournent contre elles.

3 Un contexte international défavorable au colonialisme

- Les **États-Unis** (ex-colonies anglaises) font pression sur le Royaume-Uni afin qu'il accorde l'indépendance à ses colonies.
- L'**URSS** et la **Chine** communistes, hostiles à la colonisation, veulent étendre chacune leur propre vision du communisme.
- L'**Organisation des Nations unies (ONU)**, créée en 1945, défend la liberté des peuples et prend position contre le colonialisme.

II La décolonisation commence en Asie (1947-1954)

1 L'indépendance par la négociation

- Dans les **Indes britanniques**, le Congrès national indien, dirigé par Nehru, réclame l'indépendance depuis 1885. En 1919, Gandhi lance un mouvement non violent de désobéissance civile.
- En 1947, l'indépendance est accordée. L'opposition entre hindous et musulmans entraîne la **partition** en deux États, l'Inde et le Pakistan. 12 millions de personnes sont déplacées.

2 L'indépendance par la guerre

- Après une guerre, l'**Indonésie** (ex-Indes néerlandaises) accède à l'indépendance en 1949.
- En **Indochine**, le Vietminh, nationaliste et communiste, dirigé par Hô Chi Minh, s'oppose à l'armée française dès 1946. En 1954, après la défaite de Diên Biên Phu, la France reconnaît l'indépendance du Cambodge, du Laos et du Vietnam (divisé en deux États).

III La décolonisation en Afrique (1954-1980)

1 L'indépendance progressive des colonies britanniques

Le **Ghana** (1957) ou le **Nigeria** (1960) négocient sans heurts leur indépendance. À l'inverse, le **Kenya** accède plus difficilement à l'indépendance en 1963, après 11 ans de rébellion contre l'autorité britannique. En 1980, les Britanniques accordent l'indépendance à la Rhodésie du Sud sous le nom de **Zimbabwe**.

2 L'indépendance des colonies françaises

- Après des troubles, le **Maroc** et la **Tunisie** obtiennent de la France, empêtrée dans la guerre d'Algérie, leur indépendance en 1956.
- Dans les colonies françaises d'Afrique noire, l'autonomie réclamée par les nationalistes modérés (Senghor au Sénégal, Houphouët-Boigny en Côte-d'Ivoire) est accordée aux États d'**Afrique subsaharienne francophone**, au sein de l'Union française, en 1956. En 1960, leur indépendance est acquise.

3 L'indépendance des colonies belges et portugaises

- Le **Congo belge** obtient l'indépendance en 1960, après de violentes émeutes. Les Belges quittent le **Rwanda** et le **Burundi** en 1962.
- Le Portugal accorde l'indépendance au **Mozambique** en 1974 puis à l'**Angola** en 1975. Mais les deux pays sombrent dans la guerre civile.

L'ESSENTIEL

Les indépendances

1947	1954	1962	1975
Inde et Pakistan	Cambodge, Laos et Vietnam	Algérie	Angola

La guerre d'Algérie (1954-1962)

11

☐ OK

Pourquoi l'Algérie accède-t-elle à l'indépendance dans la violence ?

I Les origines de la guerre en Algérie

1 Un territoire particulier

Conquise en 1830, l'Algérie abrite environ 1 million d'Européens pour 8,5 millions d'Algériens musulmans. En 1848, elle est divisée en trois départements intégrés au territoire français. Malgré l'existence d'une assemblée algérienne, le pouvoir appartient à l'**administration française**.

2 Une société inégalitaire

- Les Français d'Algérie (**pieds-noirs**) sont des urbains (commerçants, salariés) ou de grands propriétaires fonciers.
- Les Algériens, peu scolarisés, sont ouvriers agricoles ou petits commerçants. Ils sont nombreux à venir gonfler la population des villes où la **pauvreté** augmente.

3 La montée du nationalisme algérien

- Le 8 mai 1945, à **Sétif** et Guelma où des défilés sont organisés pour fêter la victoire, des violences font de nombreuses victimes françaises.
- Après la **répression** de ces manifestations par la France, le nationalisme algérien se radicalise. Le Front de libération nationale (FLN) réclame l'**indépendance** et préconise l'insurrection.

II Le conflit algérien

1 Les débuts de la guerre

Le FLN se signale par des attentats et une action de **guérilla** qui s'amplifie de 1955 à 1956. En 1956, le gouvernement envoie le **contingent** (400 000 jeunes qui font un service militaire de 18 mois) pour y effectuer des « opérations de maintien de l'ordre ».

> **Date clé**
>
> Le **1er novembre 1954** a lieu la première vague d'attentats du FLN, faisant 10 morts.

2 L'enlisement

- Élu en 1956 pour faire la paix en Algérie, Guy Mollet enfonce le pays dans la guerre et couvre les exactions de l'armée. L'armée gagne la **bataille d'Alger** en 1957 en utilisant la **torture**.
- Les militaires cherchent à désolidariser les Algériens des nationalistes. Certains combattent aux côtés des Français : les **harkis**.

3 La chute de la IVe République

- En France, l'**impuissance politique** est totale : de mai 1957 à mai 1958, quatre gouvernements se succèdent.
- Le **13 mai 1958**, à Alger, des manifestants pieds-noirs réclament le retour du général de Gaulle. Le 1er juin 1958, il est nommé président du Conseil. L'Assemblée le charge de préparer une **nouvelle constitution**.

III Une fin de conflit violente

1 Une guerre qui gagne la métropole

- Élu président de la Ve République, de Gaulle propose en septembre 1959 le droit à l'**autodétermination** du peuple algérien.
- Les **partisans de l'Algérie française** s'y opposent : les pieds-noirs, l'Organisation de l'armée secrète (**OAS**) et une partie de l'armée. Ils organisent deux rébellions qui échouent : la « semaine des barricades » en janvier 1960 et le « putsch des généraux » en avril 1961.
- La violence gagne la **métropole**. Lors d'une manifestation à Paris le 17 octobre 1961, près de 200 Algériens sont tués par la police.

2 L'indépendance de l'Algérie

En **mars 1962**, les accords d'Évian prévoient le cessez-le-feu. Le **3 juillet 1962**, l'indépendance est proclamée.

Chiffres clés

800 000 pieds-noirs rentrent en France. Après l'indépendance, plus de **60 000 harkis** sont massacrés en Algérie.

L'ESSENTIEL

Le déroulement de la guerre d'Algérie

- **nov. 1954** premiers attentats du FLN
- **mai 1958** de Gaulle revient au pouvoir
- **mars 1962** accords d'Évian

Le monde bipolaire au temps de la guerre froide (1945-1962)

12

☐ OK

Comment, après 1945, le monde se partage-t-il en deux puissances antagonistes ?

I Le monde en 1945

1 La création de l'ONU

- En juin 1945, l'**Organisation des Nations unies (ONU)** est créée avec la signature par 51 États de la Charte des Nations unies.
- L'ONU a pour buts de maintenir la paix, de défendre l'indépendance des peuples et les Droits de l'Homme.

2 Une nouvelle hiérarchie des puissances

- Déjà affaiblie par la Grande Guerre, l'**Europe** est ruinée par le second conflit mondial. Son rôle économique et diplomatique décline.
- Les **États-Unis** demeurent la première puissance économique et financière. Ils sont les seuls, jusqu'en 1949, à détenir l'arme atomique.
- L'**URSS** a tiré de sa lutte contre le nazisme un grand prestige. Elle étend son influence en Europe.

II La naissance d'un monde bipolaire

1 La rupture de 1947

- Libérés des nazis par les Soviétiques, les États d'Europe de l'Est sont occupés par l'Armée rouge. L'URSS y impose des **démocraties populaires** dans lesquelles le parti communiste local est le parti unique.
- Le président américain Truman présente alors sa **théorie de l'endiguement**. Il propose une aide financière pour la reconstruction (**plan Marshall**), que seule l'Europe occidentale accepte.

2 La mise en place des blocs

- Le **bloc de l'Ouest** (États-Unis et Europe occidentale) forme en 1949 l'Organisation européenne de coopération économique (OECE), chargée de répartir l'aide Marshall, et l'Organisation du traité de l'Atlantique nord (OTAN), alliance militaire.
- Le **bloc de l'Est** (l'URSS et démocraties populaires) se regroupe dans le Conseil d'aide économique mutuelle (CAEM) et dans le pacte de Varsovie en 1955.

III La guerre froide

1 Un conflit idéologique entre deux modèles

La guerre froide est une période de **forte tension** entre les deux Grands. Ils s'affrontent indirectement parce que leurs idéologies s'opposent et qu'ils possèdent tous deux la bombe atomique.

	Modèle politique	Modèle économique
URSS	• Démocratie populaire (parti unique) • But : construire une société sans classes	• Communisme : mise en commun des moyens de production, planification, priorité à l'industrie lourde
États-Unis	• Élections libres • Régime parlementaire • But : diffuser la démocratie et les Droits de l'Homme	• Capitalisme : propriété privée des moyens de production, recherche du profit, libre-échange

2 Un conflit de puissance : la question allemande

- En 1945, les Alliés (États-Unis, Royaume-Uni, URSS, France) divisent l'Allemagne et Berlin en **quatre zones d'occupation**.
- En 1948, Staline, souhaitant récupérer Berlin, isole les quartiers occidentaux. Pendant un an, les États-Unis ravitaillent la ville par un pont aérien. Staline lève le blocus en mai 1949.

> **Mot clé**
> Un **blocus** consiste à couper le ravitaillement ou les communications d'une zone par la force.

- En 1949 sont créées la République fédérale d'Allemagne (**RFA**) et la République démocratique allemande (**RDA**), situées de part et d'autre du « **rideau de fer** ».
- Après la mort de Staline (1953), le bloc de l'Est est fragilisé par des révoltes à Berlin-Est, en Pologne et en Hongrie.
- Le 13 août 1961, les dirigeants de la RDA édifient un **mur entre Berlin-Est et Berlin-Ouest** pour stopper la fuite des Allemands de l'Est.

L'ESSENTIEL

Les antagonismes entre les deux Grands et la menace réelle d'une guerre capable de détruire la planète conduisent à une confrontation indirecte.

La fin de la guerre froide et du monde bipolaire (1962-1991)

13

☐ OK

Quels bouleversements géopolitiques mettent fin à l'affrontement entre les États-Unis et l'URSS et au monde bipolaire ?

I La détente (1962-1975)

1 Une détente nécessaire

- En 1962, la **crise de Cuba** plonge le monde « au bord du gouffre » : les États-Unis découvrent des rampes de lancement de missiles sur l'île de Cuba, territoire communiste. Le président américain John F. Kennedy place l'île sous **embargo** et menace l'URSS de Nikita Khrouchtchev, qui recule. L'équilibre de la terreur (possession des bombes atomiques par les deux Grands) rend la guerre improbable.
- En 1972, les accords SALT I limitent les armes stratégiques. Par les **accords d'Helsinki** (1975), les deux blocs s'engagent à respecter les frontières de l'Europe et les Droits de l'Homme.

2 La remise en cause d'un monde bipolaire

- Lors des conférences de Bandung (1955) et de Belgrade (1961), les nouveaux États indépendants affirment leur volonté de « **non alignement** » : c'est la naissance du **tiers monde**.
- À l'Est, la Chine communiste se pose en modèle concurrent de l'URSS ; à l'Ouest, la France se dote de l'arme nucléaire en 1960 et retire ses forces de l'OTAN en 1966.

3 La persistance des crises

- Les États-Unis échouent au **Sud Vietnam** contre la guérilla communiste soutenue par le Nord Vietnam, l'URSS et la Chine. Ils se retirent en 1973.
- **Israël**, soutenu par le bloc de l'Ouest, remporte les guerres des Six-Jours (1967) et du Kippour (1973) sur les pays arabes voisins soutenus par l'URSS.

II Un regain de tension (1975-1985)

1 L'affaiblissement de la puissance américaine

- Les États-Unis perdent l'alliance de l'**Iran** après la prise du pouvoir par les islamistes lors d'une révolution (1979).

- En 1979, l'Armée rouge entre en **Afghanistan** pour défendre le régime communiste contre lequel la population résiste. L'URSS étend sa **zone d'influence** en Afrique, en Asie du Sud-Est et en Amérique centrale.

2 « *America is back* »

- En 1980, le président américain Ronald Reagan lance une nouvelle course à l'armement. Des **euromissiles** soviétiques (SS 20) sont pointées sur les bases de l'OTAN, qui braque ses fusées sur l'URSS.
- En 1983, Reagan annonce la création d'un **bouclier spatial antimissile** au-dessus des États-Unis.

III L'effondrement du communisme et de l'URSS

1 Les réformes de Gorbatchev

- À partir de 1985, Mikhaïl Gorbatchev dirige l'URSS et libéralise progressivement l'économie (***perestroïka***), soutenue par une politique de transparence de la vie publique (***glasnost***). Mais la pénurie et le chômage engendrent une contestation du régime.
- Dans un souci de **détente**, les euromissiles sont détruits (1987) et les armements stratégiques réduits (1991). En 1989, les Soviétiques quittent l'Afghanistan.
- Encouragées par Gorbatchev, les **démocraties populaires** se soulèvent. Des élections libres et pluralistes ont lieu.

Dates clés

À Berlin, le « mur de la honte » est abattu le **9 novembre 1989**. L'Allemagne est réunifiée en **octobre 1990**.

2 L'éclatement de l'URSS et la fin de la guerre froide

- Les **républiques d'URSS** proclament leur indépendance. L'URSS disparaît en décembre 1991.
- L'éclatement de l'ex-URSS désagrège le bloc de l'Est : le pacte de Varsovie et le CAEM sont dissous. Les anciennes démocraties populaires d'Europe adoptent un **régime démocratique** et un **système économique capitaliste**.
- Elles rejoignent l'ancien bloc de l'Ouest avec l'adhésion à l'OTAN et entrent dans l'Union européenne à partir de 2004.

L'ESSENTIEL

La dislocation du bloc de l'Est a fait cesser l'antagonisme entre les deux blocs qui constituait une menace pour le monde.

Affirmation et mise en œuvre du projet européen

14

☐ OK

Quelles sont les étapes de la construction européenne ?

I Les débuts de la construction européenne

1 Les objectifs d'une coopération européenne

- Après la Seconde Guerre mondiale, six États d'Europe de l'Ouest se rapprochent afin de **préserver la paix**, supprimer les rivalités économiques et favoriser le développement. En 1951, ils créent la Communauté du charbon et de l'Acier (CECA).
- Ces États sont attachés aux valeurs de la **démocratie**. Ils appartiennent au bloc de l'Ouest et adhèrent à l'OTAN.

> **Info**
> Les six États qui initient la **coopération européenne** sont la Belgique, la France, l'Italie, le Luxembourg, les Pays-Bas et la RFA (Allemagne de l'Ouest).

2 Les traités fondateurs et les premières réalisations

- Le 25 mars 1957, les six États signent le **traité de Rome** qui fonde la Communauté économique européenne (**CEE**), dont l'objectif est la libre circulation des marchandises et des capitaux.
- En 1962, la Politique agricole commune (**PAC**) est mise en place. En 1968, la réalisation du **Marché commun** établit le libre-échange à l'intérieur de la CEE.

3 Élargissement et approfondissement du projet européen

- La CEE s'ouvre au **Nord** en 1973 en intégrant le Royaume-Uni et l'Irlande. Puis elle accueille la Grèce, l'Espagne et le Portugal dans les années 1980.
- Les institutions européennes s'organisent : le **Conseil européen** propose des projets à la Commission européenne (à Bruxelles) qui fait appliquer les directives et les règlements. Le **Conseil des ministres** de l'UE vote les décisions proposées par la Commission.
- Le **Parlement européen**, à Strasbourg, élu à partir de 1979, vote le budget et contrôle la Commission. La **Cour de Justice**, à Luxembourg, veille au respect du droit communautaire.

II L'Europe de Maastricht

1 Un nouveau projet

- La fin de la guerre froide (1989) redonne du dynamisme à l'Europe. Le **traité de Maastricht** (1992) fonde une véritable citoyenneté européenne : les individus peuvent résider librement dans la communauté. Il instaure la Politique étrangère et de sécurité commune (PESC).
- En 1995, la mise en place de l'**espace Schengen** permet la libre circulation des personnes dans la majorité des pays membres de l'UE. Puis une **monnaie commune**, l'euro, entre en circulation en 2002.

2 Une Europe élargie ▶ FICHE 33

En 1995, l'UE accueille l'Autriche, la Finlande et la Suède. En 2001, le **traité de Nice** réforme les institutions pour accueillir de nouveaux membres. Ainsi, entre 2004 et 2013, l'UE passe de 15 à 28 pays.

III Quel avenir pour l'Europe ?

- En 2005, consultés par référendum, les Français et les Néerlandais **rejettent le projet de Constitution européenne**. En 2009, le Parlement européen ratifie le **traité de Lisbonne** qui augmente les pouvoirs du Parlement européen et crée le poste de président du Conseil européen.
- La ratification des traités de Maastricht, de Nice et de Lisbonne est difficile. Certains États négocient des **dérogations** pour ne pas participer à un domaine de la politique communautaire.
- L'**euroscepticisme** augmente, aggravé par la crise financière qui touche la Grèce à partir de 2008, ainsi que par la crise migratoire subie en premier lieu par l'Italie. En juin 2016, le Royaume-Uni décide par référendum de sortir de l'UE : le **Brexit** devient effectif le 30 janvier 2020.

L'ESSENTIEL

La construction de l'UE

1951 CECA	**1957** traité de Rome	**1992** traité de Maastricht	**2002** monnaie commune

Enjeux et conflits dans le monde depuis 1989

15

☐ OK

Depuis 1989, quels sont les nouveaux rapports de force géopolitiques dans le monde ?

I Les États-Unis, une superpuissance fragilisée

1 Une puissance sans égale

- Économiquement, culturellement et militairement, les États-Unis réunissent tous les critères de la superpuissance.
- Depuis l'effacement de la Russie, ils jouent le rôle de « gendarme du monde ». En 1991, avec l'aval de l'Organisation des Nations unies (ONU), ils interviennent dans la guerre du Golfe, libérant le Koweït occupé par l'Irak. Ils mènent alors une politique multilatérale.
- Leur forte influence à l'ONU incite cette dernière à intervenir dans des conflits locaux où les populations s'affrontent (génocide des Tutsi par les Hutus au Rwanda en 1994 ; massacre des musulmans bosniaques par les Serbes en Bosnie-Herzégovine en 1995).

2 Une puissance contestée

- Motivées par le rejet de la superpuissance des États-Unis et l'opposition à l'État d'Israël, certaines organisations islamistes pratiquent le terrorisme, déstabilisant les gouvernements par des attentats et des prises d'otages.
- Le 11 septembre 2001, des terroristes d'Al-Qaïda frappent les États-Unis : deux avions percutent les tours du World Trade Center, tandis qu'un troisième s'écrase sur le Pentagone. Ces attentats font près de 3 000 morts.

Mot clé

L'**islamisme** est un courant idéologique souhaitant imposer le Coran comme base de la vie sociale et politique.

II Un monde instable et multipolaire

1 Un monde instable

- Les attentats du 11 septembre constituent un tournant dans la politique extérieure américaine : le président George W. Bush définit un « axe du mal » qu'il veut combattre.

- Les États-Unis et leurs alliés envahissent l'**Afghanistan** en 2001 et l'**Irak** en 2003, qu'ils accusent de détenir des armes de destruction massive et de soutenir Al-Qaïda. Cette « guerre préventive » a lieu sans l'approbation de l'ONU (politique **unilatérale**).
- Mais après de rapides victoires, l'armée américaine s'enlise en Irak et en Afghanistan : la politique unilatérale est un échec.

2 De nouvelles menaces

- Les guerres civiles, les famines organisées, les guérillas se multiplient en Afrique noire et au Moyen-Orient et sont désormais plus nombreuses que les **conflits interétatiques**. Elles ont des origines ethniques, religieuses ou sont liées aux ressources naturelles (pétrole, eau).
- L'organisation **État islamique** (Daesh ou EI) proclame un califat en 2014 qui s'étend sur l'Irak et la Syrie. Daesh frappe l'Europe (attentats à Paris en 2015), l'Afrique et le Proche-Orient. En mars 2019, la coalition internationale annonce la fin du califat mais des combats perdurent.
- Le monde fait face à de nouvelles menaces à partir des années 2020 : pandémie mondiale et invasion de l'Ukraine par la Russie en 2022.

3 De nouveaux acteurs

- Le Brésil, la Russie, l'Inde, la Chine et l'Afrique du Sud (**BRICS**) conjuguent puissances démographique et économique majeures. La Chine surtout domine le commerce international des biens industriels et développe sa puissance militaire. La Russie est un élément clé de l'approvisionnement en hydrocarbures.
- Les BRICS veulent jouer un **rôle politique régional**, mais aussi peser dans les **instances internationales**. Parmi eux, seuls le Brésil et l'Afrique du Sud ne disposent pas de l'arme atomique. Et, en tant que membres permanents du Conseil de sécurité de l'ONU, la Russie et la Chine contrent l'influence américaine.

L'ESSENTIEL

Enjeux et conflits depuis 1989
- remise en cause de la superpuissance américaine
- conflits non-conventionnels : attentats, guerres civiles, massacres de masse
- émergence de nouvelles puissances : Chine, Brésil, Inde

Le Moyen-Orient, foyer de conflits

16

☐ OK

Pourquoi depuis plusieurs décennies le Moyen-Orient est-il une région de conflits ?

I Une région stratégique sous tension

Le Moyen-Orient, qui s'étend de l'est de la Méditerranée (Turquie au nord, Égypte au sud) jusqu'à l'Iran et à la péninsule Arabique, est une zone de tensions.

Tensions culturelles	Tensions pour l'eau	Tensions pour le pétrole
• Entre musulmans sunnites (Arabie saoudite) et chiites (Iran) • Entre musulmans, chrétiens et Juifs (à Jérusalem)	• Entre la Turquie, la Syrie et l'Irak à propos de l'Euphrate • Entre Israéliens et Palestiniens à propos du Jourdain	• Entre l'URSS et les États-Unis pendant la guerre froide • Entre les grandes puissances et les pays émergents (Chine, Inde)

II Le conflit israélo-palestinien

1 L'origine du conflit

Après 1945, la **Palestine** est évacuée par les Britanniques. Le plan de partage de l'ONU (1947), qui projette de la diviser en deux États, un État juif et un État arabe, est rejeté par les Palestiniens et les États arabes.

Date clé

Le Conseil national juif proclame la création de l'État d'Israël en **1948**.

2 Les guerres israélo-arabes (1948-1973)

- En 1948-1949, Israël étend son territoire : 800 000 Palestiniens se réfugient dans les États arabes voisins qui ont le soutien de l'URSS. Les États-Unis soutiennent Israël. Les Palestiniens sont défendus à partir de 1964 par l'**Organisation de libération de la Palestine** (OLP).

- En 1967 (guerre des Six-Jours), Israël occupe le Sinaï, la bande de Gaza, le Golan et la Cisjordanie. L'ONU exige, en vain, l'évacuation de ces **territoires occupés** qu'Israël conserve après la guerre du Kippour en 1973. En riposte, les pays exportateurs de pétrole (OPEP) quadruplent le prix du baril (premier choc pétrolier).

3 L'extension et la persistance du conflit (depuis 1973)

- La présence de bases de l'OLP déchire le **Liban** : la guerre civile entre chrétiens et musulmans (1975-1990) entraîne l'intervention de la Syrie puis d'Israël (1982).
- Dans les territoires occupés, Israël favorise l'installation de **colons**. Les Palestiniens se soulèvent (première **Intifada** ou « guerre des pierres ») en 1987. En 1988, l'OLP rejette le terrorisme. Avec les **accords d'Oslo** (1993 et 1995), Israël et l'OLP se reconnaissent mutuellement. L'Autorité palestinienne est créée en Cisjordanie, qu'Israël évacue en 1998.
- Après le lancement de la deuxième Intifada en 2000, Israël construit un mur pour isoler les territoires palestiniens. Malgré l'évacuation de la bande de Gaza par Israël en 2005, la région est dans une situation de **guerre larvée**.

III Le Moyen-Orient, une poudrière ?

1 La lutte contre le terrorisme

- En octobre 2001, après les attentats du 11 septembre, les États-Unis et l'OTAN bombardent l'**Afghanistan** soupçonné d'abriter des bases d'Al-Qaïda et son chef Oussama **Ben Laden** (tué en 2011).
- Sans l'accord de l'ONU, les États-Unis envahissent l'**Irak** accusé de détenir des armes non conventionnelles. **Saddam Hussein** est exécuté.
- L'Afghanistan et l'Irak sombrent dans la **guerre civile**, aggravée par des attentats.

2 Les espoirs déçus du Printemps arabe

- En 2011, en **Égypte** et en **Libye**, les populations renversent les dictateurs. En Égypte, les élections portent au pouvoir les partis islamistes, renversés à leur tour en 2013.
- En **Syrie**, l'opposition, désunie, tente de renverser le président Bachar el-Assad. Déstabilisé par l'essor de Daesh qui sème le chaos dans la région, le pays sombre dans la guerre civile et reste instable malgré la chute du « califat » en mars 2019.

L'ESSENTIEL

Le Moyen-Orient, convoité pour ses ressources, est déstabilisé par des conflits ethniques et religieux, le conflit israélo-palestinien, ainsi que par le terrorisme islamiste.

La refondation de la République après la Libération (1944-1947)

17

☐ OK

Dans quelle mesure la refondation républicaine est-elle empreinte des idéaux de la Résistance ?

I Une refondation préparée par le GPRF

1 La restauration de la paix civile

- Le Gouvernement provisoire de la République française (GPRF), créé en juin 1944 par le général de Gaulle, s'installe à Paris, libéré en août 1944. Il réunit toutes les composantes de la Résistance et restaure l'État de droit.
- Des tribunaux procèdent à l'épuration juridique des collaborateurs. Pierre Laval et le maréchal Pétain sont jugés en 1945.

2 De nouveaux outils pour gouverner et moderniser le pays

- À partir de 1945, les représentants de l'État sont formés à l'École nationale d'administration (ENA).
- L'État crée le Commissariat général au Plan (1946) afin de fixer les grandes priorités économiques nationales pour la reconstruction. Cet organisme est aidé par les études menées par l'INSEE.
- La création de l'INRA (agronomie), du CNRS (recherche scientifique) et du CEA (énergie atomique) relancent la recherche.

II Une République démocratique

1 La naissance difficile de la IVᵉ République

- Le GPRF rétablit le suffrage universel et accorde le droit de vote aux femmes le 21 avril 1944, en juste retour de leur rôle dans la Résistance. ▶ FICHE 8 Celles-ci votent pour la première fois aux élections municipales un an plus tard.
- Le 21 octobre 1945, les Français élisent une assemblée constituante chargée de rédiger une nouvelle Constitution. De Gaulle, hostile au projet constitutionnel, démissionne en janvier 1946.
- La IVᵉ République, approuvée par référendum, naît en octobre 1946.

Mot clé

Un **référendum** est un vote portant sur une question. Les électeurs sont invités à y répondre par « oui » ou par « non ».

2 Un régime parlementaire

- La Constitution de la IVe République réaffirme les symboles et les **principes républicains**.
- Elle dote le **Parlement** de pouvoirs forts : l'Assemblée nationale et le Conseil de la République élisent le président de la République et peuvent renverser le gouvernement (nommé par le président) par une **motion de censure**.
- Les députés sont élus au **scrutin proportionnel**, ce qui rend la majorité difficile à obtenir et les compromis nécessaires pour gouverner.

III Une République économique et sociale

1 Pour moderniser la France

L'État doit reconstruire le pays. De nombreuses entreprises privées sont **nationalisées** dans les secteurs stratégiques : charbon, électricité, chemin de fer, banques. L'État soutient les secteurs de pointe (pétrochimie, automobile, aéronautique) par des **commandes publiques**.

2 Pour renforcer la cohésion nationale

Conformément au programme du Conseil national de la Résistance (CNR), le GPRF puis la IVe République mettent en place l'**État-providence** et engagent des réformes sociales :

- création de la **Sécurité sociale** en 1945 ;
- création des allocations familiales ;
- création d'un salaire minimum (1950).

L'ESSENTIEL

Le programme du CNR → refondation républicaine...

...politique
- droit de vote des femmes
- Sécurité sociale
- nouvelle constitution : IVe Rép.

...économique
- nationalisations
- planification
- État-Providence

La naissance de la Ve République, les années de Gaulle (1958-1969)

18

☐ OK

FRANÇAIS
MATHS
HISTOIRE GÉOGRAPHIE – EMC
SCIENCES ET TECHNOLOGIE
ÉPREUVE ORALE

Quelle marque le général de Gaulle, fondateur de Ve République, donne-t-il aux institutions et à la politique du nouveau régime ?

I La fondation de la Ve République

1 La fin de la IVe République

- Dans le contexte de la crise du 13 mai 1958 ▶ FICHE 11, le général **de Gaulle** revient au pouvoir. L'Assemblée nationale le nomme président du Conseil et lui octroie les pleins pouvoirs constituants. C'est la fin de la IVe République.
- Le texte de la **Constitution de la Ve République** est approuvé par référendum en octobre 1958, avec 79 % de « oui ». De Gaulle est élu **président de la République** par un collège de grands électeurs.

2 Le pouvoir présidentiel renforcé

- La Constitution de 1958 dote le président de pouvoirs très étendus. Il peut **dissoudre l'Assemblée nationale**.
- En cas de crise grave, il dispose de pouvoirs exceptionnels (article 16). Il peut consulter le peuple par **référendum**.

> **Date clé**
> À partir de **1962**, l'élection du président au **suffrage universel direct** renforce sa légitimité et devient le moment fort de la vie politique française.

II La pratique gaullienne du pouvoir

1 Une relation directe avec les Français

Le recours au référendum permet un exercice direct de la souveraineté nationale. Par des **messages télévisés**, des conférences de presse, de Gaulle explique et justifie sa politique.

2 L'affirmation de l'indépendance nationale

- De Gaulle souhaite une **France forte**, affranchie de l'influence des États-Unis : la France se dote en 1960 de la **bombe atomique**, retire ses troupes de l'OTAN, mais reste membre de l'Alliance atlantique.

- De Gaulle approfondit le **dialogue** avec la République fédérale d'Allemagne (RFA), noué dès 1962. Il se rapproche de l'URSS et reconnaît la Chine en 1964.
- De Gaulle, partisan d'une « Europe des nations », refuse une **Europe supranationale** qui soumettrait la France aux institutions européennes.

III L'usure du pouvoir, un mandat inachevé

1 La crise de mai 1968

- Des mouvements de **contestation** remettent en cause la société de consommation, les inégalités sociales et les institutions. Les étudiants affrontent les forces de l'ordre, notamment à Paris.
- La crise gagne le monde ouvrier. La France est paralysée par une **grève générale** avec occupation d'usines pendant un mois.
- Les **accords de Grenelle** prévoient des augmentations de salaires et un exercice plus libre du droit syndical dans les entreprises. Mais les grèves continuent.
- La crise devient politique, la gauche réclame le départ de de Gaulle.

2 Les conséquences des événements de mai 1968

- De Gaulle dissout l'Assemblée nationale élue en 1967 et, aux **élections législatives de juin 1968**, les Français, inquiets du désordre, votent massivement pour les gaullistes.
- L'autorité du général de Gaulle est pourtant ébranlée. En effet, le 27 avril 1969, les Français rejettent par référendum la régionalisation et la réforme du Sénat. Considérant avoir perdu la légitimité populaire, de Gaulle démissionne.

L'ESSENTIEL

Les années de Gaulle

1958	1968	1969
de Gaulle président de la Ve Rép.	crise de mai, accords de Grenelle	de Gaulle démissionne

La ve République de 1969 à 1995 : alternances et cohabitations

19

☐ OK

Comment les institutions résistent-elles aux changements de majorité ?

I L'après de Gaulle : garantir la continuité des institutions (1969-1981)

1 Pompidou : l'héritage gaulliste (1969-1974)

- Georges Pompidou succède au général de Gaulle et cherche à moderniser le pays. Il augmente le pouvoir d'achat des Français (SMIC, 1970) et permet l'entrée du Royaume-Uni dans la communauté européenne.
- Pompidou doit faire face à la montée du Parti socialiste qui signe en 1972 un programme commun avec le Parti communiste. Gravement malade, il meurt le 2 avril 1974 en cours de mandat.

2 V. Giscard d'Estaing : gouverner au centre (1974-1981)

- V. Giscard d'Estaing est élu face au socialiste François Mitterrand en 1974. Il cherche à rajeunir l'image de la fonction présidentielle.
- Il abaisse l'âge de la majorité de 21 à 18 ans (1974) et instaure le collège unique (1975). À l'écoute des revendications féministes, il légalise l'interruption volontaire de grossesse (loi Veil, 1975), crée un secrétariat d'État à la Condition féminine et facilite le divorce. ▶ FICHE 21 Il permet aussi le regroupement des familles de travailleurs immigrés. ▶ FICHE 22

II L'alternance : les présidences de F. Mitterrand (1981-1995)

1 De nombreuses réformes

- En 1981, en pleine crise économique, la gauche accède au pouvoir avec l'élection de François Mitterrand et d'une Assemblée nationale socialiste : c'est l'alternance.
- En 1981-1982 sont prises des mesures de « changement », comme la France n'en avait pas connues depuis la Libération. Le SMIC et les allocations familiales sont

Mot clé

Les **mesures du « changement »** mises en œuvre par F. Mitterrand sont l'abolition de la peine de mort, la semaine de 39 heures, la 5e semaine de congés payés et la retraite à 60 ans.

augmentés, l'audiovisuel est libéralisé. De grands groupes bancaires et industriels sont nationalisés. Les **lois de décentralisation** donnent davantage de pouvoirs aux régions.

- En 1982, le chômage croissant et l'inflation obligent le gouvernement à appliquer une **politique de rigueur** (blocage des prix et des salaires).

2 La cohabitation : une situation inédite

- Les mesures de rigueur sont très impopulaires et, en 1986, la droite remporte les élections législatives. Mitterrand, président de gauche, doit nommer un Premier ministre de droite, **Jacques Chirac**. C'est la première **cohabitation**.
- Chirac **privatise** des secteurs nationalisés par la gauche. Cependant, il échoue dans sa lutte contre le chômage et il est battu à l'élection présidentielle de 1988 par Mitterrand.

3 Le second septennat de F. Mitterrand (1988-1995)

- À la fin des années 1980, la France profite d'une légère reprise de la croissance économique. Le Premier ministre socialiste, Michel Rocard, crée alors le **revenu minimum d'insertion** (RMI).
- Mais la mondialisation fragilise l'économie et le chômage ne diminue pas. La popularité de la gauche est entamée. Aux élections législatives (1993), la droite l'emporte (deuxième cohabitation). Le Premier ministre de droite, **Édouard Balladur**, applique une politique de rigueur.
- En 1995, Chirac accède à la présidence de la République, inaugurant alors la **deuxième alternance**.

L'ESSENTIEL

G. Pompidou (1969-1974) →
- augmentation du SMIC (1970)

V. Giscard d'Estaing (1974-1981) →
- majorité à 18 ans (1974)
- loi Veil sur l'IVG (1975)

F. Mitterrand (1981-1995) →
- abolition de la peine de mort (1981)
- semaine de 39h (1982)
- 5e semaine de congés payés (1982)
- retraite à 60 ans (1982)

Des Trente Glorieuses à la crise économique

20

☐ OK

Depuis les années 1950, comment la République accompagne-t-elle les transformations économiques et sociales de la France ?

I L'évolution de l'économie française

1 La prospérité économique

- La **croissance** économique est forte (hausse du PIB de **5 % par an**) des années 1950 aux années 1970 : ce sont les « Trente Glorieuses ». En 1959, une monnaie forte est créée avec le nouveau franc.
- Afin de réduire les déséquilibres régionaux, la **Délégation à l'aménagement du territoire et à l'action régionale** (DATAR) est fondée en 1963. La France s'équipe de centrales nucléaires, de réseaux de transport (autoroutes, aéroports), de stations balnéaires, de stations de ski…
- Le niveau de vie et le temps consacré aux loisirs augmentent grâce à une législation favorable (allongement des congés payés, salaire minimum). La population entre dans l'ère de la **société de consommation**.

2 La récession

- À partir de 1974, le **ralentissement de la croissance** (1 à 2 % par an), ponctué de phases de récession, bouleverse l'économie. Les prix augmentent fortement et un chômage de masse apparaît.
- Les délocalisations et la concurrence mondiale entraînent une **désindustrialisation** et un déclin du secteur secondaire (40 % des actifs en 1970, 22 % en 2000), tandis que le secteur tertiaire (services) augmente. Le **chômage**, chronique (4 % des actifs en 1974, 9 % en 2000), touche les travailleurs non qualifiés, les immigrés, les femmes et les seniors.

II Les bouleversements de la société française

1 D'une France jeune à une France plus âgée

- La politique nataliste, menée par la IVe République et poursuivie ensuite, entraîne une forte croissance démographique : c'est le **baby boom**.

Mot clé

Une **politique nataliste** consiste à encourager la natalité (allocations familiales, réduction des impôts).

- Le **poids des jeunes** dans la société s'accroît et l'âge de fin de la scolarité obligatoire passe de 14 à 16 ans (1959). En mai 1968, la jeunesse revendique davantage de libertés individuelles et collectives. ▶ FICHE 18
La **majorité à 18 ans** est accordée en 1974.
- À partir des années 1970, le **travail des femmes** se généralise. Le recours à la contraception (1967) entraîne une baisse de la fécondité. La croissance démographique diminue en même temps que l'espérance de vie augmente du fait des progrès de la médecine : la population vieillit.
- Les **mariages** sont de moins en moins nombreux, tandis que les **divorces**, plus fréquents, font augmenter le nombre de familles monoparentales et de familles recomposées.

2 Une France plus urbaine

- Avec l'augmentation des services, les emplois se concentrent dans les villes. Les campagnes se dépeuplent et les nouveaux urbains s'installent dans les banlieues des grandes agglomérations. L'État construit des grands ensembles, des villes nouvelles et des autoroutes.
- L'usage généralisé de la voiture et le développement des transports en commun (RER, trains régionaux) permettent cet **étalement urbain**.

Mot clé

Les **grands ensembles**, parfois qualifiés de « cités », sont des logements collectifs construits selon les principes de l'architecture moderne.

L'ESSENTIEL

Des Trente Glorieuses à la crise

Économie

de 1945 à 1974
- prospérité
- aménagement du territoire

après 1974
- ralentissement de la croissance
- désindustrialisation
- chômage

Société

- politique nataliste → baby boom
- travail des femmes
- nouvelles structures familiales
- société de consommation
- étalement urbain
- …

Les évolutions de la société française : les femmes

21

☐ OK

Des années 1950 aux années 1980, comment la condition des femmes évolue-t-elle dans la société ?

I Une longue conquête des droits politiques

1 Le statut de la femme avant 1944

- Depuis le Code civil (1804), la femme **est juridiquement considérée comme inférieure à l'homme**. Elle ne peut ni travailler, ni disposer d'un compte en banque sans l'accord de son époux.
- Malgré le rôle des femmes pendant la **Grande Guerre** et plusieurs votes positifs des députés, les sénateurs refusent de leur accorder le droit de vote dans l'entre-deux-guerres. Cependant, le **Front populaire** nomme trois femmes au gouvernement en 1936.

2 La citoyenneté politique

- En 1944, le Gouvernement provisoire de la République française accorde le **droit de vote et d'éligibilité** aux femmes. ▶ FICHE 17
- Pourtant, jusqu'à la fin des années 1980, les femmes n'occupent qu'une place minoritaire en politique. La loi sur la **parité en politique** (1999) vise à changer cette situation.

Mot clé

La **parité** consiste, pour un parti politique, à présenter autant de candidats femmes que de candidats hommes lors des élections.

II Les femmes dans le monde du travail

1 L'essor du salariat féminin

- Les femmes travaillent **massivement depuis le XIXe siècle**, souvent aux côtés de leur mari, comme commerçantes, paysannes ou ouvrières.
- À partir de la Première Guerre mondiale, leur part dans le **secteur des services** s'accroît (employées, secrétaires). Ce phénomène se poursuit pendant les Trente Glorieuses grâce à la **démocratisation de l'enseignement**.

2 Une précarité qui demeure

- Les lois Roudy de 1981-1983 interdisent toute forme de **discrimination sexiste** au travail. Mais les inégalités persistent. À diplôme égal, le salaire des femmes reste de 20 % inférieur à celui des hommes.
- Les femmes restent davantage touchées par le **travail à temps partiel** subi et par le **chômage**.

III La place des femmes dans la famille

1 De nouvelles revendications ...

À la suite de Simone de Beauvoir dans ***Le Deuxième Sexe*** (1949), les **mouvements féministes** se développent dans les années 1960, comme le Mouvement de libération des femmes (MLF), revendiquant de nouveaux droits pour que les femmes puissent maîtriser leur fécondité.

2 ... entendues par la République

- L'usage des contraceptifs, notamment la **contraception orale** (pilule), est autorisée en 1967 par la loi Neuwirth.
- En 1974, le projet de loi défendu par Simone Veil, légalisant l'**interruption volontaire de grossesse (IVG)**, provoque de vifs débats. En 1975, la loi Veil autorise l'avortement en milieu hospitalier, tout en affirmant la liberté de conscience pour les praticiens.

L'ESSENTIEL

	Les femmes au début du XXe siècle	Les femmes à la fin du XXe siècle
Vie politique	▸ Absence de droits politiques	▸ Droits politiques égaux à ceux des hommes ▸ Loi sur la parité mais faible représentativité
Travail	▸ Faibles qualifications ▸ 30 % de la population active	▸ Accès aux formations supérieures ▸ 48 % de la population active (mais inégalités salariales)
Vie sociale	▸ Domination masculine et maritale	▸ Égalité de principe au sein de la famille ▸ Maîtrise de la fécondité

Les évolutions de la société française : l'immigration

22

☐ OK

Dans quelle mesure l'évolution de la place des immigrés dans la société française est-elle le reflet des mutations économiques et sociales du pays ?

I Une immigration massive pendant les Trente Glorieuses

1 Une immigration encouragée

- Pendant l'entre-deux-guerres, des **Européens** (Belges, Espagnols, Italiens, Polonais) viennent pourvoir aux besoins de la France en main-d'œuvre. Leur **intégration** s'effectue en une ou deux générations.
- Après 1945, pendant les **Trente Glorieuses**, la France manque de main-d'œuvre non qualifiée. Un organisme d'État, l'Office national de l'immigration (ONI), est créé pour organiser la venue de **travailleurs** étrangers. Ils viennent alors principalement du Portugal, des pays du Maghreb (notamment l'Algérie) puis d'Afrique subsaharienne francophone (Sénégal, Côte d'Ivoire…).
- Sans formation professionnelle, ils travaillent dans l'industrie, le bâtiment, l'agriculture et le secteur tertiaire où ils occupent les emplois les plus difficiles, les plus répétitifs et les moins qualifiés.

Chiffre clé

Entre 1946 et 1976, le nombre d'immigré double, passant de **1,7 million à 3,4 millions**, soit 7 % de la population française.

2 Une intégration parfois difficile

- De 1945 à 1974, un immigré sur deux obtient la nationalité française. Il s'agit encore majoritairement d'hommes seuls qui vivent dans des conditions précaires, en particulier les clandestins. Ils sont nombreux à vivre en foyers ou dans des **bidonvilles**. Ces bidonvilles sont détruits et leurs habitants relogés dans des **grands ensembles**, construits entre 1957 et 1969.
- L'intégration se poursuit pour les enfants nés de parents immigrés, notamment grâce à l'**école**.
- Malgré la croissance économique, les immigrés sont parfois victimes de **violences racistes et xénophobes**, comme dans le sud de la France en 1973.

II Une immigration contrôlée, source de débats

1 L'immigration freinée

- L'immigration est **officiellement arrêtée** en 1974. En diminution, les flux sont constitués des proches des immigrés au titre du regroupement familial (1976), des ressortissants de l'Union européenne et des réfugiés politiques.
- L'immigration légale étant freinée, l'**immigration clandestine** se développe.
- À la fin des années 1980, l'immigration est limitée et choisie en fonction des **besoins de main-d'œuvre**. Elle est également restreinte en raison de la question à la fois politique, sociale et humaine de l'intégration parfois difficile des immigrés.

2 L'immigration en débat

- L'immigration devient un **sujet politique** dans les années 1980. Le Front national, parti politique d'extrême droite créé en 1972, voit ses résultats augmenter aux différentes élections. Il dénonce l'ouverture des frontières et présente l'immigration comme source de chômage.
- Des actions comme la Marche pour l'égalité et contre le racisme (1983) ou des associations telles SOS Racisme (1984) se positionnent en faveur de l'intégration, et non l'assimilation, et du « droit à la différence » des populations immigrées. Elles militent également pour la régularisation des sans-papiers. Dans les années 2010, les conflits en périphérie de l'Europe y intensifient la crise migratoire.

Mots clés

- L'**assimilation** d'une personne à une société implique l'abandon des éléments de son identité d'origine.
- L'**intégration**, au contraire, ne nie pas les particularités culturelles d'origine.

L'ESSENTIEL

L'émergence de la question migratoire

1945-1974 → prospérité
- immigration encouragée et intensifiée (provenance : Portugal, Maghreb, Afrique)

après 1974 → crise économique
- immigration limitée et choisie
- immigration clandestine
- immigration et intégration sources de débats

Une France citadine

23

☐ OK

Que signifie vivre en ville aujourd'hui en France ?

I La France, un territoire d'urbains

1 Les Français vivent en majorité dans une aire urbaine

- Aujourd'hui, une ville intègre les espaces dans lesquels les populations ont un mode de vie urbain : elles y travaillent, s'y déplacent, mais n'y résident pas toujours.
- 85 % de la population française vit dans une aire urbaine, ou sous influence de celle-ci, c'est-à-dire un espace centré autour d'un pôle urbain qui rassemble une ville-centre et ses banlieues puis sa couronne périurbaine.

2 Les différents espaces urbains

Ils se distinguent par leur forme.

• La ville-centre présente un espace bâti en continu (immeubles, tours) avec de fortes densités humaines.

• Les banlieues sont composées d'immeubles, de grands ensembles (cités) et/ou de maisons individuelles.

• Au-delà de ce pôle urbain commence la couronne périurbaine, formée de villes ou villages dont au moins 40 % de la population active travaille dans le pôle urbain. Elle a une fonction résidentielle mais abrite aussi des espaces spécialisés (zones industrielles et commerciales) et des équipements lourds (stations d'épuration, usines, aéroports).

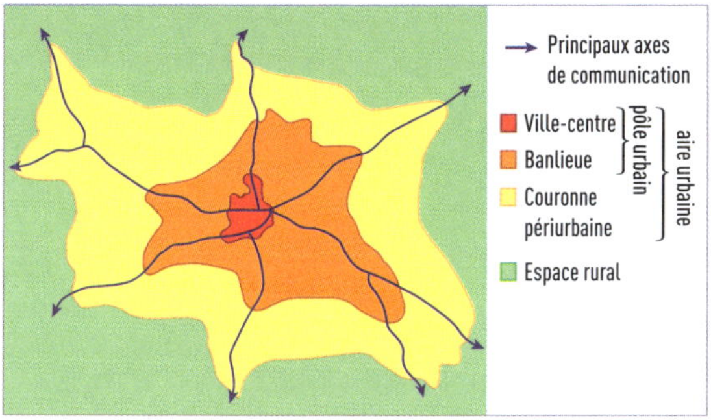

II L'étalement spatial des villes et ses conséquences

1 L'étalement urbain et les mobilités

- L'attrait pour un meilleur cadre de vie, la hausse des prix de l'immobilier des villes-centres et le développement des moyens de transport ont entraîné l'**étalement** des villes le long des voies de communication.
- Les espaces périurbains les plus éloignés des villes, mais bien pourvus en moyens de transport, sont peuplés de **néoruraux**, d'anciens citadins venus s'installer loin des centres où ils continuent de travailler.
- Grâce aux transports à grande vitesse et aux voies rapides, les **distances-temps** se sont réduites et les espaces traversés quotidiennement se sont étendus (43 km en moyenne).

Chiffre clé

Les **mobilités quotidiennes** (dites aussi migrations pendulaires) concernent **60 % des actifs** du fait de l'éloignement entre les lieux de résidence, de travail, des loisirs et des achats.

- Cependant, l'étalement urbain grignote les espaces ruraux et entraîne des **pollutions atmosphériques** causées par les embouteillages.

2 De fortes inégalités socio-spatiales

- Elles se manifestent par d'**importants écarts socio-économiques** : la hausse des prix de l'immobilier a accentué l'**embourgeoisement** (ou **gentrification**) des centres, tandis que les banlieues plus populaires, concentrant les grands ensembles et parfois classées « zones urbaines sensibles » (ZUS), sont mises à l'écart et évitées.
- Les politiques de la ville consistent à **réhabiliter** les immeubles des ZUS, à favoriser la **mixité sociale** en imposant à certaines communes de disposer d'au moins 25 % de logements sociaux (loi SRU).

L'ESSENTIEL

Une France citadine
- étalement urbain
- mobilités accrues
- inégalités socio-spatiales

Le système urbain français

24

☐ OK

Quelles sont les dynamiques de l'urbanisation sur le territoire français ?

I Un système urbain dominé par Paris

1 Une armature urbaine déséquilibrée

- Paris domine l'armature urbaine : elle est de très loin l'aire urbaine la plus peuplée, avec **12,6 millions d'habitants**. Par comparaison, Lyon, seconde aire urbaine française, compte 2,3 millions d'habitants.
- Seules sept aires urbaines dépassent un million d'habitants : Paris, Lille, Lyon, Marseille, Nice, Toulouse et Bordeaux.
- 50 % des urbains vivent dans de nombreuses **villes moyennes** (entre 30 000 et 200 000 habitants) distribuées équitablement sur tout le territoire.

Mot clé

L'**armature urbaine** désigne la hiérarchie des villes et leurs aires d'influence au sein d'un territoire.

2 Paris, une métropole mondiale

- L'urbanisation s'accompagne d'un regroupement des fonctions de commandement et de services diversifiés (formation, recherche, administrations, santé). Cette **métropolisation** se développe dans les villes engagées dans la compétition européenne et mondiale.
- Paris est la seule aire urbaine française de rang mondial. Elle est connectée aux autres **métropoles mondiales** (New York, Londres, Tokyo, etc.). Elle rayonne dans le monde grâce à ses fonctions de commandement.
- Paris est une métropole **politique, financière, économique et culturelle**. Elle accueille une place boursière, le premier quartier des affaires européen, de grandes universités, de nombreux musées et des centres de congrès.

Chiffres clés

Paris réalise **30 % du PIB français**. Le quartier de La Défense abrite **15 firmes transnationales** parmi les 50 premières mondiales ; 3 600 entreprises y sont présentes.

- Paris exerce son influence sur tout le territoire national. Le réseau de lignes à grande vitesse (LGV) est organisé en étoile autour de la métropole. Le 1er janvier 2016, l'aire urbaine parisienne est devenue la métropole du **Grand Paris**.

II Un système urbain en évolution

1 Une nouvelle hiérarchie urbaine

- Les aires urbaines les **plus peuplées** se situent au nord et à l'est, mais celles qui ont la **plus forte croissance urbaine** sont au sud et à l'ouest : Rennes, Nantes, Bordeaux, Toulouse, ou encore Montpellier.
- Le **statut de métropole** a été créé, par la loi du 16 décembre 2010, pour affirmer le rôle moteur des grandes agglomérations.
- En 2014, 13 aires urbaines, en plus de Paris, ont vu leurs compétences s'élargir et sont devenues **métropoles régionales** (loi MAPTAM).
- Chacune regroupe plusieurs communes pour mener à bien des projets d'équipement afin de les rendre plus compétitives, on parle de **communautés de communes**.

2 Des petites villes sous dépendance et en déclin

- Les villes-centres moyennes et petites abritent des activités industrielles aujourd'hui touchées par des délocalisations et la concurrence des pays émergents, ainsi que des services quotidiens de proximité (commerces, professions libérales ou encore services publics). On parle alors d'**économie résidentielle**.
- Ces villes se retrouvent sous la dépendance d'une métropole, et sont pour la plupart en recul (sauf dans le sud et l'ouest du pays).

L'ESSENTIEL

Le système urbain français

- **Aire urbaine de Paris**
  - métropole mondiale
  - 12,6 millions d'hab.
  - 30 % du PIB national
- **13 métropoles régionales**
- **Nombreuses villes moyennes et petites**

Les espaces productifs industriels

25

☐ OK

Quel est le nouveau visage de l'espace industriel français ?

I Un secteur industriel en mutation

1 La France semble se désindustrialiser

- L'essor industriel des Trente Glorieuses (1945-1973) a permis la modernisation de l'appareil productif (nucléaire, aérospatial). Au milieu des années 1970, la **crise** a touché les secteurs industriels traditionnels (sidérurgie, charbon, textile).
- Plus de 2,3 millions d'emplois industriels ont été perdus depuis 30 ans, l'industrie ne représentant plus aujourd'hui que 10 % des emplois. Les **délocalisations** en Europe de l'Est ou en Asie du Sud-Est se sont multipliées du fait de la concurrence étrangère, notamment sur le coût de la main-d'œuvre.

2 Une désindustrialisation à nuancer

- De nombreux emplois industriels ont été en fait **déplacés vers le secteur des services** (« théorie du déversement »).
- La production industrielle a été robotisée et les emplois de services aux entreprises, dits **emplois périproductifs**, se sont multipliés : ingénierie, transport, distribution, publicité, etc.

II L'évolution des localisations industrielles

1 Le poids des héritages

- Auparavant, les espaces productifs industriels se situaient dans les **régions riches en matières premières** (charbon, fer) et en **main-d'œuvre** (Nord-Pas-de-Calais, Lorraine).
- Pour faire face à la crise et à la concurrence internationale, l'État a mené dans les années 1970 une politique de **déconcentration industrielle**. L'aménagement de **zones industrialo-portuaires** (ZIP), comme au Havre ou à Dunkerque, a entraîné le glissement de la sidérurgie sur les littoraux.

> **Mot clé**
> Un **espace productif** est un espace aménagé et mis en valeur pour une activité économique produisant des richesses : agriculture, industrie, commerce et services.

- Des activités nouvelles se sont implantées dans ces régions pour compenser les fermetures d'usines et réhabiliter les **friches industrielles**.

2 De nouveaux facteurs de localisation

- Les entreprises privilégient la **proximité d'une métropole**. La ville offre des services de qualité, une main-d'œuvre qualifiée et facilite l'accès aux moyens de transport rapides (autoroutes, TGV, avion).
- Un **cadre de vie** agréable (littoral, montagne) permet aux entreprises d'attirer des ingénieurs, des chercheurs et des cadres supérieurs.
- Les **régions frontalières** et les zones portuaires sont dynamisées par la mondialisation et l'intégration européenne.

3 Une nouvelle géographie industrielle

- Le cœur industriel du pays reste localisé en **Île-de-France** et dans le **couloir du Rhône** (chimie). L'Île-de-France est au premier rang pour la recherche et les **industries de pointe**. La périphérie atlantique, également dotée d'industries de pointe, s'est tournée vers le secteur agroalimentaire.
- Des entreprises s'implantent dans l'Ouest et au Sud : aéronautique à Toulouse (Airbus), informatique en région PACA.
- L'évolution la plus importante est le développement, en zone périurbaine, de **clusters** (regroupement d'entreprises d'un même secteur) et de **parcs technologiques** (mêlant recherche, formation et production).
- Par une loi de 2005, 71 d'entre eux sont devenus des **pôles de compétitivité** : des associations d'entreprises, de centres de recherche et de formation engagés dans des projets communs, soutenus par des aides financières de l'État (Aerospace Valley à Toulouse). Ils ne sont plus que 54 aujourd'hui et leur nombre est régulièrement modifié.

L'ESSENTIEL

Les mutations des systèmes productifs

- **Déclin et délocalisation des industries traditionnelles** (textile, acier) : Nord-Est
- **Essor des industries de pointe :** parcs technologiques, Sud-Ouest
- **De nouveaux espaces industriels :** littoraux, métropoles, frontières

Les espaces productifs agricoles 26

☐ OK

Quels sont les effets de la mondialisation sur les espaces productifs agricoles français ?

I Un secteur économique puissant mais vulnérable

1 La France, une grande puissance agricole

- L'agriculture occupe plus de **45 % de la superficie** du territoire français, soit 26,8 millions d'hectares.
- Les productions sont variées et performantes : vigne, céréales, viandes (bœufs, volailles), betteraves (sucre), fruits et légumes.

Chiffre clé

La France est la **1re puissance agricole européenne**. L'agriculture et l'industrie agroalimentaire y représentent un peu plus de **6,5 % du PIB**.

- Depuis les années 1970, la production agricole française a augmenté de 40 % grâce à la **mécanisation** de la production, au **remembrement** des terres, à la recherche agronomique ainsi qu'à l'utilisation d'engrais et de pesticides (**intrants**) qui ont permis d'augmenter les rendements.
- La politique agricole commune (**PAC**), mise en place par la CEE en 1962, a permis la modernisation du secteur agricole français, tout en garantissant un revenu stable aux agriculteurs.
- L'agriculture s'appuie désormais sur une puissante **industrie agroalimentaire** dominée par de grandes firmes transnationales (Danone) et de nombreuses petites et moyennes entreprises.

2 Un secteur qui connaît de profonds bouleversements

- Victime de son succès, la PAC a entraîné la mise en place d'une agriculture productiviste et multiplié les situations de **surproduction**.
- Pourtant, l'opinion s'élève contre les impacts environnementaux ou sanitaires liés à l'utilisation des pesticides chimiques, ou encore les mauvaises conditions de vie des animaux dans les élevages intensifs.
- Aujourd'hui, la **concurrence internationale** fait par ailleurs fluctuer les prix agricoles et le revenu moyen des agriculteurs baisse régulièrement (moins 20 % à 25 % en dix ans).
- La population agricole est vieillissante. De moins en moins nombreux, les agriculteurs se retrouvent à la tête d'**exploitations toujours plus vastes**.

II Les espaces agricoles, entre spécialisation et mutation

1 Une spécialisation des régions agricoles

- La modernisation de l'agriculture a entraîné une spécialisation des régions agricoles et le **recul de la polyculture** (association de plusieurs cultures).
- Le Bassin parisien est une région de grande culture céréalière avec de vastes **exploitations très modernes**.
- L'Ouest s'est spécialisé dans la production laitière et l'**élevage intensif hors-sol** (porcs et poulets). Les cultures délicates (vigne, fruits et légumes, fleurs) sont présentes dans les vallées de la Loire, de la Garonne et en Provence.
- Toutes ces régions sont bien intégrées à la **mondialisation** et exportent dans le monde entier, à l'inverse des régions de **moyenne montagne**, dédiées à l'élevage bovin et ovin, où les exploitations se marginalisent.

2 Une mutation des modes de consommation

- Rejetant une alimentation sans saveur, dont la production est souvent néfaste pour l'environnement (pollution des eaux, des sols et de l'air), de nombreux consommateurs soutiennent les expériences d'agriculture biologique. Ils se mettent également en contact direct avec les producteurs, privilégiant les aliments locaux et les **circuits courts**.
- Ainsi, les espaces agricoles à l'écart de la mondialisation connaissent une certaine revitalisation grâce à la création de **labels de qualité** et au développement du tourisme vert.

> **Mot clé**
> L'**agriculture biologique** n'utilise pas d'engrais chimiques ni de pesticides.

L'ESSENTIEL

La puissance agricole française

+ Atouts
- mécanisation et remembrement
- industrie agroalimentaire
- agriculture biologique et labels

− Freins
- surproduction
- concurrence internationale
- baisse du nombre d'agriculteurs

Les espaces productifs de services

27

☐ OK

Comment l'essor des services a-t-il modifié l'organisation des territoires en France ?

I Les métropoles, des espaces privilégiés

1 Des services en forte croissance

- En France, le secteur tertiaire (les services) représente les deux tiers des richesses produites et emploie 76 % de la population active.
- Les services peuvent être publics, organisés par l'État (20 %), ou bien privés, aux mains d'une multitude de petites et moyennes entreprises (PME) ou de grandes entreprises de taille mondiale : les firmes transnationales (FTN).

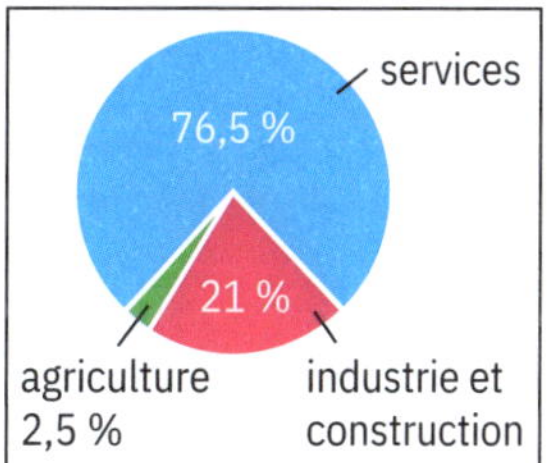

Répartition de l'emploi par secteur d'activité

- Les grandes entreprises de services en France concernent les services bancaires, les assurances, la distribution, les produits pharmaceutiques, les transports…

2 Les services déterminent la hiérarchie urbaine

- Plus une ville offre de services rares et spécialisés, plus son influence est grande. Ainsi, les plus petites villes vivent d'une économie résidentielle, tandis que les métropoles régionales proposent des services appartenant au secteur tertiaire supérieur (enseignement supérieur, conseil aux entreprises, médecins spécialistes, …).

> **Mot clé**
> L'**économie résidentielle** repose sur des services de proximité (petits commerces, supermarchés, collèges et lycées, médecins généralistes, …).

- Paris, métropole mondiale, concentre les services culturels, les commerces de luxe, les sièges sociaux des grandes entreprises.
- Certains services, consommant beaucoup d'espace, sont situés en périphérie des grandes villes où le prix de l'immobilier est plus modéré : aéroports, centres commerciaux, services de stockage… Grâce à l'essor des technologies de l'information et de la communication (TIC), les services aux entreprises se multiplient dans ces espaces périurbains.

II | L'évolution contrastée des espaces de services

1 Les espaces ruraux, des territoires délaissés

- Dans les espaces ruraux, les services publics (écoles, bureaux de poste, gares, casernes, maternités) mais aussi privés (centres médicaux, commerces) tendent à fermer.
- Afin d'éviter la « déprise rurale », des solutions de regroupement des activités sont parfois envisagées : maisons médicales accueillant plusieurs médecins, offre commune de services publics.

2 Des espaces récréatifs toujours plus nombreux

- Le tourisme occupe une place particulière parmi les activités de services. La France est en effet le premier pays d'accueil de touristes au monde (90 millions en 2019). Ce secteur représente 7,5 % du PIB.
- Les zones urbaines et périurbaines abritent les musées, les monuments historiques et les parcs d'attractions. Si Paris reste le premier pôle d'accueil, d'autres villes sont également des lieux du tourisme urbain (Bordeaux, Lyon, Nice, Strasbourg, Avignon, Lille, ...).
- Les littoraux méditerranéen et atlantique (40 % des séjours en France) et les montagnes (17 % des séjours, surtout dans les Alpes du Nord) bénéficient de nombreuses infrastructures d'accueil (hôtels, chambres d'hôtes, campings).
- Le tourisme vert (rural) est plus diffus, souvent localisé en moyenne montagne.

Mot clé

Le **tourisme vert** concerne les espaces ruraux. Il privilégie la découverte de la nature, des produits du terroir et des traditions locales.

L'ESSENTIEL

Le secteur tertiaire en France

Métropoles
- services publics nombreux
- tertiaire supérieur
- tourisme urbain et/ou balnéaire (bord de mer)

Espaces ruraux
- regroupement des services publics
- économie résidentielle
- tourisme vert/sports d'hiver

Les espaces de faible densité et leurs atouts

28

☐ OK

Quelles sont les caractéristiques spatiales, sociales et économiques des espaces de faible densité en France ?

I Caractéristiques

1 Des territoires où les hommes sont rares

- Avec une **densité moyenne** de 123 hab./km^2, la France métropolitaine est assez densément peuplée. Elle compte néanmoins des territoires de faible densité : comptant moins de 30 hab./km^2. Ils représentent 42 % des communes du pays et abritent 6 % de la population.
- Dans cette « **France du vide** », la densité est par endroit inférieure à 10 hab./km^2 : on parle alors d'espaces **désertifiés**.

2 Des espaces ruraux en difficulté

- Les espaces de faible densité forment une « diagonale » allant de la Champagne aux Pyrénées, à laquelle on peut ajouter les zones de montagnes et les arrière-pays normands et bretons.
- Ce sont des territoires essentiellement ruraux, démographiquement peu dynamiques, à l'écart des grands axes de transport qui les traversent mais ne les desservent pas toujours (« **effet tunnel** »).

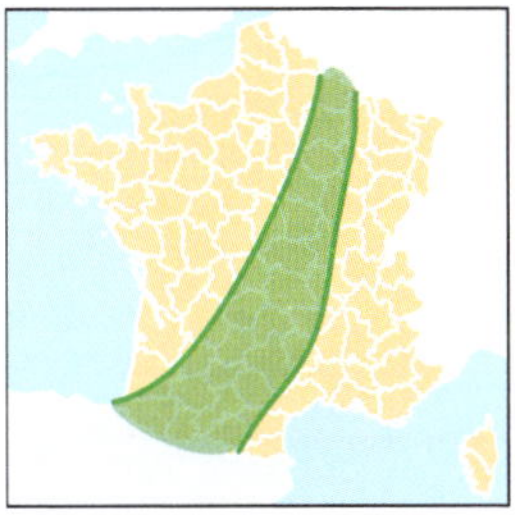

La « diagonale du vide »

- L'isolement des espaces de très faible densité est accentué car ils peuvent également souffrir d'une mauvaise connexion au réseau de téléphonie mobile et Internet (**fracture numérique**).

3 Des territoires de plus en plus attractifs

- Les espaces ruraux ne subissent plus l'**exode rural** depuis les années 1970 et certains ont même un solde migratoire positif.
- Ils sont situés au sud de la « diagonale du vide », dynamisés par l'arrivée de citadins fuyant les espaces urbains ou de retraités revenant « au pays » après leur vie active.

Mot clé

Le **solde migratoire** est la différence entre le nombre d'entrées et de sorties d'un territoire.

II Dynamiques sociales et économiques

1 Des sociétés en mutation

- Les espaces de faible densité concentrent des personnes globalement **plus âgées** et socialement **plus modestes** que la moyenne nationale.
- Cependant, sous l'effet de l'arrivée de néoruraux mais aussi du développement des **résidences secondaires**, la **mixité sociale** se renforce dans les sociétés rurales.
- Les sociétés voient désormais cohabiter des populations temporaires ou permanentes revendiquant des modes de vie urbains, et des populations « natives » ayant des modes de vie plus repliés et peu mobiles.

2 Une économie rurale qui se diversifie

Les espaces de faible densité se structurent autour de trois activités économiques qui connaissent de profondes mutations.

- L'**activité agricole** se diversifie : productiviste et tournée vers les marchés mondiaux, ou bien locale et recherchant la qualité des produits du terroir. Les agriculteurs s'orientent vers le tourisme vert ou de montagne ; ils entretiennent les paysages et protègent la biodiversité.
- L'**économie résidentielle** repose sur des services peu exposés à la concurrence mondiale et bénéficie de la nouvelle attractivité de certains espaces ruraux.
- Les **activités liées à la transition énergétique et au développement durable** prennent leur essor :

• les nouveaux usages du bois (construction, biocombustible) revitalisent la sylviculture ;

• l'installation d'éoliennes et de panneaux solaires complète la production énergétique.

L'ESSENTIEL

Le nouveau dynamisme des espaces de faible densité

Mixité sociale
- ruraux
- néoruraux
- touristes

Activités
- agriculture
- tourisme vert
- économie résidentielle
- transition énergétique (bois, éoliennes)

L'aménagement du territoire français : objectifs et acteurs

29

☐ OK

Pourquoi et comment aménager le territoire français ?

I Les objectifs de l'aménagement du territoire

1 Renforcer la compétitivité des territoires

- Dans le contexte de la mondialisation, les territoires français sont en compétition avec d'autres régions, européennes ou mondiales.
- La compétitivité dépend de l'accessibilité. Les réseaux des transports et numérique sont développés pour lutter contre l'enclavement.

2 Atténuer les inégalités économiques et sociales

- À l'échelle nationale, le nord et l'est de la France, la « diagonale du vide » ainsi que les territoires ultramarins ont un taux de pauvreté supérieur à la moyenne nationale.
- À l'échelle régionale, les inégalités sont parfois fortes entre les départements ou entre les espaces sous l'influence ou non d'une aire urbaine.

Mot clé

Le **taux de pauvreté** correspond à la proportion d'individus dont le niveau de vie est inférieur pour une année donnée au seuil de pauvreté.

- À l'échelle locale, les pôles urbains concentrent davantage de personnes aux revenus modestes (retraités, étudiants) que les communes périurbaines.

3 Rendre les territoires plus durables

- Depuis 1992, les collectivités territoriales doivent se doter d'un Agenda 21 listant les mesures à prendre dans le domaine du développement durable.
- Les constructions d'écoquartiers, de pistes cyclables, de lignes de tramway, mais aussi de logements sociaux répondent à ces objectifs.

II Des acteurs et des actions multiples à toutes les échelles

1 L'État et l'Union européenne

- L'État mène de grandes politiques de rééquilibrage du territoire français par l'intermédiaire de l'Agence nationale de cohésion des territoires : aménagements touristiques, développement du réseau de transport, aménagement de zones industrialo-portuaires (ZIP).

- À l'échelle locale, l'État met en œuvre des **contrats de plan État-Région** pour subventionner des projets.
- Le **Fonds européen de développement régional** (FEDER) fournit des aides financières afin de réduire les écarts entre les régions européennes.

2 Les collectivités territoriales

- Depuis les **lois de décentralisation** de 1982-1983, des compétences de l'État ont été transférées aux collectivités territoriales (communes, départements et régions) dans les domaines des transports, de l'action sociale et de l'économie.
- Les **intercommunalités** comptent quatre types d'établissements publics de coopération intercommunale (**EPCI**) : communautés de communes, communautés d'agglomération, communautés urbaines, métropoles.
- La **réforme territoriale**, mise en œuvre en 2016, a remplacé les 22 anciennes régions métropolitaines par 13 nouvelles régions agrandies aux compétences renforcées.

3 Une plus grande implication des citoyens

- Les citoyens financent l'aménagement du territoire par leurs **impôts**. Ils peuvent donner leur avis lors d'**enquêtes publiques**.
- Des **entreprises privées** réalisent aussi des aménagements et peuvent les exploiter pour les acteurs publics (distribution de l'eau, gestion des autoroutes, des déchets, etc.).

L'ESSENTIEL

L'aménagement du territoire

Objectifs
- compétitivité des territoires
- atténuation des inégalités
- développement durable

Acteurs
- État → ANCT
- UE → FEDER
- intercommunalités et régions
- citoyens et entreprises privées

L'intégration du territoire français dans la mondialisation

30

☐ OK

Quels sont les espaces qui permettent à la France d'être intégrée à la mondialisation ?

I La mondialisation encourage la métropolisation

1 La mondialisation dynamise les grandes villes

- **Paris** concentre les **fonctions de décisions** politiques et économiques. Ses aéroports assurent environ 60 % du trafic aérien français et l'essentiel des échanges internationaux. La création du Grand Paris, en 2016, vise à renforcer encore son attractivité et sa compétitivité à l'échelle mondiale.

Chiffres clés

L'aire urbaine de Paris concentre **19 % de la population française** et réalise **30 % du PIB** de la France.

- Marseille, Lyon, Lille, Strasbourg et Nice concentrent suffisamment de **services de hauts niveaux** pour rayonner au niveau européen.

2 L'émergence de territoires périurbains dynamiques

- Les grandes entreprises s'implantent de plus en plus dans des **parcs technologiques** bénéficiant d'une main-d'œuvre qualifiée et bien reliés aux réseaux de transport internationaux.
- Certains des 54 **pôles de compétitivité** ont un rayonnement mondial comme Aerospace valley dans la région de Toulouse…

II La mondialisation privilégie les interfaces

1 Les littoraux

- La politique d'aménagement de **zones industrialo-portuaires** (ZIP) a adapté la France à la littoralisation des activités. Les aménagements de **plateformes multimodales** (ports de Fos-Marseille, Le Havre) ont contribué à l'insertion de l'industrie française à l'espace mondial.

Mot clé

Une **plate-forme multimodale** est un lieu où les marchandises changent de mode de transport (du bateau au camion par exemple).

- Les activités touristiques permettent à certains littoraux d'être des espaces attractifs (régions PACA, Occitanie).

2 Les régions frontalières

- Grâce à la libre circulation des biens, des services et des personnes mise en place par l'Union européenne, les régions frontalières sont devenues des interfaces (espaces de contacts et d'échanges).
- Environ 400 000 frontaliers français travaillent à l'étranger, où ils bénéficient de salaires plus élevés. L'essor du travail transfrontalier permet de stimuler les économies locales mais tend à faire monter les prix du foncier et sature les axes routiers.

III Des territoires en marge de la mondialisation

1 Les périphéries du territoire français

- Les espaces ruraux à l'écart des grands axes de transport, la plupart des espaces montagnards mais aussi les territoires ultramarins s'insèrent mal à la mondialisation. L'éloignement, les contraintes du milieu et le faible peuplement expliquent leur manque de dynamisme.
- Les activités économiques de ces espaces en marge restent essentiellement résidentielles. L'activité industrielle y est victime des délocalisations.

2 Les politiques en faveur des espaces peu intégrés

- L'État s'allie aux collectivités territoriales autour de projets d'équipement. Des lignes de TGV pourvues de nombreuses gares sont à l'étude, des antennes relais sont posées pour réduire la fracture numérique.
- Les territoires ultramarins bénéficient de financements pour soutenir leur développement. ▶ FICHE 31

L'ESSENTIEL

Territoires dynamisés par la mondialisation	Territoires marginalisés mais soutenus par l'État
▸ métropoles et parcs technologiques ▸ interfaces littorales et frontalières	▸ territoires ruraux et montagnards ▸ territoires ultramarins

Les territoires ultramarins : une problématique spécifique

31

☐ OK

Quelles sont les spécificités des territoires ultramarins ?

I Les territoires de la diversité

1 Une grande variété de statuts

La France dispose d'une présence planétaire grâce à ses territoires ultramarins.

- Les départements et régions d'outre-mer (DROM) – Guadeloupe, Martinique, Guyane, Mayotte (depuis 2011) et La Réunion – ont le même statut que les régions et départements de métropole.
- Les collectivités d'outre-mer (COM) rassemblent la Polynésie française, Saint-Barthélemy, Saint-Martin, Saint-Pierre-et-Miquelon, Wallis-et-Futuna.
- La Nouvelle-Calédonie et les terres australes et antarctiques françaises (TAAF), la terre Adélie et Clipperton ont des statuts très divers.

2 Des situations géographiques diversifiées

- Les territoires ultramarins sont composés d'îles volcaniques situées en zone tropicale (Martinique, Guadeloupe, La Réunion). Ils sont donc exposés aux aléas naturels (éruptions, séismes, cyclones).
- La Guyane ▶ FICHE 32 est le seul territoire ultramarin continental en zone équatoriale. Quelques archipels sont en zone polaire (Saint-Pierre-et-Miquelon, Kerguelen, terre Adélie…).

II Des territoires qui peinent à se développer

1 L'isolement

- Peuplés de 2,7 millions d'habitants, les DROM et COM sont très éloignés de la métropole (la Nouvelle-Calédonie est à 16 700 kilomètres de Paris).
- L'éloignement ainsi que l'insularité isolent les territoires ultramarins de la métropole mais aussi de leur environnement géographique immédiat.

2 Une grande dépendance vis-à-vis de la métropole

- Les économies des territoires ultramarins sont dominées par un ou deux secteurs d'activité : extraction minière, pêche, tourisme, plantations…

- L'apport d'**argent public** (les salaires des fonctionnaires, les prestations sociales...) fait augmenter le pouvoir d'achat, les importations et les prix.
- Les écarts de richesse entre les territoires ultramarins et leurs voisins attirent une **immigration**, souvent clandestine, qui concurrence les populations ultramarines déjà touchées par le **chômage**.

III Des territoires à aménager

1 Des atouts à mettre en valeur

- Les territoires ultramarins permettent à la France d'être présente militairement sur tous les océans. Ils lui assurent la 2e plus grande **zone économique exclusive** (ZEE), soit 11 millions de km² d'espaces maritimes.

> **Mot clé**
> La **ZEE** est une zone maritime de 200 milles marins (370 km) que l'État côtier peut exploiter de façon exclusive (minerais, pêche).

- Grâce à la diversité géographique des territoires ultramarins, la France dispose de produits tropicaux (bananes aux Antilles), de ressources minières (nickel en Nouvelle-Calédonie), d'espaces touristiques attractifs (Antilles) et d'un pas de tir de lancement spatial en Guyane.

2 Des aménagements pour compenser les handicaps

- La France mène une **politique de continuité territoriale** avec ses territoires d'outre-mer (accès aux mêmes services publics qu'en métropole). Certains avantages fiscaux y attirent les investisseurs.
- Les DROM ont reçu le statut européen de **régions ultrapériphériques** (RUP). Des subventions européennes financent des infrastructures de transport, le secteur agricole, etc. ▶ FICHE 34

L'ESSENTIEL

Les territoires ultramarins : DROM, COM, TAAF

− Freins
- aléas naturels
- isolement
- dépendance
- chômage

+ Atouts
- atout stratégique
- grande ZEE
- produits et ressources

Un territoire ultramarin : l'exemple de la Guyane

32

☐ OK

Comment la France aménage-t-elle le territoire guyanais afin de répondre à ses spécificités ?

I La Guyane, le plus grand territoire d'outre-mer

1 Un vaste territoire

- Française depuis le XVIIe siècle, l'ancienne colonie de Guyane est devenue un département en 1946. Située à 7 000 kilomètres de la métropole, elle est le deuxième plus vaste département et région français : sa superficie représente **16 % du territoire national**.

> **Mot clé**
> Le terme **métropole** désigne ici la France métropolitaine, c'est-à-dire les territoires français situés en Europe.

- La Guyane est bordée au nord par l'océan Atlantique et partage ses frontières avec le Surinam à l'ouest et le Brésil au sud et à l'est. Seul territoire ultramarin continental, la Guyane est couverte à 94 % par la **forêt dense**, infime partie de l'Amazonie.

2 Une faible population concentrée sur le littoral

- La Guyane n'est peuplée que de **269 000 habitants**, dont 90 % sont regroupés sur une étroite bande côtière où sont localisées les principales villes : Cayenne, Kourou, Saint-Laurent-du-Maroni. Cependant c'est la région française ayant la plus forte croissance démographique.
- Toutes les activités s'y concentrent : élevage, riziculture, cultures maraîchères, artisanat, commerce.

3 Un territoire attractif

- La Guyane constitue un **îlot européen**, riche et développé, au milieu d'un « océan de pauvreté ». Les migrants, pour la plupart illégaux, représenteraient 40 % de la population.
- Ces migrants sont nombreux à vivre de l'**orpaillage** (recherche et exploitation de l'or dans les rivières) et à peupler illégalement la forêt amazonienne et les bidonvilles qui se multiplient aux périphéries des grandes villes comme Cayenne.

II Un enjeu stratégique majeur

1 Pour l'aérospatiale

Le centre spatial guyanais, situé à Kourou, fournit près du quart des emplois. Cette base de lancement des fusées européennes Ariane représente 15 % du PIB guyanais. Elle bénéficie d'une latitude idéale pour placer en orbite les plus gros satellites. Sa large ouverture sur l'océan limite les risques d'accident sur terre.

2 Pour la présence militaire française en Amérique

- La Guyane représente un enjeu géostratégique, permettant à la France d'être présente militairement sur le continent américain.
- Environ 2 000 hommes garantissent la sécurité du territoire et luttent contre l'immigration clandestine, la pêche et l'orpaillage illicites dans la zone économique exclusive (ZEE).

3 Pour la connexion avec l'Amérique latine

- Isolée du reste du continent par la forêt amazonienne, tournée vers l'océan Atlantique, la Guyane appartient davantage à l'espace caraïbe qu'au continent américain.
- La France cherche à renforcer les liens avec l'Amérique latine en améliorant les réseaux de transport vers le Brésil (construction d'un pont sur l'Oyapock, routes nationales).

L'ESSENTIEL

La Guyane française
- 269 000 habitants
- 7 000 km de distance de la métropole
- 16 % du territoire national
- centre spatial de Kourou
- forêt amazonienne

L'Union européenne, un territoire en construction

33

OK

Pourquoi peut-on qualifier l'Union européenne de territoire en construction ?

I L'Union européenne, un projet géopolitique

1 Un élargissement continu

- L'Union européenne (UE) est une organisation régionale initiée par six États d'Europe de l'Ouest en 1951. ▶ FICHE 14 Depuis les traités de Rome en 1957 (CEE) et le traité de Maastricht en 1992 (UE), le nombre d'États membres est passé de 6 à 28. La chute du mur de Berlin en 1989 et l'implosion de l'URSS en 1991 ont entraîné un élargissement sans précédent à 12 États d'Europe centrale et orientale dans les années 2000.
- À la suite du Brexit en 2020, l'UE compte désormais 27 membres.
- La construction européenne est portée par des pays qui ont surmonté leurs divisions pour s'unir autour de valeurs communes comme la démocratie, les Droits de l'Homme et le libéralisme.

2 Les institutions communautaires

- La prise de décision au sein de l'UE nécessite des institutions communautaires : le Parlement européen siège à Strasbourg et à Bruxelles, la Commission européenne et le Conseil européen à Bruxelles, la Banque centrale européenne (BCE) à Francfort.
- Des décisions concernant l'agriculture, l'environnement, la recherche ou encore la justice y sont prises et s'imposent aux États membres. Ces derniers restent néanmoins souverains.

II Une Europe à géométrie variable

- Une personne ayant la nationalité d'un État membre est de fait un citoyen européen depuis le traité de Maastricht : il élit ses représentants au Parlement européen et peut être éligible à des mandats locaux, même s'il n'a pas la nationalité du pays européen dans lequel il réside.
- Les 27 membres de l'UE y sont plus ou moins intégrés. En vigueur en 1995, l'espace Schengen ne concerne aujourd'hui que 22 États sur 27 et quatre autres États y sont associés.

Mot clé

L'**espace Schengen** permet aux hommes de circuler librement, sans contrôle aux frontières, entre les pays signataires de l'accord.

- Depuis 2002, seuls 19 des 27 États européens ont adopté l'**euro**. Certains pays, comme le Danemark ou la Suède, refusent d'intégrer la zone euro, souhaitant conserver leur souveraineté dans le domaine monétaire. D'autres ne remplissent pas les conditions économiques nécessaires pour y adhérer.

III Une construction inachevée

1 L'Europe : jusqu'où ?

- L'UE est un espace attractif. Les **candidatures d'adhésion** se multiplient : l'Albanie, la Macédoine du Nord, la Moldavie, le Monténégro, la Serbie, la Turquie et l'Ukraine ont le statut de candidats officiels.
- Pour répondre en partie à l'attente des pays candidats, l'UE a mis en place en 2004 une **politique de voisinage** qui consiste à aider financièrement les États limitrophes.

2 Un projet européen en crise

- L'UE rencontre un certain nombre de crises financières, politiques et sanitaires qui **menacent sa cohésion** : endettement, crise des migrants (depuis 2015), Brexit (2016-2020), attentats, Covid-19, guerre en Ukraine.
- Certains partis politiques prônent un retour aux frontières nationales et une lutte contre l'immigration. Dans de nombreux pays, l'**euroscepticisme** se renforce.

L'ESSENTIEL

L'UE aujourd'hui

+ Atouts
- 27 membres
- institutions communautaires
- marché commun et monnaie commune
- espace Schengen

– Freins
- pas de politique commune en matière fiscale et sociale
- crise migratoire
- montée de l'euroscepticisme

Les contrastes territoriaux dans l'Union européenne

34

☐ OK

Comment l'UE essaie-t-elle de répondre aux disparités entre les territoires riches et les régions en retard de développement ?

I Des inégalités de richesse et de développement

1 À l'échelle européenne

- Des inégalités importantes existent entre les États fondateurs de l'Union européenne (UE) et ceux plus récemment intégrés.
- Les pays d'Europe de l'Ouest et du Nord sont riches et développés, tandis que les pays d'Europe centrale et orientale sont plus pauvres et **en retard de développement**.
- Les États méditerranéens (Portugal, Espagne, Grèce) sont dans une situation intermédiaire. Leur économie, peu industrialisée, est caractérisée par un secteur touristique important. Leur rattrapage économique est aujourd'hui fragilisé par un **fort endettement** (Grèce).
- L'Europe orientale constitue la **périphérie** la plus lointaine de l'UE. Son agriculture est peu productive et ses services sont insuffisants. Elle constitue un réservoir de main-d'œuvre peu coûteuse, attirant les **délocalisations** d'usines du nord-ouest de l'Europe.

2 À l'échelle des régions européennes

- La logique de la mondialisation met les **territoires en concurrence** et accroît les inégalités régionales en favorisant les territoires les mieux connectés au reste du monde, comme les métropoles et les littoraux.
- L'**Europe rhénane** (ensemble des territoires traversés par le Rhin) est le cœur démographique et économique de l'UE.
- Les régions espagnoles, irlandaises, hongroises et polonaises les plus éloignées de la dorsale européenne se dépeuplent et sont particulièrement touchées par le chômage.
- Les territoires présentant de **fortes contraintes** (massifs montagneux, régions situées au nord de l'Europe, territoires ultramarins) sont souvent en retard de développement.

> **Info**
> La **dorsale européenne** (ou mégapole européenne) regroupe les régions reliées à l'Europe rhénane et qui profitent de son dynamisme.

II Les politiques européennes pour réduire les inégalités

1 Vers plus de cohésion

- La solidarité entre les régions fait partie du projet européen. Le Fonds européen de développement régional (FEDER), créé en 1975, et le Fonds social européen (FSE) participent à la « **politique de cohésion et de convergence** » entre les États membres.
- L'UE consacre **plus du tiers de son budget** à améliorer l'accessibilité des territoires, favoriser l'activité économique et la formation professionnelle des régions en retard de développement.

2 L'impératif du développement durable

- Le développement durable est aussi au cœur des préoccupations européennes à travers les aides à la dépollution des régions industrielles en reconversion ou encore au développement rural des régions isolées.
- Le programme **LIFE** est un programme européen finançant des projets bénéfiques à l'environnement. Tandis que le programme **Horizon 2020** finance la recherche et l'innovation, notamment dans le domaine de la transition énergétique.

Mot clé

Le **développement durable** est un développement qui permet de satisfaire les besoins économiques, sociaux et environnementaux des générations actuelles sans compromettre ceux des générations futures.

L'ESSENTIEL

Des contrastes de richesses et de développement →
- entre l'Ouest et l'Est
- entre la dorsale européenne et le reste de l'Union
- entre les métropoles, littoraux et les espaces intérieurs

Les politiques de rééquilibrages →
- politique de cohésion et de convergence
- programmes en faveur du développement durable

La France et l'intégration européenne

35

☐ OK

Comment l'intégration à l'Union européenne transforme-t-elle le territoire français et particulièrement ses régions frontalières ?

I La place de la France dans l'Union européenne

1 L'insertion de la France dans le territoire européen

- La France est un des six **pays fondateurs** de l'Union européenne (UE) : elle participe à tous ses programmes (PAC, zone euro, espace Schengen). Le Parlement européen siège en partie à Strasbourg, une des capitales européennes.
- Les pays de l'UE sont ses **principaux partenaires commerciaux** (deux tiers des échanges). L'essentiel des investissements étrangers en France provient de ses voisins européens.
- **Carrefour européen**, ses infrastructures autoroutières et ferroviaires sont connectées avec le réseau européen : au nord (Eurostar vers Londres ; Thalys vers Bruxelles, Cologne et Amsterdam) ; à l'est (LGV Rhin-Rhône ; connexion du TGV Est avec l'Inter City Express allemand).
- Avec l'élargissement de l'UE vers l'est, l'enjeu des transports est primordial. Le **raccordement** est en cours au sud, vers l'Espagne (LGV L'Océane) et l'Italie (Lyon-Turin). La circulation des Français vers les pays européens est donc facilitée.

2 L'influence européenne en France

- De nombreuses **FTN européennes** sont présentes en France : Airbus, dont le siège est basé à Toulouse, assemble les A 380 à partir de pièces produites en France, en Espagne, au Royaume-Uni et en Allemagne.
- La présence européenne en France s'inscrit également sur les principaux **bâtiments publics** (drapeau européen).
- Environ un tiers des **lois** votées en France comportent des transpositions en droit français de directives européennes.

Chiffre clé

Près de 30 000 étudiants européens sont accueillis dans les universités et les grandes écoles françaises dans le cadre du programme d'échange **Erasmus**.

II Des régions transfrontalières intégrées : l'exemple de la Grande Région

1 Les régions frontalières : des bassins de vie et d'emplois

- Avec la construction européenne, les régions frontalières sont devenues des espaces traversés par des flux intenses : ce sont des **interfaces**.
- La **Grande Région** (anciennement Saar-Lor-Lux) est un groupement européen de coopération territoriale (GECT) créé en 2010, situé entre le Rhin, la Moselle, la Sarre et la Meuse. Elle s'étend sur une superficie de 65 401 km^2 et regroupe des régions de quatre pays parmi les plus riches de l'UE : l'Allemagne, le Luxembourg, la Belgique et la France.
- Peuplée de 11,3 millions d'habitants, la Grande Région réalise 2,5 % du PIB de l'UE. Chaque jour, **240 000 travailleurs frontaliers** se rendent dans un pays voisin, dont presque 80 % au Luxembourg.

2 La coopération transfrontalière

- La Grande Région a pour but d'améliorer la coopération économique, politique et de développer les projets transfrontaliers. Elle perçoit des **aides financières** de l'UE.
- Les projets concernent aussi bien l'emploi que la culture, la santé, les transports et l'environnement. Mais l'**absence d'institutions communes** ralentit leur réalisation.
- L'importance de cette eurorégion est surtout **symbolique** : autrefois territoires de conflits, elle est aujourd'hui un espace de paix entre les peuples européens.

L'ESSENTIEL

La France et l'intégration européenne

Place de la France dans l'UE
- membre fondateur
- position de carrefour
- 2/3 des échanges français

Influence de l'UE en France
- FTN européennes présentes en France
- Lois européennes
- coopération transfrontalière (eurorégions)

La France dans le monde

36

☐ OK

Quels sont la place et le rôle de la France dans le monde ?

I Une puissance économique, touristique et culturelle

1 Une puissance économique

- La France est la 7e **puissance économique mondiale**. Une trentaine de ses FTN sont classées parmi les 500 premières mondiales.
- La France est une puissance commerciale bien **intégrée au processus de mondialisation** : ses principaux partenaires sont les pays de l'Union européenne (UE), les États-Unis, l'Asie-Pacifique et le Moyen-Orient.

2 Une forte attractivité touristique

Avec plus de 90 millions de touristes accueillis en 2019, la France est la **1re destination touristique mondiale**. Son patrimoine historique, le rayonnement mondial de sa capitale, ses littoraux atlantiques et méditerranéens ainsi qu'un climat favorable sont ses principaux atouts.

3 Une puissance culturelle

- La France exerce un rayonnement culturel mondial. Le français reste, avec près de **300 millions de francophones**, une des langues les plus parlées au monde. Les sommets de la **Francophonie** réunissent tous les deux ans les pays qui reconnaissent le français comme langue officielle.
- Le rayonnement linguistique de la France progresse et il s'appuie sur le réseau des lycées français à l'étranger (496 établissements dans 137 pays), les centres culturels et l'**Alliance française**. Des médias comme France 24 ou Radio France internationale (RFI) participent au *soft power* de la France.

II Une puissance géopolitique fragile

1 Une présence territoriale et humaine

- La France dispose de territoires ultramarins présents sur tous les continents. ▶ FICHE 31 Ceux-ci assurent à la France la deuxième plus grande **zone économique exclusive** (ZEE) du monde, soit 11 millions de km² d'espaces maritimes.

- Le nombre d'**expatriés français** ne cesse de croître. Ils sont entre 1,5 et 2 millions à avoir quitté la France, dont la moitié vers un pays de l'UE.

2 Un acteur géopolitique et militaire

- La France conserve son *hard power* : elle est l'un des cinq membres permanents au Conseil de sécurité de l'Organisation des Nations unies (ONU). Elle dispose du **deuxième réseau diplomatique mondial**, derrière les États-Unis, par l'intermédiaire de ses consulats et ambassades.

> **Mots clés**
>
> Le ***hard power*** est la capacité de contrainte, par la force politique et militaire, tandis que le ***soft power*** est la capacité d'influencer, par la culture et le mode de vie.

- La France est également une **puissance militaire** qui possède l'arme nucléaire. L'armée française est présente à l'étranger où elle effectue des missions sous mandat international de l'ONU ou de l'Organisation du traité de l'Atlantique nord (OTAN).

3 Les limites de la puissance française dans le monde

- Les exportations françaises dépendent essentiellement du marché européen. Les **coûts de production** sont élevés, ce qui rend la France peu compétitive face aux pays émergents (Chine).
- La puissance géopolitique de la France est remise en question. Depuis les interventions militaires récentes au Mali et en Syrie, la France est régulièrement touchée par des **actes de terrorisme** de la part de mouvements islamistes alors que son budget militaire est en baisse.

L'ESSENTIEL

La puissance française...

économique
- 7e rang à l'échelle mondiale

culturelle
- 300 millions de francophones

touristique
- 1re destination touristique mondiale

géopolitique
- membre permanent de l'ONU
- 2e réseau diplomatique mondial

L'Union européenne dans le monde

37

☐ OK

Quelles sont les forces et les faiblesses de la puissance européenne dans le monde ?

I L'UE rayonne sur son voisinage

1 Un centre attractif

- L'Union européenne (UE) est devenue un pôle de stabilité et de croissance, dont la force d'attraction s'exerce sur son voisinage. Plusieurs pays sont aujourd'hui des **candidats** à l'adhésion à l'UE. ▶ FICHE 33
- Afin d'assurer la stabilité et la prospérité économique des régions proches, l'UE a mis en place en 2004 une **politique européenne de voisinage**. Cette aide économique, de plus de 2,2 milliards d'euros annuels, permet d'atténuer les écarts de richesse et de développement au sein du continent.

2 L'Union pour la Méditerranée

- La Méditerranée est une **aire de relations privilégiée** de l'UE. En 2008, l'Union pour la Méditerranée a fixé des objectifs concrets en termes de protection de l'environnement et de flux migratoires.
- Mais depuis les révolutions arabes (2011) et la montée des menaces islamistes, le processus est au point mort.

II Une puissance économique et commerciale en recul

1 Les attributs de la puissance européenne dans le monde

- L'UE est la **2e puissance économique** du monde en 2020, juste derrière les États-Unis, et une puissance financière attractive.
- L'UE participe à la **gouvernance économique mondiale**. Membre de l'Organisation mondiale du commerce (OMC), elle abrite un tiers des firmes transnationales (FTN) classées parmi les 500 premières mondiales. Les points forts de son économie reposent sur les secteurs de l'énergie, de la banque et de l'assurance, du tourisme, de l'automobile, de la chimie, de l'aéronautique.

> **Chiffres clés**
>
> L'UE réalise **18 % du** PIB mondial et près de **30 % des échanges mondiaux** en 2020.

- Les ports situés entre Le Havre et Hambourg forment la façade maritime de la Northern Range, qui constitue une **interface dynamique**. Rotterdam, aux Pays-Bas, est un nœud de redistribution des marchandises venues du monde entier.
- Avec 447 millions d'habitants en 2021, l'UE est enfin le **plus grand marché de consommation** du monde. La main-d'œuvre européenne, très qualifiée, participe à sa puissance économique.

2 Les limites de la puissance européenne dans le monde

- Plus des deux tiers des échanges commerciaux sont **intra-européens**. Les politiques économiques des différents États membres sont peu coordonnées ; les États restent des concurrents dans le contexte de la mondialisation.
- Face aux grandes puissances mondiales (États-Unis, Chine), l'UE souffre d'un **manque d'unité politique**. Sans armée ni diplomatie commune, elle ne parvient pas à s'affirmer au sein de l'Organisation des Nations unies (ONU), où elle n'est qu'un observateur.
- L'UE est **fragilisée** par la dette publique de ses membres, le vieillissement de sa population, les disparités économiques entre ses régions et la montée de l'euroscepticisme et le Brexit.
- Enfin, l'UE doit aussi faire face à de nombreux **défis** :
  - la dépendance énergétique ;
  - la compétitivité des pays émergents ;
  - le réchauffement climatique ;
  - la crise des migrants depuis 2015.
  - la guerre en Ukraine depuis février 2022.

Mot clé

Le **Brexit** désigne la sortie du Royaume-Uni de l'UE, décidé par référendum en juin 2016, effectif depuis 2020.

L'ESSENTIEL

L'UE dans le monde

+ Atouts	− Freins
2e puissance économique mondiale	concurrence externe et interne
1re puissance commerciale (marché intérieur dynamique)	manque d'unité politique
territoires aménagés (façades maritimes)	endettement
	disparités économiques

La lutte contre les discriminations

38

☐ OK

Pourquoi faut-il lutter contre l'inégalité de traitement de certaines personnes par rapport à d'autres ?

I L'égalité, une valeur au cœur du projet républicain

- « Les hommes naissent et demeurent libres et égaux en droit » (DDHC, art. 1). L'égalité est une des valeurs principales de la République française. C'est une cause à défendre et un **idéal à atteindre**.
- Les sociétés démocratiques reconnaissent deux formes d'égalité :
  - l'**égalité politique** (les citoyens ont tous les mêmes droits et devoirs) ;
  - l'**égalité morale** (chaque individu a droit au respect).
- La **discrimination** s'oppose à l'égalité : elle est **antirépublicaine**.

II Les mécanismes d'exclusion

- Les discriminations traduisent un **rejet de l'autre** et de sa différence. Elles reposent parfois sur des systèmes de pensée. Ainsi les discriminations raciales sont souvent le résultat d'idéologies racistes ou antisémites.
- Toutes les formes d'exclusion ne sont pourtant pas des discriminations. Il convient ainsi de distinguer les discriminations des **inégalités sociales**, qui ne reposent pas sur des critères illégaux.

Mots clés

- Le **racisme** est la croyance en l'existence de « races » humaines et en une hiérarchie entre elles.
- L'**antisémitisme** désigne le racisme dirigé contre les Juifs.

III Le combat contre les discriminations

- En France, la loi distingue **25 critères** qui permettent de définir plusieurs types de discrimination : raciales, religieuses, xénophobes, sexistes ou encore homophobes.
- Les discriminations sont **punies par la loi** française mais souvent difficiles à prouver. Les personnes qui estiment que leurs droits n'ont pas été respectés peuvent directement saisir le **Défenseur des droits**.

Le principe de laïcité

39

☐ OK

Comment la laïcité permet-elle de mieux vivre ensemble ?

I Un principe d'organisation de l'État

- L'idée de laïcité naît avec l'**affirmation de la liberté de conscience** en 1789. Elle s'enracine au XIXe siècle chez les républicains, en réaction à l'influence de l'Église catholique.
- La laïcité, d'abord instaurée à l'école publique en 1882, est étendue à tous les services de l'État par la loi de 1905. Dès lors, les institutions publiques adoptent une stricte **neutralité à l'égard de toutes les religions** et ne financent plus aucun culte.

Document clé

« Nul ne doit être inquiété pour ses opinions, même religieuses, pourvu que leur manifestation ne trouble pas l'ordre public établi par la loi. »
Déclaration des droits de l'homme et du citoyen, article X, 1789.

II Un principe à la croisée des valeurs républicaines

- La neutralité de l'État en matière religieuse garantit à chacun la **liberté de choisir sa religion ou de ne pas en avoir** et, aux associations religieuses, la liberté de s'organiser de manière autonome dans les limites du respect de l'ordre public. Aussi les citoyens sont libres d'**exprimer leurs opinions** sur les religions, même si celles-ci peuvent heurter des croyances.
- Aucune distinction fondée sur la religion ne peut être faite entre les citoyens : tous ont les **mêmes droits** et les **mêmes devoirs**. La laïcité est donc un **facteur d'égalité**.
- Enfin, la laïcité s'articule avec la fraternité, car elle favorise la tolérance en instaurant un **respect de toutes les croyances**, condition nécessaire au « vivre-ensemble ».

Info

La **Charte de la laïcité à l'école** reprend les règles à appliquer dans les établissements scolaires publics, comme l'interdiction de porter des signes religieux trop visibles.

Le rôle de la loi

40

☐ OK

En quoi la loi est-elle au cœur du fonctionnement des sociétés démocratiques ?

I La loi et l'État de droit

1 La nécessité de la loi

- Les lois sont à la **base de la vie en société organisée**, car elles permettent d'adopter des règles communes. Elles sont la source du droit (appliqué ensuite par la justice).
- Les lois imposent des **obligations**, mais permettent aussi de reconnaître des **droits** (« mariage pour tous », promotion de l'égalité femme-homme) et de **protéger** (justice des mineurs).

2 L'expression du peuple

- En France, le peuple est à l'origine des lois. Il exprime sa volonté par l'intermédiaire de représentants élus, c'est la **démocratie représentative**.
- Pour des lois importantes (ratification d'un traité, révision de la Constitution), le corps électoral peut être consulté par référendum.

Mot clé

Un **référendum** est un vote direct invitant à répondre par « oui » ou « non » à une question législative précise.

II Les étapes de l'élaboration d'une loi ▶ FICHE 43

- L'initiative d'une loi peut venir du gouvernement (projet de loi) ou des parlementaires (proposition de loi). Néanmoins, le **pouvoir législatif** (pouvoir de faire les lois) appartient uniquement aux deux chambres du **Parlement** : Assemblée nationale et Sénat.
- La complexité du parcours d'une loi permet de respecter les **règles de fonctionnement de la démocratie** : les députés et les sénateurs débattent, modifient et votent les lois.
- Avant la promulgation d'une loi par le président de la République, le Conseil constitutionnel doit vérifier, qu'elle respecte les **règles de la Constitution**, et le Conseil d'État, qu'elle est conforme aux traités internationaux signés par la France.

Les droits sociaux

41

☐ OK

Quels sont les « droits de l'Homme de seconde génération » qui viennent compléter les droits-libertés pour constituer les droits fondamentaux des êtres humains ?

I La reconnaissance des droits-libertés

- En 1789, la **Déclaration des droits de l'homme et du citoyen** (DDHC) affirme l'existence de droits naturels (la liberté, l'égalité). Ils sont reconnus au niveau international par la **Déclaration universelle des droits de l'Homme** (DUDH) en 1948.
- Cette première génération de droits fondamentaux, appelée « droits-libertés » offre aux individus la **possibilité d'agir sans soumission** (libertés d'expression, d'association…).
- Quelques **droits sociaux** (comme le droit de grève ou le droit d'appartenir à un syndicat) sont reconnus dès le XIXe siècle.

II L'affirmation des droits sociaux

1 La mise en place d'une démocratie sociale

- Le contexte de la fin de la Seconde Guerre mondiale est favorable à l'instauration d'une démocratie plus sociale en France (avec la prise en compte des idéaux de la Résistance). De **nouveaux droits économiques et sociaux** (le droit à l'instruction, à la santé, au travail) sont inscrits dans la Constitution de 1946.
- Ces droits nécessitent l'**intervention de l'État** pour leur mise en œuvre concrète, et leur reconnaissance coïncide avec la mise en place de l'État-providence (création de la Sécurité sociale en 1945).

Mot clé

Un **État-providence** est un État qui intervient directement dans les domaines économiques et sociaux (prise en compte de risques sociaux comme la perte d'emploi).

2 L'évolution des droits sociaux

De nouveaux droits sont reconnus (comme le **droit au logement** en 2007) mais leur application complète se heurte souvent aux **contraintes budgétaires de l'État**.

Les valeurs au fondement de la République française

42

☐ OK

Quelles sont les causes à défendre et les idéaux à atteindre sur lesquels repose le pacte républicain ?

I Des principes et des valeurs à défendre

- Les quatre grandes valeurs de la République française sont :
  - la **liberté** (« faire tout ce qui ne nuit pas à autrui », DDHC de 1789) ;
  - l'**égalité** (les Hommes ont tous les mêmes droits) ;
  - la **fraternité** (solidarité entre les Hommes) ;
  - la **laïcité** (liberté de croire ou de ne pas croire). ▶ FICHE 39
- Elles sont aussi des **principes** à la base de l'organisation et du fonctionnement de la République.
- Ces valeurs sont incarnées par des **symboles nationaux** : le drapeau, l'hymne (*La Marseillaise*), la devise, Marianne et le 14 juillet.

II Des valeurs au cœur des enjeux républicains

1 Garantes de la cohésion sociale

- Le **pacte républicain** signifie que ces valeurs sont un **bien commun**. Leur mise en œuvre permet de renforcer la cohésion de la société (les droits sociaux sont adoptés au nom de la fraternité).
- L'**école** est particulièrement sollicitée pour faire partager ces valeurs mais la vie citoyenne est aussi rythmée par des temps forts d'identification nationale. Ainsi, les journées mémorielles permettent de construire une mémoire collective autour de valeurs partagées et contribuent au sentiment d'appartenance commune.

Quelques journées mémorielles

- **27 janvier :** journée en mémoire des génocides
- **8 mai :** victoire de 1945
- **10 mai :** journée en mémoire de l'esclavage et de son abolition

2 La communauté des démocraties

La volonté de défendre et de promouvoir ces valeurs relie la France à la communauté des nations démocratiques. Les valeurs de liberté et d'égalité sont ainsi au **fondement de la citoyenneté européenne**.

Qu'est-ce qu'une démocratie ? 43

☐ OK

Quels principes un État doit-il respecter pour être considéré comme démocratique ?

I Les caractéristiques d'une démocratie

- Dans une démocratie, le pouvoir (*kratos* en grec) est détenu ou contrôlé par le peuple (*démos*), qui exerce sa **souveraineté** par le suffrage universel. Les citoyens bénéficient de l'**égalité politique**, ont des droits et des devoirs.
- La **séparation des trois pouvoirs** législatif, exécutif et judiciaire, la fréquente **consultation du peuple** et le **pluralisme politique** (l'existence de plusieurs partis politiques) garantissent le fonctionnement démocratique d'un État.

II Les régimes démocratiques

- Les démocraties directes ont aujourd'hui disparu au profit de **démocraties représentatives**. Les décisions sont prises par des représentants élus (aux élections présidentielles, législatives, municipales…) selon la règle majoritaire.
- Les démocraties deviennent **participatives** lorsque des dispositifs sont mis en place pour augmenter le rôle des citoyens dans la prise de décision (conseils de quartiers par exemple).
- Un « indice de démocratie » a été créé pour **évaluer le niveau démocratique** d'un pays. En 2021, la France a ainsi été classée au 22e rang mondial : par exemple, malgré les lois en faveur de la parité, la vie politique reste peu ouverte aux femmes.

III Les régimes non démocratiques

- Les dictatures se caractérisent par la **concentration des pouvoirs** aux mains d'une personne (monarchie) ou de quelques personnes (oligarchie), par **l'absence de consultation** du peuple et d'alternance politique.
- Une république n'est **pas nécessairement une démocratie**. En République populaire de Chine, seul le Parti communiste est autorisé et des opposants politiques sont emprisonnés.

Les institutions de la Ve République

44

☐ OK

En quoi les institutions de la Ve République respectent-elles les principes démocratiques ?

I L'application des règles démocratiques ▶ FICHE 40

- La Constitution de la Ve République a été adoptée en 1958. Les trois pouvoirs sont aux mains d'institutions différentes :
  – le pouvoir **législatif** est confié au Parlement (Assemblée nationale et Sénat) ;
  – le pouvoir **exécutif** à un président et à son gouvernement ;
  – le pouvoir **judiciaire** à des juridictions indépendantes du pouvoir.
- Le peuple exerce sa souveraineté par le **suffrage universel direct** (ou indirect pour les élections sénatoriales). Le mode de scrutin est majoritaire. Le candidat ou la liste ayant obtenu le plus de voix est élu.
- Le peuple peut être aussi directement consulté par la voie du **référendum.**

II Un régime semi-présidentiel

1 Un régime politique mixte

- Le **président de la République** est doté de pouvoirs élargis : chef de l'État et des armées, il nomme le **premier ministre**, préside le Conseil des ministres et peut dissoudre l'Assemblée nationale.
- Mais le régime est aussi **parlementaire** car le Parlement vote les lois, le budget et exerce un contrôle sur le gouvernement (le président doit choisir son premier ministre parmi la majorité parlementaire).

2 Une présidentialisation croissante

Afin de limiter les risques de cohabitation, le mandat présidentiel a été réduit de 7 à 5 ans (réforme du **quinquennat** adoptée en 2000). Cela permet de faire coïncider les élections présidentielles et parlementaires et d'assurer ainsi au Président élu une majorité parlementaire pour l'intégralité de son mandat.

Mot clé

La **cohabitation** est la coexistence à la tête de l'État entre un président et un premier ministre aux tendances politiques opposées. ▶ FICHE 19

L'État et les collectivités locales 45

☐ OK

Comment la France est-elle gouvernée et administrée ?

I Un État garant de la cohésion sociale ▶ FICHE 44

- L'État représente la **collectivité**. Il est incarné par les institutions républicaines auxquelles le peuple a délégué l'exercice de sa souveraineté (démocratie représentative).
- À ce titre, l'État exerce un certain nombre de **grandes fonctions souveraines** (dites régaliennes) : la défense, la diplomatie, la police, la justice et la fiscalité.
- L'État garantit ainsi les **conditions de la vie en société** puisqu'il assure la sécurité intérieure et extérieure, protège les droits des individus et finance ses actions (comme la mise en œuvre des droits sociaux) par la fiscalité (impôts directs et indirects).

> **Mot clé**
> Les **fonctions régaliennes** étaient les attributions qui relevaient directement du roi. L'expression désigne aujourd'hui les fonctions du ressort exclusif de l'État.

II La prise en compte des particularismes locaux

1 La décentralisation

- La première loi de décentralisation de 1982 ouvre la voie à un profond bouleversement de la **répartition des pouvoirs** au profit des acteurs locaux.
- Les collectivités locales sont reconnues comme des **structures administratives autonomes** dotées de compétences propres déléguées par l'État (comme la gestion des lycées par les conseils régionaux).

> **Mot clé**
> Une **collectivité locale** (ou territoriale) est une partie du territoire disposant d'une certaine autonomie de gestion :
> - les communes ;
> - les départements ;
> - les régions.

2 La déconcentration

La décentralisation est accompagnée d'un processus de déconcentration. Des **autorités administratives représentants l'État** (comme les préfets) sont implantées dans des circonscriptions locales pour améliorer la rapidité et l'efficacité de la prise de décision.

La question de l'opinion publique

46

☐ OK

Quelle est la place de l'opinion publique dans le débat démocratique ?

I Un produit de la démocratie

1 L'affirmation de l'opinion publique

- L'avènement du suffrage universel fait de l'opinion publique un **acteur majeur de la vie politique**, dans un rôle complexe de **soutien** et d'**obstacle** au pouvoir en place.
- Elle s'affirme en France avec l'amélioration des niveaux de vie, des niveaux culturels et l'évolution des moyens d'information et de communication.

> **Mot clé**
> L'**opinion publique** désigne les avis, idées et jugements (parfois supposés) de l'ensemble des citoyens.

2 La mesure de l'opinion publique, une question problématique

- Les **sondages** servent d'outils de référence en offrant une photographie à un instant précis des opinions des citoyens (à partir des avis d'un échantillon jugé représentatif de la population).
- Ils sont néanmoins accusés de **fabriquer de l'opinion** en interrogeant les individus sur des sujets sur lesquels ils n'ont pas forcément d'avis.

II Médias et opinion publique

- Les médias entretiennent aussi des rapports complexes avec l'opinion publique. Lieux d'expression des avis des citoyens, ils permettent en même temps de les influencer.
- Dans la **société numérique** actuelle, les médias traditionnels (la presse d'opinion) et audiovisuels sont dépassés par Internet.

> **Mot clé**
> Les **médias** sont l'ensemble des moyens, techniques et supports qui permettent une diffusion massive de l'information (presse, radios, télévision, cinéma, Internet...).

- Blogs, sites web et surtout **réseaux sociaux** accroissent les échanges d'informations tout en cassant les barrières traditionnelles en termes de communication (des lanceurs d'alerte peuvent par exemple être à l'origine de mobilisations collectives).

Le sens de l'engagement

47

☐ OK

Pourquoi et comment des citoyens s'engagent-ils au niveau associatif, syndical ou politique ?

I La diversité des engagements

- Depuis la loi de 1901, les associations doivent être composées d'au moins deux personnes et avoir des statuts déposés en préfecture. Celles-ci doivent **partager un but ou un intérêt commun**.
- La France compte 1,5 million d'associations (regroupant 13 millions de bénévoles) dont la variété est infinie, allant d'une petite association de quartier à une ONG présente dans différents pays.

> **Mot clé**
>
> Une **organisation non gouvernementale** (ONG) fonctionne de manière autonome, sans dépendre d'un État.

- Les citoyens peuvent aussi s'engager dans des **syndicats** ou dans des **partis politiques**. Il existe aujourd'hui plus de soixante-dix partis nationaux et plusieurs centaines de micro-partis impliqués uniquement dans la vie politique locale. Les citoyens peuvent être sympathisants, adhérents, donateurs ou militants.

II Les enjeux de l'engagement citoyen

- Intégrer ces structures est une **démarche volontaire**. Les citoyens choisissent de s'y engager lorsqu'ils sont en accord avec les objectifs et le mode de fonctionnement.
- Ces structures permettent aussi aux citoyens de mener des **actions collectives pour défendre leurs idées ou leurs intérêts**. Les syndicats peuvent par exemple engager des actions de protestation (pétitions ou grèves).

> **Mot clé**
>
> Les **syndicats** sont des associations professionnelles qui regroupent des personnes exerçant des métiers similaires pour défendre des intérêts communs.

- Les associations, syndicats et partis politiques sont **nécessaires** pour porter des attentes, défendre des droits ou exprimer des choix politiques (et permettre ainsi le pluralisme politique).

Les Français et la Défense nationale

48

☐ OK

Comment les citoyens participent-ils à la sécurité du territoire et comment les armées contribuent-elles à la cohésion de la communauté nationale ?

I Le parcours citoyenneté

La réforme du service national de 1997 a remplacé le service militaire obligatoire par un parcours citoyenneté en trois grandes étapes.

Étape 1	Les élèves de Troisième et de Première sont **sensibilisés au devoir de défense** en travaillant sur les grands principes et l'organisation générale de la Défense nationale.
Étape 2	À 16 ans, les jeunes citoyens doivent se faire recenser à la mairie de leur domicile.
Étape 3	Ils effectuent avant 18 ans la Journée défense et citoyenneté (JDC) pour découvrir la communauté militaire et développer leur conscience des enjeux de la défense nationale.

II Les engagements citoyens dans la Défense nationale

- Des citoyens s'engagent volontairement dans les armées pour participer aux missions militaires et humanitaires. Ils peuvent aussi rejoindre la réserve opérationnelle et se tenir prêts à intégrer les armées en cas de nécessité.
- Il existe de nombreux dispositifs à destination de la jeunesse. Le service civique permet à des jeunes de s'engager volontairement au service de l'État ou d'une association pour réaliser une mission d'intérêt général. Des contrats Armée-jeunesse leur permettent d'effectuer des stages rémunérés au sein des armées.
- Le Service National Universel (SNU) est amené à remplacer la JDC. Les objectifs affichés sont de renforcer la cohésion sociale et territoriale (période de vie collective, détection des difficultés de lecture, de santé ou d'insertion de certains jeunes) et de développer la culture de l'engagement (découverte des opportunités civiles et militaires).

Les engagements internationaux de la France

49

☐ OK

Comment la France participe-t-elle à la sécurité mondiale ?

I Les engagements militaires français

- Avec une armée de près de 200 000 hommes et 4 porte-aéronefs, la France reste une **puissance militaire** de premier plan.
- Elle est capable d'**intervenir rapidement** partout dans le monde grâce aux 20 000 engagés présents dans ses bases militaires (Guyane, Djibouti). La France est récemment intervenue au Mali (2013), en Irak (2014), et en Syrie (2015).

II Les engagements solidaires et coopératifs

- Les interventions militaires françaises sont toujours menées avec l'accord de l'**Organisation des Nations unies** (ONU). La France participe aussi à des opérations dans le cadre de l'**OTAN** (Syrie) ou de l'**Union européenne** (côtes somaliennes).
- Les militaires jouent souvent un **rôle humanitaire direct** auprès des populations (distribution de nourriture…) tandis que la France dispense des **aides publiques au développement** (APD) aux pays en difficulté. Le but de ce soutien financier est de permettre aux pays concernés de se développer afin d'améliorer leurs conditions de vie sur place.

III Une présence culturelle

- Dans le cadre de la francophonie, la France est aussi culturellement ouverte sur le monde (réseaux d'associations, regroupements de journalistes, d'écrivains ou encore de professeurs de français).

Mot clé

La **francophonie** désigne l'ensemble des personnes (environ 300 millions) qui ont en commun l'usage de la langue française.

- L'**Organisation internationale de la Francophonie (OIF)** est vouée à la promotion de la langue française et des relations de coopération entre les 88 États et gouvernements membres ou observateurs de l'organisation.

SCIENCES ET TECHNOLOGIE

SOMMAIRE

Quand vous avez révisé une fiche, cochez la case ☐ correspondante !

Physique-chimie

Organisation et transformation de la matière

Mouvement et interactions

Des signaux pour observer et communiquer

L'énergie et ses conversions

SCIENCES ET TECHNOLOGIE

Sciences de la vie et de la Terre

La Terre, l'environnement et l'action humaine

Le vivant et son évolution

Le corps humain et la santé

SOMMAIRE

Technologie

Le design, l'innovation et la créativité

Les objets techniques, les services et les changements induits dans la société

La modélisation et la simulation des objets et systèmes techniques

L'informatique et la programmation

Connaître la structure de la matière

1

☐ OK

**Toute la matière dans l'Univers est constituée d'atomes invisibles à l'œil nu.
Mais que sait-on réellement de sa structure ?**

I L'évolution des modèles atomiques

1 Les premiers modèles

- Dès l'Antiquité, Démocrite a l'intuition de l'existence des **atomes** (*atomos* signifiant « insécable »). Cette idée, rejetée par Aristote, est finalement reprise en 1805 par John Dalton.
- En 1897, l'Anglais Joseph John Thomson prouve expérimentalement l'existence des **électrons** (particules de charge négative).

Mot clé
Un **modèle** est une représentation simplifiée de la réalité d'un phénomène.

2 Le modèle atomique de Rutherford

- En 1911, Ernest Rutherford déduit d'une expérience qu'une charge positive occupe un tout petit volume au centre de l'atome qu'il appelle « **noyau** ». Depuis, d'autres modèles plus complexes ont été développés (modèle de Bohr, etc.).
- Dans le modèle atomique de Rutherford, un atome est constitué d'un noyau chargé positivement autour duquel gravitent un ou plusieurs électrons chargés négativement. La **charge électrique élémentaire** négative est notée – e.
- Un atome est **électriquement neutre**. Presque toute sa masse se trouve dans le noyau.

Atome de Rutherford (1911)

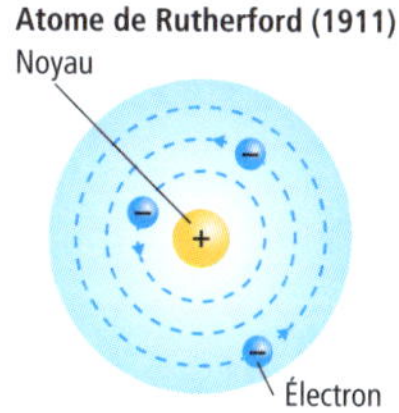

II La classification périodique

- Un atome est représenté par son symbole atomique (ex. : Na pour le sodium) et caractérisé par un **numéro atomique**, noté Z (nombre de charges positives dans son noyau ; ex. : Z = 11 pour le sodium).
- Le noyau est composé de **protons** et de **neutrons**.

- Depuis les travaux de Dmitri Mendeleïev en 1869, les chimistes classent les atomes par « familles » en fonction de leur numéro atomique dans un tableau appelé **classification périodique**.

III Ions et solutions ioniques

- Un **ion** est un atome (ou un groupement d'atomes) qui a perdu ou gagné un ou plusieurs électrons.
- Il existe donc des ions positifs (**cations**) et des ions négatifs (**anions**). Par exemple, le cation Na^+ a perdu un électron et l'ion est donc globalement positif tandis que l'anion $C\ell^-$, lui, a gagné une charge négative.
- On appelle **solution ionique** tout liquide qui contient des ions. Elle est notée (formule cation + formule anion) et est toujours électriquement neutre :
  - dans le chlorure de sodium ($Na^+ + C\ell^-$), il y a autant d'ions $C\ell^-$ que d'ions Na^+ ;
  - dans le chlorure de fer III ($Fe^{3+} + 3\ C\ell^-$), il y a trois fois plus d'ions $C\ell^-$ que d'ions Fe^{3+}.

MÉTHODE

Déterminer la nature du courant électrique

Dans chaque atome d'un métal, certains électrons sont éloignés du noyau, donc peu liés à celui-ci : ce sont des électrons libres. Le courant électrique est un déplacement d'ensemble de ces particules chargées négativement.

Lorsque le circuit électrique est fermé, le générateur donne un mouvement d'ensemble aux électrons libres : ils se déplacent tous dans le même sens, **vers la borne +** du générateur. Ce mouvement est à l'origine du courant électrique.

N'y a-t-il pas quelque chose de troublant par rapport au sens conventionnel du courant ?

SOLUTION

Dans un circuit fermé, les électrons libres négatifs sont attirés par la borne +. Ils se déplacent donc de la borne – vers la borne +. Or, avant que Joseph John Thomson ne prouve expérimentalement l'existence des électrons (en 1897), le sens du courant avait été fixé dans l'autre sens. Pour cette raison, on précise toujours « par convention » quand on définit le sens du courant.

Identifier des ions à partir de tests caractéristiques

2

☐ OK

Vous connaissez déjà une série de tests permettant d'identifier certaines espèces chimiques (CO_2, H_2O, O_2, H_2). Comment identifier la présence d'ions dans des solutions ?

I Identification par la couleur de la solution

Certains ions donnent une couleur caractéristique à la solution qui les contient. Mais cela n'exclut pas d'avoir recours à des tests pour valider leur présence.

Nom de l'ion	Formule de l'ion	Couleur de la solution
ion fer II	Fe^{2+}	vert pâle
ion fer III	Fe^{3+}	rouille
ion cuivre II	Cu^{2+}	bleu

II Identification par la méthode de précipitation

Pour identifier les ions présents dans des solutions, on utilise des réactifs qui provoquent l'apparition d'un précipité coloré caractéristique.

Mot clé

Un **précipité** est un produit peu soluble formé par réaction, qui se dépose généralement au fond du tube à essai.

Ion à caractériser	Aspect initial	Réactif	Précipité
ion sulfate SO_4^{2-}	incolore	chlorure de baryum	blanc
ion chlorure Cl^-	incolore	nitrate d'argent	blanc (noircit à la lumière)
ion fer II Fe^{2+}	vert pâle	soude*	vert foncé
ion fer III Fe^{3+}	rouille	soude*	rouille
ion cuivre II Cu^{2+}	bleu	soude*	bleu
ion zinc Zn^{2+}	incolore	soude*	blanc
ion aluminium Al^{3+}	incolore	soude*	blanc

* On appelle communément « soude » l'hydroxyde de sodium.

III Identification par mesure du pH

Pour tester la présence d'ions hydroxyde HO^- ou d'ions hydrogène H^+ dans une solution, on mesure le pH de la solution (avec un papier indicateur pH ou un pH-mètre) :

- si $pH > 7$, il y a prédominance d'ions HO^- dans la solution ;
- si $pH < 7$, il y a prédominance d'ions H^+ dans la solution.

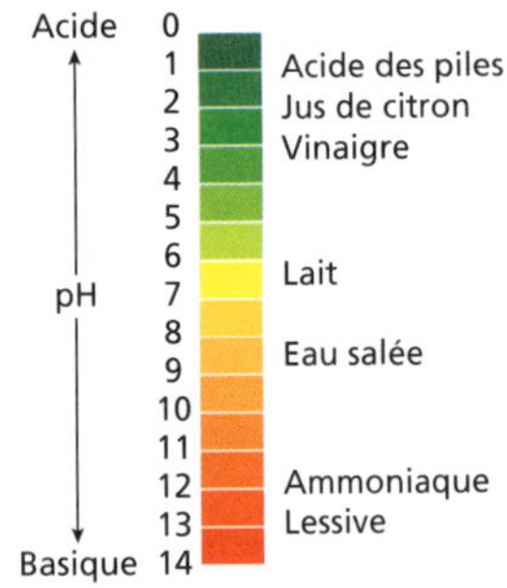

MÉTHODE

Vérifier la composition d'une solution ionique

On dispose de cinq flacons contenant des solutions étiquetées : sulfate de cuivre ; chlorure de cuivre ; sulfate de zinc ; sulfate d'aluminium ; chlorure de zinc.

On souhaite vérifier la composition de chacune de ces solutions en les faisant réagir avec les trois réactifs suivant : hydroxyde de sodium ; nitrate d'argent ; chlorure de baryum.

Dans un tableau, indiquez les résultats prévisibles en notant la couleur des précipités.

Conseils

On identifie les ions en solution par la méthode de précipitation.
Attention, dans chaque solution, il y a deux types d'ions !

SOLUTION

	Hydroxyde de sodium	Nitrate d'argent	Chlorure de baryum
Sulfate de cuivre	bleu		blanc
Chlorure de cuivre	bleu	blanc	
Sulfate de zinc	blanc		blanc
Sulfate d'aluminium	blanc		blanc
Chlorure de zinc	blanc	blanc	

Mettre en œuvre des réactions acides-métaux et acides-bases

3

☐ OK

Les espèces acides et basiques occupent une place essentielle dans le monde vivant et sont également fabriquées en grandes quantités par l'industrie (produits ménagers, etc.).

Un **acide** est une molécule ou un ion qui en solution donne des ions H^+.
Une **base** est une molécule ou un ion qui en solution capte des ions H^+.

I L'attaque d'un métal par un acide

1 Expérience

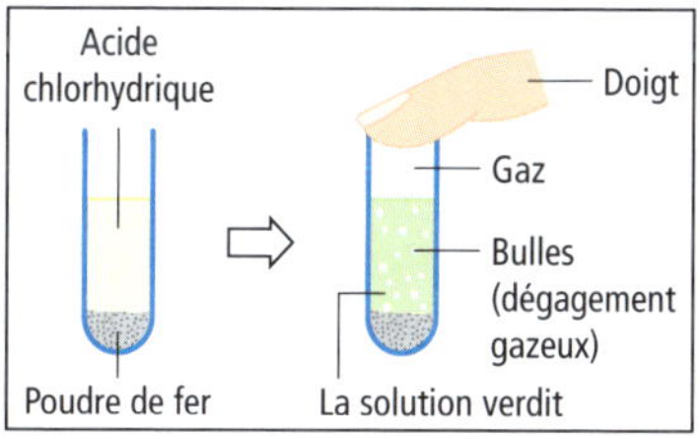

- Dans un tube à essai, on dépose de la poudre de fer, puis on ajoute de l'acide chlorhydrique ($H^+ + Cl^-$).
- On observe un dégagement de **chaleur** et de **gaz**.
- À la fin de l'expérience, il y a moins de fer dans le tube à essai. Il y a eu une **réaction chimique** car un produit est apparu (le gaz) et un réactif a disparu (le fer). On réalise les tests suivants.

Test	Observation	Conclusion
flamme	détonation	formation de dihydrogène H_2
mesure du pH	augmentation	disparition d'ions H^+
nitrate d'argent	précipité blanc	présence d'ions chlorure $C\ell^-$
soude	précipité vert	présence d'ions fer II Fe^{2+}

2 Bilan de la réaction

- Du fer et des ions H^+ ont disparu. Des ions Fe^{2+} et du dihydrogène H_2 sont apparus. Les ions chlorure $C\ell^-$ toujours présents n'ont donc pas participé à la réaction.
- La réaction entre le fer et l'acide chlorhydrique a pour **bilan** :

fer + acide chlorhydrique → chlorure de fer II + dihydrogène

$$Fe + 2\,H^+ \rightarrow Fe^{2+} + H_2$$

II Acide fort/faible ou base forte/faible ?

- Les acides forts et les bases fortes sont des acides et des bases pour lesquels la réaction avec l'eau est **totale**. L'équation-bilan s'écrit avec une flèche à sens unique (→).

EXEMPLE L'acide chlorhydrique est un acide fort :

$$HC\ell + H_2O \rightarrow H_3O^+ + C\ell^-$$

- À l'inverse, les réactions des acides faibles et des bases faibles avec l'eau ne sont pas totales. Elles sont dites **équilibrées** (⇄).

EXEMPLE L'acide acétique CH_3COOH est un acide faible :

$$CH_3COOH + H_2O \rightleftarrows H_3O^+ + CH_3COO^-$$

III La réaction entre un acide et une base

La réaction entre l'acide chlorhydrique $HC\ell$ (acide fort) et l'hydroxyde de sodium NaOH (base forte) a pour bilan :

$$HC\ell + NaOH \rightarrow H_2O + NaC\ell$$

C'est une réaction rapide, **totale** et exothermique (chaleur).

MÉTHODE

Identifier les produits d'une réaction

Dans un tube à essai, on met une spatule de fer en poudre et on y ajoute 5 cm^3 d'acide chlorhydrique. On maintient le tube fermé par un bouchon. Des bulles de gaz apparaissent dans le tube.

a. Lorsqu'il s'est formé suffisamment de gaz, on débouche le tube en y approchant une allumette enflammée. **Décrivez ce qui se passe et précisez le gaz ainsi mis en évidence.**

b. Pour identifier les autres espèces chimiques, on partage le contenu du tube en deux tubes A et B. Dans le tube A, on verse quelques gouttes de nitrate d'argent. Dans le tube B, on ajoute quelques gouttes de soude. **Décrivez ce qui se passe.**

SOLUTION

a. Une détonation se produit : il s'agit du dihydrogène H_2.

b. Dans le tube A, le nitrate d'argent va provoquer l'apparition d'un précipité blanc, révélateur de la présence d'ions $C\ell^-$.

Dans le tube B, un précipité vert se forme lorsqu'on ajoute la soude, ce qui confirme la présence d'ions métalliques Fe^{2+}.

Vérifier les règles de conservation lors d'une transformation chimique

4

☐ OK

Les transformations chimiques permettent d'expliquer beaucoup de phénomènes quotidiens : combustion, attaque d'un métal par un acide... Quelles sont les règles pour écrire l'équation-bilan d'une transformation ?

I Propriété des transformations chimiques

- En 1776, **Lavoisier** énonce une première version de la loi de conservation de la matière : « Lors d'une transformation chimique, rien ne se perd, rien ne se crée, tout se transforme. »
- Une **équation-bilan** modélise toute transformation chimique en traduisant des règles de conservation.

EXEMPLE La combustion du méthane a pour bilan :

méthane + dioxygène → dioxyde de carbone + eau

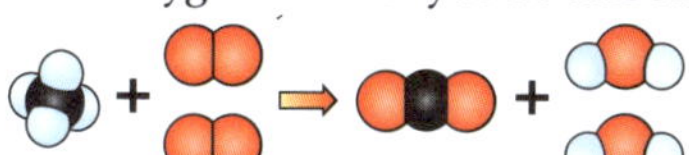

$$CH_4 + 2\,O_2 \rightarrow CO_2 + 2\,H_2O$$

- Les nombres ci-dessus en rouge sont appelés **coefficients stœchiométriques**.

II Équation-bilan équilibrée

1 Règles de conservation

Pour équilibrer l'équation-bilan d'une réaction, il faut tenir compte des règles suivantes.

- La conservation de la **nature** et du **nombre des éléments** : les atomes et les ions notés dans les réactifs doivent être présents (en genre et en nombre) dans les produits. Cela traduit la règle de conservation de la masse. Dans l'exemple précédent, côté réactifs et côté produits, il y a 1 C, 4 H et 4 O.
- La conservation de la **charge électrique globale** lorsque des charges sont présentes.

Mot clé

Équilibrer une équation-bilan, c'est ajuster les quantités des espèces chimiques de la réaction.

2 Comment équilibrer une équation-bilan ?

- On établit le **bilan de la transformation chimique**.

EXEMPLE aluminium + acide chlorhydrique

→ dihydrogène + chlorure d'aluminium

- On établit la **correspondance mot/symbole** ou formule.

$$A\ell + (H^+ + C\ell^-) \rightarrow H_2 + (A\ell^{3+} + C\ell^-)$$

- On respecte la **conservation des éléments**. Ici, les ions $C\ell^-$ sont inertes car présents en début et en fin de réaction.

$$A\ell + 2\ H^+ \rightarrow H_2 + A\ell^{3+}$$

Dans cette équation, les éléments sont conservés, mais il subsiste un déséquilibre de charges.

- On respecte la **conservation de la charge globale** : même nombre de charges côté réactifs et côté produits, sans modifier l'équilibre entre les éléments. On obtient ainsi l'**équation équilibrée**.

$$2\ A\ell + 6\ H+ \rightarrow 3\ H_2 + 2\ A\ell^{3+}$$

MÉTHODE

Établir l'équation-bilan d'une transformation chimique

L'acide sulfurique $(2\ H^+ + SO_4{}^{2-})$ réagit avec le zinc (Zn).

Un dégagement de dihydrogène est observé. En fin de réaction, on détecte également la présence d'ions sulfate et d'ions zinc II.

Écrivez et équilibrez la réaction chimique de l'attaque du zinc par l'acide sulfurique.

Conseils

- Identifiez les réactifs et les produits de la réaction.
- Respectez les règles de conservation : éléments, puis charges.

SOLUTION

- Les réactifs sont le zinc et l'acide sulfurique.
Les produits sont le dihydrogène et le sulfate de zinc.
- La réaction chimique se traduit donc par :

$$Zn + (2\ H^+ + SO_4{}^{2-}) \rightarrow H_2 + (Zn^{2+} + SO_4{}^{2-})$$

On observe que les ions sulfate sont inertes car présents au début et à la fin de la réaction, donc :

$$Zn + 2\ H^+ \rightarrow H_2 + Zn^{2+}$$

Il y a bien conservation à la fois des éléments et des charges : l'équation-bilan est donc équilibrée.

Convertir l'énergie chimique en énergie électrique

5

☐ OK

D'où vient l'énergie des piles que l'on utilise tous les jours ? Pourquoi ont-elles une durée d'utilisation limitée ?

I L'origine de l'énergie des piles

1 Un réservoir d'énergie chimique

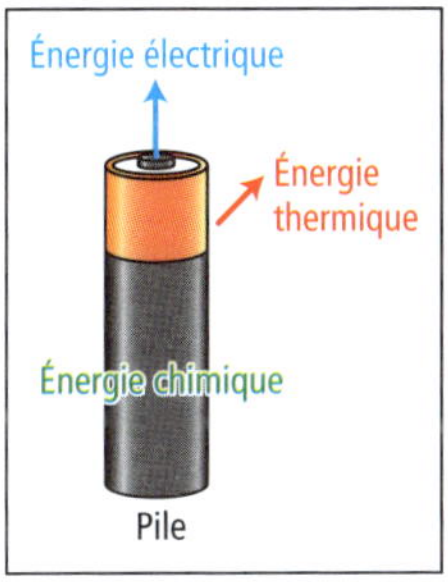

- Une pile est un réservoir d'**énergie chimique**. Lorsque la pile fonctionne, une partie de cette énergie est transformée sous forme d'**énergie électrique** et de chaleur.
- L'énergie électrique libérée par une pile provient d'une **réaction chimique** entre les matières qui constituent la pile.
- La consommation des réactifs entraîne l'usure progressive de la pile.

2 Une réaction avec échange d'électrons

- Dans un bécher contenant une solution bleue de sulfate de cuivre, on ajoute de la poudre de zinc.
- La solution se décolore (des ions Cu^{2+} disparaissent), un dépôt rouge se forme sur le zinc (apparition de cuivre) et la température de la solution passe de 21 °C à 35 °C. De plus, un test avec la soude permet d'identifier la formation d'ions Zn^{2+}.
- Le bilan de la réaction est :

$$Cu^{2+} + Zn \rightarrow Zn^{2+} + Cu$$

Il y a donc eu un **échange d'électrons** entre les réactifs.

II Pile électrochimique et électrolyse

1 La pile électrochimique

- Une pile électrochimique est constituée de deux **électrodes** de natures différentes, généralement métalliques, plongées dans une **solution conductrice**.

- Elle **transforme l'énergie** chimique en énergie électrique.

EXEMPLE Ci-contre, l'électrode de cuivre constitue la borne + de la pile et l'électrode de zinc constitue la borne –. Du zinc disparaît et des ions Zn^{2+} apparaissent. Des ions Cu^{2+} disparaissent et du cuivre se dépose sur l'électrode de zinc.

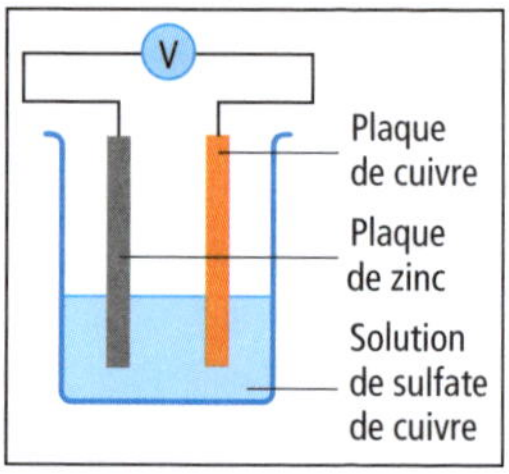

2 L'électrolyse

- L'électrolyse est la dissociation chimique d'une substance par le passage d'un courant électrique. À l'inverse d'une pile électrochimique, elle permet de **transformer de l'énergie** électrique en énergie chimique.
- Elle s'effectue en plongeant deux **électrodes** reliées à un générateur de courant électrique dans un **électrolyte** (une substance conductrice contenant des ions).

MÉTHODE

Observer une réaction avec échange d'électrons

On introduit de la poudre de fer dans un tube à essai contenant une solution de sulfate de cuivre à la température de 19 °C. Après avoir mélangé et laissé décanter, une couleur rouge apparaît sur la poudre de fer tandis que la solution devient verdâtre. La température du mélange atteint alors 47 °C.

a. Quelles observations suggèrent qu'il y a eu transformation chimique dans le tube à essai ?

b. Quels sont les réactifs de cette transformation ?

c. Quelles observations suggèrent que les produits de la transformation chimique sont le cuivre et les ions Fe^{2+} ?

SOLUTION

a. Il y a eu transformation chimique pour plusieurs raisons : la solution et la poudre changent de couleur et il y a une augmentation de la température (réaction exothermique).
b. Les réactifs sont le fer (Fe) et les ions cuivre II (Cu^{2+}).
c. Le dépôt rouge sur la poudre correspond à la formation de cuivre (Cu). La couleur verdâtre de la solution indique la présence d'ions Fe^{2+} (quelques gouttes de soude confirmeraient cette hypothèse). Le bilan de la réaction est : $Cu^{2+} + Fe \rightarrow Fe^{2+} + Cu$.

Décrire l'interaction gravitationnelle

6

☐ OK

Les lois qui régissent le mouvement des planètes autour du Soleil sont-elles également applicables aux objets sur Terre ?

I L'interaction gravitationnelle

1 Caractéristiques

- La gravitation est une interaction attractive entre tous les objets massifs (décrite par Isaac Newton, en 1687).
- Elle s'exerce **à distance**, et dépend à la fois de la masse des objets et de la distance qui les sépare.

Mots clés

- Une **interaction** est une action réciproque entre deux objets, produisant une modification de leurs états.
- Une **force** est la modélisation d'une interaction.

2 Expression

L'interaction gravitationnelle entre deux corps ponctuels A et B de masses respectives m_A et m_B, séparés d'une distance d, est modélisée par des forces d'attraction gravitationnelle suivant la formule :

$$F_{A/B} = F_{B/A} = G \times \frac{m_A \times m_B}{d^2}$$

avec $F_{A/B}$ la force exercée par A sur B et $F_{B/A}$ la force exercée par B sur A en newtons (N) ; m_A et m_B en kilogrammes (kg) ; d en mètres (m) ; G, constante de gravitation universelle : $G = 6{,}67 \times 10^{-11}\ N \cdot m^2 \cdot kg^{-2}$.

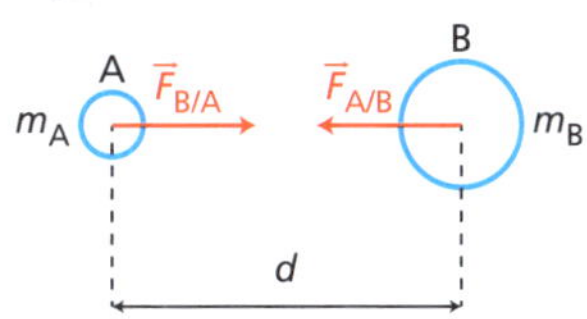

II Exemples

- L'interaction gravitationnelle s'exerce sur tous les objets possédant une masse : livre, crayon, personne, etc. Mais ces objets ne se déplacent pas les uns vers les autres comme deux aimants qui s'attirent. L'interaction existe mais elle reste beaucoup plus faible que les **frottements** de l'air qui sépare ces objets.

● Pourquoi l'interaction entre la Lune et la Terre ne conduit-elle pas à un rapprochement de ces deux corps ? Cette situation est comparable à celle d'une fronde. La rotation de l'objet génère une **force centrifuge** (vers l'extérieur).

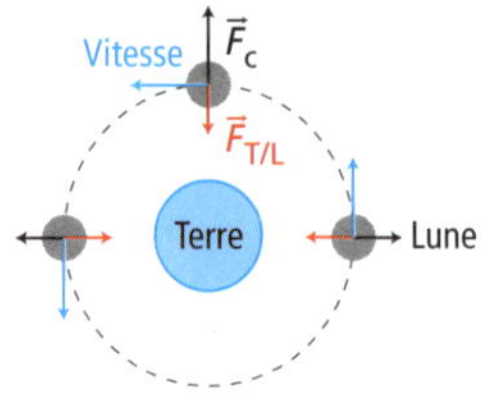

● La rotation de la Lune produit elle aussi une force centrifuge (F_c) qui s'oppose à la force gravitationnelle ($F_{T/L}$), créant un **équilibre** entre les deux astres.

MÉTHODE

Calculer la valeur de la force gravitationnelle

Le satellite naturel Phobos de la planète Mars décrit une trajectoire circulaire dont le centre est confondu avec le centre de Mars.

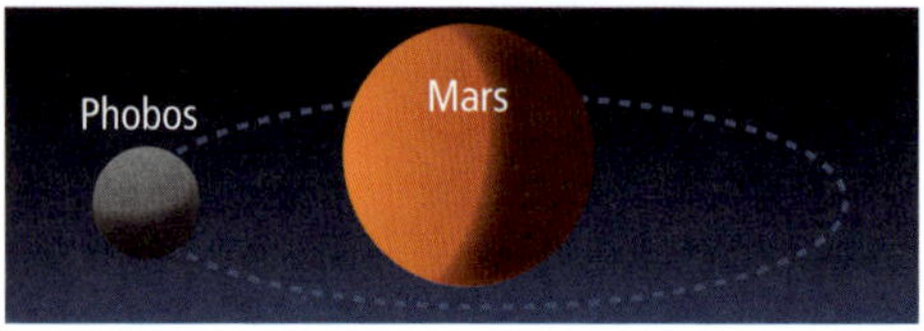

Le rayon de cette trajectoire a pour valeur $R = 9\,378$ km.

Exprimez littéralement puis calculez la valeur de la force exercée par Mars sur le satellite Phobos.

Données :
- masse de la planète Mars : $m_M = 6{,}42 \times 10^{23}$ kg ;
- masse du satellite Phobos : $m_P = 9{,}6 \times 10^{15}$ kg ;
- constante de gravitation universelle : $G = 6{,}67 \times 10^{-11}$ N · m^2 · kg^{-2}.

Conseil

Convertissez toutes les grandeurs dans les bonnes unités.

SOLUTION

La formule de calcul s'écrit : $F_{Mars/Phobos} = G \times \frac{m_M \times m_P}{R^2}$.

Application numérique :

$$F_{Mars/Phobos} = 6{,}67 \times 10^{-11} \times \frac{6{,}42 \times 10^{23} \times 9{,}6 \times 10^{15}}{(9378 \times 1000)^2}$$

$$F_{Mars/Phobos} = 4{,}7 \times 10^{15}\ \text{N}$$

Définir la force de pesanteur

7

OK

Un astronaute est beaucoup moins attiré à la surface de la Lune qu'à la surface de la Terre. Pourtant sa masse n'a pas changé. Comment l'expliquer ?

I La force de pesanteur

- À la surface de la Terre, tout corps est soumis à la pesanteur, force à distance par laquelle tout objet à proximité de la Terre est attiré vers elle.
- Sa direction est verticale, son sens est vers le bas, son intensité s'exprime en Newton (N) et son point d'application est le centre de gravité du corps.

II Masse, poids et pesanteur terrestre

1 La masse d'un corps

La masse correspond à la quantité de matière contenue dans un corps. C'est une grandeur invariable du corps, quel que soit l'endroit où il se trouve.

2 Le poids d'un corps

Le poids d'un corps s'identifie à l'action de la gravitation. Sur Terre, il correspond à la force d'attraction gravitationnelle F exercée par la Terre sur cet objet :

$$F = \mathrm{G} \times \frac{m_{\mathrm{T}} \times m}{{R_{\mathrm{T}}}^2}$$

avec $\mathrm{G} = 6{,}67 \times 10^{-11}\ \mathrm{N \cdot m^2 \cdot kg^{-2}}$ (constante gravitationnelle) ;

$m_{\mathrm{T}} = 5{,}98 \times 10^{24}$ kg (masse de la Terre) ;

$R_{\mathrm{T}} = 6\,378$ km (rayon de la Terre).

3 La pesanteur terrestre

- La valeur de F dépend donc uniquement de la masse m, les autres grandeurs étant des constantes que l'on regroupe en une seule grandeur appelée intensité de la pesanteur terrestre :

$$g_{\mathrm{T}} = \mathrm{G} \times \frac{m_{\mathrm{T}}}{{R_{\mathrm{T}}}^2} = 6{,}67 \times 10^{-11} \times \frac{5{,}98 \times 10^{24}}{(6\,378 \times 1\,000)^2} = 9{,}81\ \mathrm{N \cdot kg^{-1}}.$$

- Le **poids d'un corps** de masse m s'écrit alors :

$$P_T = m \times g_T .$$

Sa valeur dépend donc à la fois de sa masse et de l'intensité de pesanteur du lieu de mesure.

MÉTHODE

Calculer la valeur du poids selon la latitude

Voici quelques valeurs de la pesanteur selon la latitude du lieu.

Lieu	Latitude	Valeur de g
Paris	49°	9,81
pôle Nord	90°	9,83
équateur	0°	9,78

a. Comment varie l'intensité de la pesanteur g lorsque la latitude augmente ?

b. La fusée Ariane 5 ES ATV pèse 775 tonnes au décollage. Calculez le poids P de cette fusée aux différents lieux cités.

c. La base de lancement de la fusée Ariane est située à Kourou en Guyane française, à une latitude de 5°. Pourquoi est-il plus facile de lancer la fusée Ariane depuis Kourou plutôt que depuis Paris ?

Conseil

c. Comparez la latitude de Kourou et celle de Paris.

SOLUTION

a. On constate que l'intensité de la pesanteur augmente avec la latitude.

b. On sait que $m_{fusée} = 775$ tonnes $= 775\,000$ kg.

Rappel : $P = m \times g$.

Lieu	Paris	pôle Nord	équateur
Poids	$7{,}602 \times 10^6$ N	$7{,}618 \times 10^6$ N	$7{,}579 \times 10^6$ N

c. Kourou se trouve à une latitude de 5°, donc très proche de l'équateur par rapport à Paris. Il est très intéressant de posséder une base de lancement proche de l'équateur car le poids y est plus faible. Cela permet de faire des économies de carburant et la fusée peut emporter davantage de charges utiles (satellites).

Définir les énergies d'un objet en mouvement

8

☐ OK

Lorsque je lance un objet, je lui transmets de l'énergie qui le met en mouvement. Comment peut-on décrire ce « transfert » d'énergie ?
Un objet statique possède-t-il de l'énergie ?

I L'énergie de position

- Prenons un objet et lâchons-le à différentes hauteurs. Plus l'objet est lâché de haut et plus sa vitesse augmente. Il possède donc une **énergie de position**, notée E_p.
- Cette énergie s'explique par la présence d'une force que nous connaissons déjà : la **gravité** exercée par la Terre.

II L'énergie de mouvement

- Lorsque l'objet tombe, il perd de l'énergie de position mais acquiert une nouvelle énergie due à son mouvement : c'est l'**énergie cinétique**, notée E_c.
- Elle dépend de la masse m de l'objet et de sa vitesse v :

$$E_c = \frac{1}{2}mv^2$$

avec E_c en joules (J) ;
m en kilogrammes (kg) ;
v en mètres par seconde ($m \cdot s^{-1}$).

III L'énergie mécanique et les conversions d'énergie

- Au cours de la chute libre d'un objet, son énergie de position diminue et son énergie cinétique augmente. Il y a :
  - **conversion** d'une forme d'énergie en une autre ;
  - **conservation de l'énergie totale** de l'objet tout au long de son mouvement.
- On définit ainsi l'**énergie mécanique** d'un objet comme la somme de l'énergie de position et de l'énergie cinétique de l'objet :

$$E_m = E_c + E_p.$$

Lorsqu'il n'y a pas de frottements (dus à l'air par exemple), l'énergie mécanique se conserve totalement au cours du mouvement. Dans le cas contraire, l'énergie mécanique perdue est convertie en énergie thermique (chaleur).

Mot clé
Le **frottement** est une force qui s'oppose au mouvement d'un objet.

IV La distance d'arrêt d'un véhicule

La **distance d'arrêt** D_A d'un véhicule correspond à la distance parcourue entre le moment où le conducteur voit le danger et le moment où la voiture s'arrête. Cette distance se décompose en deux parties :

$$D_A = D_R + D_F.$$

D_R est la **distance de réaction**, parcourue par le véhicule entre le moment où le conducteur voit le danger et le moment où il freine.

D_F est la **distance de freinage**, parcourue par le véhicule entre le moment où le conducteur freine et le moment où la voiture s'arrête. Elle est proportionnelle au carré de la vitesse initiale du véhicule.

MÉTHODE

Calculer des énergies cinétiques

Une voiture de gamme moyenne a une masse de 1,23 tonne.

a. Quelle est son énergie cinétique E_1 à $v_1 = 45\ \text{km} \cdot \text{h}^{-1}$?

b. Quelle est son énergie cinétique E_2 à $v_2 = 90\ \text{km} \cdot \text{h}^{-1}$?

c. Que remarque-t-on au niveau des résultats obtenus ?

SOLUTION

a. et b. L'énergie cinétique se calcule à partir de l'expression :

$E_c = \frac{1}{2}mv^2$ avec la masse m en kg et la vitesse en $\text{m} \cdot \text{s}^{-1}$.

On convertit dans les bonnes unités : $m = 1{,}23\ \text{t} = 1\,230\ \text{kg}$; $v_1 = 45\ \text{km} \cdot \text{h}^{-1} = 12{,}5\ \text{m} \cdot \text{s}^{-1}$; $v_2 = 90\ \text{km} \cdot \text{h}^{-1} = 25\ \text{m} \cdot \text{s}^{-1}$. D'où :

$$E_1 = \frac{1}{2} \times 1\,230 \times (12{,}5)^2 = 96\ \text{kJ}$$

$$E_2 = \frac{1}{2} \times 1\,230 \times (25)^2 = 384\ \text{kJ}$$

c. On constate que lorsque la vitesse est multipliée par 2, l'énergie cinétique est multipliée par 4. L'impact lors d'un choc serait donc 4 fois plus important.

Distinguer les signa
et lumineux

Un signal est un message codé d
être communiqué à distance sous

I Définitions

1 Comment transmettre un sig

Un **signal** est une information produite p
destination d'un **récepteur**.

Type de signal	Exemples
sonore	sonneries, détonations
optique	signaux de fumée, mouvement
lumineux	couleur, intermittents
radio	communication, talkie-walkie
électrique	télécommunications, électronique

2 Les différentes ondes

Tous les signaux peuvent se propager via des ondes particulières qui sont caractérisées par leur **fréquence**, exprimée en hertz (Hz).

II Les signaux sonores

1 Propriétés

Comme toute onde mécanique, le son met en mouvement son environnement et l'énergie est transmise par ce mouvement. Par conséquent, il **ne peut se propager que dans de la matière** : l'air, le sol, l'eau, etc. Le son ne peut se propager dans l'espace interstellaire, qui est vide.

2 Exemples et applications

- La représentation d'une onde sonore, qu'on appelle **son spectre**, se décompose en 3 grands domaines selon la fréquence : sons **audibles**, **infrasons** et **ultrasons**.
- Les signaux sonores peuvent être utilisés pour mesurer des distances. Il suffit de connaître la vitesse du son dans le milieu considéré.

ec la distance en raison de la dispersion de l'énergie e son absorption par le milieu. Par conséquent, l'étude gation d'un signal acoustique dans un milieu (réflexion, on) renseigne sur la nature ou la composition de ce milieu **échographie – sonar**). Dans l'air, la **vitesse de propagation du n** est d'environ **340 m/s**.

III Les signaux lumineux

1 Propriétés

En tant qu'onde électromagnétique, la lumière n'interagit pas mécaniquement avec son environnement. Elle peut **se déplacer dans le vide**. Ainsi, la lumière du Soleil parvient jusqu'à nous. Elle **se propage aussi dans la matière** : on peut voir le Soleil à travers une vitre.

NOTEZ BIEN

La vitesse de propagation des ondes lumineuses varie en fonction du milieu dans lequel elles se propagent.

Dans le vide, la **vitesse de la lumière**, appelée *c* pour célérité, est de **$c = 300\,000\,000$ m/s**. Dans la matière, la lumière se propage moins vite.

2 Exemples et applications

Le spectre électromagnétique est très vaste et les **différents types de rayons** sont utilisés pour des applications spécifiques : caméras optiques ou thermiques **infrarouges** (IR), **rayons X** pour l'imagerie médicale. Les lasers, les radars, les télécommandes et les télécommunications exploitent également les propriétés des ondes électro-magnétiques.

L'ESSENTIEL

	Signaux sonores	Signaux lumineux
Propagation	à travers la matière uniquement	• à travers la matière • dans le vide
Vitesse	Son (dans l'air) : 340 m/s	Lumière dans le vide : 300 000 km/s

Utiliser des signaux pour transmettre des informations

10

☐ OK

L'information est au cœur de nos sociétés modernes : Internet, téléphonie... Mais quelles sont les conditions pour une bonne transmission de l'information ?

I Émission et transmission

1 La transmission d'un signal

Mot clé

Un **signal** est une représentation physique de l'information.

- Pour transmettre une information, il faut un émetteur et un récepteur d'informations, ainsi qu'une chaîne de transmission entre les deux.
- Pour transmettre un signal sonore à longue distance et à grande vitesse, on va par exemple utiliser des ondes électromagnétiques (comme des ondes radio), dites ondes porteuses, qui se propagent beaucoup plus vite que les ondes sonores.

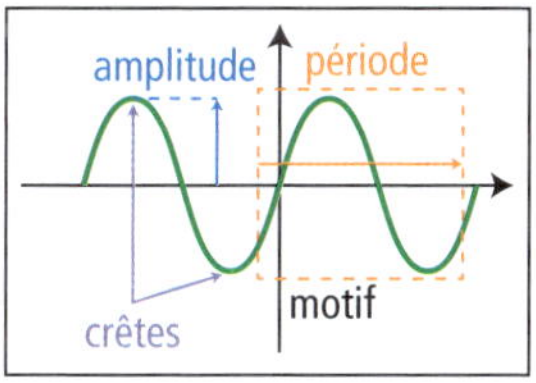

- Une onde se caractérise par son amplitude et sa fréquence. Elle s'exprime en Hertz (Hz) et se calcule à partir de la période T (en seconde) :

$$f = 1/T$$

2 Les techniques de modulation d'une onde porteuse

- Il faut donc combiner les deux types d'ondes : l'onde sonore et l'onde radio. Les informations contenues dans l'onde sonore sont transmises à l'onde porteuse. Pour cela, il existe deux techniques :

• La modulation d'amplitude

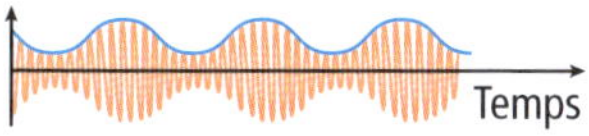

• La modulation de fréquence

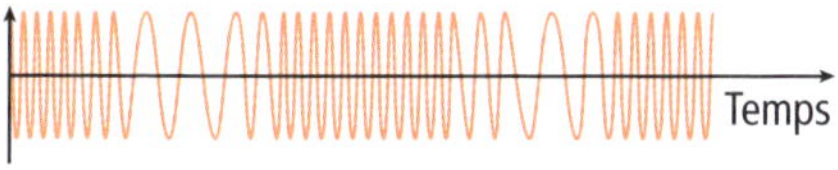

- La modulation de fréquence (radio FM) est plus fiable ; il y aura moins de grésillements qu'avec la modulation d'amplitude.

II Analogique et numérique

- Des ondes porteuses de **fréquences** différentes permettent de transporter des signaux sans qu'ils interfèrent. On définit ainsi plusieurs canaux de transmission. Le récepteur sélectionne la fréquence de la porteuse et « démodule » l'information. Elle est parfois restituée avec une dégradation liée à la qualité de la chaîne de transmission. Pour éviter cela, on va **numériser** le signal.

- Pour que nos fichiers ou SMS puissent parvenir jusqu'à leur destinataire, l'information (signal analogique) est codée, grâce à un convertisseur, en langage binaire (suite de « 0 » et de « 1 »). Ce signal **numérique** peut alors être enregistré et transmis sans pertes.

> **Mot clé**
> Un **signal analogique** est un signal qui varie de façon continue dans le temps.

Signal analogique

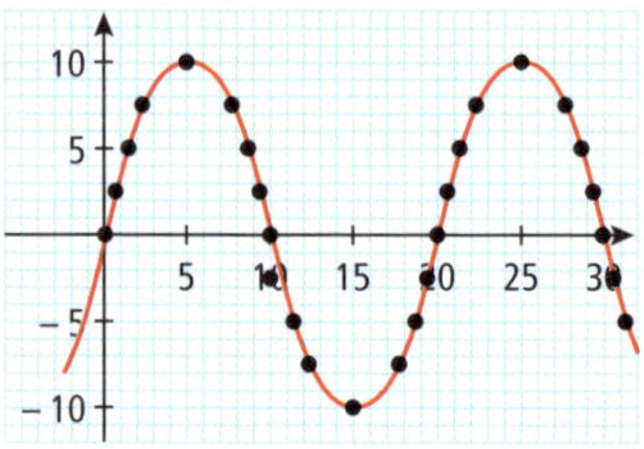

Numérisation 3 bits

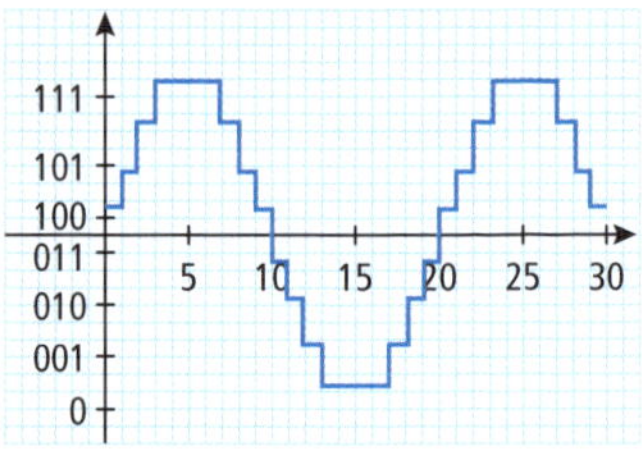

- Le réseau 5G a un **débit** 50 fois plus important que la 4G et le temps d'acheminement des **données** est beaucoup plus court.

L'ESSENTIEL

Schéma d'une chaîne de transmission d'un signal

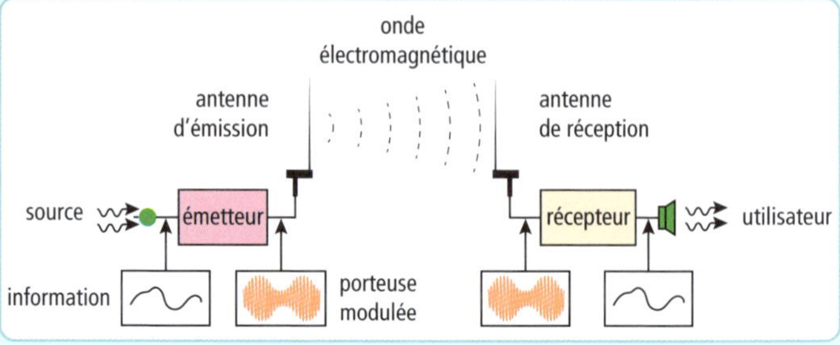

Identifier les différentes formes d'énergie

11

OK

L'énergie est le moteur de la plupart des phénomènes naturels. Comment classer ses multiples formes ?

I Les formes d'énergie

- Un corps possède de l'**énergie** s'il peut agir sur lui-même ou sur d'autres corps. « Agir » signifie ici une modification de forme, de position, de vitesse, de température, de composition chimique, etc.
- L'énergie existe sous une multitude de formes :

Type d'énergie	Caractérisation
cinétique	liée au mouvement (énergie éolienne, hydraulique, etc.)
rayonnante	transportée par les rayonnements (infrarouge, rayons X, etc.)
thermique (chaleur)	due à l'agitation des molécules
chimique	associée aux liaisons dans les molécules
nucléaire	stockée dans les noyaux atomiques

Il existe encore bien d'autres formes : l'énergie potentielle liée à la position des objets, l'énergie électrique, l'énergie sonore, etc.

- Les choix des formes d'énergies consommées sont aujourd'hui des enjeux majeurs : changement climatique lié à l'utilisation massive d'énergies fossiles, stockage des déchets radioactifs, etc.

> **Mot clé**
> L'**énergie fossile** est stockée dans le sous-sol (pétrole, gaz, charbon).

II Les unités de mesure de l'énergie

- Dans le système international, l'énergie se mesure en **joules** (J).
- Dans le secteur industriel et économique, on utilise surtout la **tonne d'équivalent pétrole** (tep) : elle représente la quantité d'énergie contenue dans 1 tonne de pétrole brut.
- Pour mesurer la consommation d'énergie électrique, on utilise le **kilowattheure** (kWh).

EXEMPLE Un réfrigérateur label A+ consomme 200 kWh par an.

MÉTHODE

Comparer les choix énergétiques de deux pays

Les diagrammes circulaires ci-dessous représentent la répartition de la production d'électricité en France et en Allemagne en 2012.

Que peut-on dire des choix énergétiques faits par ces deux pays ?

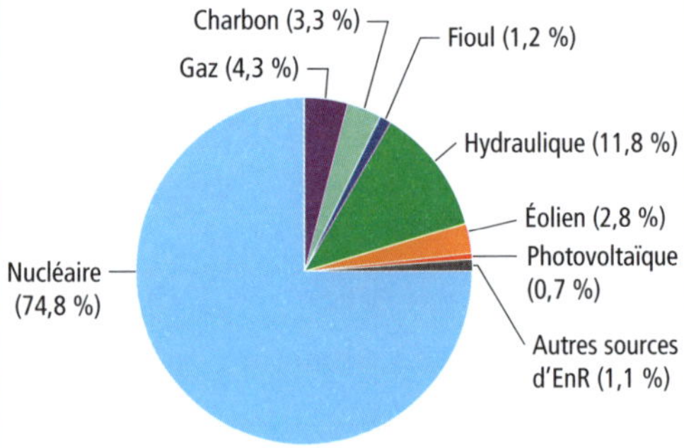

Production française d'électricité en 2012 : 541,4 TWh

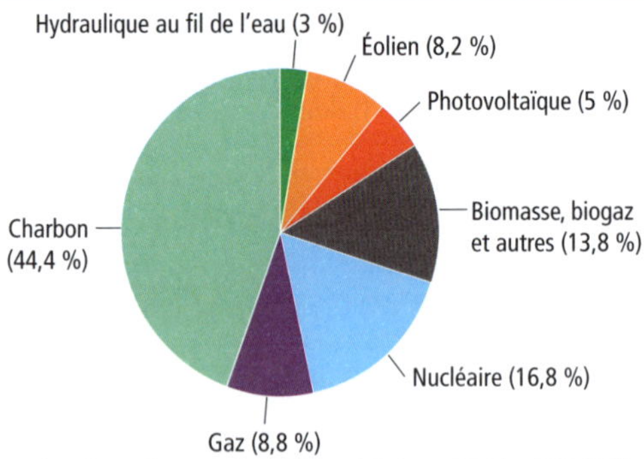

Production allemande d'électricité en 2012 : 560 TWh

SOLUTION

- La France a fait le choix des centrales nucléaires (74,8 %) tandis que l'Allemagne a conservé des centrales thermiques à charbon (44,4 %). La France rejette donc moins de gaz à effet de serre que l'Allemagne, mais doit gérer la sécurité de ses installations nucléaires et le traitement des déchets radioactifs.
- Du point de vue des énergies renouvelables, l'Allemagne a davantage développé l'éolien (8,2 %) tandis que la France dispose d'un parc hydroélectrique plus conséquent (11,8 %).

Établir le bilan énergétique d'un système

12

☐ OK

Optimiser le rendement des systèmes de production d'électricité et ainsi réduire les pertes d'énergie liées à leur fonctionnement est un enjeu majeur. Comment calculer le rendement d'un système ?

I Transfert et conversion d'énergie

- Lorsque l'énergie d'un corps est transmise à d'autres corps, on parle de **transfert d'énergie** (ex. : transfert de chaleur).
- Quand l'énergie d'un corps change de forme, on parle de **conversion d'énergie** (ex. : lors de la combustion du bois, l'énergie chimique est transformée en chaleur).
- D'après le **principe de conservation de l'énergie**, la quantité totale d'énergie d'un système isolé reste constante, même si cette énergie peut changer de forme.
- La transformation d'une forme d'énergie en une seule autre forme n'est jamais parfaite : il y a souvent des **déperditions** au cours d'une conversion (ex. : dégagement de chaleur).

II Le bilan énergétique d'un système

1 Le diagramme énergétique

- Un **bilan énergétique** résume les énergies mises en jeu lors du fonctionnement d'un système de conversion d'énergie.
- On peut le modéliser à l'aide d'un **diagramme énergétique**. Par convention, on représente :

- les systèmes par des ellipses ;
- les réservoirs d'énergie par des rectangles ;
- les transferts d'énergie par des flèches, en précisant leur nature.

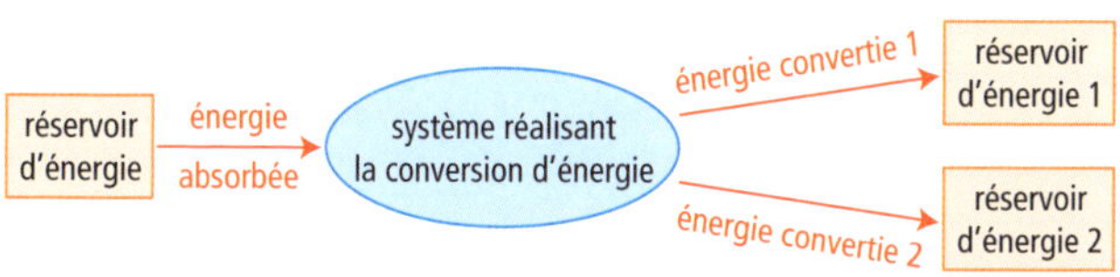

2 Le calcul du rendement

- Dans tout système de conversion d'énergie, une partie de l'énergie consommée est réellement utilisée : c'est l'**énergie utile**. Une autre partie de l'énergie est dissipée (**pertes**).
- Le **rendement** du système, noté η, se définit comme le quotient de l'énergie utile sur l'énergie consommée :

$$\eta = \frac{E_{\text{utile}}}{E_{\text{consommée}}}$$

où η est un nombre sans unité, compris entre 0 et 1 ; il peut aussi s'exprimer en pourcentage.

MÉTHODE

Représenter un diagramme énergétique

Tracez le diagramme énergétique correspondant à un moteur électrique alimenté par un générateur électrique.

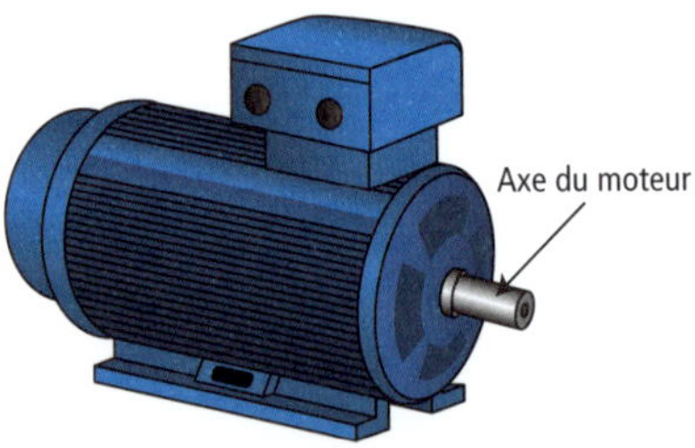

Conseil

Aidez-vous du diagramme donné dans les « rappels de cours » : le système de conversion d'énergie est ici le moteur électrique.

SOLUTION

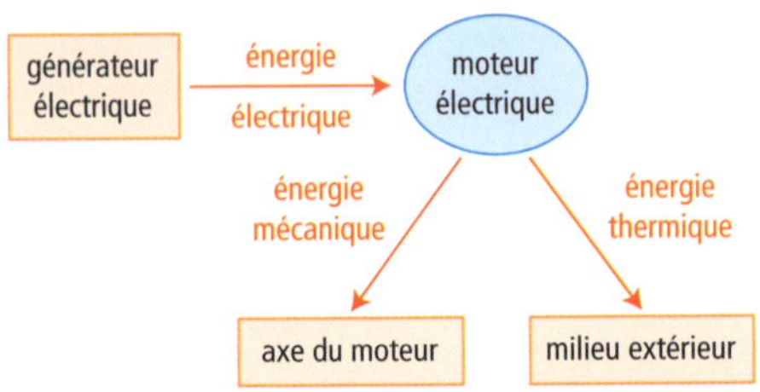

Calculer la consommation d'énergie électrique

13

☐ OK

Télévision, ordinateur, box, réfrigérateur, luminaires... quel est le coût d'utilisation des différents appareils électriques de notre quotidien ?

I La consommation d'énergie électrique

1 Le compteur électrique

À la maison, le compteur électrique mesure la consommation d'énergie électrique cumulée des différents appareils branchés sur le secteur.

> **Mot clé**
>
> La **consommation d'énergie électrique** est l'ensemble de l'énergie électrique utilisée par une installation pendant une certaine durée.

2 Énergie et puissance

- L'énergie électrique ΔE consommée par un appareil dépend à la fois de sa durée de fonctionnement Δt et de sa puissance électrique P. Elle s'exprime par la relation :

$$\Delta E = P \times \Delta t$$

avec ΔE en joules (J), P en watts (W), Δt en secondes (s) ;

ou ΔE en kilowattheures (kWh), P en kilowatts (kW), Δt en heures (h).

- On a : $1 \text{ kWh} = 1\,000 \text{ W} \times 3\,600 \text{ s} = 3{,}6 \times 10^6 \text{ J}$.

II Le coût de l'électricité consommée

- Avant de se connecter au réseau de distribution d'électricité, un particulier doit choisir son type d'abonnement. Cela correspond à la puissance maximale que pourra consommer l'ensemble de la maison à un moment donné. Si ce seuil est dépassé, l'installation dispose d'un système de sécurité et disjoncte pour éviter une surchauffe.
- À ce forfait, il faut ajouter la somme due pour la consommation d'énergie électrique réelle, relevée par le compteur électrique sur une durée donnée. Connaissant le coût du kilowattheure (environ 0,15 €/kWh), on a la relation :

$$\text{prix à payer} = \text{nombre de kWh utilisés} \times \text{prix de 1 kWh}.$$

MÉTHODES

1 Comparer des consommations d'énergie électrique

Vous venez d'acheter un nouvel aspirateur sur lequel est indiqué « contrôle de puissance variable 350-1 600 W ».

Le tableau suivant donne des précisions sur les deux modes de puissance d'aspiration.

Mode	Temps
puissance mini	12 min
puissance maxi	2 min

Quel est le mode le plus économique ?

SOLUTION

On compare l'énergie consommée pour chaque mode.

Puissance	Temps	Énergie consommée
350 W	12 min	$350 \times 12 = 4\,200$ Wmin
1 600 W	2 min	$1\,600 \times 2 = 3\,200$ Wmin

Le mode puissance maxi est donc plus économique.

2 Calculer le coût de l'électricité consommée

Un téléviseur consomme 50 W en fonctionnement normal et 5 W en veille. Ce téléviseur est utilisé en moyenne 4 heures par jour.

Le coût du kilowattheure est de 0,15 €/kWh.

a. Quels sont la consommation annuelle de l'appareil et son coût annuel en fonctionnement normal ?

b. Quels sont la consommation annuelle de l'appareil et son coût annuel en veille ?

SOLUTION

a. Consommation annuelle en fonctionnement normal :
4 h/jour × 365 jours × 0,050 kW = 73 kWh.
Coût annuel de l'appareil en fonctionnement :
73 kWh × 0,15 €/kWh = 10,95 €.
b. Consommation annuelle en veille :
20 h/jour × 365 jours × 0,005 kW = 36,5 kWh.
Coût annuel en mode veille :
36,5 kWh × 0,15 €/kWh = 5,47 €.

Les phénomènes géologiques : risques et enjeux

14

☐ OK

Comment l'Homme fait-il face aux risques de séismes, d'éruptions volcaniques ou de tsunamis ?

I Les phénomènes géologiques

La Terre a une activité interne. La majorité des **séismes** et des **éruptions volcaniques** se produisent aux limites des plaques tectoniques.

II La gestion des risques

- Les failles et les volcans actifs sont bien identifiés et surveillés par satellite GPS. L'Homme y a installé des observatoires pour effectuer une **surveillance en continu**.
- L'augmentation de la sismicité, de la température ou du gonflement d'un volcan permettent de prévoir un aléa, et d'évacuer les populations.
- Des **mesures de prévention** comme les constructions parasismiques et l'éducation des populations permettent également de limiter les risques.

Mot clé

Un **aléa** est la probabilité de la survenue d'un phénomène naturel.

DOCUMENTS CLÉS

1 Un système d'alerte aux tsunamis dans le Pacifique

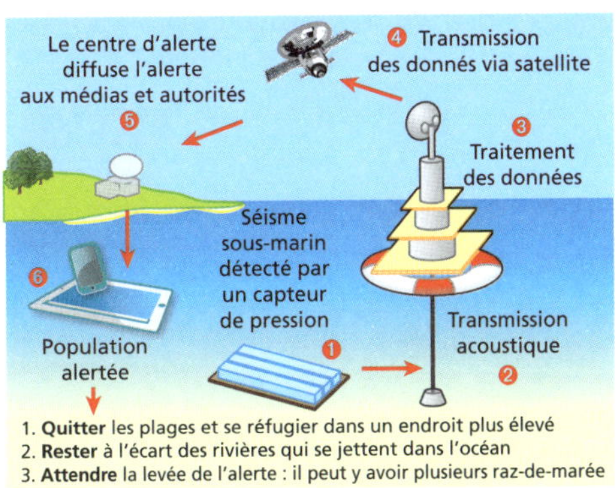

- Un tsunami est une **série de vagues destructrices**, pouvant atteindre les côtes. Ces vagues sont créées par le déplacement de terrains sous la mer (séisme sous-marin).
- Depuis le tsunami meurtrier survenu le 26 décembre 2004 en Indonésie, des **dispositifs d'alerte** internationaux et des systèmes de prévention ont été mis en place. Ils aident à réduire les risques pour les populations.

2 La vulnérabilité du Japon face aux risques sismiques

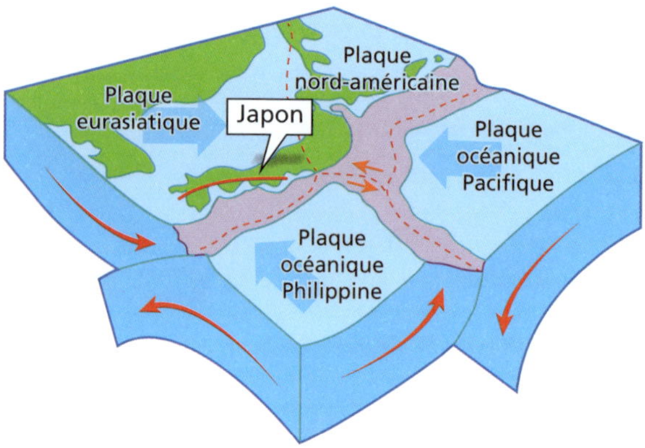

- La situation géologique de l'archipel du Japon se caractérise par la **subduction** (enfoncement) des plaques océaniques Pacifique et Philippine sous la plaque eurasiatique. Ceci explique les nombreux séismes qui frappent le Japon.
- La **vulnérabilité** d'une société est liée à sa capacité à faire face à un aléa. Dans le passé, la société japonaise était vulnérable face aux risques sismiques. Elle l'est moins aujourd'hui grâce aux constructions parasismiques et à l'entraînement régulier des populations.
- Ainsi, tous les ans depuis le séisme du 1er septembre 1923 à Kantô, la population réalise un exercice d'entraînement. Le 1er septembre 2015, ce sont près de 1,7 million de Japonais qui ont participé à cet exercice : le scénario était la survenue d'un séisme de magnitude 7,3 à l'ouest de la capitale.

Mot clé

La force d'un séisme est évaluée par sa **magnitude** (échelle de Richter).

Les phénomènes météorologiques et climatiques : risques et enjeux

15

☐ OK

Comment l'Homme peut-il prévoir le temps qu'il fera demain, ou dans un siècle ?

I Le système climatique terrestre

Le climat est défini par l'étude des paramètres atmosphériques (températures, précipitations) dans une région donnée, sur une période donnée.

Mot clé

La **climatologie** est l'étude des paramètres atmosphériques sur une période longue (plus de 30 ans).

1 Les changements climatiques passés

L'étude des roches et des fossiles a permis d'identifier, dans le passé, des périodes de réchauffement du climat, comme le Crétacé (– 130 à – 65 Ma), et des périodes froides, comme les glaciations du Quaternaire (– 2,6 Ma).

2 Les grandes zones climatiques

À l'échelle du globe, la répartition inégale de l'énergie solaire crée :

- une zone chaude au niveau de l'équateur où les rayons solaires sont perpendiculaires au sol ;
- deux zones froides aux pôles où les rayons solaires sont très inclinés ;
- deux zones tempérées.

3 Courants océaniques et vents

- Des courants océaniques chauds formés à l'équateur, comme le Gulf Stream, permettent des transferts de chaleur. Aux pôles, l'eau de mer gèle en surface. Les eaux, alors très salées et denses, coulent en créant des courants froids profonds.
- La force de Coriolis due à la rotation de la Terre dévie la direction des vents.
- La dynamique des masses d'air est aussi régie par les différences de pression atmosphérique. Ces masses d'air sont séparées par des surfaces de discontinuité appelées fronts. Leur confrontation provoque des perturbations atmosphériques.

II La prévision des risques météorologiques

- L'étude des données obtenues *via* les stations météorologiques ou le satellite Météosat permettent de publier des **cartes météorologiques** et de vigilance de plus en plus fiables.
- Les **simulations du climat à long terme**, grâce à des logiciels spécialisés, sont en revanche plus incertaines car elles font intervenir de nombreux paramètres.

> **Mot clé**
> La **météorologie** est l'étude des vents, des températures et des précipitations sur une période courte.

DOCUMENT CLÉ

La carte de vigilance de Météo-France

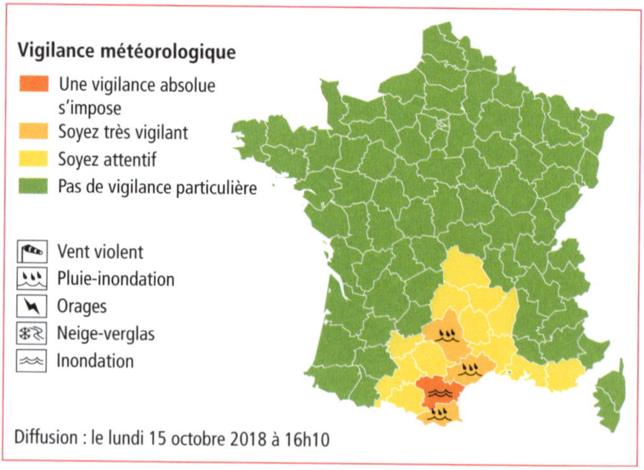

- Des cartes de vigilance établies par l'établissement public Météo-France permettent d'**alerter** les populations.
- Une vigilance orange ou rouge correspond à la prévision de phénomènes météorologiques **dangereux ou très dangereux** (vents violents, pluies, inondations, avalanches, verglas).
- Le respect des conseils, comme éviter les déplacements, permet de **limiter les risques** pour l'Homme.

Gérer les ressources énergétiques et le changement climatique

16

☐ OK

Comment l'exploitation des ressources énergétiques par l'Homme influence-t-elle le climat ?
Comment lutter contre le réchauffement climatique ?

I Les ressources naturelles énergétiques

- Le pétrole, le gaz et le charbon sont des **sources d'énergie fossiles**. Ils représentent 80 % de la production d'énergie mondiale. Ils sont **non renouvelables** à l'échelle humaine et leurs stocks sont limités. Or, nos besoins en énergie sont croissants.
- Les énergies solaire, hydraulique, éolienne et géothermique, ainsi que la biomasse, sont **renouvelables** mais elles ne représentent que 20 % de la production.

II Une gestion durable pour préserver le climat

1 Le réchauffement climatique

- L'étude des **climats passés** montre que la variation du taux de CO_2 a une influence sur le climat.
- Depuis le début de l'ère industrielle, en 1750, les **rejets de CO_2** dus à l'utilisation des sources d'énergie fossiles et à la déforestation augmentent.
- Ils provoquent un **réchauffement de l'atmosphère** et une diminution des quantités de glace générant une augmentation des phénomènes climatiques extrêmes.

2 Les actions de l'Homme face au réchauffement

- Scientifiques et politiques doivent trouver des solutions pour limiter le réchauffement à **moins de 2 °C**.
- Il s'agit de mesures d'**atténuation** : transition vers les énergies renouvelables, qui rejettent moins de CO_2, et captation du CO_2 émis.

Mot clé

Créé en 1988, le **GIEC** (groupe d'experts intergouvernemental sur l'évolution du climat) évalue le changement climatique et envisage solutions et adaptations.

Des mesures sont également prises pour **s'adapter** aux conséquences du changement climatique. Par exemple, la surélévation des habitations en zones côtières permettra de faire face à la montée du niveau marin. Ces mesures permettent de **réduire la vulnérabilité** des populations.

Chiffre clé

Le 5e rapport du GIEC établit, avec un **degré de certitude de 95 %**, que les activités humaines sont la principale cause du réchauffement climatique depuis 1950.

DOCUMENT CLÉ

L'effet de serre accentué par l'Homme

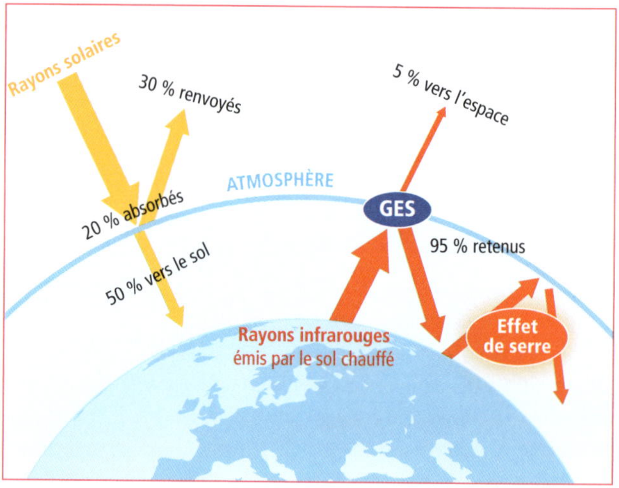

- Si tout le rayonnement infrarouge issu du sol chauffé par les rayons solaires était renvoyé vers l'espace, la **température moyenne** sur Terre serait de – 18 °C, or elle est de + 15 °C.
- En effet, le rayonnement infrarouge est retenu par des **gaz à effet de serre**, ou GES, naturels (vapeur d'eau et CO_2 principalement) ce qui a pour effet de réchauffer la Terre.
- L'augmentation actuelle de la température moyenne est due au **rejet excessif de GES anthropiques** (d'origine humaine), ce qui amplifie l'effet de serre naturel. Ces gaz sont le dioxyde de carbone (CO_2) pour 70 %, le méthane (CH_4), le protoxyde d'azote (N_2O), l'ozone et les gaz fluorés.

Les activités humaines et les écosystèmes

17

☐ OK

Quels sont les impacts de l'Homme sur le fonctionnement des écosystèmes ?

I Les impacts néfastes de l'activité humaine sur les écosystèmes

- Un **écosystème** est défini comme un ensemble d'êtres vivants qui interagissent entre eux et avec leur milieu de vie.
- Les prélèvements directs dans la nature (chasse, pêche et déforestation) perturbent les chaînes alimentaires ; l'urbanisation ou l'exploitation des ressources détruisent les habitats : il en résulte une **diminution de la biodiversité**.
- Les écologues observent des déséquilibres au sein des écosystèmes et un taux d'extinction des espèces 100 à 1 000 fois supérieur aux taux qui étaient observés auparavant.

> **Mot clé**
> L'**extinction** d'une espèce correspond à la disparition définitive d'une espèce d'êtres vivants.

II Des exemples d'actions bénéfiques

1 La gestion durable des ressources aquatiques

- Des mesures de gestion durable des ressources aquatiques (halieutiques) sont prises au niveau mondial ou régional. Chaque année, le Conseil européen « agriculture et pêche » fixe par exemple, sur la base d'avis scientifiques indépendants, des **quotas de pêche** qui permettent à la population de certaines espèces de se reconstituer dans les eaux européennes.

> **Mot clé**
> On peut parler de **gestion durable** quand l'exploitation des ressources est conduite sans nuire aux générations futures.

- Par exemple, les quantités de thon rouge pêchées en Méditerranée et dans l'Atlantique ont fortement augmenté à partir de 1980, avec plus de 50 000 tonnes pêchées en 1996. Les scientifiques ont constaté la baisse constante de la population de thon rouge et dénoncé le risque de disparition de cette espèce.
- Aussi, les pays doivent respecter les accords internationaux et lutter contre la **pêche illégale**.

2 La gestion durable des ressources forestières

- Des mesures pour une gestion forestière durable ont été prises dès 1992, au **Sommet de la Terre de Rio**. Il s'agit de préserver la biodiversité et les écosystèmes tout en permettant un développement économique local.
- Des **labels de certification forestière** (FSC) garantissent que le bois est exploité en préservant l'environnement et les intérêts des populations. Cela permet aux consommateurs de privilégier l'achat de bois certifié.
- Par ailleurs, les pays doivent lutter contre les **coupes illégales**.

Chiffres clés

L'**Amazonie** représente 50 % des forêts tropicales du monde et s'étend sur **6,7 millions de km²**. À cause de l'activité humaine, 2 % disparaissent chaque année.

DOCUMENT CLÉ

Des points chauds de biodiversité à préserver

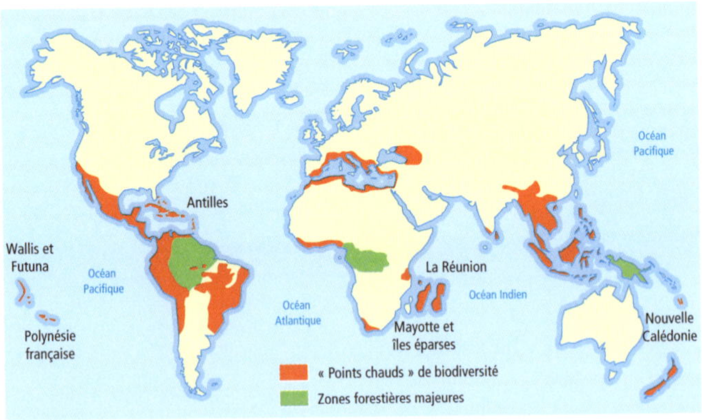

- 34 territoires (en rouge) sont considérés comme **les plus riches en espèces** de la planète, certaines étant encore inconnues.
- Ce sont aussi des « points chauds de biodiversité », où ces espèces sont **le plus menacées de disparaître**.
- Des **mesures de conservation** doivent permettre de préserver les espèces sauvages sans empêcher l'activité humaine.

Les besoins des végétaux chlorophylliens

18

☐ OK

Comment fonctionne la photosynthèse ? Quel est son rôle ?

I À l'origine de la matière organique

- Tous les êtres vivants sont constitués de matière organique.
- Les végétaux verts sont dits autotrophes car ils fabriquent leur propre matière à partir d'éléments minéraux.
- Ce sont les premiers maillons des réseaux alimentaires.

> **Mot clé**
> Un être vivant **autotrophe** est capable de fabriquer sa propre matière organique à partir de matière minérale.

II La photosynthèse

La synthèse de matière organique a lieu au niveau des feuilles.

1 Le mécanisme de la photosynthèse

- Les feuilles possèdent des structures appelées stomates (voir le « document clé » page suivante), qui assurent les échanges gazeux avec le milieu extérieur.
- Les plantes utilisent le dioxyde de carbone (CO_2) de l'air pour fabriquer de la matière organique et rejettent du dioxygène (O_2).

> **Mot clé**
> La **photosynthèse** est la production par les végétaux chlorophylliens de matière organique à partir de matière minérale grâce à l'énergie lumineuse.

2 La réaction de photosynthèse

La photosynthèse est possible grâce à l'énergie lumineuse du Soleil, captée par la chlorophylle, un pigment vert contenu dans les chloroplastes.

$$CO_2 + \text{eau} \xrightarrow[\text{lumière}]{} \text{matière organique} + O_2$$

III Le transport de la sève

1 Le prélèvement de matière

- L'eau, utilisée lors de la réaction de photosynthèse, et les sels minéraux sont puisés dans le sol grâce aux **poils absorbants** des racines.
- Ils forment la **sève brute** transportée jusqu'aux feuilles dans les vaisseaux du **xylème**. Le moteur de ce transport est l'élimination d'eau au niveau des stomates (transpiration).

2 La production de matière

La matière organique fabriquée dans les feuilles par la plante est véhiculée dans **tout l'organisme** transportée sous forme de **sève élaborée** dans des vaisseaux particuliers : les tubes criblés du **phloème**.

DOCUMENT CLÉ

Les stomates et la photosynthèse

- Les stomates sont des **ouvertures** naturelles, visibles au microscope électronique à balayage (MEB).
- Ils se trouvent sur la **face inférieure** des feuilles d'un végétal chlorophyllien et interviennent dans la photosynthèse et la transpiration.

Stomate à l'obscurité (MEB)

Le stomate est fermé. → Le CO_2 ne peut pas pénétrer dans la feuille. → PAS DE PHOTOSYNTHÈSE

Stomate à la lumière (MEB)

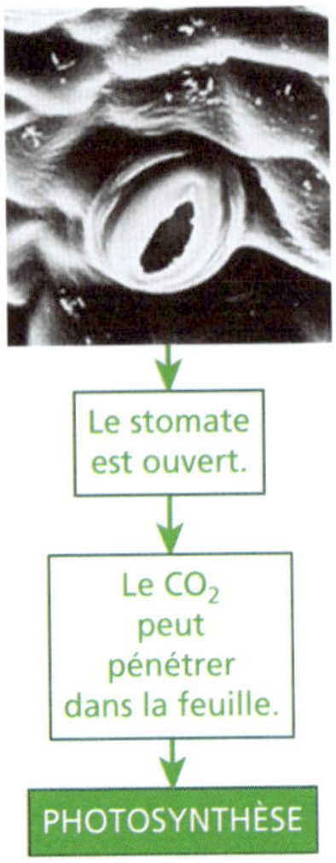

Le stomate est ouvert. → Le CO_2 peut pénétrer dans la feuille. → PHOTOSYNTHÈSE

Le transport des matières chez les animaux

19

☐ OK

Comment les matières indispensables au fonctionnement de l'organisme sont-elles transportées chez les animaux ?

Une cellule animale a besoin de dioxygène et de nutriments. Elle produit également des déchets comme le dioxyde de carbone et l'urée. Ces différentes matières sont transportées par les liquides du corps : le sang et la lymphe.

I Les liquides du corps

1 Le sang

- Le sang est composé d'une partie liquide, le **plasma**, qui contient de l'eau, des nutriments, des déchets et des éléments minéraux, ainsi que de différentes cellules (hématies, leucocytes, plaquettes).
- Les hématies contiennent un pigment rouge, l'hémoglobine. Celle-ci fixe le dioxygène et le dioxyde de carbone, ce qui permet leur transport dans l'organisme.

> **Mot clé**
> Une **hématie** (ou globule rouge) est une cellule du sang, dépourvue de noyau, qui permet le transport du dioxygène et du dioxyde de carbone dans l'organisme.

2 La lymphe

- La lymphe est un **liquide de l'organisme**, transparent ou jaunâtre, circulant dans les vaisseaux lymphatiques.
- Elle a la même composition que le plasma sanguin : c'est du sang dépourvu d'hématies. Elle transporte essentiellement les **déchets** et les lipides.

II La circulation du sang et de la lymphe

1 La circulation du sang

- Le sang circule dans des **vaisseaux sanguins** (voir le « document clé » de la page suivante). C'est le **cœur** qui, en se contractant, permet de mettre le sang en mouvement.
- Le sang circule à **sens unique** et l'appareil circulatoire est clos.

2 La circulation de la lymphe

- La lymphe circule dans des **vaisseaux lymphatiques**, qui sont parallèles aux vaisseaux sanguins et reliés à eux.
- Ce sont de petits muscles autour de ces vaisseaux qui permettent de la mettre en mouvement. La lymphe circule à **sens unique**. On la trouve aussi autour des cellules.

DOCUMENT CLÉ

La circulation sanguine et les vaisseaux sanguins

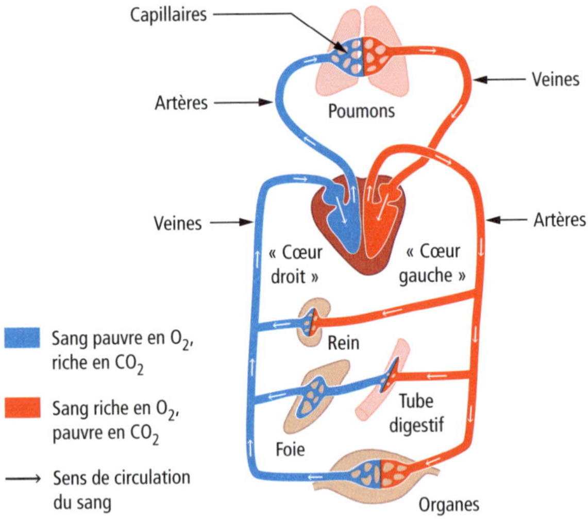

- Les **artères**, qui transportent le sang du cœur aux organes, ont une paroi épaisse et élastique.

À l'intérieur, la pression sanguine est forte. Ce sont les vaisseaux qui ont le diamètre le plus important.

- Les **veines**, qui transportent le sang des organes au cœur, ont une paroi fine et rigide.

La pression sanguine dans les veines est faible.

- Les **capillaires sanguins** sont de petits vaisseaux à paroi très fine se trouvant au niveau des organes.

C'est à leur niveau que se font les échanges entre les tissus et le sang. Leur diamètre est minuscule.

La reproduction sexuée des plantes à fleurs

20

☐ OK

Les plantes à fleurs, comme tous les êtres vivants, doivent se reproduire pour perpétuer l'espèce.

I La fleur, organe de reproduction

- Chez les **angiospermes** (plantes à fleurs), la fleur est l'organe permettant la reproduction sexuée.
- Souvent, la fleur est **hermaphrodite** et contient les organes mâles, les étamines, et l'organe femelle, le pistil. Les étamines produisent les gamètes mâles contenus dans le pollen et le pistil produit les gamètes femelles : les ovules.

II De la fleur à la graine

1 La pollinisation

- On nomme **pollinisation** le transport des grains de pollen des étamines jusqu'au pistil. Elle est assurée essentiellement par les insectes ou le vent. Les grains de pollen sont déposés sur la partie terminale du pistil, le stigmate.
- Si le grain de pollen est déposé sur le pistil d'une fleur du même individu, on parle d'**autopollinisation**.
- S'il est déposé sur le pistil d'une fleur d'un autre individu, c'est une **pollinisation croisée**, qui participe à la diversité génétique.
- La diminution de population des insectes pollinisateurs a un impact sur la reproduction des plantes à fleurs.

2 La fécondation

- Lorsque le pollen et le stigmate sont compatibles (même espèce), un **tube pollinique** se forme pour atteindre l'ovule.
- Chez les plantes à fleurs, il y a une **double fécondation** : il faut deux grains de pollen pour féconder un ovule.
- Le pistil grossit et se transforme en **fruit** ; l'ovule devient la **graine**.

3 La dispersion

Les graines sont transportées par divers **facteurs de dispersion** : le vent, l'eau et les animaux dans leur tube digestif ou sur leurs poils.

DOCUMENTS CLÉS

1 De la pollinisation à la fécondation

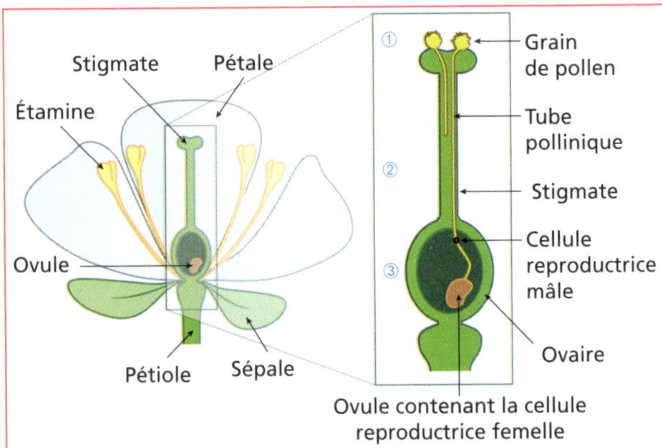

Coupe longitudinale de fleur — **De la pollinisation à la fécondation**

- La **pollinisation** (1) est le dépôt du grain de pollen sur le pistil.
- La **germination du grain de pollen** (2) est le développement du tube pollinique en direction des ovules.
- La **fécondation** (3) est la rencontre du gamète mâle contenu dans le grain de pollen et du gamète femelle contenu dans l'ovaire.

2 La dispersion des graines

- Le fruit de la lampourde (à gauche) possède des petits crochets qui s'accrochent aux poils des animaux.
- Le fruit du pissenlit (à droite), très léger, s'envole avec le vent.

La reproduction sexuée chez les vertébrés

21

☐ OK

Comment se reproduisent les vertébrés ?

I Deux types de fécondation

1 La fécondation externe

- Chez de nombreux vertébrés aquatiques, la fécondation est **externe** : elle a lieu dans l'eau.
- Mâles et femelles libèrent de **nombreux gamètes**, qui se rencontrent au hasard.

2 La fécondation interne

- Chez les vertébrés aériens, la fécondation est **interne** : elle a lieu à l'intérieur des voies génitales femelles.
- Elle nécessite un **accouplement** des partenaires. Le rapprochement des mâles et des femelles peut être facilité par certains comportements comme les **parades nuptiales**.

II Le maintien des espèces dans le milieu

- Chez certains ovipares, quand les œufs ne sont pas protégés comme chez les amphibiens, de **nombreux œufs** sont produits pour compenser les pertes.
- En milieu terrestre, il y a moins de cellules œufs produites mais la **protection des œufs et des jeunes** est plus importante.
  - Chez certains ovipares, comme les oiseaux, les œufs contiennent un liquide de protection.
  - Chez les mammifères (vivipares), les petits sont protégés dans l'organisme maternel et les soins aux jeunes sont importants après la naissance.

Mots clés

- Chez les **ovipares**, l'embryon se développe à l'intérieur d'un œuf pondu par la femelle.
- Chez les **vivipares**, l'embryon se développe dans l'utérus de la femelle.

III Les facteurs influençant la reproduction sexuée

- Les **ressources alimentaires** du milieu ont une influence directe : plus la quantité d'aliments est importante, plus le nombre d'individus issus de la reproduction sexuée est grand.
- Les **activités humaines** peuvent nuire à la biodiversité ou, au contraire, la préserver. Par conséquent, elles ont une influence directe sur la **dynamique des populations**.

DOCUMENT CLÉ

L'action de l'Homme sur la fertilité du faucon pèlerin

Le faucon pèlerin est le plus gros faucon français.

Dans les années 1950, on a constaté une baisse du taux de reproduction de cet oiseau.

Des études ont alors montré que les proies consommées par ces rapaces contenaient une grande quantité de substances chimiques que l'on trouve dans certains insecticides. Au début des années 1970, ces produits ont été interdits.

On a mesuré l'évolution de l'épaisseur de la coquille d'œuf du faucon pèlerin au cours du temps :

	1950	1960	1965	1970	1980	1990
Épaisseur moyenne des coquilles (en mm)	5	5	3	2	3	4

- La quantité de ressources alimentaires n'a joué aucun rôle sur la reproduction du faucon. C'est la **qualité** de ces ressources qui a une influence.
- L'**emploi d'insecticides** entraîne une diminution de l'épaisseur de la paroi des œufs. En effet, cette épaisseur diminue jusqu'aux années 1970, moment où ces insecticides sont interdits.
- L'Homme, en utilisant des insecticides ingérés par les proies du faucon puis le faucon lui-même, a eu une **action négative**, de façon indirecte, sur la reproduction du faucon.
- Il a eu également une **action positive** en interdisant ces produits chimiques et donc en rétablissant l'équilibre premier de la chaîne alimentaire.

La diversité génétique

Les êtres vivants sont tous différents les uns des autres. Comment cette diversité est-elle inscrite dans les gènes ?

I Les chromosomes, supports du programme génétique

1 Le patrimoine génétique

- Un individu possède les **caractères communs** à son espèce (caractères spécifiques), avec des variations individuelles qui font de lui une personne unique. Certains de ces caractères peuvent également être modifiés par l'action de l'environnement.
- Les caractères dits héréditaires d'un individu, car hérités de ses parents, sont inscrits dans un **programme génétique**. Celui-ci est porté par les chromosomes, des filaments présents dans le noyau de chaque cellule.

Mot clé

Caractère héréditaire se dit d'un caractère qui se transmet de génération en génération.

2 Les chromosomes

- L'espèce humaine possède **23 paires de chromosomes**. Seule la 23e paire diffère selon le sexe de l'individu :
  - l'homme possède un chromosome Y et un chromosome X ;
  - la femme possède deux chromosomes X (ci-contre).
- L'ensemble des caractères propres à un individu constitue son **phénotype** ; et tous ses chromosomes, son **caryotype**.

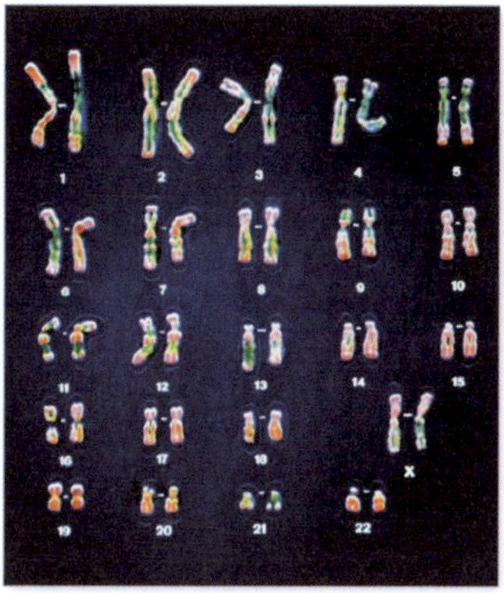

À noter

Parmi chaque paire de chromosomes, l'un est hérité du père, et l'autre est hérité de la mère.

II Les gènes, unités d'information génétique

- Chaque chromosome est divisé en unités d'information : les gènes. Chaque gène détermine un caractère héréditaire précis. Sur chaque chromosome d'une même paire, les gènes occupent la même position.
- Un gène existe sous différentes versions appelées **allèles**. Pour un gène donné, les deux chromosomes d'une même paire portent soit deux allèles identiques, soit deux allèles différents.
- Les allèles dominants s'expriment toujours alors que les allèles récessifs ne s'expriment que lorsqu'ils sont seuls. L'ensemble des allèles d'un individu constitue le **génotype**.

Mot clé

Un **gène** est une portion de chromosome qui porte une information relative à un caractère héréditaire précis.

DOCUMENT CLÉ

Le groupe sanguin

Paire de chromosomes n° 9	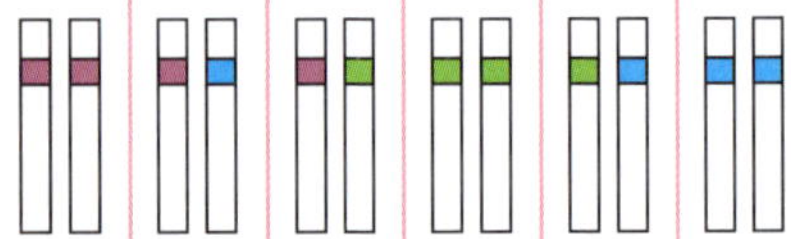					
Génotype	[AA]	[AO]	[AB]	[BB]	[BO]	[OO]
Phénotype (groupe sanguin)	A	A	AB	B	B	O

■ Allèle A dominant ■ Allèle B dominant ■ Allèle O récessif

- Le gène du groupe sanguin est porté par la paire de chromosomes n° 9. Il existe **4 groupes** sanguins différents : A, B, AB et O, mais seulement 3 allèles différents : A et B (dominants), et O (récessif).
- Les **génotypes possibles** sont constitués par les différentes paires de chromosomes.
- Chaque combinaison d'allèles donne un groupe sanguin : c'est le **phénotype**.

L'origine de la diversité génétique

23

☐ OK

Sur quels mécanismes reposent la diversité et la stabilité génétique ?

I La formation des gamètes : la méiose

1 La préparation de l'ADN

- Les chromosomes portent l'information génétique à l'origine de la diversité des êtres vivants. Ils sont essentiellement constitués d'une longue molécule, l'ADN (**acide désoxyribonucléique**).
- L'ADN se prépare à la méiose en se pelotonnant sur lui-même, ce qui rend les **chromosomes visibles**.

2 La particularité des gamètes

- Les gamètes ont un caryotype particulier : ils ne possèdent qu'**un chromosome de chaque paire**, donc seulement la moitié des chromosomes d'une espèce.
- Chaque gamète ne contient qu'**un seul chromosome sexuel** (X ou Y).

3 La duplication des chromosomes

- Avant la méiose, les chromosomes se dupliquent : chaque chromosome fait une **copie de lui-même**.
- On obtient ainsi des chromosomes possédant deux branches (chromatides), formés de deux molécules d'ADN au lieu d'une.

> **Mot clé**
> Une **chromatide** est une branche de chromosome ; un chromosome dupliqué a deux chromatides.

4 La division cellulaire

- La cellule de départ subit **deux divisions successives** :
  - la première sépare les chromosomes d'une même paire ;
  - la seconde sépare les chromatides d'un même chromosome.
- La première division se faisant **au hasard**, il existe une infinité de combinaisons possibles des différents allèles portés par les gènes des chromosomes.

II La formation d'un individu unique : la fécondation

- La fécondation est la **fusion** du noyau d'un **ovule** avec le noyau d'un **spermatozoïde**, chacun possédant 23 chromosomes (chez l'Homme). Cela permet de rétablir le nombre de chromosomes de l'espèce (23 paires).
- La fécondation se faisant **au hasard**, il existe un très grand nombre de possibilités de cellules œufs différentes et donc d'individus différents.

DOCUMENT CLÉ

La transmission des chromosomes sexuels lors de la méiose

- On positionne un gène quelconque sur le chromosome X avec deux allèles : « A », dominant, et « b », récessif.

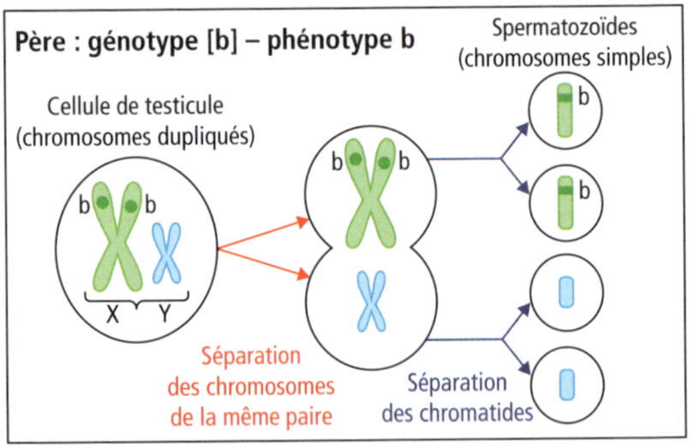

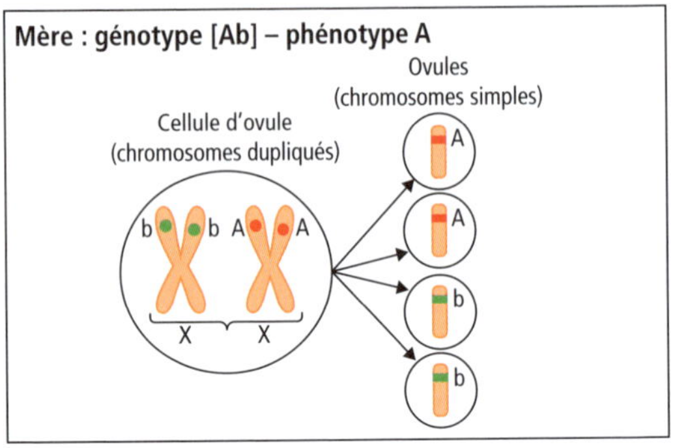

- Au final, chaque gamète ne contient qu'**un seul chromosome sexuel simple**.

La parenté et l'évolution des êtres vivants

24

☐ OK

Quels sont les mécanismes qui expliquent l'évolution des espèces ?

I Les roches sédimentaires : archives géologiques

- Les roches sédimentaires renferment des **fossiles** qui permettent de reconstituer l'histoire de la vie, apparue sur Terre il y a 3,5 milliards d'années.
- L'étude de groupes de fossiles, comme celui des ammonites (animaux marins disparus), prouve que **les espèces se renouvellent**.
- Certaines périodes se caractérisent par des changements rapides des peuplements. Pendant ces crises biologiques, des espèces disparaissent tandis que d'autres se diversifient et prolifèrent.

> **Mot clé**
> Une **crise biologique** est une période pendant laquelle a lieu une extinction brutale et simultanée de nombreuses espèces.

II Le principe d'évolution des espèces

1 Le même support génétique pour tous les êtres vivants

- Bien que très différents les uns des autres, tous les êtres vivants ont en commun la présence de **cellules** et d'un **ADN** comme support du programme génétique. Cela montre qu'ils ont un **ancêtre commun**.
- On observe des liens de parenté entre des espèces distinctes, d'une même époque ou d'époques différentes, en particulier dans le **plan d'organisation** du squelette.

2 Apparition et diversification des espèces

- Lors de la formation d'une nouvelle espèce, il y a apparition et sélection au fil des générations de **nouveaux caractères**, qui favorisent souvent une meilleure adaptation au milieu de vie.
- Des mutations génétiques sont à l'origine de l'apparition de ces caractères.
- L'Homme est un **primate**. Il partage avec le chimpanzé de nombreux

> **Mot clé**
> Une **mutation génétique** est une modification du matériel génétique héréditaire permettant l'apparition de nouveaux caractères.

caractères mais possède certains caractères spécifiques, comme la bipédie, ce qui fait de lui une espèce à part entière.

DOCUMENT CLÉ

Le plan d'organisation des membres supérieurs de trois vertébrés

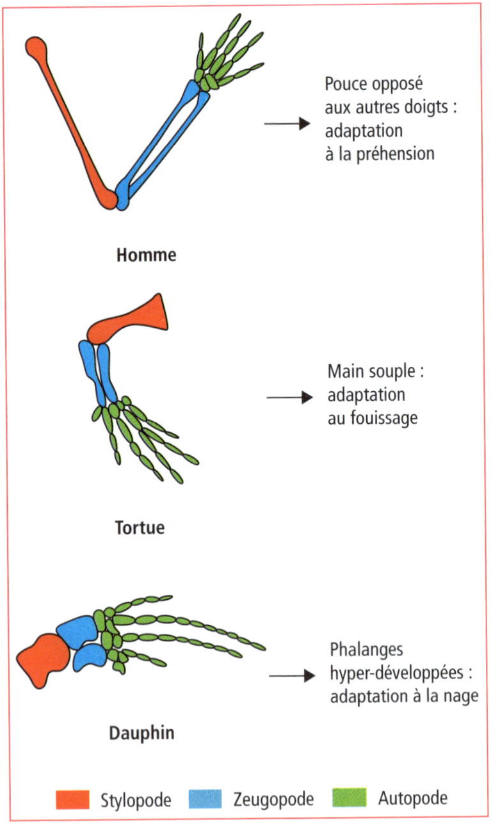

- Les membres supérieurs des vertébrés actuels possèdent le **même plan d'organisation** en trois parties : le stylopode, le zeugopode et l'autopode. Cela prouve l'existence d'un ancêtre commun.
- Cependant, les **caractères ancestraux** ont été modifiés, laissant place à des **caractères évolués** assurant une meilleure adaptation de l'animal à son milieu.

Les systèmes nerveux et cardiovasculaire

25

☐ OK

Comment le système nerveux et le système cardiovasculaire interviennent-ils lors d'un effort musculaire ?

I Répondre aux besoins des muscles pendant l'effort

1 Les besoins en énergie

Lors d'un effort physique, l'énergie nécessaire au travail musculaire est apportée par la réaction chimique entre les **nutriments** et le **dioxygène** (O_2), transportés par le sang jusqu'aux cellules musculaires.

2 L'augmentation des rythmes cardiaque et respiratoire

- L'accélération des fréquences cardiaque et respiratoire, contrôlées par le système nerveux autonome (voir le « document clé » page suivante), permet de répondre à l'augmentation des besoins des cellules musculaires.

Mots clés

Le **système nerveux autonome** est indépendant de la volonté. Son centre nerveux est le **bulbe rachidien**.

- Fréquence cardiaque et volume d'O_2 consommé augmentent alors jusqu'à une **valeur maximale** : 200 battements/min et 3 L/min environ selon les individus (sportifs ou sédentaires).
- Le flux sanguin est redistribué vers les muscles actifs grâce à l'**irrigation des organes en parallèle** et le **recrutement capillaire** (ouverture de capillaires fermés au repos).

II Préserver sa santé

- Une **visite médicale** est obligatoire avant de pratiquer un sport. Le médecin vérifie la fréquence cardiaque et s'assure de l'absence de contre-indications.
- Les performances d'un individu dépendent de son âge, son sexe, sa masse et peuvent s'améliorer par l'**entraînement** (endurance).
- Cependant, l'organisme a des limites. Certains sportifs prennent des doses très élevées de stéroïdes anabolisants. Ces **produits dopants** augmentent la masse musculaire et les performances mais peuvent avoir de graves conséquences sur la santé.

DOCUMENT CLÉ

Le contrôle nerveux de l'activité cardiaque

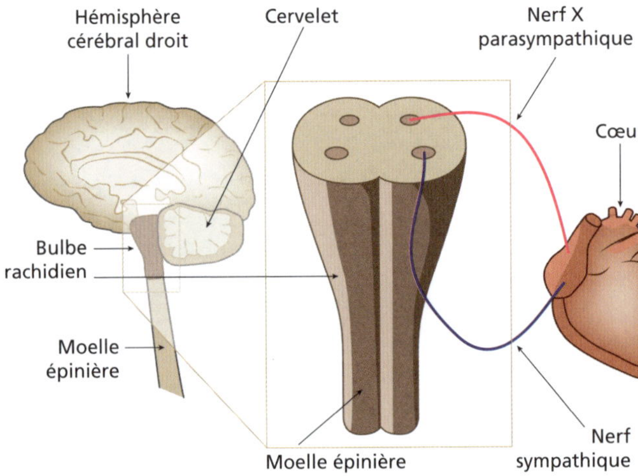

Mot clé

Protégée par la colonne vertébrale, la **moelle épinière** assure le transfert des messages nerveux de la périphérie du corps vers le cerveau et contrôle certains réflexes.

- Des **fibres nerveuses** issues du bulbe rachidien dans le cerveau sont reliées au cœur par la moelle épinière.
- Un cœur isolé **bat spontanément** à une fréquence d'environ 100 battements/min.
- Quand le corps est au repos, le nerf X ou **parasympathique** diminue la fréquence cardiaque à 70 battements/min (effet freinateur).
- Pendant l'effort, c'est le nerf **sympathique** qui augmente la fréquence cardiaque jusqu'à 200 battements/min (effet accélérateur).
- La fréquence cardiaque est donc contrôlée par le **système nerveux autonome**, qui fonctionne de manière inconsciente et involontaire, actionnant également les muscles liés à la digestion et la respiration.

L'activité cérébrale et le sommeil 26

☐ OK

Quel est le rôle du cerveau dans le systhème nerveux ? Que sait-on de l'activité cérébrale et de son fonctionnement pendant le sommeil ?

I Le système nerveux

Toutes les fonctions du corps (perception, mouvements) sont contrôlées par le système nerveux.

1 Les nerfs

Le **système nerveux périphérique** est constitué de nerfs, qui relient les centres nerveux (cerveau et moelle épinière) aux organes sensoriels ou aux organes effecteurs (muscles et glandes).

2 Le cerveau

- Le cerveau **intègre et analyse** toutes les informations reçues.
- En retour, il **régule** l'ensemble du fonctionnement des organes, les mouvements et la pensée (conscience, mémoire).

3 Les messages nerveux

- Le cerveau est formé de milliards de cellules nerveuses appelées **neurones**.
- Chaque extrémité de neurone peut émettre un message nerveux sous forme de neurotransmetteur : c'est la transmission synaptique.

Mot clé

La **synapse** est une zone située entre deux cellules nerveuses, qui assure la transmission de l'information entre elles.

II L'étude du fonctionnement cérébral

- Des **techniques d'imagerie** permettent de cartographier le cerveau (scanner, IRM) et d'étudier son activité (électroencéphalographie, tomographie comme sur le document clé à la page suivante).
- Un électroencéphalogramme plat traduit l'**arrêt du fonctionnement cérébral** (mort cérébrale).

Info

Mieux connaître le cerveau est capital pour mieux comprendre la psychologie et le fonctionnement du corps en général, et pour mieux les soigner.

III Les conditions d'un bon fonctionnement du système nerveux

Chez l'adulte, l'activité cérébrale est permanente et suit un rythme veille-sommeil.

1 Les cycles du sommeil

La phase de sommeil se compose de quatre à cinq cycles d'une heure trente à deux heures. Chaque cycle est constitué d'une phase de sommeil lent puis d'une phase de sommeil paradoxal.

Mot clé

Le **sommeil** est l'état cyclique et réversible d'inconscience, vital pour l'organisme.

2 Sommeil lent et sommeil paradoxal

Le sommeil lent est indispensable au développement et à la régénération des tissus, tandis que le sommeil paradoxal favorise la mise en mémoire et la gestion des émotions.

DOCUMENT CLÉ

Manque de sommeil et activité cérébrale

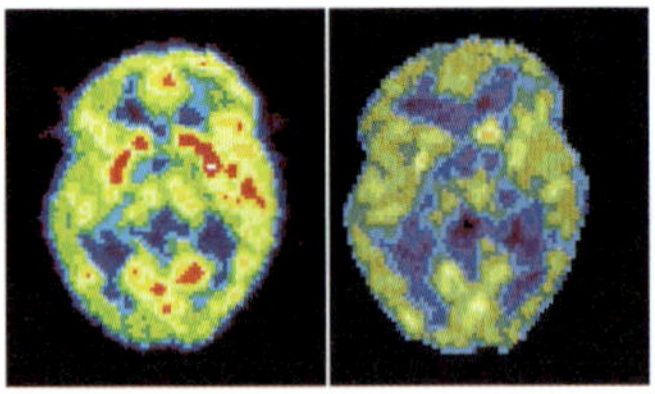

- Ces deux clichés de TEP (tomographie par émission de positons) montrent le cerveau après un sommeil normal (à gauche) ou après privation de sommeil (à droite). Les zones en rouge témoignent d'une forte activité cérébrale.
- Un temps de sommeil de moins de 9 heures pour un adolescent (moins de 7 h pour un adulte) a des conséquences négatives sur les processus moteurs : baisse de la vigilance et augmentation du temps de réaction. Ceci peut provoquer des accidents ou limiter les performances sportives. Le manque de sommeil affecte aussi les processus intellectuels, ce qui se traduit par l'irritabilité et les difficultés de concentration ou de mémorisation.

Les processus de la digestion

27

☐ OK

Comment la digestion permet-elle de satisfaire les besoins nutritionnels de l'organisme ?

I Le devenir des aliments dans le tube digestif

1 La digestion

Au cours de la digestion dans le tube digestif, les aliments sont transformés en petites molécules de nutriments grâce aux **enzymes** des sécrétions produites par les glandes digestives.

2 L'absorption intestinale

- Les nutriments sont ensuite absorbés vers le milieu intérieur à travers la paroi intestinale : c'est l'**absorption intestinale**.
- Puis, ils sont transportés par le sang jusqu'aux cellules où ils sont utilisés (**assimilation**).

3 L'excrétion

Les aliments non digérés (notamment les fibres) sont **rejetés** dans les excréments par l'anus.

II Les processus digestifs

- L'**action mécanique** de brassage dans la bouche et l'estomac permet un bon contact aliment-enzyme et accélère la digestion.
- L'**action chimique** des enzymes en présence d'eau permet l'hydrolyse (transformation) des grosses molécules d'aliments en petites molécules de nutriments assimilables par l'organisme :

> **Mot clé**
>
> L'**hydrolyse** correspond à la décomposition d'une substance par l'eau *via* une activité enzymatique.

aliments → nutriments

↑

eau + enzymes

- La digestion est une **simplification moléculaire**.

DOCUMENT CLÉ

À chaque enzyme sa spécialité

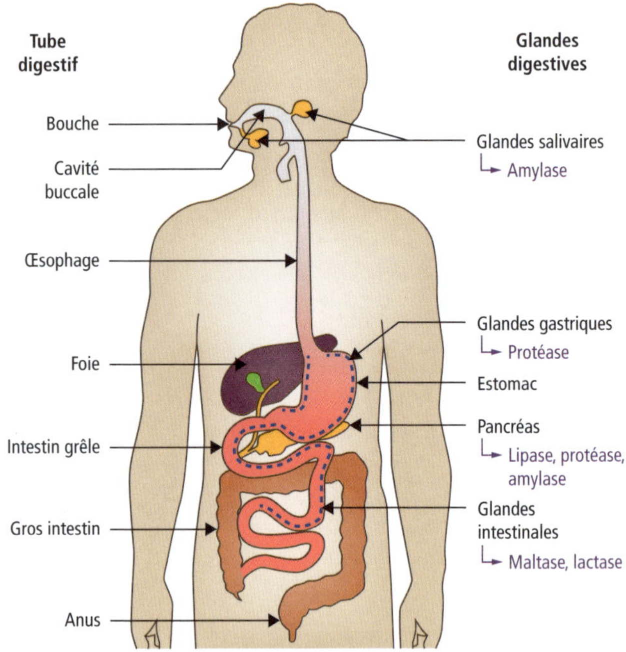

Mots clés

L'**estomac** assure un brassage des aliments grâce à ses contractions musculaires, mais participe aussi à la digestion par l'action chimique des **sucs gastriques**.

- Les amylases de la salive et de l'intestin ainsi que la maltase de l'intestin hydrolysent les sucres complexes comme l'amidon en maltose (formé de deux molécules de glucose), puis en glucose.
- Les protéases des sécrétions gastriques et pancréatiques hydrolysent les protéines en acides aminés.
- Les lipides sont réduits en gouttelettes par la bile du foie et transformés en acides gras par les lipases du pancréas.

Le monde bactérien et l'organisme

28

☐ OK

Comment fonctionne le monde microbien hébergé par notre organisme ? Comment se protéger des micro-organismes pathogènes ?

I L'omniprésence du monde bactérien

1 Où vivent les bactéries ?

- Les bactéries sont présentes sur Terre **depuis – 3,5 Ga** et leur nombre est estimé à 10^{30}.
- Elles occupent **tous les milieux**, même les plus hostiles (volcans, lacs acides, salés ou glacés) et sont aussi les hôtes des êtres vivants.

2 Qu'est-ce qu'une bactérie ?

- Une bactérie est constituée d'**une seule cellule** (ronde ou en bâtonnet), délimitée par une membrane et recouverte d'une paroi.
- C'est un **procaryote** car son cytoplasme ne contient pas de noyau mais un chromosome circulaire unique.
- C'est un **micro-organisme** car sa taille est de quelques dixièmes de micromètres.

II Les bactéries pathogènes

1 Différents types de bactéries

Certaines bactéries nous sont favorables, mais d'autres peuvent déclencher des maladies. Elles nous **contaminent** en pénétrant dans le corps de façon directe par contact avec la peau, ou de façon indirecte par l'air, l'eau ou les aliments.

2 L'infection

Si les bactéries pathogènes se multiplient, c'est l'infection qui provoque des symptômes et parfois la mort si elle est généralisée dans le sang (septicémie).

> **Mot clé**
> Une **bactérie pathogène** est un micro-organisme pouvant déclencher une maladie.

3 La lutte contre les bactéries pathogènes

- Des **mesures d'hygiène** comme le lavage des mains permettent d'éviter la contamination.
- Quand on procède à la destruction préventive des bactéries, par la chaleur sur les instruments chirurgicaux par exemple, on parle d'**asepsie**.
- Des **produits antiseptiques** sont utilisés pour détruire les bactéries sur une plaie (désinfection).

DOCUMENT CLÉ

La flore microbienne hébergée

Mot clé

La **flore microbienne** hébergée est l'ensemble des bactéries bénéfiques présentes dans le corps humain.

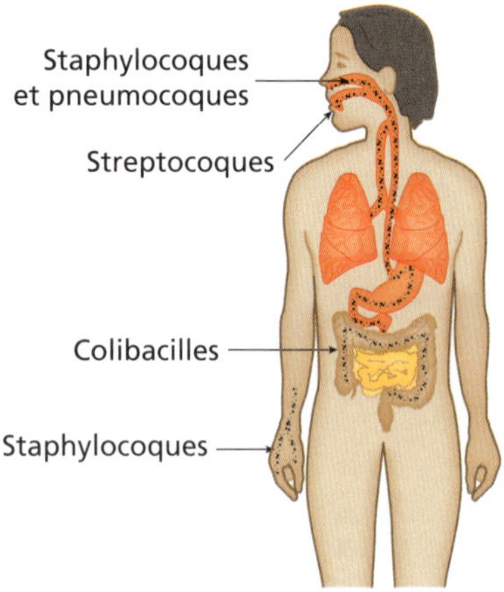

Notre corps abrite de **très nombreuses bactéries** (10^9) qui sont transmises par la mère lors de la naissance et dont l'action est bénéfique. On distingue la flore cutanée et la flore intestinale.

- La **flore cutanée** protège la peau de l'invasion de bactéries pathogènes comme les staphylocoques dorés.
- La **flore intestinale** aide à la digestion et l'assimilation des sucres et des fibres végétales. Elle protège aussi l'intestin des bactéries pathogènes.

Le système immunitaire

29

☐ OK

Comment l'organisme lutte-t-il contre les infections ?

I Les réactions de l'organisme face à une infection

Lors d'une infection, l'entrée d'éléments étrangers à l'organisme, appelés **antigènes**, provoque l'intervention du système immunitaire. Ce dernier reconnaît le soi et le non-soi grâce à des marqueurs présents sur les cellules.

> **Mot clé**
> Le **système immunitaire** est composé de tissus et de cellules qui permettent la défense de l'organisme.

1 La première réaction immunitaire

- Une première réaction de défense fait intervenir des globules blancs, les **phagocytes**. Cette réaction **non spécifique**, appelée **phagocytose**, permet souvent de stopper l'infection.
- Le phagocyte reconnaît la bactérie et émet des prolongements cytoplasmiques pour l'englober. Il emprisonne ainsi la bactérie dans une vésicule, où elle est digérée. Si la phagocytose échoue, il y a formation de pus.

2 La seconde réaction immunitaire

- Une seconde réaction de défense, plus lente, intervient alors en mettant en jeu d'autres globules blancs.
- Les **lymphocytes B** sécrètent des **anticorps spécifiques** pour piéger les bactéries. Le complexe antigène-anticorps formé est alors phagocyté.
- Les **lymphocytes T** détruisent les cellules infectées par des virus.

II Santé et société

- La découverte des **antibiotiques** par Alexander Fleming (1881-1955) et des principes de l'immunothérapie et de la vaccination par Edward Jenner (1749-1823) et Louis Pasteur (1822-1895) a permis de réduire la mortalité infectieuse, notamment infantile.
- L'utilisation des antibiotiques doit être raisonnée. Ils sont inefficaces contre les virus, et il ne faut pas interrompre un traitement aux antibiotiques, car il y a un risque de développement de **bactéries résistantes**.

DOCUMENT CLÉ

Le principe de la vaccination

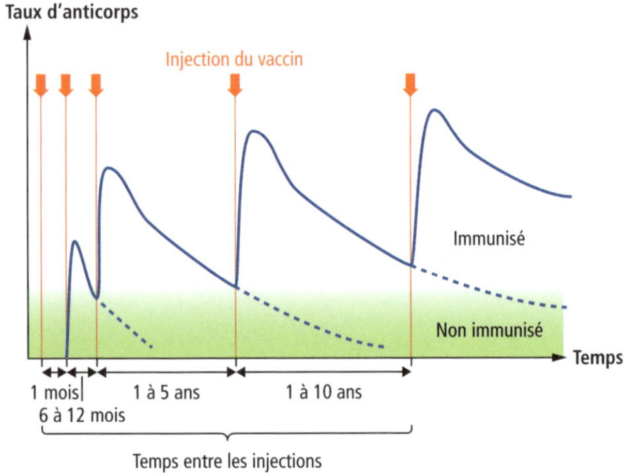

Chiffre clé

La **vaccination** a permis l'éradication de certaines maladies comme la variole. Pour atteindre un tel degré d'efficacité, **au moins 95 %** de la population doit être vaccinée.

- Lors de la vaccination, on injecte l'antigène atténué ou un fragment de celui-ci, qui ne déclenche pas la maladie mais active la **mémoire immunitaire**. Des rappels sont nécessaires pour entretenir cette mémoire au cours de la vie.
- Au **premier contact** avec l'antigène, a lieu une première production lente d'anticorps.
- Au **deuxième contact** avec l'antigène, la production d'anticorps est plus rapide et importante. À partir d'une certaine quantité d'anticorps produits, l'individu est protégé. On dit qu'il est **immunisé**.
- C'est l'activation de **lymphocytes B mémoire** qui permet cette deuxième réaction.

La capacité de transmettre la vie 30

☐ OK

Comment fonctionnent les appareils reproducteurs féminin et masculin à partir de la puberté ?

Dès la fécondation, le sexe de l'enfant à naître est déterminé par les chromosomes sexuels. À la naissance, les ovaires ou les testicules de l'enfant ne sont pas encore fonctionnels.

I Le déclenchement de la puberté

À la puberté, entre 11 et 15 ans en moyenne, des changements du corps appelés **caractères sexuels primaires et secondaires** apparaissent.

1 Chez le garçon

Ainsi, chez le garçon, les testicules se développent et produisent à leur tour une hormone : la **testostérone**, responsable de la masculinisation du corps (mue de la voix, pilosité, musculature).

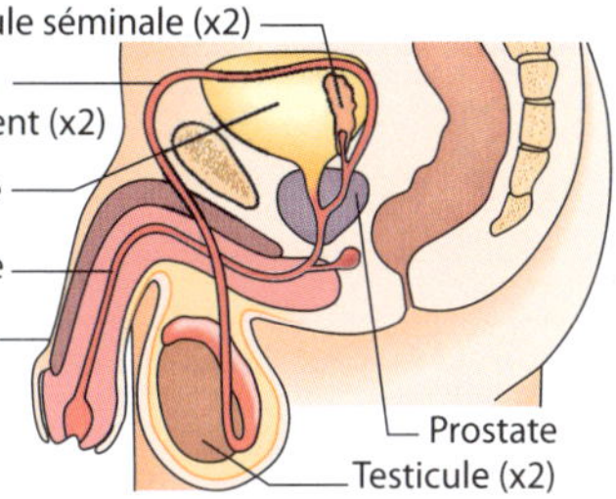

2 Chez la fille

Chez la fille, ce sont les ovaires qui se développent et produisent aussi des hormones, les **œstrogènes**, déclencheurs de la féminisation (formation des seins, pilosité, élargissement du bassin).

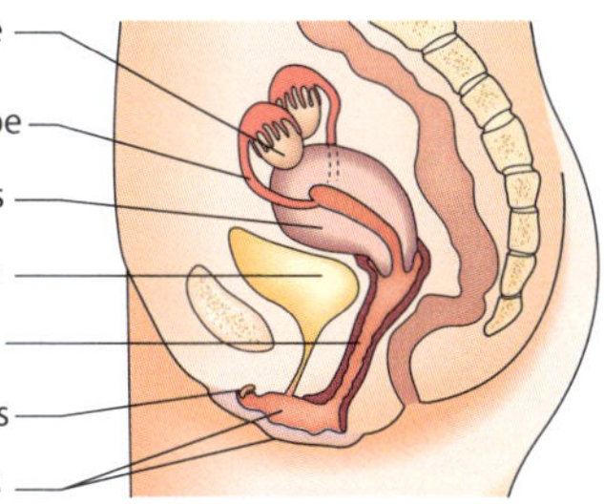

3 Le rôle des hormones

- Les changements du corps lors de la puberté sont dus aux hormones **produites par le cerveau** et libérées dans le sang.
- Ces hormones vont **agir sur les organes cibles** en modifiant leur fonctionnement, donnant ainsi à l'adolescent la capacité de se reproduire.

Mot clé

Une **hormone** est une substance produite par un organe agissant sur d'autres organes appelés cibles.

II Des organes reproducteurs fonctionnels

- L'apparition des **règles** chez la fille et des **éjaculations** chez le garçon sont les signes du fonctionnement des appareils reproducteurs.
- Les testicules produisent les **gamètes mâles** (spermatozoïdes) de façon **continue**, de la puberté à la fin de la vie.
- Les ovaires produisent les **gamètes femelles** (ovules) de façon **cyclique**, de la puberté à la ménopause vers 50 ans.

DOCUMENT CLÉ

Le fonctionnement cyclique de l'ovaire et de l'utérus

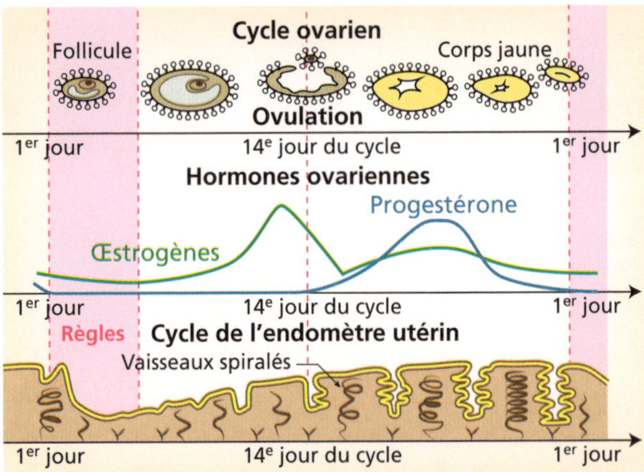

- À chaque cycle d'environ 28 jours, l'ovaire et l'utérus se préparent à une grossesse sous l'action des **hormones ovariennes**.
- Au 14e jour, un **pic d'œstrogènes** déclenche l'expulsion de l'ovule, contenu dans un follicule, de l'un des ovaires (ovulation). La muqueuse utérine devient épaisse et riche en vaisseaux sanguins pour accueillir l'embryon en cas de fécondation et de grossesse.

Mot clé

L'**ovulation** est l'émission cyclique d'un ovule par l'ovaire.

- Si l'ovule n'est pas fécondé, **le taux des hormones chute** en fin de cycle et la paroi de l'utérus est éliminée en produisant des saignements : ce sont les menstruations (règles).

La sexualité humaine : spécificités et comportements responsables

31

☐ OK

En quoi la sexualité humaine se différencie-t-elle de celles d'autres espèces de mammifères ? Quelles techniques permettent aujourd'hui de maîtriser la procréation ?

I Les spécificités de la sexualité humaine

- Dans notre espèce, l'acte sexuel est possible **à tout moment,** contrairement à d'autres mammifères qui ne s'accouplent qu'à certaines périodes.
- Toutefois, la fécondation n'est possible qu'autour de l'ovulation. En effet, la **période de fécondité** de la femme, d'environ 7 jours par cycle, est déterminée par la durée de vie de l'ovule (24 heures) et par celle des spermatozoïdes (4 à 6 jours).

II Les moyens pour éviter une grossesse

Les méthodes contraceptives et contragestives permettent aujourd'hui de choisir le moment pour concevoir un enfant.

1 Les méthodes contraceptives

- La **pilule** et l'**implant** agissent sur le cycle féminin, et contiennent des hormones qui bloquent l'ovulation.
- Les **préservatifs** empêchent la rencontre des gamètes ou fécondation. Par ailleurs, ils évitent la propagation de maladies et d'infections sexuellement transmissibles (MST et IST).

Mots clés

- La **contraception** empêche la fécondation.
- La **contragestion** empêche l'implantation de l'embryon.

2 Les méthodes contragestives

- Le **DIU** (dispositif intra-utérin) ou stérilet et la **pilule du lendemain** (dose massive d'hormones) empêchent la nidation.
- En cas d'échec, l'interruption volontaire de grossesse (**IVG**) est autorisée en France depuis le vote de la loi Veil en 1975. Elle s'effectue par prise d'une pilule abortive jusqu'à 7 semaines de grossesse, ou par une intervention chirurgicale (aspiration de l'embryon) jusqu'à la fin de la 14e semaine de grossesse (délai légal en France depuis 2022).

III L'assistance médicale à la procréation (AMP)

- Les **couples infertiles** ne parviennent pas à concevoir un enfant. Chez la femme, cela peut être dû à des troubles de l'ovulation ou à des trompes bouchées. Chez l'homme, ce peut être des spermatozoïdes non mobiles ou en nombre insuffisant.
- La **Fivete** (fécondation *in vitro* et transfert d'embryon) est une technique d'assistance médicale à la procréation (AMP).

DOCUMENT CLÉ

Des moyens adaptés à chaque cas pour éviter une grossesse

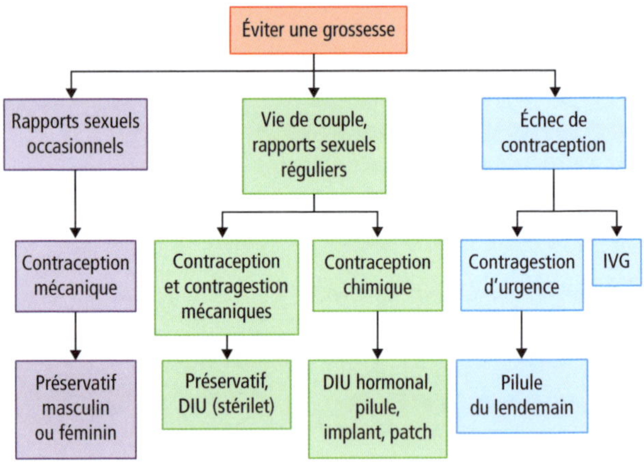

- Seuls les **préservatifs** protègent des infections sexuellement transmissible (IST) comme le sida. Ils sont en vente libre.
- La **pilule** (comprimé) est prescrite par le médecin et doit être prise sans oubli tout au long du cycle pour être efficace.
- La **pilule du lendemain** est efficace si elle est prise dans les 24 à 48 heures après un rapport sexuel non protégé.

Rédiger un cahier des charges

32

☐ OK

Avant de concevoir un objet technique, il faut s'assurer qu'un besoin existe et bien préciser ce qui est attendu par le futur utilisateur.

I De l'analyse du besoin au cahier des charges

- Les objets techniques sont conçus par l'Homme pour répondre à des **besoins**. Le besoin apparaît quand l'Homme perçoit un manque ou qu'il est insatisfait. C'est le début de tout projet.

Besoin	se déplacer	communiquer
Objet technique	vélo, automobile…	papier, téléphone, smartphone…

- Pour répondre au besoin de l'utilisateur, les concepteurs listent toutes les **fonctions** que doit assurer un objet technique. Cette analyse fonctionnelle a pour but de rédiger un cahier des charges.

- La personne qui réalise le projet n'est pas forcément celle qui a rédigé le cahier des charges. Ce dernier doit donc détailler l'ensemble des **caractéristiques** du produit, en incluant le design.

Mot clé

Un **cahier des charges** est un document contractuel décrivant, de la façon la plus précise possible, les besoins auxquels le concepteur de l'objet doit répondre ainsi que les contraintes de production (coûts, délais, empreinte écologique).

II Les fonctions de service d'un objet

- L'objet technique est considéré comme un système déterminé par un ensemble de **fonctions de service**, sans distinguer ses différentes pièces.

- Il existe deux types de fonctions de service :
  - les **fonctions principales** correspondent au service rendu par le système pour répondre aux besoins ayant motivé sa conception ;
  - les **fonctions contraintes** représentent l'ensemble des obligations limitant la liberté du concepteur pour répondre aux besoins.

Concevoir des objets innovants et esthétiques

33

☐ OK

Dans un bureau d'études, le rôle des concepteurs est de trouver des solutions techniques pour aboutir à un produit fini, en respectant le cahier des charges.

I La conception d'un produit

- Pour satisfaire les différentes fonctions de service du produit en projet, on recherche toutes les **fonctions techniques** permettant de les réaliser.

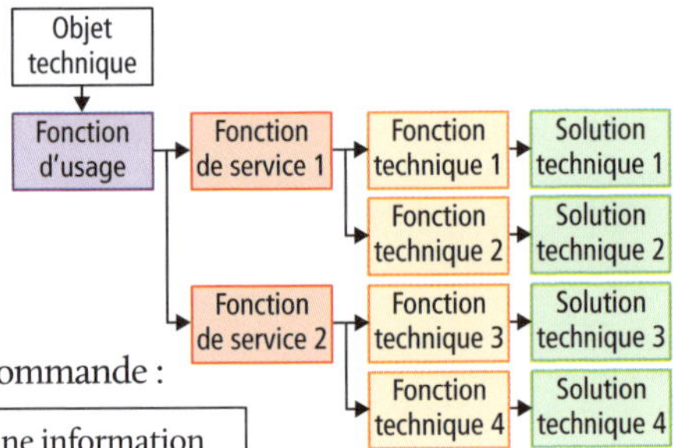

- Exemple pour une télécommande :

> fonction d'usage : envoyer une information
> fonction de service 1 : être tenue en main
> fonction technique 1 : avoir une forme adaptée
> → solution technique : forme ergonomique
> fonction technique 2 : avoir un poids contenu
> → solution technique : choisir un matériau à faible masse volumique

Mot clé

Une **fonction** s'exprime toujours par un verbe à l'infinitif suivi d'un complément.

- Le choix d'une **solution technique** se fait à l'aide :
- de sondages auprès des utilisateurs, notamment pour déterminer le design d'un objet (forme d'une voiture, couleur d'emballage, odeur de déodorant par exemple) ;
- de tests et de comparaisons, pour choisir un matériau par exemple ;
- de calculs et de simulations numériques…

II La définition d'un produit

Une fois choisies les solutions techniques, le concepteur prépare un ensemble de documents décrivant la mise en œuvre et la réalisation du produit : **plans**, modèles virtuels (notamment des modélisations 3D), schémas électriques, etc.

Réaliser le prototype d'un objet

34

☐ OK

Le produit étant défini, il peut être fabriqué. Avant d'envisager une production en grand nombre, un premier exemplaire est réalisé, le prototype.

I Le prototype

- Certains composants du prototype sont achetés, d'autres sont fabriqués. L'ensemble est alors assemblé et programmé.
- De nos jours, la fabrication d'un prototype est le plus souvent une **fabrication assistée par ordinateur** (FAO).
- La FAO permet de passer rapidement des modèles numériques 3D des concepteurs au processus de fabrication : on parle de **prototypage rapide**.

Mot clé

Le **prototype** est un objet fabriqué afin de valider les performances, la stabilité et l'intégralité du produit. Il permet d'éviter les erreurs avant la mise en production.

II L'usinage

- L'usinage est un procédé de fabrication par **enlèvement de matière**. Les métaux, le bois et les plastiques sont usinables.
- Partant de la géométrie définie par le concepteur, un logiciel de FAO pilote le mouvement de l'outil.

III L'impression 3D

- L'impression 3D est un procédé de fabrication par **ajout de matière**. Le plastique, le béton et les métaux sont des matériaux utilisables. Chacun de ces matériaux nécessite une imprimante 3D spécifique.
- L'impression du plastique se fait avec une buse chauffée pilotée par un logiciel de FAO. Le concepteur définit :

– la géométrie de la pièce ;
– sa densité de matière ;
– son orientation.

Suivre l'évolution technique des objets et comprendre leurs impacts

35

☐ OK

Au cours de sa vie, un objet technique est en interaction avec l'environnement et les Hommes.

I L'évolution des objets techniques

- L'évolution des objets suit les progrès scientifiques et techniques, l'objectif étant d'améliorer leurs **performances**.
- L'**esthétique** des objets évolue en fonction des goûts et de la mode. Leur ergonomie s'améliore également.

Mot clé

L'**ergonomie** désigne le fait d'adapter le travail, les outils et l'environnement à l'Homme.

II Les impacts des objets techniques

- À chaque étape de son **cycle de vie**, un objet technique a un impact sur l'environnement et la société.

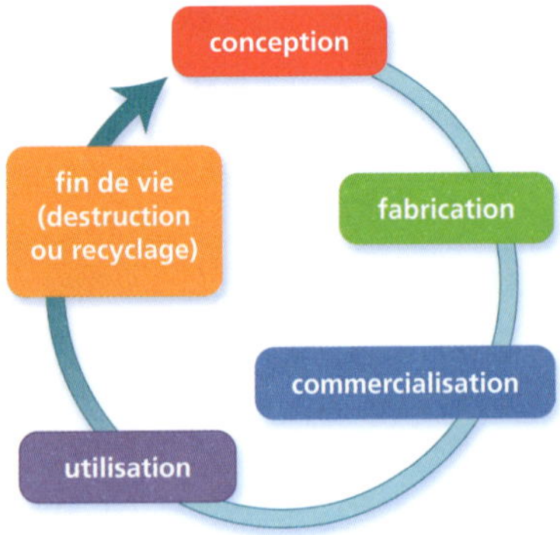

- Les **impacts environnementaux** sont variés : pollution visuelle, nuisance sonore, rejet dans l'atmosphère de gaz ou de chaleur, épuisement des ressources, déchets… De plus en plus d'entreprises font de l'**écoconception** une priorité.
- Les **impacts sociétaux** sont également multiples. Malgré leur bon fonctionnement, des objets sont jugés « périmés » et rapidement remplacés, par effet de mode. L'utilisation à outrance de certains objets comme les objets connectés peut créer une dépendance…

Analyser le fonctionnement d'un objet

36

☐ OK

Le fonctionnement des constituants d'un objet ou d'un système peut être représenté par une chaîne d'énergie et une chaîne d'information.

I La chaîne d'énergie

Les objets et systèmes utilisent de l'énergie pour fonctionner. L'énergie circule en passant par différents composants de l'objet ou du système. Cette **circulation d'énergie** est représentée par une chaîne d'énergie.

La chaîne d'énergie est l'ensemble des procédés qui permettent de réaliser une action. On peut découper cette chaîne en plusieurs **blocs fonctionnels** correspondant à des étapes :

- alimenter : apporter une énergie exploitable à l'objet ;
- stocker : permettre de disposer d'une réserve d'énergie ;
- distribuer : gérer la quantité d'énergie circulant ;
- convertir : transformer en une autre forme d'énergie ;
- transmettre : transporter l'énergie.

II La chaîne d'information

Un **système automatisé** est composé de plusieurs éléments qui exécutent un ensemble de tâches programmées, sans intervention de l'Homme.

On schématise la **chaîne d'information** (partie du système qui capte puis traite l'information) par des fonctions. Ainsi, la fonction **acquérir**, assurée par un capteur, consiste à créer une information à partir d'un événement tandis que la fonction **traiter** gère les informations acquises afin qu'elles deviennent communicables.

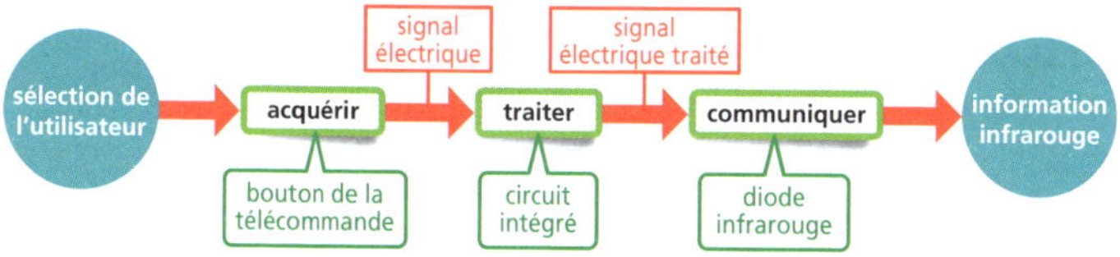

Chaîne d'information d'une télécommande

Modéliser ou simuler le fonctionnement d'un objet

37

☐ OK

Autrefois, la conception d'objets techniques passait par des essais parfois coûteux. Aujourd'hui, la modélisation et la simulation numérique permettent de reproduire virtuellement le fonctionnement d'un objet ou d'un système.

I Modéliser et simuler

- La **modélisation** est une représentation virtuelle ou mentale de la réalité. Elle n'est pas destinée à reproduire exactement la réalité, mais facilite l'étude de la structure d'un système ou d'un objet.
- La **simulation numérique** permet, par des calculs mathématiques, de prévoir le comportement d'un système lors de son utilisation avant même sa construction. Il y a toujours un écart entre la prédiction d'une simulation et le comportement réel du système.

Elle permet aussi d'**amplifier** le comportement du système. Ainsi, les petites déformations, les faibles mouvements deviennent visibles.

EXEMPLE Simulation du passage d'un poids lourd sur un pont avec Bridge Designer 2016.

II Représenter les résultats de simulation

- Certains résultats de simulation sont représentés **directement sur le modèle** de l'objet (les déformations par exemple).
- D'autres résultats ne permettent pas de visualisation directe. On les représente alors sous forme de **graphiques**.

EXEMPLE Un **chronogramme** est une représentation graphique de l'évolution temporelle d'un ou de plusieurs signaux issus d'une situation réelle ou d'une simulation. Cette représentation est constituée d'un ou plusieurs graphiques superposés. L'axe des abscisses des différents graphiques est commun et représente le temps.

Comprendre le fonctionnement en réseau informatique

38

☐ OK

Les objets techniques sont de plus en plus souvent mis en réseau de manière à pouvoir communiquer entre eux.

I Les réseaux informatiques

- Certains réseaux, dits **locaux**, sont limités à un espace restreint (domicile, école, entreprise…).

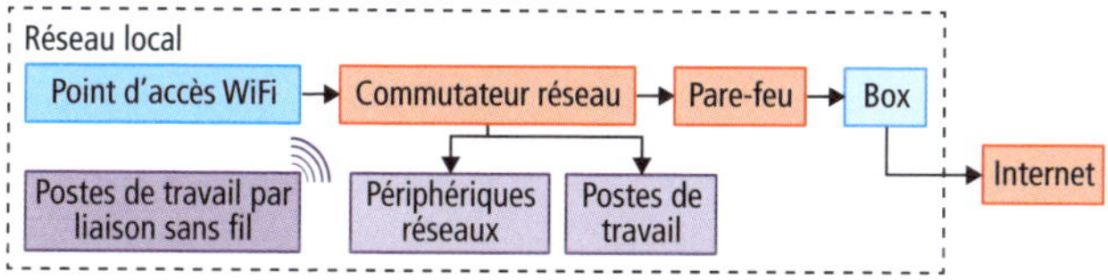

- Ils peuvent être reliés au réseau mondial **Internet** par le biais d'un modem (appelé box de nos jours).

II La circulation des informations

- Les informations circulent via trois technologies :
  - le **fil de cuivre** (information sous forme de signal électrique) ;
  - la **fibre optique** (lumière dans un fil) ;
  - les **ondes électromagnétiques** (WiFi, Bluetooth, 4G, infrarouge…).
- Chaque technologie a ses limites, en termes de **portée** et de **débit**. Ainsi, le débit maximum du fil de cuivre est d'environ 100 Mo/s contre 1 Go/s pour la fibre optique.

III Les protocoles de communication

- Lors d'un accès à Internet, l'ordinateur est connecté par un **modem** qui traduit les informations. Ces dernières circulent alors dans les mailles du réseau local puis du réseau mondial.
- Chaque objet d'un réseau a une adresse IP (*Internet protocol*) unique. Quand ils communiquent entre eux, les objets doivent respecter un ensemble de règles de communication, appelé **protocole**.

EXEMPLE Le protocole TCP/IP est l'ensemble des règles de communication sur Internet nécessaire pour acheminer des paquets de données, composés de « mots » binaires, suites de 0 et de 1.

Écrire et exécuter un programme

39

☐ OK

Les objets informatisés sont programmés pour interagir de manière autonome dans leur environnement.

I Les objets informatisés

- Les objets informatisés sont équipés de **capteurs** permettant d'obtenir des informations sur leur environnement.
- Des programmes informatiques, qui sont exécutables par un microprocesseur, assurent le traitement de ces informations.
- L'objet agit sur son environnement grâce à des **actionneurs**.

II Les programmes informatiques

- Un **programme** est une suite ordonnée d'opérations, destinées à être exécutées par un ordinateur afin de résoudre un problème donné.
- La programmation, réalisée à l'aide de logiciels et dans des **langages** spécifiques (Scratch par exemple), peut prendre différentes formes : textuelle, logigramme, blocs…
- Un programme **décompose** un problème complexe en une suite d'opérations plus simples. Quel que soit le langage employé, les instructions exécutent ces opérations simples, en suivant l'ordre déterminé par un **algorithme**.

EXEMPLE S'il y a un mur devant lui, le robot tourne à gauche, sinon il continue d'avancer. Ce qu'on exprime par cet algorithme :

Si mur devant, tourner à gauche
Sinon avancer

En logigramme	En blocs
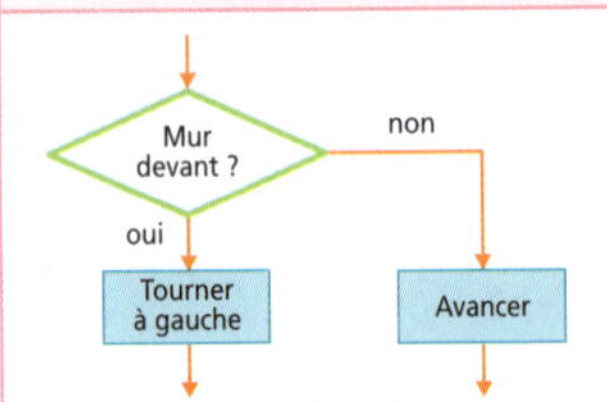	

ÉPREUVE ORALE

SOMMAIRE

Quand vous avez révisé une fiche, cochez la case ☐ correspondante !

Préparer l'épreuve

Réussir sa présentation orale

Comprendre le contenu de l'épreuve orale

1

☐ OK

L'épreuve orale du brevet est notée sur 100 points, soit un quart de la note totale des épreuves finales. En quoi consiste-t-elle exactement ?

I Le déroulement de l'épreuve

- L'épreuve orale du DNB se déroule dans votre collège, au troisième trimestre de l'année de 3e. Les membres du jury sont des professeurs de l'établissement.
- L'épreuve est composée d'**un exposé, suivi d'un entretien** avec le jury. Elle peut être passée **seul(e) ou à plusieurs** (au maximum trois candidats).

	exposé	entretien
un candidat	5 minutes	10 minutes
deux ou trois candidats	10 minutes	15 minutes

- Si vous passez en groupe, le temps de parole doit être réparti équitablement : chaque candidat doit pouvoir s'exprimer et répondre aux questions du jury. ▶ FICHE 10

II Que faut-il présenter ?

1 Un objet d'étude ou un projet

- C'est à vous de choisir ce que vous souhaitez présenter :
- soit un **objet d'étude** abordé dans le cadre de l'enseignement d'histoire des arts,
- soit un **projet** mené au cours du collège dans le cadre des EPI ou d'un parcours éducatif (parcours Avenir, parcours citoyen, parcours éducatif de santé, parcours d'éducation artistique et culturelle).

NOTEZ BIEN

Le chef d'établissement vous consultera dans l'année sur vos choix : intitulé et contenu du projet réalisé, thématique de l'epi et/ou parcours éducatif concerné, matières impliquées, passage seul(e) ou en groupe, présentation en français ou en langue étrangère…

- Si le projet choisi relève de la thématique « Langues et cultures étrangères ou régionales », une partie de l'exposé peut se faire dans une autre langue que le français, à condition que celle-ci soit enseignée dans votre collège.

2 Une démarche, et non un résultat

- Ce n'est **pas le projet lui-même** qui sera évalué mais ce que vous avez appris grâce à lui et votre capacité à le présenter de manière claire. Vous pouvez montrer ce que vous avez réalisé (vidéo, diaporama, enregistrement...) mais seulement en appui de votre exposé.
- Renseignez-vous pour savoir si vous disposerez d'un vidéoprojecteur ou d'un tableau numérique le jour de l'oral. Si c'est le cas, vous pouvez préparer un court diaporama pour illustrer votre présentation. ▶ FICHE 6

III Quelles sont les attentes du jury ?

- L'épreuve est notée sur **100 points**.
  - Maîtrise de l'expression orale : 50 points.
  - Maîtrise du sujet présenté : 50 points.

Votre façon de vous exprimer est donc aussi importante que ce que vous dites. Dans le cas d'une présentation en groupe, chaque candidat est noté individuellement.

> **Astuce**
> Pour vous aider à vous exprimer en public malgré le trac, reportez-vous aux fiches 9, 10 et 13.

- Votre **maîtrise de l'expression orale** est évaluée en fonction de :
  - votre capacité à vous exprimer devant plusieurs personnes et à échanger avec elles de manière constructive ;
  - votre vocabulaire, qui doit être correct, précis et varié ;
  - votre aptitude à exprimer votre avis et vos sentiments.
- Votre **maîtrise du sujet présenté** est évaluée en fonction de :
  - l'organisation de vos idées et le plan de votre exposé ;
  - la conception et la réalisation du projet ;
  - votre capacité à formuler un avis critique et argumenté sur une œuvre ou sur votre projet (déroulement, résultat, difficultés rencontrées...)
- L'utilisation d'outils numériques sera valorisée (mais vous ne serez pas pénalisés si vous n'en utilisez pas).

Commencer un projet interdisciplinaire

2

☐ OK

Votre professeur a présenté le thème de l'EPI ou le projet à mener. Quelles vont en être les étapes ? Il est important d'organiser votre travail dès le début du projet.

I Comprendre le sujet

- Chaque EPI a ses propres caractéristiques : matières différentes, type de projet, durée. Il est important de **bien comprendre ce qu'il faut faire avant de se lancer** dans le travail et les recherches.
- Seul(e) ou en équipe, il faut d'abord réfléchir aux questions ci-dessous :

	Questions à se poser	Actions à entreprendre
Quoi ?	Quelle est la production finale attendue ? Devez-vous choisir le sujet vous-même ?	Faire des recherches préalables pour choisir un sujet.
Comment ?	Quels sont les objectifs à atteindre ? Quelles sont alors les tâches à accomplir ?	Lister les étapes du projet ainsi que le matériel nécessaire, les personnes à contacter…
Quand ?	Quelles sont les dates limites pour les différentes étapes du projet ?	Élaborer un planning (qui pourra être ajusté par la suite).
Qui ?	Dans le cas d'un projet en groupe, comment répartir le travail ?	Faire le point sur les envies et les compétences de chacun. ▶ FICHE 10
Avec quoi ?	Quel budget faut-il prévoir ? Comment le financer ?	Lister toutes les dépenses prévisibles.

II Établir un calendrier

- Pour planifier le travail, il faut **utiliser un calendrier scolaire** afin d'intégrer les périodes de vacances et les absences possibles à l'occasion d'un voyage scolaire ou du stage en entreprise. Le planning des réunions doit aussi tenir compte des disponibilités de chacun si le travail se fait en groupe.

- Le projet va évoluer au fur et à mesure de vos recherches et de l'avancée des cours en classe. Soyez **attentif(-ve)** car les connaissances que vous acquérez vous aident dans votre projet, et restez **flexible** : ce n'est pas grave si certains délais sont modifiés ou certaines dates décalées, le tout est d'avancer.

Astuce

Votre professeur est là pour vous aider : n'hésitez pas à le solliciter pour discuter de vos idées ou pour demander un coup de pouce s'il faut contacter une association ou une administration.

III Élaborer un plan d'action

- Le plan d'action sert de **check-list**. C'est un pense-bête de tout ce que vous devez faire. Il vous permet d'organiser le travail en grandes étapes, sur une période plus ou moins longue.
- Chaque étape doit être vue comme un **objectif à atteindre**, une réalisation. Chaque objectif est lui-même divisé en tâches avec une **échéance** fixée à l'avance. Faites un tableau pour mieux visualiser l'ensemble du travail à fournir.

Vous travaillez en petit groupe pour réaliser une affiche qui sera présentée lors d'une exposition. Votre plan d'action peut commencer ainsi :

Étapes et tâches	Échéance
Étape 1 : comprendre le sujet	…
• faire des recherches sur la propagande et les régimes totalitaires	…
• collecter plusieurs affiches de propagande	…
Étape 2 : concevoir le panneau	…
• choisir deux ou trois affiches et les analyser	…
• faire le plan du panneau	…
…	…

- Vous pourrez suivre l'avancement de votre plan d'action en tenant un journal de bord. ▶ FICHE 3 Le plan d'action est **évolutif** : il doit être remis à jour si nécessaire en fonction de votre avancée.
- Chaque plan d'action se bâtit en fonction du projet. Il faut être **réaliste** sur les objectifs à atteindre et se laisser un délai suffisant. Tenez compte aussi du planning de travail prévu par votre professeur. Vous pouvez lui faire valider votre plan d'action.

Tenir un journal de bord pendant un projet

3

☐ OK

Un journal de bord est un outil qui permet de maîtriser l'organisation du travail et de suivre l'évolution du projet.

I À quoi sert le journal de bord ?

- Au cours du travail, le journal de bord permet de **voir clairement les avancées** (ce qui est déjà fait) **et les difficultés** (ce qui reste à faire, ce qui pose problème). Vous devez aussi y noter vos idées, vos recherches, vos questions...
- Lors de la préparation de l'épreuve orale, le journal de bord est indispensable pour **se remémorer les étapes du projet**.

Astuce

Votre journal de bord n'est utile que si vous l'utilisez tout le temps et si vous en prenez soin ! Choisissez un cahier à votre goût et veillez à l'avoir toujours avec vous.

II Comment faire concrètement ?

1 Les premières pages

- Commencez par inscrire sur la première page de votre cahier votre nom, votre classe, les noms des professeurs responsables et le thème du projet. Collez sur la page suivante **un calendrier scolaire**, pour pouvoir y noter les dates clés. ▶ FICHE 2
- Indiquez **la date de l'oral** dès qu'elle vous est communiquée et prévoyez d'avoir fini au moins deux semaines avant pour avoir le temps de vous préparer.
- Une fois que votre sujet est défini, faites un ***brainstorming*** : notez toutes les connaissances, les idées et les questions qui vous viennent à l'esprit. Vous pourrez y revenir au cours du travail pour trouver de nouvelles idées.

2 Faire le compte rendu d'une séance de travail

- Au début de chaque séance :

- relisez les notes de la séance précédente ;
- écrivez sur une nouvelle page la date du jour, la durée de la séance et le nom des éventuels absents si vous travaillez en groupe ;
- notez **l'objectif de la séance** (interview, achat de matériel...) et la répartition des tâches décidée avec vos camarades.

- En cours de séance :

– **prenez des notes** sur les recherches que vous effectuez, sans oublier d'indiquer les sources (références d'un livre, adresse d'un site internet, coordonnées d'une personne à interviewer…) ;

– inscrivez également vos questions si vous ne pouvez pas les poser directement à votre professeur.

- À la fin de la séance :

– faites le **bilan de la séance** : avez-vous accompli vos objectifs ? quelles difficultés avez-vous rencontrées ? ;

– déterminez les **objectifs de la séance suivante** et le travail à faire entre-temps si nécessaire.

Astuce

Pour planifier le travail à plusieurs, vous pouvez utiliser l'application gratuite Trello sur smartphone ou tablette.

Exemple de compte rendu :

15/11/2019 (1 h)

• **Objectif de la séance** : faire des recherches sur les scientifiques dans l'Antiquité.

• **Répartition des tâches :**
– Pauline : les découvertes d'Archimède
– Malik : la vie des savants dans l'Antiquité
– moi : l'influence d'Archimède sur la science moderne

• **Documents et sites consultés :**
1. …
2. …
3. …
[références des documents consultés et notes de lecture]

• **Bilan :** objectif accompli mais pas le temps de mettre en commun.
Pour la prochaine fois : relire les notes et ne garder que l'essentiel pour l'expliquer à Pauline et Malik.

→**Séance du 22/11 :** faire un point sur ce que chacun a appris et poursuivre les recherches.

Effectuer une recherche documentaire

4

☐ OK

Pour préparer l'épreuve, vous allez effectuer des recherches en bibliothèque ou sur Internet. Comment faire pour trouver facilement la documentation appropriée ?

I Traduire un sujet en mots clés

1 Les mots clés du sujet

- Tous les outils de recherche sont informatisés, que ce soit en bibliothèque ou sur Internet. Pour les interroger, il faut utiliser des mots clés.
- Pour passer du langage courant au langage documentaire, supprimez les articles et les termes trop vagues : utilisez des mots précis reprenant les notions essentielles de votre sujet.

Astuce

Pour certains outils de recherche, n'utilisez que des lettres minuscules non accentuées.

SUJET

Les découvertes scientifiques dans l'Antiquité gréco-romaine

↓

~~Les découvertes~~ scientifiques ~~dans~~ l'Antiquité ~~gréco-romaine~~

↓

MOTS CLÉS

sciences Antiquité

2 La sélection des mots clés

- Utilisez des synonymes ou des termes de sens proche.

  Pour « jardin partagé », cherchez aussi « agriculture urbaine ».

- Saisissez d'abord des termes précis. De nouveaux mots clés vont émerger au fil de votre recherche.

II Consulter différentes sources

1 Les sources écrites

- Commencez par consulter des sources papiers les plus récentes possibles (manuels, livres, revues). Elles contiennent des informations qui ont déjà été vérifiées et triées par des auteurs et des éditeurs. C'est un moyen de ne pas faire d'erreurs mais aussi de gagner du temps.

- Après avoir trouvé des informations dans les documents de référence, vous pouvez aller sur **Internet**.

2 S'inspirer du réel

- Il est également possible de s'inspirer de son environnement et de l'**expérience vécue** de personnes proches en les interrogeant.

- Vous pouvez aussi vous rendre dans un musée, dans une entreprise ou un service public. Cela vous permettra de lier théorie et pratique et de créer **un savoir « vivant »** en connectant ce que vous apprenez au collège avec le monde extérieur.

> **Astuce**
> Ces démarches plus originales donneront à votre travail un caractère personnel très apprécié par le jury.

III Constituer une bibliographie ou une sitographie

1 Présenter une bibliographie

- Les éléments de la bibliographie doivent toujours être classés **par ordre alphabétique** du nom d'auteur.

- Vous devez indiquer toutes les informations nécessaires pour **permettre de retrouver facilement la source**, en respectant des codes de présentation spécifiques.
  - **Pour un livre :** Panafieu, Jean-Baptiste de. *Sur les traces de Darwin*. Gallimard Jeunesse, 2011. 127 p.
  - **Pour un article :** Winock, Michel. « Il était une foi », *L'Histoire*, novembre 2015, n° 417, p. 32-35.

2 Présenter une sitographie

- Lorsque vous faites référence à un site Internet, copiez-collez le lien exact et précisez toujours **la date à laquelle vous l'avez consulté** car le site peut évoluer.

- La présentation est similaire à celle d'une source papier :

Région Île-de-France, *L'agriculture urbaine et la biodiversité : agriculture urbaine et fonctions écologiques* (consulté le 24 juillet 2016), http://agricultureurbaine-idf.fr/agriculture-urbaine-fonctions-ecologiques-1

> **Conseil**
> Créez des favoris pour retrouver facilement les sites utilisés. Pensez à consulter votre historique de recherche si vous avez oublié de noter une référence.

Préparer la présentation de son projet

5

☐ OK

L'épreuve orale du brevet est une soutenance de projet : vous êtes évalué(e) sur votre capacité à présenter un projet, et non sur le projet lui-même ▶ FICHE 1**. Il s'agit donc de préparer un exposé mettant en valeur le travail réalisé.**

I Quels éléments inclure dans la présentation orale ?

1 Présenter le projet

- Indiquez d'abord **le thème général** de l'EPI ▶ FICHE 2 ou du parcours dans lequel s'inscrit votre projet : parcours Avenir, parcours artistique et culturel, parcours citoyen, parcours éducatif de santé. Précisez **les disciplines concernées**.
- Présentez ensuite **le projet** : quel était l'objectif ?
- Exposez enfin **la démarche** : comment êtes-vous parvenu(e) au résultat final ? Présentez **les difficultés rencontrées** et expliquez comment vous avez réussi à les surmonter.

Astuce

Ne vous vantez pas trop : si vous dites que le projet a été trop facile, le jury pourrait croire que cela ne vous a rien apporté !

2 Faire un bilan

- Expliquez votre **intérêt** pour ce parcours ou cet EPI : pourquoi avez-vous choisi de présenter ce projet ? Soyez concret. Vous pouvez justifier votre choix en utilisant des arguments personnels.
- Qu'avez-vous appris ? Déterminez **ce qui vous a le plus intéressé(e)** pendant la phase de recherche, et pensez aussi aux **compétences pratiques** que vous avez acquises (gestion d'un planning, travail en équipe…).

II Comment s'y prendre concrètement ?

1 Organiser sa présentation

Adoptez **un plan simple et clair** comprenant toujours une introduction et une conclusion, avec un développement divisé en plusieurs sous-parties.

- Un exemple de plan :

Introduction

- présentation générale du thème et du projet en insistant sur son caractère pluridisciplinaire
- annonce du plan de la présentation

Développement

I. Présentation de la démarche (grandes étapes) et du résultat

II. Bilan personnel (connaissances et compétences acquises, difficultés rencontrées...)

Conclusion

- reprise en quelques phrases de l'essentiel de l'exposé
- ouverture : par exemple, sur un projet réalisé dans un autre cadre ou sur les suites possibles de votre projet

2 Faire des fiches faciles à utiliser

- Utilisez des fiches bristol (petit format, 75 × 125 mm) en appliquant ce principe de base : **une idée = une ligne**.

- Ne rédigez pas intégralement votre présentation orale : notez juste **les idées essentielles** ainsi que les noms propres et les dates. Espacez-les, pour pouvoir reprendre le fil facilement lorsque vous levez les yeux vers le jury ou que vous présentez un document.

- Chaque fiche correspond à une partie : pour vous y retrouver, notez le titre de chaque partie en haut de chaque fiche. Choisissez **un code couleur identique pour toutes vos fiches** (titres en rouge, exemples en vert, idées importantes surlignées en jaune...) et surtout **numérotez-les** (1, 2, 3...).

3 Utiliser un support visuel

- Vous pouvez présenter votre réalisation concrète (enregistrement, affiches...) mais elle ne peut intervenir qu'en appui de l'exposé. S'il s'agit d'un événement (débat, spectacle, projection, collecte...), montrez des photos ou des vidéos pour **illustrer les étapes et le résultat final** de votre projet.

- Pour maintenir l'attention du jury, pensez à écrire les informations importantes au tableau. Vous pouvez également réaliser un **diaporama** reprenant les éléments clés de votre exposé. ▶ FICHE 6

Astuce

Assurez-vous que la salle où aura lieu votre présentation dispose du matériel nécessaire pour projeter votre diaporama.

Créer un diaporama pour accompagner sa présentation orale

6

☐ OK

Quel que soit le sujet que vous choisissez de présenter (œuvre d'art, stage, projet...), vous pouvez créer un court diaporama pour accompagner votre exposé. Ce n'est pas obligatoire mais ce sera valorisé.

I Établir une charte graphique

1 Des visuels sobres

- Une charte graphique est **l'ensemble des normes visuelles** adoptées pour un document de communication tel qu'un diaporama.
- Utilisez **un seul arrière-plan** pour tout le diaporama et privilégiez les fonds unis à ceux qui sont dégradés ou composés.
- Ne multipliez pas les thèmes, les émoticones et les transitions animées. L'ensemble doit rester **sobre et efficace**. Les effets et les visuels choisis doivent toujours être pertinents et accompagner votre propos.

Astuce
Évitez les fonds de couleur foncée, diminuant la lisibilité.

2 Des textes lisibles

- Sélectionnez **une police de caractères simple** telle que Cambria ou Arial. Times New Roman est à éviter si vous êtes dyslexique. Conservez-la pour l'ensemble des diapositives du diaporama.
- Utilisez toujours une taille de caractères supérieure à 24.
- **Limiter la quantité de texte** à environ six mots par ligne et six lignes par diapositive pour que votre auditoire ait le temps de tout lire.

II Composer des diapositives efficaces

1 Des diapositives ordonnées

- Sur la première diapositive, faites apparaître le titre de votre exposé (nom de l'œuvre ou du projet présenté), ainsi que vos nom et prénom, votre classe et la date de la présentation.
- Organisez le diaporama selon le **même plan que votre exposé** : créez une diapositive pour le titre et une pour chaque sous-partie.

- À la fin de votre exposé, prévoyez une diapositive de clôture qui permette à l'auditoire de comprendre que vous avez terminé.

2 Un contenu pertinent et concis

- Le diaporama doit être **complémentaire de votre exposé** : il ne reprend pas l'intégralité de votre propos mais vous permet de le renforcer et de l'illustrer.
- **Ne rédigez pas** les phrases en entier : notez seulement les mots-clés, les noms propres, les idées essentielles.
- **Utilisez des puces** pour structurer votre propos et présentez les informations de manière visuelle (schémas, flèches, graphiques…).
- Le diaporama vous permet d'intégrer des images et des enregistrements audio ou vidéo. Vous pouvez ainsi montrer au jury une partie du projet réalisé ou illustrer les étapes importantes.
- Donnez toujours **le titre** ainsi que **la source** des documents utilisés.

> **Astuce**
> Ajoutez une flèche sur une illustration ou un graphique pour pointer précisément ce que vous voulez montrer.

III Perfectionner le diaporama

- Élaborer un diaporama de qualité prend du temps. Prévoyez de consacrer trois ou quatre heures pour le premier jet. Retravaillez-le ensuite, plus tard, pendant une ou deux heures.
- Quand le diaporama vous semble terminé, faites-le défiler devant vos amis et **entraînez-vous** à présenter votre exposé à l'oral en commentant les diapositives. ▶ FICHES 7 ET 8

NOTEZ BIEN

Ne vous laissez pas surprendre par un problème technique.

- Pensez à faire deux versions du diaporama, une au format Impress et une au format pdf.
- Enregistrez-les sur votre clé usb et envoyez-les également sur votre adresse mail, au cas où vous égareriez votre clé usb.
- Enfin, pour parer à tout problème électrique, imprimez les diapositives sur papier. Vous pourrez ainsi les distribuer au jury.

Être à l'aise le jour J

7

☐ OK

Pour réussir sa présentation orale, il faut bien se préparer avant et s'exprimer avec aisance devant le jury : la qualité de l'expression orale vaut pour la moitié des points.

I Bien se préparer

1 Préparer son exposé

- Faites des **fiches** claires et efficaces, comportant le plan de votre exposé et les informations essentielles à développer.
- Pour rendre votre soutenance vivante et concrète, présentez des **documents** (photographies, documents sonores, vidéos, objets…).

Par exemple, si vous avez réalisé un automatisme piloté par ordinateur, ne vous contentez pas de présenter la réalisation finale, intégrez les plans et des photographies des différentes étapes de la construction, des machines et outils utilisés…

- Ne laissez pas dans l'exposé des mots dont vous ne connaîtriez pas le sens : si vous ne comprenez pas ce que vous dites, ou s'il y a des confusions, le jury vous interrogera sur ces points lors de l'entretien.

2 S'entraîner

- Dans les jours qui précèdent l'oral, entraînez-vous à dire votre exposé devant un miroir, votre famille ou des amis. **Chronométrez-vous** pour vous assurer que votre exposé n'est ni trop court ni trop long.

Astuce

Filmez-vous puis visionnez la vidéo, avec un témoin, et notez tous les petits défauts. Recommencez jusqu'à ce que vous vous trouviez parfait(e) !

- Plus vous aurez répété, plus vous serez à l'aise. Si vous présentez un projet avec des camarades, **répétez ensemble** : il faut que chacun sache ce que les autres vont dire. ▶ FICHE 10

3 La veille de l'oral

- **Préparez votre tenue**, qui doit être sobre et correcte : un jean, une chemise ou un chemisier, et une veste, dans lesquels vous vous sentez bien, sont un bon choix.
- **Couchez-vous tôt** pour être en forme le jour J. Prévoyez d'arriver avec une avance de 10-15 minutes, afin de trouver la salle.

II | S'exprimer avec aisance devant le jury

1 Utiliser un langage correct

Vous devez vous exprimer dans un **langage courant ou soutenu**, sans faute de français.

- Prononcez les négations et toutes les lettres des mots.
  - Ne dites pas : *Je sais pas*. Dites : *Je* ***ne*** *sais pas*.
  - Ne dites pas : *un ch'fal*. Dites : *un cheval*.
- Évitez les mots abrégés et bannissez les onomatopées et les mots familiers ou enfantins.
  - Ne dites pas : *photo, télé*. Dites : *photographie, télévision*.
  - Ne dites pas : *euh…, bah…*
  - Utilisez des mots de liaison et dites : *eh bien, alors, donc*.
  - Ne dites pas : *la dame, le monsieur, faire un bisou*.
  - Dites : *la femme, l'homme, embrasser*.
- Utilisez un **vocabulaire adapté** à votre sujet, notamment le vocabulaire technique du domaine dans lequel s'inscrit votre projet.

  Si vous présentez une lecture, ne dites pas que vous avez lu « un livre » mais dites que vous avez lu « un roman ».

2 Trouver le rythme juste

- Un rythme trop rapide rendra peu compréhensible votre exposé. Un rythme trop lent lui fera perdre son intérêt.
- Il faut articuler et **adopter un ton vivant** : augmentez le volume de votre voix pour mettre en valeur les idées fortes.
- **Ne lisez pas** votre exposé et ne l'apprenez pas par cœur, cela vous ferait perdre toute spontanéité.

3 Bien se tenir

- Le langage du corps compte autant que la parole. Adoptez une **attitude sérieuse et professionnelle**. ▶ FICHE 8

  Ne vous recoiffez pas,
  ne vous balancez pas…

- Tenez-vous droit(e), les pieds bien à plat. Pour éviter d'être trop statique, déplacez-vous pour présenter vos documents ou pour écrire au tableau. **Occupez l'espace** !

Retenir l'attention du jury

8

☐ OK

Lors de l'épreuve orale, vous devez convaincre votre auditoire et être suffisamment captivant(e) pour que le jury reste attentif durant les cinq ou dix minutes de l'exposé. C'est l'occasion de montrer votre différence.

I Présenter un exposé construit et personnel

1 Organiser ses idées

- Votre présentation doit être organisée selon **un plan rigoureux et clair**. Annoncez votre plan au début et faites-y référence à chaque transition.
- Classez vos idées **des plus évidentes aux plus originales** afin de maintenir l'attention du jury et de lui laisser une impression positive.
- N'hésitez pas à **faire des rappels**, de manière à conserver l'attention de l'auditoire.

  « Comme nous l'avons vu dans le document… » ;

  « Dans un premier temps, nous avons vu que… ».

2 Convaincre le jury de votre intérêt et de votre implication

- Si vous présentez une **œuvre d'art**, montrez au jury qu'elle vous a touché(e) et dites pourquoi.
- Si vous présentez un **projet**, expliquez comment vous vous êtes impliqué(e) dans sa réalisation et ce que cela vous a apporté personnellement.

II Se faire comprendre

1 La voix

- Pour être compris(e), **articulez** (sans exagérer) et parlez suffisamment fort.
- **Variez le ton** pour mettre en valeur les idées importantes et les liens entre les différentes parties de la présentation.
- Il ne faut ni lire ni réciter par cœur un texte préalablement rédigé. Au contraire, **parlez naturellement** à partir de vos fiches et, éventuellement, du diaporama-support. ▶ FICHE 6

- Ayez l'air **convaincu(e) et sûr(e) de vous** : si vous semblez hésitant(e), le jury doutera de votre maîtrise du sujet ou de votre motivation.

2 L'attitude

- Votre posture doit être **naturelle et dégagée**, mais pas relâchée : épaules ouvertes, bras mobiles, les deux pieds au sol, visage souriant.
- Évitez tous les mouvements parasites qui font oublier le contenu de votre exposé (balancements d'un pied sur l'autre, croisements de doigts, main dans les cheveux...).
- Il est également recommandé de ne pas s'appuyer contre un mur ou un bureau, de ne pas mettre ses mains dans ses poches et de ne pas croiser les bras afin de ne pas être trop statique. ▶ FICHE 7

> **Astuce**
> Regardez chaque membre du jury individuellement pour que chacun se sente impliqué et reste attentif.

3 Le vocabulaire

- Évitez les termes trop généraux, **soyez clair(e) et précis(e)**.

  Ne dites pas : « on ; les personnes ; un endroit ».

  Dites plutôt : « je ; les comédiens ; la scène du théâtre ».

- **Impliquez votre public** : sans en abuser, vous pouvez vous adresser au jury en posant des questions, auxquelles vous répondez ensuite.

  Dites par exemple : « Vous êtes-vous déjà demandé... ? »

III S'appuyer sur des supports de qualité

- Votre présentation sera plus convaincante et dynamique si elle est **concrète**.
- Les supports doivent **illustrer votre propos** et non le remplacer. ▶ FICHE 6

NOTEZ BIEN

- Tout doit être préparé et organisé à l'avance : mettez tous les documents numériques sur une clé usb qui ne contient rien d'autre.
- Classez et numérotez vos notes et documents dans un dossier réservé pour vous repérer facilement.
- Faites une sauvegarde (voire deux) de tout votre travail.

S'entretenir avec le jury

9

☐ OK

Durant l'entretien, le jury cherche à vérifier que votre travail est personnel et que vous en avez retiré quelque chose. Pour cela, il peut vous poser des questions directement liées à votre exposé et des questions plus larges.

I Les questions sur l'exposé

1 Anticiper les questions

- Les questions posées par le jury peuvent s'anticiper : essayez d'**imaginer une dizaine de questions** que le jury pourrait vous poser sur votre exposé et préparez les réponses.
- Vous pouvez aussi **susciter certaines questions**. Dans votre exposé, faites exprès de ne pas aborder certains points en détails. Cela amènera le jury à vous questionner sur ces aspects que vous avez volontairement éludés et que vous maîtrisez.
  - Si vous présentez le tableau *Guernica* de Picasso et que vous faites allusion à une autre œuvre du peintre, le jury vous posera sans doute une question sur celle-ci durant l'entretien.
  - Dans un exposé sur le scientifique grec Archimède, si vous mentionnez l'école d'Alexandrie et les découvertes d'Ératosthène sans détailler, le jury vous questionnera sur ce point.
- Le jury veut s'assurer que vous n'avez pas fait du « copier-coller » sans comprendre : prouvez-lui que vous maîtrisez votre sujet.

2 Répondre clairement

- Si vous connaissez la réponse, formulez-la clairement et efforcez-vous de la **justifier**. Pour vous aider, vous pouvez reprendre la structure de la question posée.
- Si vous ne connaissez pas la réponse à une question, dites-le avec simplicité. Ne vous découragez pas et **rebondissez sur un autre élément**, assez proche, qui vous vient à l'esprit.
- Comme lors de l'exposé, surveillez **votre attitude et vos mouvements** afin de ne pas laisser le langage de votre corps parasiter vos réponses. ▶ FICHES 7 ET 8

II Les questions larges

1 Rester soi-même

- Le questionnement de la seconde partie de l'entretien porte davantage sur **votre expérience et votre culture personnelles**. C'est le moment de mentionner les activités réalisées ou les expériences vécues au cours du collège.

- Pour préparer ces questions, réfléchissez à ce qui vous a particulièrement marqué(e) pendant vos années au collège. Faites une liste de vos trois activités préférées et essayez d'**expliquer pourquoi** elles vous plaisent. C'est cet aspect qui retiendra l'attention du jury.

Astuce

Par les réponses que vous donnez, essayez d'orienter le jury sur les sujets que vous souhaitez aborder.

- **Ne vous dévaluez pas.** Parlez de ce que vous savez le mieux faire. Si vous avez rencontré des problèmes, vous pouvez l'évoquer mais n'accusez pas vos camarades, ni vos professeurs : expliquez plutôt comment vous avez essayé de les surmonter.

- Le jury cherche avant tout à évaluer votre travail personnel. Montrez que le sujet vous a intéressé(e) et que vous avez travaillé honnêtement, sans plagiat.

2 Avoir de la répartie

- Si une question du jury vous désarçonne, réfléchissez quelques secondes. Pour répondre, vous pouvez utiliser des **connaissances acquises hors de l'école** : inspirez-vous de vos lectures, des films, des séries télévisées que vous connaissez.

- Le jury cherche à cerner **votre culture personnelle**, vos centres d'intérêt mais aussi **votre sens de la répartie**.

  Si vous avez travaillé sur un scientifique à l'époque gréco-romaine et que l'on vous demande de faire une comparaison avec un scientifique d'aujourd'hui, utilisez l'exemple d'Alan Turing, dont la vie est retracée dans le film *Enigma*, ou celui de Bill Gates sur qui vous pouvez avoir lu un article dans un magazine.

- Prenez garde toutefois à ne pas vous montrer insolent(e). Il est toujours mal venu de prétendre que l'on en sait plus que le jury.

- Restez **naturel(le) et souriant(e)** et n'oubliez pas de prendre congé poliment avant de quitter la salle.

Présenter un projet à plusieurs

10

☐ OK

L'épreuve orale offre la possibilité de présenter un projet à plusieurs (trois candidats maximum). Dans ce cas, l'exposé dure 10 minutes et l'entretien avec le jury 15 minutes. Le temps de parole de chacun doit être égal.

I Pourquoi présenter un projet à plusieurs ?

- Une soutenance collective est pertinente si le groupe a **travaillé ensemble** sur le projet. Cela ne convient donc pas à tout type de projet. Il ne faut pas présenter à plusieurs des projets distincts ou vaguement liés.
  - Si vous avez chacun écrit une nouvelle littéraire différente, la soutenance à plusieurs n'est pas pertinente.
  - Si vous montez une pièce de théâtre dans laquelle chaque membre de l'équipe occupe une fonction différente, cela se prête parfaitement à la soutenance en groupe.
- Vous devez montrer que vous êtes **une véritable équipe** : vous avez travaillé ensemble tout au long de l'année et vous vous êtes tou(te)s impliqué(e)s dans le projet.
- Chaque candidat(e) est noté(e) et évalué(e) individuellement.

II Comment présenter un projet à plusieurs ?

1 Préparer l'exposé

- Répartissez de manière logique les différents points abordés : il ne faut pas changer de locuteur à chaque phrase, mais **donner la parole à chacun** dans chaque grand axe de la présentation. Un partage bien fait évitera les répétitions.
- Tout en montrant que c'est un projet commun, il faut montrer au jury **la part personnelle de chacun dans le projet** : chacun doit avoir son propre avis, tirer son propre bilan de l'expérience.
- Mettez en valeur votre **travail d'équipe** :

– avez-vous apprécié de travailler à plusieurs ?

Vous avez trouvé cela enrichissant et stimulant ou bien c'était une source de stress et de frustration.

Astuce

Vous avez le droit de ne pas avoir aimé travailler en équipe, mais dites-le avec diplomatie et ne rejetez pas la faute sur vos camarades.

– quelles difficultés avez-vous rencontrées ? comment les avez-vous surmontées ?

Vous avez peut-être eu du mal à travailler efficacement sans vous laisser distraire ou à prendre des décisions ensemble. Vous avez alors nommé un gardien du temps, établi un système de votes…

– qu'avez-vous appris sur vous-même ?

Vous avez appris à écouter les autres, à vous remettre en question, à faire des compromis…

- Vous pouvez par exemple organiser la présentation ainsi :

I. Introduction [candidat 1] : présentation du projet et de ses objectifs, plan de l'exposé…

II. Les grandes étapes

A. Préparation [candidat 2] : réflexion, recherches…

B. Réalisation [candidat 3] : matériel, mise en œuvre, résultat.

III. Bilan [candidats 1, 2 et 3 à tour de rôle] : difficultés rencontrées, connaissances et compétences acquises.

2 S'organiser le jour J

- Lors de l'épreuve orale, chacun doit bénéficier d'un **temps de parole égal**, tant durant la soutenance que durant l'entretien avec le jury. Le temps de parole et le contenu de chaque intervention doivent être **définis à l'avance et respectés**.

Astuce

Désignez un responsable du temps et élaborez un code discret qui vous permettra de savoir où vous en êtes, si vous devez accélérer ou ralentir.

- **Ne coupez pas la parole** à celui ou celle qui est en train de parler.
- Pour montrer que vous êtes une équipe, **ne restez pas inactif(-ve)** pendant que les autres s'expriment : écrivez les mots clés au tableau, faites défiler le diaporama, montrez l'image dont parle votre camarade…

NOTEZ BIEN

- Il est essentiel de bien se préparer à la soutenance à plusieurs en répétant ensemble plusieurs fois. Il ne faut pas hésiter à changer l'organisation jusqu'à ce que chacun ait trouvé sa place.
- Ne faites pas de changement de dernière minute sans l'avoir testé, cela déstabiliserait l'ensemble du groupe.

Présenter son stage à l'oral

11

☐ OK

Vous pouvez présenter votre stage soit en cours d'année, après avoir rendu votre rapport, soit à l'occasion de l'épreuve orale du brevet. Dans certains cas, vous pouvez même faire les deux : la soutenance de stage vous sert alors d'entraînement pour l'épreuve orale !

I Préparer l'oral

1 Organiser sa présentation

- Le contenu de votre oral reprend **l'essentiel de votre rapport de stage**, mais il ne s'agit pas de le réciter en intégralité (le jury en a sans doute pris connaissance en amont).
- Vous pouvez organiser votre présentation selon le plan suivant :

I. Présentation de l'entreprise : taille, organisation, activités…

II. Description du stage : qu'avez-vous fait ? quel(s) métier(s) avez-vous découvert(s) ?

III. Bilan personnel du stage : qu'avez-vous appris sur la vie professionnelle ? en quoi ce stage vous aide-t-il à construire votre projet professionnel ? quelles études envisagez-vous ?

- Les parties II et III sont les plus importantes : vous devez convaincre le jury que **vous vous êtes investi(e)** dans le stage et que celui-ci vous a permis d'**affiner votre projet d'orientation** : cette expérience vous a-t-elle donné envie de faire ce métier ? ou au contraire vous a-t-elle poussé(e) à changer de projet ?

> **Conseil**
> Les trois adjectifs pour une soutenance de stage réussie : structurée, personnelle, naturelle.

2 Se préparer concrètement

- Préparez des **fiches cartonnées** reprenant les informations clés à ne pas oublier dans chaque partie (mais ne rédigez pas !).
- Vous pouvez également préparer un **diaporama** ▶ FICHE 6 pour montrer des photographies de votre lieu de stage, des professionnels rencontrés, de vous en train d'accomplir une tâche spécifique, etc.

> **Astuce**
> N'hésitez pas à apporter des documents ou des objets collectés ou réalisés pendant votre stage : cela rendra votre exposé plus vivant.

- **Entraînez-vous** plusieurs fois devant votre entourage :
– chronométrez-vous (votre exposé doit durer 5 minutes) ;
– demandez à des personnes différentes de vous poser des questions sur votre exposé afin de préparer l'entretien.

II Le jour de l'épreuve

1 Prendre en compte son auditoire

- Comme pour tout oral, vous devez soigner votre tenue, votre attitude et votre expression. ▶ FICHES 7 ET 8 Regardez votre auditoire, articulez et parlez assez fort pour être parfaitement entendu(e).

- *A priori*, les professeurs qui composent le jury ne sont pas des spécialistes du secteur professionnel dans lequel vous avez évolué : si vous employez des termes techniques, pensez toujours à les **définir**.

> **Conseil**
> Employer un vocabulaire précis et varié, adapté au secteur professionnel que vous évoquez, sera valorisé : cela prouve que vous maîtrisez bien votre sujet.

2 Anticiper l'entretien ▶ FICHE 9

- L'entretien avec le jury dure **10 minutes** : c'est la partie la plus longue de votre oral. Il est possible de s'y préparer en imaginant à l'avance les questions qui peuvent vous être posées.

- Voici quelques exemples de questions :
  - Pourquoi avez-vous choisi de faire votre stage dans cette structure ?
  - Avez-vous apprécié cette expérience ? Pourquoi ?
  - Aimeriez-vous exercer ce métier plus tard ?
  - Pensez-vous avoir les qualités nécessaires pour l'exercer ?
  - Quel autre métier ou secteur vous intéresse ?

- Il n'y a pas de bonne ou de mauvaise réponse : **répondez honnêtement** aux questions du jury. Il vous est même permis d'exprimer votre manque de motivation pour certaines des tâches que vous avez accomplies, à condition de justifier votre point de vue.

- Ne soyez pas trop présomptueux(-se), ne vous vantez pas : présentez plutôt **les étapes qu'il vous reste à franchir** pour exercer le métier qui vous intéresse.

Présenter un objet d'étude abordé en histoire des arts

12

☐ OK

Vous pouvez choisir de présenter une œuvre d'art ou une thématique étudiée au cours du collège, dans le cadre de l'enseignement d'histoire des arts.

I Comment se préparer ?

1 Choisir un objet d'étude qui vous intéresse

- Votre professeur vous fournira une liste des œuvres et/ou thématiques étudiées pour vous permettre de faire votre choix.
- Pour que votre présentation soit convaincante, ne choisissez pas un sujet par défaut : sélectionnez une œuvre qui vous a plu ou qui vous a interpellé(e). Vous devez être capable de **justifier votre choix**.

Vous choisissez de présenter l'œuvre *Electronic Superhighway* de Nam June Paik, étudiée en cours d'histoire, car cette installation vous a impressionné(e) par ses dimensions et que l'utilisation de la télévision vous a semblé intéressante et novatrice.

2 Observer et analyser l'œuvre

- **Faites des recherches** sur l'œuvre ▶ FICHE 4 pour mieux en comprendre les enjeux : artiste, contexte historique, mouvement artistique, œuvres similaires… Mais attention : le copier-coller ne passera pas inaperçu !
- S'il est important de nourrir votre analyse en vous documentant sur l'œuvre, c'est avant tout **votre analyse personnelle** qui sera valorisée : quel effet l'œuvre produit-elle sur vous ?

Après vous être renseigné(e) sur la démarche de Nam June Paik, réfléchissez à l'image que vous avez des États-Unis : en quoi l'œuvre fait-elle écho à votre propre représentation ? ou au contraire, en quoi s'en démarque-t-elle ?

3 Construire la présentation

- Organisez votre présentation **en trois étapes** :

I. **Situer** l'œuvre

II. **Analyser** l'œuvre

III. **Interpréter** l'œuvre

- Concluez votre présentation en exprimant **votre opinion personnelle** et en faisant éventuellement **des liens avec d'autres œuvres**.

II Quels supports utiliser le jour J ?

1 Des fiches synthétiques

Préparez une fiche par partie. Chaque fiche ne doit comporter que les **idées clés**, car le jour J, il ne faut pas la lire.

- Fiche 1 : **Présentation**

Nommer et caractériser l'œuvre	*Cette œuvre s'intitule…* (titre). *Il s'agit d'un/d'une…* (genre).
Présenter l'artiste	*Elle a été réalisée par…* (nom de l'artiste) *en…* (date). Dire quelques mots sur l'auteur.
Présenter le contexte	Caractériser le contexte historique (l'époque) et esthétique (le mouvement culturel et artistique dans lequel s'inscrit l'artiste).

- Fiche 2 : **Analyse**

Décrire de manière globale	Préciser la technique, les dimensions, le thème général de l'œuvre, le lieu où elle est conservée.
Faire une description détaillée	Décrire la composition, les différents motifs, les couleurs, la lumière, le décor, les personnages…

- Fiche 3 : **Interprétation**

Expliquer la signification de l'œuvre	Dégager l'intention de l'artiste, analyser l'effet produit.
Exprimer votre sentiment personnel	Expliquer **pourquoi vous avez choisi cette œuvre**. Pourquoi vous a-t-elle particulièrement touché(e) ? Avez-vous visité une exposition de l'artiste ?
Comparer avec une autre œuvre	Citer si possible une œuvre proche (même thème, même technique, même artiste…).

2 Un support visuel

- Renseignez-vous pour savoir si le jour de l'examen vous disposerez d'un ordinateur et d'un vidéoprojecteur. Si c'est le cas, vous pouvez réaliser **un diaporama**. ▶ FICHE 6
- Si ce n'est pas le cas, imprimez au moins **une reproduction de l'œuvre** pour chaque membre du jury, voire un court dossier réunissant les visuels que vous allez utiliser (œuvres similaires, agrandissement d'un détail de l'œuvre, etc.).

Achevé d´imprimer en Espagne par Grafo à Basauri
Dépôt légal: n° 09459-8/01 - Mai 2023
PAPIER À BASE DE FIBRES CERTIFIÉES
1,4 kg éq. CO2